現代小說的文本解讀

余岱宗　著

第三輯

總序

　　三載以來，通過兩岸學者及出版界同仁的協力合作，《福建師範大學文學院百年學術論叢》在臺北已出版兩輯凡二十種，目前第三輯十種又將推出，我為之由衷高興。

　　朱子詩曰：「千里煙波一葉舟，三年已是兩經由。今宵又過豐城縣，依舊長江直北流。」（〈次韻擇之發臨江〉）他吟嘆的是人生履跡，我卻想藉以擬喻兩岸學術傳播交流的景況：煙海茫茫之間，矢志於弘揚中華文化的學人，駕一葉之扁舟，舉學術以相屬，僶俛努力，增進溝通，諸多同道，樂曷如之？今宵，我又提筆為第三輯作序，腦海中浮現的盡是福建師範大學文學院百年學術精品入臺後相繼產生的美好影響，以及兩岸學術交流更加輝煌的明天。

　　本輯所收論著，依舊如前兩輯的格調：辭章學術，融貫古今。

　　述古代文化者凡有四種：一是張善文《象數與義理》，考論歷代易學發展的主要流派；二是郗文倩《古代禮俗中的文體與文學》，溝通禮與文在特定意義上的關聯；三是歐明俊《唐宋詞史論》，從史的角度評騭唐宋詞作的蘊蓄；四是涂秀虹《明代建陽書坊之小說刊刻》，就版本範疇追考明代建本小說刊行的情貌。

　　論現代文學者亦有四種：一是鄭家建《透亮的紙窗（修訂本）》，為多層面的現代文學理論與個案研究；二是朱立立《臺灣及海外華文文學散論》，考察漢語文學在臺灣及海外的發展創新；三是余岱宗《現代小說的文本解讀》，參合審美風格對現代小說名著作出新的解

讀；四是拙作《現代散文學論稿》，探討現代散文多樣發展的情形，乃亦忝列此間。

另有語言與修辭學專著兩種：陳澤平《十九世紀以來的福州方言——傳教士福州土白文獻之語言學研究》，考論福州方言在近代的歷史演變和話語特點；朱玲《意象・主題・文體——原型的修辭詩學考察》，從修辭詩學角度闡發文學原型的意蘊。

以上十種，合為論叢第三輯，與前兩輯相輔相成，共同呈示我校中文學科近年較有代表性的研究成果，並奉獻給臺灣文教學術界的同道，以相切磋研磨，以期攜手發展。

唐劉知幾云：「尺有所短，寸有所長。切磋酬對，互聞得失。」（節《史通》〈惑經〉語）無論是斗室間的師友講習，還是大規模的學術研討，劉氏之語仍然是今天頗可遵循的正確理念。當此全球化浪潮洶湧澎湃的關頭，如何不丟失我們五千年的學術文化，發揚傳統精華，滋培濟濟多士，實屬兩岸學者應相與擔當的歷史使命，也是本論叢陸續刊行的首要宗旨。

臺北萬卷樓圖書公司為論叢的編校出版付出辛勤工作，我們始終感荷於心，謹再次敬致謝忱。

汪文頂

西元二〇一六年仲冬序於福州

目次

引論
現代小說：解域與生成

一

現代小說的敘事，不是單純地依靠情節進行中心化的意義凝聚，現代小說的敘述者或主人公常常自覺地對文本的預設主題或意義片段進行意義的再審視、再闡釋或再審美，拆除既有意義場域的邊界，讓小說在意義解域的過程中形成多變的視角和動態的主題漫遊。這使得自我干擾與自我瓦解成為現代小說的突出特徵。因此，現代小說的解讀，不以主題的鞏固為單一出發點，而應充分關注小說文本多重意義系統在交互解域的過程中如何產生小說敘事的新穎美感。

關於小說文本的解讀，傳統的分析路徑，往往是通過母題的歸納或結構的中心化，驅使小說文本中諸多元素最終匯聚到小說的主題或主要結構的框架內。正如一部頗有影響的文學理論著作所認為：「情節和敘述結構本身又是由較小的敘述結構即插曲和事件組成的。」「一部戲劇或小說的情節是由許多結構組成的結構。」[1]這種小說結構觀念，將小說文本視為不斷層級化和中心化的凝聚物。在這種小說審美觀念指引下，文本中任何人物的微小動作或表情都要被「帶離」小說文本現場，去接受最終意義的詢問和確認。

這種小說觀念是沒有「累贅」的小說觀，以為小說文本中種種漫不經心的「閒筆」或騷動不安的「雜語」都是從文本的意義中心派生出來的。如此，任何有意或無意的意義反轉或游離都會為中心意義系

1　〔美〕韋勒克、沃倫：《文學理論》（北京市：生活‧讀書‧新知三聯書店，1984年，第1版），頁243。

統所征服，並歸入文本意義系統之中的某個層級。正如尚處於結構主義時期的羅蘭‧巴爾特所言：「一切都有意義，或者沒有什麼是無意義的。換言之，可以說藝術並不承認『噪音』（在信息理論的意義上）的存在：它是一個純系統，其中沒有也絕不會有『被荒置的』單元，不管使其聯繫於故事諸層次的線索有多長、多鬆散、多纖細。」[2] 如此說法，假定文本具有堅實的意義根基，並且這種意義根基的中心位置具有強大的吸附力，文本中所有動作細節、心理過程都要並可能通過「中繼點」抵達意義的中心。為此，羅蘭‧巴爾特為敘事文本設定了「功能」層、「行動」層、「敘事作用」層，上下層級的關係是主從關係，「功能」層的所有敘述所產生的意義都要在「行動」層的層面上尋求安置。人物的一個轉瞬即逝的思緒或是一個看似無心的口頭禪，最終都要在一個更高級的層面上獲得意義的確認。因此，便有如下的理論假定：「我們認為一個敘事的所有行動，無論其看起來多麼無關緊要，都應加以分析，都應整合入一個我們應當加以描述的秩序之中：在書寫文本中（與口頭敘事相反）沒有任何言語特點是無關緊要的。」[3] 問題不在於看似「無關緊要」的敘事能否被確認意義，而在於這種意義是要吸收進一個中心化終極化秩序之中，還是允許某種「無關緊要」的敘事在文本自行其是，生成出與中心主題不發生主從關係的意義版圖呢？小說文本敘事的職責是試圖不斷「馴化」各種「無關緊要」的內容，並且將所有的「無關緊要」的內容聚攏到一個意義中心點，還是認為小說敘事有可能是從某一種主題到另一種主題的漫遊呢？羅蘭‧巴爾特進一步強調：「在古典敘事中序列傾向於包括講述得盡可能完全的事件：存在有一種敘事迷執性，它以盡可能最

2　〔法〕羅蘭‧巴爾特：《羅蘭‧巴爾特文集：符號學歷險》（北京市：中國人民大學出版社，2008年，第1版），頁112。

3　〔法〕羅蘭‧巴爾特：《羅蘭‧巴爾特文集：符號學歷險》（北京市：中國人民大學出版社，2008年，第1版），頁147。

大量的決定作用包圍著事實，例如，敘事將同時前置有行動的條件和原因。事實（或者事實於其中表達的行動結）由其前件予以擴展（這一過程的典型例子是一種倒敘法）。從行動的觀點看，敘事藝術的原則（或者說它的倫理）是補足：它相關於產生一種話語，此話語充分滿足完全性要求，並使讀者免除『空虛的恐懼』。」[4]「不可逆轉性構成了古典敘事的可讀性。」[5]如此，「擴展」都是為了「補足」，「補足」意味著一種意義的「捕捉」。這種意義的「捕捉」，造就敘事的「不可逆轉」。「不可逆轉性」意味以情感的飽和度和動機的合理性支撐主題，以行動、動機與情感的「完全性」去造就結尾的「不可逆轉性」。然而，事件結局的「不可逆轉性」不等於文本主題的「不可逆轉性」，包法利夫人死亡的「不可逆轉性」不等於《包法利夫人》這部小說的主題具有「不可逆轉性」。情感、動機和行動的「完全性」不等同於小說主題的「完全性」或「純粹性」，情感、動機與行動的「不可逆轉性」，不意味著主題的「不可逆轉性」。福樓拜給予包法利夫人的死亡以可信服的結局，包法利夫人死亡背後，虛幻與真情、浪漫與庸俗的觀念爭奪則不是下達一個「不可逆轉性」的主題就可以做一個痛快的裁決。

　　事實上，哪怕是一種古典敘事，或是一則童話，結尾的「不可逆轉性」也不見得足以維護主題的「不可逆轉性」。灰姑娘故事這一英雄救美的敘述中是否潛伏著性別歧視的種種預設呢？甚至同樣「單純」的小紅帽這則童話，在《百變小紅帽——一則童話三百年的演變》的寓意分析看來，充斥著諸多相左的文化意義：「為什麼民俗學者、女性主義者、心理分析學家、詩人、廣告業者，甚至我，對小紅

4　〔法〕羅蘭・巴爾特：《羅蘭・巴爾特文集：符號學歷險》（北京市：中國人民大學出版社，2008年，第1版），頁155。

5　〔法〕羅蘭・巴爾特：《羅蘭・巴爾特文集：符號學歷險》（北京市：中國人民大學出版社，2008年，第1版），頁156。

帽這麼感興趣？答案是在小紅帽單純的外表底下，在紅色連帽底下，
具體呈現了與人類息息相關的複雜且基本的課題。她的故事提到恆久
不變的主題，包括家庭、道德、長大成人、迅速闖入外面的世界及男
女關係。其情節匯集各種相對事物的原型（諸如是非對錯、男女、強
弱），透過這些原型來探索文化和社會階級的界限，尤其是探討這些
事對男人、女人有何寓意。小紅帽和野狼棲息的地方，稱為森林或人
類的心靈，這是人類英雄故事的光譜聚焦之處，也是顯露社會意義和
文化意義的地方。」[6]小紅帽的真面目糾纏著各種立場的詮釋：純潔
與色情、受害者與尤物、邪惡與男人味都通過各種立場從童話文本中
分泌出意義。性、權力與童話相互糾纏的意義關係在一個童話及其變
體中隨時間穿行。如此，看似簡單的童話情節，敘事以及主題的「不
可逆轉性」被瓦解了。特別是通過女性主義立場的觀念分析，小紅帽
所涉及的寓意矛盾重重，小紅帽的象徵性被多面打量且交相衝突。

　　恐懼可以變為誘惑，訓誡可以轉身為色情，一則童話在不同語境
的闡釋中完全可能浮現差異明顯的不同主題。那麼，一部更為複雜的
長篇小說，其文本內部各種意義脈絡發生齟齬、抵牾的可能性是不是
更大？再進一步，面對一部觀念性較強的長篇小說的解讀，是將各種
意義脈絡收納到一個確定的主題框架內，還是充分警覺小說中情感、
觀念乃至敘事技巧的不協調之處，並進而突出長篇敘事文本所承載的
人的情感與觀念的多面性乃至多面的兩難性？

　　如果小說解讀是以敘事內容在擴展中被鞏固為預設前提，那麼，
這樣的小說解讀會不會有意或無意過濾掉與預設主題不協調的雜音與
變調呢？小說解讀是提交文本中的情感、觀念與敘事方法的難題，還
是圍繞某種核心主題進行「單純化」處理呢？顯然，這是兩種不同的
小說解讀觀。將小說文本作為穩固的主題載體，還是看做各種觀念與

6　〔美〕凱薩琳・奧蘭絲汀：《百變小紅帽——一則童話三百年的演變》（北京市：生
　　活・讀書・新知三聯書店，2006年，第1版），頁8。

情感交織的意義場域此消彼長甚至永無安寧之刻的「活動體」？這是兩種很不一樣的小說敘事的解讀觀念。

二

　　盧卡奇在他的早期文論《小說理論》中已經充分意識到現代小說與史詩是迥異的文體：「小說是上帝所遺棄的世界的史詩；小說英雄的心理狀態是魔力；小說的客觀性是男性成熟的洞見，即意義絕不會完全充滿現實，但是，這種現實沒有意義就將瓦解成無本質的虛無：所有的這一切說明的都是同一件事情，它們標明了小說塑造的可能性從內部劃出的一些界限，同時又明確指出了歷史哲學的瞬間，在這種瞬間，偉大的小說是可能的，在這種瞬間，它發展為必須言說的本質事物的象徵，小說的信念是成熟的男子氣概，而它的素材的獨特結構是它的離散方式，即豐富的內心和冒險的分裂。」[7]與史詩的「神性原則」聯繫著的英雄的精神世界的統一性不同，盧卡奇所言的小說「異質離散」性，其分析對象主要是十九世紀的福樓拜小說作品。所謂「異質性」，多是由於主人公的思想感受與外界越來越難以協調導致的，其「離散性」，是主人公的行為做派碎片化，難以形成一個中心化的價值準則。「從寫作的佈局來看，心靈追求最大的連續性，因為只有在未被任何外在者所打破的主觀性中才有一種生存；然而，現實卻瓦解為相互完全異質的碎片，這些碎片甚至也不像《唐吉訶德》中的冒險具有定在感覺上獨立的親和力那樣，是孤立的，所有的碎片都僅僅靠所體驗的恩賜情緒來生活，然而，這同一情緒將通過其反思的虛無中的整體被揭示出來。」[8]這種「心靈的連續性」不等於「心

7　〔匈〕盧卡奇：《小說理論》（北京市：商務印書館，2012年，第1版），頁80。
8　〔匈〕盧卡奇：《小說理論》（北京市：商務印書館，2012年，第1版），頁109。

靈的統一性」,「心靈的連續性」前提是主人公的心靈與外界隔絕化、疏離化、變異化。盧卡奇最推崇的「幻滅的浪漫主義」的作品如福樓拜的《情感教育》,小說主要敘述一位一事無成的外省青年與外界無法融合的內心世界。現實已成碎片,主人公的思緒和感受只能接受碎片般的現實,只有連續性,沒有總體性。於是,困惑、猶疑、退卻、糊塗、自相矛盾,這種種情感與觀念都在這位外省青年人身上打下烙印。這意味著對此種文本的解讀,如果試圖將各種「碎片」收攏到一個主題之下,那麼,「收攏」的統一性追求有可能將諸「碎片」的奇異特質以及自相矛盾性過濾掉,相反,如能突出碎片化觀念與情感的交錯性、駁雜性、誤解性、易變性、自相矛盾性和隨波逐流性,勾勒各種觀念和情感在文本中的互不相容的複雜關係,顯示諸種觀念與情感如何衝突、嫁接、將就、妥協、媾和或瓦解,觀察各種意義脈絡如何逗留、篡位、混雜、消退或崩潰,那麼,小說文本中的初始主題就不是僅僅作為被鞏固的對象一以貫之,而是更願意勘察觀念與情感如何一再受到干擾、阻滯、扭曲甚至截斷,欣賞觀念與情感在干擾狀態下的瞬息萬變。

　　這種小說解讀方式是以分析觀置換歸納觀,是以生成觀代替確證觀,是以動態的問題診斷之方式而不是靜態的結論宣佈之方式叩問文本意義的特殊性。

　　盧卡奇的《小說理論》儘管已經言及主人公與現實的「異質離散性」,但是,小說除了人物的感受與觀念相對於現實的異質性和離散性,還存在著人物與人物、人物與敘述者甚至是人物與自身之間「異質性」,這是盧卡奇未涉及的論題。小說敘事的「異質性」,只有到了巴赫金那裡,「異質性」才在人物之間、人物與敘述者之間不斷發生對抗性,並在對抗中生成。不過,巴赫金不使用「異質」這種說法,他的關鍵詞是「對話」,強調敘述者與人物、人物與人物之間的對峙性。也就是說,巴赫金對小說文本生成的分析不是停留在人物與外界

的異質性上，而是更深刻看到這種異質性是通過人物之間觀念與情感的對峙性才足以促使小說不斷生成，並且，正是這種異質性的無法妥協讓觀念與情感的運動處於轄域、解域、再轄域、再解域的過程。[9]

　　巴赫金對陀思妥耶夫斯基的小說的解讀，強調對峙過程中躍躍欲試的瓦解性來顯示情感面與觀念面的生機與危機，將解域作為敘事的推動力來觀照小說審美的動態性。「陀思妥耶夫斯基筆下人的意識，從不獨立而自足，總是同他人意識處於緊張關係之中。主人公的每一個感受，每一個念頭，都具有內在的對話性，具有辯論的色彩，充滿對立的鬥爭或者準備接受他人的影響，總之不會只是囿於自身，老是要左顧右盼看別人如何，可以這麼說，陀思妥耶夫斯基以藝術的形式提出了不同意識的社會分類，自然只是從同時共存的切面上加以區分的。」[10]這裡的「準備接受」與「左顧右盼」便是隨時準備接受他人的質疑，是一種維護與反擊、轄域與解域、動搖與堅定並存的狀態。之前的批評家已經發現了陀思妥耶夫斯基小說這種「左顧右盼」，盧那察爾斯基就言及：「不，作為一個人，陀思妥耶夫斯基不是自己的

9　「轄域」與「解域」是德勒茲和加塔利用來說明存在物的生成與演化的過程的概念。所謂「轄域」就是分類，建立聯繫，形成規則，對存在物進行組織化和系統化，「解域」則是對於某種既有系統化秩序的突圍和瓦解，是對某種既有觀念或範疇所形成的組織系統同一性的突破和掙脫。如果將「轄域」與「解域」這對概念延伸到小說審美領域，那麼，「轄域」便是經典文本逐漸沉澱下來的種種小說審美規範，這些規範無形中形成種種小說審美的條令，諸如由因果鏈條組成的情節環節應該成為小說的骨架式結構，結構內部要保持一定的勻稱性和協調性等等。然而，現代小說諸多文本的創作，恰恰是對這種小說結構的線性組織系統的顛覆。現代小說的創作，可能以某種隨筆風格的議論、聯想、感悟的「點狀」集合群來形成主題的漫遊，這種小說創作手法讓「點狀」的意義凝聚收納之前線性小說的種種情節或人物命運，是對於之前經典小說文本的情節佈局的一種解域。這種解域將敘述者或主人公的敘述能量盡情釋放，而不為線性小說轄域體系所拘束。本文言及的「轄域」與「解域」，是在小說審美的領域內使用這兩個概念。

10　〔俄〕巴赫金：《陀思妥耶夫斯基詩學問題》（北京市：生活·讀書·新知三聯書店，1988年，第1版），頁65。

主人，他的人格已經解體、分裂——對於他願意相信的思想和感情，他沒有真正的信心；他願意推翻的東西，卻是經常地、一再地激動他而且看來很像真理的東西；——因此，就他的主觀方面說，他倒很適於做那時代的騷亂狀態的反映者，痛苦的但是符合需要的反映者。」[11] 巴赫金沒有像盧那察爾斯基那樣診斷人格或時代有多「騷亂」，卻肯定了這種「騷亂」的小說美學性質：一切都被質疑，一切都需要在不斷辯護過程中加以解域，在解域中不斷生成：巴赫金發現了這種「刺激性的、挑逗性的、盤查式的、促成對話關係」[12] 新型小說的美學特徵。這種小說的美學特徵告訴我們，陀思妥耶夫斯基小說中的辯護是懷疑式的辯護，其懷疑又是辯護式的懷疑。所謂「刺激」「盤查」「促成對話」便是在對預設主題的不斷瓦解、挑戰、解域的過程中形成「未完成」的意義。人物之間的反覆辯論本可能被當做小說作品中的次要的內容，巴赫金卻把這種次要的內容推到小說藝術形式革新的前端。這種革新意味著人物與人物、人物與敘述者之間的論辯不單是為論出個道理來而爭論，一連串的辯論之中深藏著一種銷蝕、瓦解邏各斯中心的力量。這種具有「多聲部性」的觀念論辯型長篇小說太特殊了，似乎是陀思妥耶夫斯基小說的特殊性才成就了巴赫金的「對話理論」。那麼，緊接的問題是，被巴赫金稱為「獨白型」的托爾斯泰的小說是不是就與小說主題的解域沒有絲毫瓜葛呢？表面上看是這樣。解域理論好像只適用於陀思妥耶夫斯基的小說，托爾斯泰筆下的安娜與卡列寧或伏倫斯基不太可能來上一場又一場的海闊天空之觀念交鋒，梅什金與納斯塔霞或阿格拉婭才可能利用各種場合進行唇槍舌劍，辯出個是非曲直。但是，這不等於托爾斯泰式的「獨白型」小說

---

11 〔俄〕盧那察爾斯基：《論歐洲文學》（天津市：百花文藝出版社，2011年，第1版），頁130。

12 〔俄〕巴赫金：《陀思妥耶夫斯基詩學問題》（北京市：生活·讀書·新知三聯書店，1988年，第1版），頁73。

都那麼「意義穩固」，相反，托爾斯泰看似一直在鞏固他的觀念陣地，但難道我們不會在《復活》中發現瑪絲洛娃的話語對聶赫留朵夫的行為的無情解域嗎？當然，托爾斯泰由主人公直接陳述的解域話語是很節制的，但這不意味著托爾斯泰的小說主題只是單向度的強化。比如，《安娜·卡列妮娜》前部敘述的是情欲的勝利，而後半部則是愛情的折磨，後半部分的安娜的「受難修辭」，突出的是安娜如何為人格尊嚴而抗爭並將安娜之死歸因於尊嚴而非情欲，這就對小說的前半部分進行了解域。再者，對托爾斯泰小說主題進行解域，最好擴大到托爾斯泰的一系列文本。托爾斯泰《克魯采奏鳴曲》、《謝爾基神父》都在確立一種觀念，那就是情欲可怖且會給主人公帶來災難。托爾斯泰一系列「警世」文本中的「仇色」觀念很醒目，這些文本背後似乎站立著一位陰沉嚴厲的托爾斯泰。但是，更有名氣的《戰爭與和平》或《安娜·卡列妮娜》中的愛情描寫不也顯示了托爾斯泰對於情欲的欣賞嗎？正是通過對同一個作家不同類型的小說文本的交錯分析，讓我們知曉解域分析的方法完全可能在同一位作家的不同文本間穿梭。此部文本中建構起來並言之鑿鑿的主題，完全可能在相似題材不同路徑的表達中發見某種言不由衷或自相矛盾。甲部小說的主題很可能在乙部小說中被動搖，也可能在丙部小說中獲得繼續生長的可能。[13]

　　當然，這不是說所有的小說都無主題，而是說小說中的主題以及子主題，不見得如其文本表面上特別是敘述者話語所提交的陳述那樣無懈可擊。小說，特別是長篇小說，往往要聚集起多種價值向度與情感取向的話語才足以滿足長篇小說的容量。因此，長篇小說的預設主題受到不同觀念和情感的「襲擾」的可能性比較大，預設主題在解域

---

13 可見，小說文本的解域，既有小說文本的內部的解域，如《追憶似水年華》這樣的文本，亦有小說文本間的解域，如同一個作家不同文本的相互解域。

中不斷生成的可能性也隨之提高。預設主題被侵犯乃至被瓦解，應該是不值得大驚小怪的常態而非多麼了不起的例外。當然，還有另一類小說，這種小說就其本身結構而言，就明顯地區別於樹型的中心化的意義凝聚體小說，而是以一種漫遊式隨筆式的風格讓敘事行進，解域成為其自覺的一種敘事行為。這種小說的解域，與陀思妥耶夫斯基小說的觀念交鋒式的解域不同，是一種話語符號自覺轉換式的解域。符號意義的自覺轉換代替了觀念與情感的對話交鋒，這種符號意義的轉換式的解域型現代小說文本，當推《追憶似水年華》（以下簡稱《追憶》）。

三

德勒茲推敲《追憶》中符號系統：「藝術的世界就是符號的最終世界；並且，這些符號，作為去——物質化的，在一種理想的本質之中發現了自身的意義，尤其是對感覺符號：它將它們整合，賦予它們以一種審美的意義，並洞徹那些它們所擁有的仍然晦暗難辨的東西。於是，我們理解了，感覺符號已經指向著一種理想的本質，後者體現於其物質性的意義之中。然而，離開藝術，我們將不能理解這一點，也無法超越與對瑪德萊娜所進行的分析相對應的闡釋層次。這也是為什麼所有的符號都匯集於藝術；一切學習——通過種種迥異的方式，已經是對於藝術自身的無意識的學習。」「普魯斯特的問題就是關於符號的問題；並且，符號構成了不同的世界，有空洞的社交符號，愛的謊言性的符號，以及物質性的感覺符號，最後是本質性的藝術符號（它對其他三種符號進行轉化）。」[14]

---

14 〔法〕吉爾·德勒茲：《普魯斯特與符號》（上海市：上海譯文出版社，2008年，第1版），頁15。

　　的確，《追憶》佈滿了龐雜的符號系統，這些符號系統交織著，互相詮釋著，以「顯微鏡」或「望遠鏡」的方式打量著符號系統內部的微觀結構與宏觀聯繫。一部《追憶》，通過聯想，通過比喻，通過相似性，一連串的相似性，以某一系統符號之鏈去解域另一符號系統的意義。[15]

　　沒有解域，也就沒有《追憶》這部小說：所有符號的意義在這部小說之中都要通過「轉化」去獲得「闡釋」。《追憶》的解域，是一種符號被轉換為另一種符號。愛情符號需要被解域，被「轉譯」為考古學、藝術學或軍事外交的編碼，才可能認識到其中的奧秘；社交符號需要被解域，被「轉譯」為藝術學、植物學或動物學的符號，才可能識別其特質。所有的符號最終被哲理化被審美化，被哲理話語解域，被審美話語解域。所有的現象，不止一層地被解域，這是《追憶》書寫得繁花似錦的奧秘之一。所有的話語，都要接受另一性質話語的再次表達，再次解域。多重話語解域讓一種現象或情感的話語性質不斷更迭，其結果便是不同性質的意義脈絡縱橫交錯地交織疊加在一起，形成意義的立體網路。

　　如果說陀思妥耶夫斯基的小說通過觀念與情感的解域來驅動文本的生成，那麼普魯斯特便是以博物學家的睿智和淵博啟動不同知識系統的交錯解域來生成文本。

　　《追憶》中的每一種心靈脈絡、學科知識、社交習見都圍繞著各自的邏各斯，但普魯斯特是對各種邏各斯進行「符號轉換」的極高明的小說家。普魯斯特式的比喻是解域最直接最「輕快」的手段，比喻

15　為什麼相似性在普魯斯特的小說中具有解域的作用呢？原因在於《追憶似水年華》中的兩個或多個存在物具有足夠的差異性，相似性讓不同性質的存在物聯繫在一起，這種聯繫是一種想像的結果，而正是這種想像，讓完全不同性質的存在物得以關聯。這種關聯不僅僅是建立聯繫，更是彼此解域，一種性質迥異的符號表意系統對另一性質的符號的想像性詮釋，便是一種解域。此種想像性詮釋，「扭曲」了各自的特徵，卻創造了「無理而妙」的美學修辭。

是邏各斯最無奈的對手。[16]比喻，特別是富有幽默感的比喻，往往使用的是另一個符號系統的邏輯，與之前的邏各斯既有交集，更有大面積的差異。試讀《追憶》中的一段：「他慈眉善目、忠厚老實、與人為善，而往日的阿讓庫爾目空一切、勢不兩立、鷹視狼步。他完全變成了另一個人，變化之大使我一看到這難以表於言辭的怪相、滑稽可笑的白色人物，堆成返老還童的杜拉吉納將軍模樣的雪人兒，一看到這就覺得人能像某些昆蟲那樣進行脫胎換骨的蛻變。我彷彿正透過自然博物館富有教益的玻璃櫥窗，觀看最敏捷、對自己的外形最有信心的昆蟲能變成什麼樣子。面對著這隻與其說是蠕動，不如說在顫動的軟體蛹，我已無法喚起我心中歷來感受到的對阿讓庫爾先生的那種感情了。」[17]此處，昆蟲學、博物館的比喻，讓一位老年人的性情與體態的變化這一再尋常不過的現象具備了可笑性、憐憫性和無情性。把人比作昆蟲，讓曾經「鷹視狼步」者被滑稽化處理，人性的傲慢被解域。「昆蟲」之喻壓縮了時間，「博物館的玻璃櫥窗」讓人看見了人被自然規律擺佈的可憐與無奈。解域能夠在這裡發生作用，便是自然法則的某種鏡像如哈哈鏡般去反映一個人的性情與外貌，以昆蟲學的符號系統來轉換人的性格符號系統的表述，利用自然規則的表意符號系統去審視人性中的傲慢，讓其顯出可笑、可憐與可歎。

　　正是德勒茲，指出了這種符號系統的差異性在《追憶》中的重要作用：「觀察《追憶》之中的三個次要人物，他們每個人都是以某種

---

16 關於比喻在《追憶似水年華》的解域作用，可參考保羅・德・曼在《閱讀的寓言》中對普魯斯特的比喻語言的分析，他認為「普魯斯特是一個知道真理的時刻像死亡的時刻一樣永遠不會按時到來的人。因為我們所說的時間恰好像真理不能與它本身相一致一樣。《追憶似水年華》敘述了意義的逃遁，但是這並不阻止它自己的意義處於不斷的逃遁之中。」這種「意義的逃遁」便是一個又一個介面的解域，意義的逃遁便是讓意義在解域中生成的絕妙方式。

17 〔法〕馬塞爾・普魯斯特：《追憶似水年華・重現的時光》（南京市：譯林出版社，2008年，第1版），頁2169。

角度與邏各斯維繫在一起：聖盧，熱心於友情的知識分子；諾布瓦，為外交界的約定性含義所糾纏；戈達爾，在權威性的科學話語的冰冷面具之下，掩藏著他的怯懦。然而，他們每個人都以其方式揭示了邏各斯的覆滅，而且，每個人的價值僅僅在於對沉默的、碎片性的、隱藏的符號的熟悉，這些符號把他們每個人歸屬於《追憶》的某個部分之中。戈達爾，一個低能的不學無術者，卻在診斷之中——也即，在對於含混的症候的解釋之中——體現了其天賦。諾布瓦明白：外交界的慣例和社交界的慣例一樣，在其所運用的明確含義之下發動了、恢復了純粹的符號。聖盧解釋說，戰爭的藝術較少依賴於科學和論證，而更多依賴於對始終是部分性的符號、包含著異質性要素的含混符號或甚至是用來欺騙敵手的錯誤符號的洞察力。不存在戰爭、政治或外科學的邏各斯，而只有包含於不可被總體化的碎片和物質之中的密碼，它們把軍事家、外交家與醫生造就成為如此眾多的不協調的碎片，對於這些碎片的解釋要依賴於一位神聖的解釋者，她更接近於女巫底比斯而不是博學的辯證法家。普魯斯特處處以符號和象徵的世界來反對屬性的世界，以帕索斯的世界來反對邏各斯的世界，以象形文字和表意文字的世界來反對分析性表達、表音文字和理性思想的世界。」[18]

所謂「屬性的世界」是單個人物所屬的世界，每個人物在按照慣例行事的世界裡往往遊刃有餘，自如地駕馭其熟悉的符號系統，然而，一旦這一人物與其他領域的符號發生交匯，則不能不面臨著被解域的可能，即使是小說中如白馬王子一般的聖盧，當他陷入一位交際花設下的情感陷阱時，也不免表現出令人詫異的「不正常」。當然，情節性、事件性的解域在《追憶》中不是最有特色的所在，比喻性的

---

18 〔法〕吉爾·德勒茲：《普魯斯特與符號》（上海市：上海譯文出版社，2008年，第1版），頁106。

解域在《追憶》中才是最常動員的藝術手法。人物或現象的種種屬性，聯繫著其背後龐大的意義系統。對屬性的瓦解和銷蝕，就是對一個個龐大的意義系統的解域。對醫生的解域，只需要洞察其收診費時候的一個隱蔽而又得體的小動作；對貴族社交系統的解域，只需要揭示他們對一位身患絕症的老朋友的冷漠託辭；對愛情的解域，只需要主人公再也沒有嫉妒心之後對太太的客客氣氣。除了洞察力勾勒出的解域話語，更有一系列絕妙的比喻修辭跟蹤、追隨著人物的每個動作、每種表情、每種心理現象。《追憶》引爆了所有了意義系統，勾勒出無數的逃逸線。[19]

但逃逸線不單純是意義的逃逸，而是讓逃逸線構成另一條意義的根莖，再次躍出，去捕捉另一種屬性，去探尋瓦解另一個屬性的可能空間。德勒茲如同巴赫金論述陀思妥耶夫斯基的革命性小說敘述觀念那樣敞開了一種新的小說敘述理念：小說不僅是情節、情感、人物、性格的複合作用的綜合體，小說還可能是由比喻推動的多重符號意義系統構成的符號網路連接體，線性的情節性格型小說完全可能為點狀的符號分析型小說所取代。

德勒茲與加塔利在《資本主義與精神分裂（卷2）：千高原》中的一段論述，可作為對《追憶》的生動解讀：「一個根莖可以在其任意部分之中被瓦解、中斷，但它會沿著自身的某條線和其他的線重新開始。人們無法消滅螞蟻，因為它們形成了一個動物的根莖：即使其絕大部分被消滅，仍然能夠不斷地重新構成自身。所有的根莖都包含著節段性的線，並沿著這些線而被層化、界域化、組織化，被賦意和被歸屬，等等；然而，它同樣還包含著解域之線，並沿著這些線不斷逃逸。每當節段線爆裂為一條逃逸線之時，在根莖之中就出現斷裂，但

---

19 所謂「逃逸線」亦是德勒茲《千高原》中頻繁出現的概念，逃逸線被賦予了一種否定性的掙脫的力量，不斷躍出既有的表意機制，去尋求新的表述之可能性。

逃逸線構成了根莖的一部分。這些線不停地相互聯結。這就是為何人們無法採用某種二元論或二分法的原因，即使是以善惡對立的基本形式。我們可以製造一個斷裂，我們可以勾勒出一條逃逸線，不過，始終存在著這樣的危險：即在其上有可能重新遭遇到對所有一切再度進行層化的組織，重新賦予一個能指以權力的構型，以及重新構成一個主體的屬性。」[20]

瓦解，中斷，解域，逃逸，逃逸線的再次根莖化，斷裂之後的再度層化，普魯斯特的小說便如此生成著。其中，點狀的透視是「顯微鏡」，但單有「顯微鏡」，單有貼近存在物的細緻描摹還不足以構成普魯斯特的《追憶》，還需要通過各種「點」的解域：極具洞察力的透視，一連串比喻和聯想的透視，並再借助透視獲得的種種相似性，便能踏上解域的逃逸之旅。而正是通過各個「點狀透視」逃逸線的交互編織，使得逃逸之旅不是簡單的逃逸，而是極力捕捉相似性：事件的相似性、人物關係的相似性、情感邏輯的相似性、現實與藝術作品的相似性、現實之人與歷史之人乃至藝術品中人物形象的相似性、氛圍或情境的相似性，這些相似性構成「望遠鏡」的藝術效果：「點」於是在各種線的交織過程中，在解域的逃逸之旅之中生成小說的意義，以掙脫系統化表意方式創造敘事的系統化。依靠「點」的相似性，《追憶》這樣的小說於各類性質迥異的符號系統間轉換，而不必拘泥於線性小說的佈局縝密或結構均衡。依靠相似性原則構成的點狀敘事，對相似性的捕捉便不再是終點，而是起點。這個起點，便是利用相似性實現對某種現象之敘事或闡釋的轉換。

喻體與本體「落差」極大極新奇的比喻就是一種最具詩性的意義轉換，這種意義轉換即是一種意義解域。《追憶》的審美特徵就在於小說家處處自覺地進行點狀的意義解域。兩種或多種的話語系統的意

---

20 〔法〕德勒茲‧加塔利撰，姜宇輝譯：《資本主義與精神分裂（卷2）：千高原》（上海市：上海書店出版社，2010年，第1版），頁11。

義闡釋，圍繞著敘事文本的某個「點」展開，比喻性闡釋形成的多重話語的清溪或洪流建構《追憶》中最令人神往的意義轉換系統。

　　不再滿足於緊張的情節、奇妙的結構佈局的現代小說讀者，閱讀興趣逐步轉移到意義解域的奇妙性以及話語轉換的驚奇性、絢麗性和多重性上。

　　如此，對所講述的故事進行意義解域並生成多重多向的意義交織，幾乎成為現代小說的重要美學特徵，無論是普魯斯特《追憶》的多重符號系統的交互解域，還是穆齊爾《沒有個性的人》對現代知識體系的反思式解域，或是托馬斯·伯恩哈德的《歷代大師》那樣痛快淋漓的「怒斥體」的全盤批判式解域，或是索爾·貝婁的《赫索格》那位瘋狂的大學教授隨時隨地解讀自我生活導致的理性與荒誕的交互解域，諸多現代小說的文本幾乎成為知識型作家群體的意義解域場。

　　導致現代小說解域式敘事興起的重要原因，一是具有批判性思維的知識型主人公與敘述者在現代小說中逐漸增多，「天真的小說家」淡出，「感傷的小說家」淡入。[21]具有強大反思和批判能力的「感傷的小說家」創造的敘述者或主人公讓解域式思維源源不斷生成新的感受與新的意義闡釋，並貫穿文本。其次，現代小說的敘事，除了提供新異的故事情節以及個性化的人物形象，現代小說的敘事已經「升級」到對故事情節和細節描繪進行「即時」分析、剖解、聯想乃至狂想的「境界」。

　　「情趣」與「理趣」彼此纏繞，情感表達與思想分析交互穿插，人物行動與自我反省交錯推進。

---

21 土耳其著名作家奧爾罕·帕慕克《天真的和感傷的小說家》的主要觀點脫胎於席勒在〈天真的詩與感傷的詩〉一文，認為「天真的小說家」與自然融為一體，率性創作，並不詳細區分他所感知的世界與世界自身，而「感傷的小說家」善於反思和追問，不斷質疑自我的創作，清醒地知道自己所使用的文學方法，並且自覺地意識到小說虛構之特質。

　　這意味著現代小說不僅作為「故事」來讀，還通過對「故事」、「故事中的人」、「故事中的細節」乃至「說故事的人」的深度剖解、反思和聯想讓解域式敘事方式植入小說文本之中。

　　敘述者或主人公是「運動員」，更是「評論員」，小說不僅作為獲得一波三折的情感代入感的故事文本，更作為直接的分析、議論與聯想的對象。小說中的故事，成為議論與聯想的跳板。欣賞現代小說，是欣賞故事、議論與聯想的複合之美，是既能沉浸於故事情節之中，又能不斷地「翻轉」出故事之外的一種閱讀。這種閱讀，倡導在反思中讓敘事繼續生成，從而讓讀者體驗解域式敘事的智性之美。再有，現代小說的解域之美又不是一種理性完全凌駕於感性之上的小說寫作，現代小說充斥著比喻式剖解與反諷式分析，其議論很深刻，但絕談不上嚴謹。也正是從這個角度看，現代小說無論如何大量地引入哲思和分析進行自我解域，其文本畢竟還是小說，其解域所顯示出來的美學特徵是偏執式的深刻、想入非非式的論理和天馬行空般的聯想。這意味著這些敘事文本依然是小說文本而非學術論文，因為只有小說文體才可能同時容納嚴謹的哲思與情緒化的偏執。

　　現代小說的文體，讓哲學、科學的表述方式長驅直入，但現代小說文體在接受這些文體的表達方式之時，也表現出對這些表述方式進行情感化再處理的高超能力，如此，現代小說便同時接納了清醒與瘋狂、寬容與偏執、感性與理智、哲思性與情緒性、科學性與荒謬性。

　　從這個意義上說，現代小說讓科學論文與哲學論文嫁接其中，融入其中，使現代小說的自我解域能力大大「提升」，但這種「提升」又最終返回個體的內心體驗和生命感悟中，使之產生傳統小說敘事的情感表達方式回溯之幻覺。

第一章
小說的組織：線、點與面

一

　　小說世界包羅萬象，小說作品千姿百態。不同的風格，迥異的敘事方式，讓各種類型的小說在小說生態圈中爭奇鬥豔，滿足不同讀者群落審美趣味之差異化需求。

　　倚重情節的小說，或預設懸念，以雲遮霧罩的謎團誘使讀者在解謎過程中享受智力挑戰的樂趣，或以波譎雲詭的命運激變以及情感的高幅度震盪，演繹極化的心靈衝突；突出情感與性格的小說，或勘探世態人心的深淺、明暗，或演示性格多面體驚世駭俗的劇烈翻轉，或洞察平靜狀態下的偏執、無奈與虛無，或提示瘋狂舉動中的傲慢、倔強與孤獨；耽溺於人物感覺世界的小說，或提取轉瞬即逝的心理變化過程中的幽微詩意，或以隱喻開闢異於常態的奇異感覺，或描繪不同感受狀態碰撞融匯之交織圖景；觀念分析佔據文本中心的現代小說，或通過觀念的多重交鋒對話與旋風般的場面演進交相輝映，或以某一個感受點的意義詮釋來層層擴展並藉此萎縮情節與情感的敘事版圖，或以非線性多介面多學科的複合闡述讓繁複的意義闡釋嫁接於多變的故事線條之上。

　　小說從來不缺少故事，許多小說就是以故事來吸引讀者。然而，十九至二十一世紀的諸多現代小說經典文本又告訴我們，故事已不再是小說敘事最耀眼的內容了。這並不是說諸如《情感教育》、《卡拉馬左夫兄弟》、《追憶似水年華》、《沒有個性的人》、《赫索格》這樣的經典小說作品缺乏生動的故事，而是類似這樣的小說作品已不再通過欲

擒故縱的懸念、奇異的巧合、層層鋪墊的衝突以及翻轉而出的真相曝光來完成敘述。如果將故事情節稱為「線」，即貫穿作品的情節線索，那麼，《追憶似水年華》、《沒有個性的人》這樣的作品，其「點」和「面」比「線」重要。

　　所謂「點」和「面」，「點」可以是一種奇特的聲調，「點」可以是一個動作細節，「點」可以是凝視的片刻，「點」可以是表情的瞬間，「點」可以是某次對話中微妙的潛臺詞，甚至可以是一種習慣用詞。至於「面」，便是從「點」擴展開來的內容。無論是一個習慣用語或是一個情緒拐點，都可能被敘述者擴展成為一個聯想之「面」、議論之「面」、比喻之「面」、剖解之「面」、抒情之「面」。以「點」和「面」為敘事主要特徵的小說，事實上是以「縱聚合」來組織作品，其「橫組合」的情節線已經被「虛化」，被「內嵌化」。甚至，由「點」鋪設開來的「面」之中，也絕非單純地只服從於某一條「線」。相反，「面」之中會勾連出另一條「線」，聯想、議論、分析都可能讓不同的「線」在所謂的「面」之中交錯、銜接。這意味著，有些現代小說作品已經無所謂是否存在一條敘事「主線」，或者說「主線」已經變得不重要了，甚至可以認為串通整個文本的，不見得就是由某一條情節線來承擔綱領性的結構任務。

　　一連串因果相接的事件不再是作品的骨架，小說也可以不依靠一連串首尾相連的事件來作為核心的框架。那麼，什麼可以取而代之呢？情感、感受、思緒、議論、比喻都可能在文本的整體或部分中作為核心的線索來取代傳統的事件之線、行動之線或時間之線。

　　「面」有太多的入口和出口，一個比喻就可以讓之前的情節發生扭轉，從而進入另一個時間節點的故事之中；一段聯想就可能中止之前的故事，讓敘述跳躍到另一個時間點；一種通感的開啟，就可能讓之前的場景煙消雲散，從而讓思緒飄移入另一個時空之中。「點」派生出「面」。有的詮釋、議論、抒情之「面」展開後又讓敘事回歸到

之前的「點」上。有的「面」則不然，不是以詮釋、議論這樣的「點評」為自己的唯一任務，而是在議論、抒情、聯想之中經由議論的邏輯、抒情的感懷或聯想的相似性「逃逸」出之前的「線」的控制，開闢新的敘事之「線」。這樣的「面」就成為「轉換系統」，其捕捉新的「線」的能力特別發達。如此，「點」以及派生出的「面」如果變得極其複雜，這意味著整體與局部的顛倒。

　　局部的高度膨脹，自然讓傳統的以情節統率全域的「線」被弱化。「點」原先是局部的，服從於「線」的整體佈局。當局部的「點」旁徵博引或想入非非的時候，圍繞著「點」，話語的繁殖能力便不受約束地擴張開來。那麼，這似乎中心不被尊重，主次被顛倒，結構也變得不勻稱。發展到過分的地步，甚至某個「點」乾脆就可以開闢出一個龐大的章節來介紹某種特別的「知識」或推敲某種特別的「趣味」，講究情節勻稱性和均衡感的敘事傳統就這樣被徹底摧毀了。

　　然而，從另一個思路考慮，如果小說的組織就是以敘述者廣博的思維和龐雜的感受作為一種「線」，那麼，為什麼不能讓小說敘述撇開事件、行動、懸念的約束，大大方方地說古道今或想入非非地思想漫遊呢？這不是說故意排斥故事，而是當過於專注於故事的敘事與讓小說容納更深更廣的思想、情感和感受的追求發生矛盾的時候，偏袒後者顯然是有活力的小說家應該追求的立場。如此，「線」可以不是時間之「線」，可以不是故事情節之「線」，而是可能讓情感之「線」、思緒之「線」甚至觀念之「線」成為一路捕獲故事吸納場景的主線。小說依然存在著「線」，只是這「線」不是那種必要的「橫組合」的時間之「線」、故事之「線」或行動之「線」，而是「縱聚合」之「線」。這精神之「線」不斷吸收人的思想、情感，亦不斷吸附事件、故事和場景，並藉此統率敘事全域。

　　亞里斯多德的《詩學》以為「悲劇的目的不在於摹仿人的品質，而在於摹仿某個行動；劇中人物的品質是由他們的『性格』決定的，

而他們的幸福與不幸，則取決於他們的行動。他們不是為了表現『性格』而行動，而是在行動的時候附帶表現『性格』。因此悲劇藝術的目的在於組織情節（亦即佈局），在一切事物中，目的是最關重要的。」[1]亞里斯多德的理論，顯然「行動」遠比「性格」重要，這樣的判斷固然還有廣泛的適用性，但對於諸多現代小說來說，特別是以人的精神探索為主要內容的小說來說，這條法則的闡釋力是有限的。因為，在這類小說中，人物常常會一邊「行動」，一邊詮釋自己的「行動」：人物不滿足於充當「運動員」，而是同時賦予自我「評論員」「教練員」的身分。現代小說的人物，對自我的行為、性格乃至人類的生存境遇所潛藏的意義，發出喋喋不休的話語。這些議論與感悟常常會經由具體情景進入更抽象的層面。從這一角度上說，亞里斯多德原來一直強調的「行動」之線的中心化作用對於某些現代小說已不是金科玉律了。知覺之「線」、情感之「線」、觀念之「線」已經不是「行動」之線的補充性陪襯性的「支線」，而是獲得了凌駕於行動之「線」之上的中心地位。羅蘭‧巴爾特的《敘事結構分析導論》言及一個敘事單元類別中包含著兩個作用，一個是組合段的「功能」作用，另一個是聚合體的「指號」作用。[2]那麼，部分現代小說敘事的聚合體的「指號」早已經不是組合段的「功能」作用的附屬物了。普洛普《故事形態學》明確地聲明故事形態學的規律性僅適用於民間故事：「藝術創作的故事不在此列。」[3]同時，普洛普的研究表明民間故事功能項排序具有「驚人的單一性」以及「重複性」。[4]可見，經典敘

1　〔古希臘〕亞里斯多德：《詩學》（北京市：人民文學出版社，1962年，第1版），頁21。

2　〔法〕羅蘭‧巴爾特：《羅蘭‧巴爾特文集：符號學歷險》（北京市：中國人民大學出版社，2008年，第1版），頁115。

3　〔俄〕弗‧雅‧普洛普：《故事形態學》（北京市：中華書局，2006年，第1版），頁19。

4　〔俄〕弗‧雅‧普洛普：《故事形態學》（北京市：中華書局，2006年，第1版），頁18。

事學研究中的各種功能項，雖然可以對應於現代小說中主人公的種種精神歷險、考驗，但已經無法有效地對應於經由「縱聚合」膨脹開來的精神探索式的小說了。這是因為「縱聚合」多由聯想、議論構成，「橫組合」各個功能項則為「行動」的因果性所約束。亞里斯多德所言的「結」與「解」多要推敲人物行為於上下文的合理性，「縱聚合」為主的小說敘事則無須依附於因果性為主的故事鏈條，而是可以通過闡釋性的內容過渡到情節性的內容，詮釋性話語之中的議論或聯想所帶來的延伸性比嚴謹的「行動」因果律具有更開闊的小說話語的「轉場空間」。

　　當然，給予情感、感受、觀念為中心的精神探索類型的小說以更多的重視，並非完全無視或強烈排斥故事型的小說，相反，研究小說，從故事情節類型的小說文本出發，才可能更好地確定情感探索類型小說或精神探索類型小說的藝術價值。

二

　　講故事不一定非用偵探小說模式，但偵探小說是最能體現故事情節集中性、因果性之小說類型。

　　偵探小說大概可以算是「行動力」最強的小說。

　　偵探小說所有的「行動」都圍繞著懸念或秘密展開。偵探小說利用懸念這一個點，延伸出一條敘事之線，敘事之線發展到某個階段，累積的證據以及偵探的詮釋，會使「線」的性質發生改變：之前看似沒有聯繫的各個疑點會被邏輯性地聯繫起來：這意味著案情有了清晰的脈絡。偵探小說敘事之線的兩端分別是預設的懸念與真相大白的「發現」，「發現」讓之前「線」的每個環節都有意義。如果沒有亞里斯多德所言的「突轉」與「發現」，偵探小說就失去了吸引力。無論複雜與否，偵探小說是用整條敘事之線去成就最後的「突轉」與「發

現」。「線」的一個又一個環節的累積都是為了末端的「突轉」與「發現」積累足夠的力量和足夠的驚異。或者說，偵探小說是以整條「線」成就一個最終的「發現」。這與從「線」中的任何一個角度和端口不斷延伸各類話題的現代小說是完全不同的小說寫法。

當然，偵探小說也需要很高的技巧。偵探小說的懸念設計的巧妙，不僅要求於懸念要有足夠的分量，即案件本身要有足夠的新奇性和震動性，偵探小說還要設法讓懸念「懸置」足夠久的時間，並在「懸置」過程中讓其不斷接受各種事件和誤判的干擾。

干擾將使案情變得撲朔迷離，一個個看似逼近真相的答案通常是作家所設置的推理誤區：假相越具有迷惑性，情節便越有吸引力。

然而，當真相大白時候，之前所有的迷惑便不再是迷惑，所有的難題便不再是難題。

這就是偵探小說的悖論：複雜性與簡單性同時是偵探小說的特徵。

不複雜就無法為懸念找到「懸置」的理由，不簡單則無法將看似複雜的案情落實到堅實的推理思路上。

所有的細節和情節最終都服務於疑團的明朗化，所有人的情感世界都被案件形成的漩渦所吸納，所有的漫不經心的閒言碎語或看似無意義的舉動最終都為唯一的真相所統率。

偵探小說中的人物不乏個性，但其個性拓展同樣也受到案情偵破故事的限制。很難想像一位偵探小說作者在描寫一位偵探時會花上大量篇幅敘述他對英國山楂樹的奇異體驗或是來上一長篇關於「厭煩」的哲學思考。當然，文學作品確實也出現過多愁善感的偵探形象，比如羅伯·格里耶《橡皮》中的偵探瓦拉斯。然而這個瓦拉斯與其說是一位精明的警探，不如說是一位內心裡不斷湧現感傷情緒的詩人：「是什麼厄運，使他今天不得不沿途到處都要提出解釋呢？是否由於城市街道佈局特殊，迫使他只好不斷地問路，而得到的回答，每一次都使自己走了彎路？過去他曾有過一次在這些意想不到的分岔路口和

死胡同中，遊來蕩去迷了路——特別是那些死胡同，更是容易叫人迷失方向——幸虧由於偶然的機會，最後找到一條能夠一直走到底的路。當時只有他母親單獨為此擔心。後來他們母子兩人走到這運河堵塞的一端；在陽光的照射下，河畔低矮的房屋，在綠色的河水中反映出古老的建築的正面。這一切大概是發生在夏天裡，是在學校放暑假的時候。他們在這個城市停留一下（他們是到這兒南面的海邊去度假，和過去每年一樣），以便去探望一位女親戚。他好像記得這位親戚在生氣，似乎有一件繼承遺產的事或類似的問題。他確實知道有這麼一回事嗎？他現在甚至想不起他們最終有沒有見到這位太太，他們是否一無所獲就離開（在轉車中間只能有幾個小時的停留）。再說，這些真的都是回憶嗎？關於這一天的經過，他過去經常聽到說：『你記得的，當時我們去過……』不，不是記得，他是親眼看見那運河的一端，那些反映在寧靜的河水中房屋，以及那攔住河口的低矮的小橋……還有那廢棄的舊船的殘骸……不過很可能這一切是在另一天，在另一個地方發生的事——也可能是夢境。」[5]這是一位在辦案的時候不斷「走神」的偵探。城市的佈局已經不是追蹤罪犯的空間，而成了傷感的地點。這篇小說寫的就是一位犯糊塗的偵探，說的就是破案過程的荒誕性。此篇小說的特色正在於以日常性景象不斷瓦解偵探的職業性思維。傷感與猶疑代替了縝密與果斷，使得這部借用了偵探模式的法國新小說派代表作品以偵探敘事模式書寫了「反偵探」的內容——不過，正是這位偵探的日常傷感／職業性客觀冷靜的反差，讓這部小說獲得了極有特色的敘述張力。《罪與罰》、《審判》、《橡皮》等等小說都出現了偵探和偵探故事，但這樣的小說都不是將敘事的焦點集中在懸念與推理之上，即不是將重心放在設置謎面與解謎的敘事之「線」上，而是放在偵探或嫌疑人物的內心感受上。《審判》更是

5　〔法〕羅伯・格里耶：《橡皮》（上海市：上海譯文出版社，1981年，第1版）。

敘述了無罪者莫名其妙被逮捕的荒謬事件。從某種意義上說，此類作品都對法律、推理、正義提出了種種質疑——諸多包含著偵探故事的現代小說已經躍出了作為通俗小說模式框架。《罪與罰》探討的正是法律無法解決的犯罪者的精神煉獄與救贖之大問題；《審判》對法庭、法官、律師與抓捕者極盡冷嘲熱諷之能事；《橡皮》為偵探者注入憂鬱和感傷。這種寫法，對傳統偵探形象應該有的縝密與冷血來說，無疑是個大逆轉。從這個角度上說，這些作品與偵探小說最明顯的分野不在於案情所關涉的情節之複雜性，而在於這些小說完全不依靠通常偵探小說的敘事之「線」去完成意義。「線」在這些小說中變得次要，感傷之「點」、精神磨難之「點」和荒誕之「點」遠比案情的發展以及「發現」來得重要。《審判》還可視為對正統的偵探小說之線的破壞或扭曲：懸念中沒有來由的逮捕與結尾的毫無依據的審判都是對正兒八經的偵探小說的嚴絲合縫的推理之「線」的絕妙諷刺。

　　典型的偵探小說不太可能為讀者提供游離於案情推理之外更開闊的心靈世界。偵探小說研究者承認：「既然邏輯推理是偵探小說的靈魂，那麼就沒有太多餘地延展人物性格或拓展多樣性風格。」[6]因此，「有著固定嫌疑人和嚴格條規的偵探小說一直都是童話。」[7]偵探小說被視為童話，一方面針對推理破案過程的巧妙神奇的想像，另一方面指向偵探敘事對世界的理解與想像的敘事路徑中心化與答案的單一性。偵探小說的敘事成規決定了其主題的易理解性。另外，其主人公的行為、情感世界亦都圍繞著偵破這一中心事件。福爾摩斯雖然也喜歡拉小提琴或欣賞歌劇，都不要忘記這位推理大師在《血字的研究》中就被告知：這位大偵探「不願意去鑽研那些與他研究毫不相干

6　〔英〕朱利安・西蒙斯：《血腥的謀殺——西方偵探小說史》（北京市：新星出版
　　社，2011年，第1版），頁2。

7　〔英〕朱利安・西蒙斯：《血腥的謀殺——西方偵探小說史》（北京市：新星出版
　　社，2011年，第1版），頁12。

的東西，因此，他所掌握的知識對他來說，當然都是有用的了。」[8]
華生醫生還開了個清單謂之「福爾摩斯的學術境界」：「一、文學知
識——無。二、哲學知識——無。三、天文學知識——無。四、政治
學知識——無。……」[9]而在化學知識、解剖學知識以及法律知識方
面皆為「精深」。這份清單當然是虛構的，文學、哲學或天文學未必
對破案都毫無助益。然而，與其說作者有意識在約束主人公的知識結
構，不如說作者以半開玩笑的口吻告訴讀者破案靠的是能夠實證的物
證，而不是哲學的玄妙或文學的浪漫。這不是說不懂得人情世故的偵
探反而更有利於破案，而是表明偵探其職業特性不允許被個人的七情
六欲所束縛。偵探要以更超然的姿態審查眾人的情感迷障或慾望迷
宮。當然，這不是說懸疑敘事中偵探毫無情感弱點亦不會陷入感情旋
流之中，希區柯克的懸疑片《迷魂記》中那位偵探的愛情就被犯罪者
利用。不過，《迷魂記》那位憂鬱警探恰恰是從誘惑中醒悟才得以揭
穿陰謀。中國電影《白日焰火》中的偵探主人公更糟，甚至墮落成酒
鬼，但結尾亦是理性驅逐了愛情——酒鬼警探在兩難之中選擇了正
義。不過，《白日焰火》的文藝片特性遠比警探敘事更醒目，過於注
重表現內心世界的頹廢與掙扎讓該片偏離了常規意義上的偵探片模
式，向文藝片和社會批判片傾斜。

　　懸念中心化，情節推理化，犯罪真相化，偵探理性化，這意味只
有通過對於整條敘事之線各種關鍵資訊的逆向收攏和逆向理解，才可
能讓最終的「發現」獲得意義。偵探小說的局部無論多有趣，都不可
能在某一情感點上讓偵探的心靈世界表述發揮得太過分，讓偵探傷感
到脫離破案現場或是出神到在回想中找到生命的慰藉，這也可能構思

8　〔英〕阿瑟・柯南・道爾：《福爾摩斯四大奇案》（北京市：人民文學出版社，2004
　　年，第1版），頁13。

9　〔英〕阿瑟・柯南・道爾：《福爾摩斯四大奇案》（北京市：人民文學出版社，2004
　　年，第1版），頁13。

出一部「關於偵探」的有趣小說，但不太可能是一部常規意義的偵探小說。

偵探小說一整條敘事之「線」佈滿假相，最終的真相會迫使假相翻轉，從而顯現另一套揭穿欺騙的合理解釋。假相線上佈局，最終真相的「發現」為整個佈局提供更可靠的原因。偵探小說的「突轉」與「發現」暴露的令人駭然的秘密表明一系列的假相是多麼富有欺騙性，甚至日常性的平凡細節都掩蓋著工於心計的精心策劃。如此，「發現」所包含著的智力挑戰性和真相曝露的震驚感，讓情節層層鋪墊和精心佈局沒有白費功夫。所有的鋪墊和佈局都會在小說結尾爆發出奇異的能量：假／真的徹底翻轉讓讀者對之前的種種細節和事件有了全然不同的理解。秘密的「發現」提供了一種新的思路，讓另一種闡釋返回現場去注釋之前所發生的一切。

偵探小說利用了一系列的二元對立如謊言／真相、智慧／愚蠢、偶然／必然、疏忽／周密、次要／重要來確立其文本意義。偵探的不凡，在於洞察種種偶然性之間的必然聯繫，在於確定看似次要的細節之中所包含著的決定性的線索，在於為無聯繫的各種瑣碎的細節群落勾勒聯繫的草圖。於是，我們可以說偵探的「發現」統率著全文。當然，偵探通常不會那麼輕易地宣告其「發現」，因為深思熟慮引而不發的進一步求證是偵探的必要步驟，這就讓讀者要比偵探遲一步去「發現」，遲一些時刻去接近真相。正是「發現」的「時間差」，標注出偵探與讀者之間的智力差距。當然，「發現」的作用，還不僅僅是用來衡量智力和洞察力的差距，「發現」讓體面暴露出醜惡，讓溫和的熟人瞬間變臉為陰險的兇手，讓高高在上者轉身為卑鄙的騙子。偵探小說提供了極端化的倒錯，偵探最終的「發現」讓世界來一個徹底的顛倒，而正是這種倒錯和翻轉為文本進一步創造了價值：如果沒有這重大的「發現」，假相將大行其道，罪惡將憑藉欺騙繼續主宰著各色人等的生活。可見「發現」是偵探小說所有敘事能量最終的凝聚

點。「發現」讓我們欣賞了偵探的智力、洞察力和敏感力，「發現」還讓我們在社會意義層面上發現了罪惡如此靠近日常生活，欺騙如此巧妙地滲透到日常生活之中。偵探小說的智力與罪惡的雙重「發現」，其背後隱藏著的一系列二元對立，以非此即彼的方式確立了偵探小說的意義：正義／邪惡，謊言／真相，敏感／遲鈍，縝密／疏忽。這意味著，在偵探小說中，就是敘述攀附、虛榮、厭煩、嫉妒、憐憫、傲慢、戲謔、小心眼或假癲狂，亦不可能將這些情感刻畫到多精緻或多深入，罪惡與正義、智慧與愚蠢的二元對立的價值架構最終將吸附所有這些「次級」情感。福爾摩斯探案名篇《巴斯克威爾的獵犬》中有這樣一段不起眼的敘述：「然而我不止一次看到，當亨利爵士對他的妹妹關注時，他的面孔顯出極度的反感。他無疑很喜歡他妹妹，如沒有她，他將過孤身生活，但如果他為此阻礙他的妹妹的美好婚姻，似乎自私到了極點。但我敢說，他不希望他們的相好發展為愛情，我有幾次看出他費盡苦心妨礙他們私下密談。」[10]這樣的人物關係，如果出現在亨利·詹姆斯的小說中，一定隱藏著極有趣的故事，亨利·詹姆斯會用此大做文章。不過，這種人物關係，在亨利·詹姆斯的筆下又斷不至於升級為血腥的謀殺，而是會演繹一出看上去極體面的情感騙子籌畫的一次騙婚故事，或是一齣高尚騙子最終可能因良心譴責而放棄行騙的「陰謀婚姻」。筆觸極度細膩的亨利·詹姆斯最願意探索的是人物在平靜的常態下的各種兩難的情感震盪，而不太喜歡將小說中人物的行為或情感的衝突升級到你死我活的地步。亨利·詹姆斯這種類型的作家更願意讓情感周旋在外部風平浪靜的時空中，其人物的情感波動再劇烈也依然在溫文爾雅的氛圍內盤旋出各種的思緒和感悟。類似亨利·詹姆斯或普魯斯特這樣的作家的所描摹的情感世界是與偵探小說的極化情感背道而馳。

10　〔英〕阿瑟·柯南·道爾：《福爾摩斯四大奇案》（北京市：人民文學出版社，2004
　　年，第1版），頁424。

　　偵探小說的「秘密」揭示通過敘事之線的整體起作用，偵探小說的敘事之「線」上種種疑點都要為敘事之「線」所消化。「點」服從於「線」，「點」的意義不能過於突出，而受到偵探小說的「線」的意義指向的規約。儘管解構者完全有可能剖解某部偵探小說之中「線」與「點」的矛盾，但是「點」在偵探小說中是缺乏意義的擴張力，因為正義／罪惡、智慧／愚蠢的最終意義格局將捕捉任何「點」的意義逃逸。或者說，一旦作為局部的「點」的意義逸出正義／罪惡、智慧／愚蠢的對立的框架之外，那麼，此部偵探小說的類型規範就要被破壞。小說是生活之中種種「秘密」的發現，幾乎所有的小說文本都潛藏各種各樣的不同的「秘密」，揭示生活表象背後的大大小小的「秘密」是小說普遍法則之一。偵探小說通過對二元對立的對立框架規約出的「線」來成就對罪行之「秘密」的發現，這種發現充滿了智力的挑戰，但不會給予讀者對生活更開闊、更多樣的理解。

　　不過，偵探小說作為一種娛樂化傾向明顯的類型小說，本就不應該對其提出過於苛刻的審美要求。此處借用偵探小說做分析，不過是因為偵探小說以「線」的敘事來獲取「秘密」的寫法最有代表性。偵探小說是典型的「線」的小說。當然，這不等於非偵探小說不採用這種方法，事實上，歐・亨利的許多現實主義短篇小說也是用懸念延展開來的「線」之敘事來開啟「秘密」。這種手段是擅長講故事的小說家最樂意採用的一種常規藝術手段。

三

　　小說對於種種「秘密」充滿了渴求。

　　命運的秘密、歷史的秘密、倫理的秘密、情感的秘密、性格的秘密、經濟的秘密、罪惡的秘密乃至居所的秘密、表情的秘密、動作的秘密等等，充斥在各種類型的小說文本之中。

　　小說家是講故事的人，但講故事遠未能滿足小說家對世界詮釋與解讀的興趣和熱情，小說家同時是對各種精神現象、社會現象乃至自然現象最孜孜不倦的意義詮釋者與評論者。小說家不是歷史學家、社會學家、經濟學家、心理學家、醫學家、犯罪學家或自然科學家，但小說家特別是現代小說家借鑑各個學科的專業目光進行意義生產已是常態。這絲毫不意味著現代小說家將小說創作等同於歷史敘事、心理分析或社會學報告，或是要與其他學科專家一比高低，而是說現代小說家總是願意借鑑各種學科的知識或方法，使其觀察理解世界的眼光更敏銳，更能揭示各種存在的「秘密」特性。

　　客觀的、普遍性的學科特質不但不會窒息現代小說家的想像力，相反，各種學科的方法與話語提供了與日常經驗迥異的理解世界的方法，為揭示各種現象背後種種「秘密」鋪設了別致的想像路徑。

　　專業性的學科思維，完全可能激發、拓展小說家的想像力，讓小說獲得亦虛亦實的樂趣。醫學生物細胞學、地質考古學、天文物理學所潛藏的微觀或宏觀、歷時或現時的「秘密」，在卡爾維諾的小說中，不但不會成為敘事的羈絆，反而為小說家的想像馳騁提供了新穎的知識結構和更遼闊的思維版圖。

　　哪怕是偵探的目光，也是一種專業化的犯罪學家的目光。借助於偵探的目光，小說家用逐漸顯形的物的痕跡還原犯罪者的心理邏輯，這意味著偵探小說是利用各種疑點的破譯勾勒出一條還原之線。這種還原之線之中的邏輯推理過程，成就了偵探小說的特徵：以小心求證的嚴謹去破譯犯罪者的動機和行為邏輯。這種「罪惡的秘密」的破譯利用了整條敘事之線便不足為奇了。偵探小說之線性破譯是最富故事性的一種敘事方法，而不太倚重故事的小說則不必以線性的敘事作為破譯「秘密」的整體手段，而是可以通過對某一個點延伸出的詮釋、議論、聯想或想像去追蹤生活中其他的「秘密」。

　　線性情節所翻轉出來的「秘密」與非線性的討論、爭論、聯想破

譯各種存在的「秘密」之方式完全不同。要讓故事生動，線性情節要通過偽裝／表面的事態發展之敘事與真相／內在的逐步顯形之敘事來實現對峙。所謂對峙，意味著同一事件、同一言行獲得了兩種不同的解釋／破譯。對峙意味著之前全部的行為和事件有了全新的甚至令人驚訝的解釋／破譯——從一件小小的生日禮物如梳子到某位高貴女士去世之後在她居所頂樓發現的男性乾屍，所有這些都可以作為被破譯的「秘密」。

「秘密」一旦破譯，之前的人物的所有言行從「偽裝／表面」轉為「真相／內在」。一個秘密的破譯，意味著整條敘事之線實現了「翻轉」——「線」上的各種言行、各種關鍵的疑點或被忽略的舉動言語全都實現了「轉譯」——依然是整條「線」在起作用，只不過被賦予全新的意義。

這意味著線性「秘密」的破譯，首要的才能是編織故事，編織一條串滿了雙重含義的細節與情節的敘事之線。

非線性的小說敘事，則完全不同。首先，非線性小說的情節的因果性已經不是最重要的要素，其次，非線性小說是那種不斷在某個細節點上「逗留」的小說，是不必利用整條敘事之線去揭示「秘密」的小說，是那種在某個點上直接展開對生活的闡釋與議論的小說，是那種一旦發現了「秘密」不故弄玄虛「留一手」的小說，是那種只有事件發展到了某個階段才可能順水推舟地由人物的臨時性的感受拐到另一個生活情境的小說。

非線性的小說是缺乏「安排」的小說，是人物的行為的因果性不時中斷的小說，是以「點」之「深度洞察」之趣味性、沉思性與廣博性取代「線」的緊致性、曲折性和因果性的小說。

充滿各種「秘密」的小說世界，無論是透過「線」的情節來揭示某種「秘密」，還是通過「點」的透視來發見「秘密」，並無優劣之分，只是審美的效果不同而已。

　　像偵探小說那樣目的明確的「解謎」小說敘事是對「秘密」探究的一種極端性文本。這樣的文本懸念感特別強，讀者的閱讀始終伴隨著懸念，圍繞著某一預設目的進行，這與喬伊斯的短篇《阿拉比》、《伊芙琳》這樣的文本很不一樣。

　　喬伊斯的《都柏林人》敘事已經從「線」轉移到「點」上，不過其小說依然會在結尾出現令人吃驚的「秘密」。比如，在《死者》這篇小說中，作者讓教授丈夫直到文本的結尾處才知道結婚多年的妻子心中隱藏的一個「秘密」：在妻子年輕的時候，曾有一位小伙子為她而死。但要注意的是，對此「秘密」，小說之前並未預設懸念，亦無所鋪墊和暗示。這個「秘密」顛覆了男主人公的自戀、傲慢和自我感傷。這個「秘密」不是通過調查、推理或逼問獲得的，是某種氣氛的轉場不經意間「抖摟」出來的，這不是使用全「線」之力「逼」出來的「秘密」，而是隨著彼時情景中的某段音樂引動的聯想「跳」出來的「秘密」。不是說這種「跳」出的「秘密」就與全篇無關，而是說「跳」出來的「秘密」是一種非預設的非刻意經營的「突發性」、「偶然性」的「秘密」：這種敘事「秘密」的藝術是否合理是否巧妙，不是靠推理，而是通過氛圍的轉場讓人物情感或情緒推進到某個「拐點」。「線」在《死者》這樣的文本中不是類似金聖歎所言的「隔年下種，來歲收糧」的「伏線」，不是細入無間的「草蛇灰線」，而是「干擾線」，一條不期然從遠處遊動而來的干擾性的「虛線」，一條對正在「行進」中的敘事之「線」進行截斷、嫁接與篡位的情感幽靈之線。這條被情境、氛圍呼喚來的幽靈之「線」與其說是「線」，換個角度看，也可視為由遙遠的某個「點」悄然生成的「虛線」。一個在某個環境氛圍中才可能彈跳而出的內心隱痛的情史之「點」。這個「點」拉出了一條幽靈之「線」。這樣的小說，針線不密，敘事「散漫」，以次要人物的「跳」出來的「秘密之點」干擾、扭轉主人公的情感面和價值面。然而，敘事不緊致不等於故事不精緻，環節很鬆散不等於情

感氛圍不飽和，情節不緊張不等於「跳將」出來的「秘密」不足以逆轉小說的整個情緒氛圍。這就是不嚴密非推理式非「刻意經營」的現代小說的「秘密」浮現的反傳統之處：散漫的敘事線條與足以震驚的秘密之間的非對稱關係，打破了傳統敘事中情節複雜性、周密性、閉合性與情感強化同步升級的敘事成規；波瀾不驚的庸常情景與高度純化、極化的隱秘激情的滲入之間的悄然遇合狀態，顛覆了傳統敘事中以懸念必然性為中心且因果性得以不斷強化之敘事。如此，「秘密」不再作為秘密出現，「秘密」不為諸多證據和疑點所環繞，「秘密」不是推動敘事前行的源頭，「秘密」是以為遺忘卻還左右著人物的生活的一種無聲無息的記憶，「秘密」是無法被調查卻可能被誘導從而自然而然「溢出」的一種隱秘情感，「秘密」是某種世界觀、價值觀經過某種生存經驗叩問之後顯示出來的令人無比詫異的「真相底片」。

《死者》之中教授夫人的「秘密」中包含著一段至真至純的初戀，這種高純度的青春激情映襯著教授丈夫加布里埃爾偽善、自私而又傲慢的情感。教授夫人的「秘密」是為了讓丈夫羞愧難當地去面對而「浮現」出來的，因此，這種秘密的非刻意性「浮現」無疑有利於文本中主題的確立：表面禮貌內心驕傲的加布里埃爾教授怎麼也想不到在這個雪夜會遭遇如此一種夫人的「秘密」，這是一種「背面敷粉」的寫法，「秘密」「跳」得很自然，與主題內容一點兒都「不隔」。

同樣是表現至純的愛情秘密，在列斯科夫的《有趣的男人》中則以調查的方式「逼」出情感秘密。故事中，調查層層加壓，疑團重重疊疊。為什麼年輕帥氣的少尉薩沙會拒絕脫衣檢查？薩沙到底是不是竊賊？為什麼薩沙要自殺？最終，謎團揭開了，原來少尉胸前掛著一張他那可愛的雙頰緋紅的表姐安妮亞的水彩畫像。這位表姐後來成了薩沙所在團的團長夫人。這張畫像不過是青梅竹馬時代天真的許諾，

但薩沙卻為了不暴露這個秘密不損害表姐而獻出了生命。小說中，薩沙因為不服從而被施加的壓力越大，懸念感也就越強。最後謎團揭開，城裡所有的女人都出來參加薩沙的葬禮。以施壓之「逼」的方式揭示薩沙的純情之「秘密」，其好處在於雖然全文沒有文字直接著墨於薩沙對表姐的感情，沒有文字描述薩沙從矛盾到毅然決然的心理軌跡，但薩沙從焦躁、沉默到毫不妥協的拒絕，一直到他離開眾軍官之後傳來的槍聲，所有的這些言行都在詮釋著薩沙可能的情感掙扎。所有的壓力、所有的迷惑、所有的決然都與薩沙情感的純度與硬度成正比：壓力有多大，不暴露表姐的決心就有多大，薩沙對其表姐的情感就有多純、多深。懸念的謎團與情感能量相互「測量」，相互詮釋。薩沙對其情感隱瞞得越密不透風，眾人對其行為越百思不得其解，外界給的壓力就有多大，薩沙內在情感的純度、深度、硬度就有多出色。這「不能說的秘密」的敘事借助懸念的延宕，讓其情之真其情之純都在高度動作化、懸疑化與場面化的戲劇性效果中得到有力的表現。

《有趣的男人》的「秘密」即主題。「秘密」站在小說的最中心，全篇小說都圍繞著一個具有危機性質的「秘密」而成就。所有的壓力、衝突、對抗都指向「秘密」。具有壓倒性作用的「秘密」，形塑出一個少年軍官高純度的內心世界：沒有絲毫雜質，只有一個執念。所有的顧慮與壓力都要為那一份純真情感讓路。沒有耽誤時間的權衡，沒有左顧右盼的博弈，沒有情感或前途的加減乘除，只有豁出命的絕對偏執。這樣的小說，一篇小說就為一個「秘密」而寫，一個「秘密」之中只有一份絕對忠誠，一份絕對忠誠之中只有一種的絕對的利他行動。對這種「秘密」不需要太複雜、太高深的理解力，不牽扯任何的權衡與彷徨，只指向純潔簡單的少尉對表姐無條件忠誠的這一種情感。這種「秘密」沒有多義性，只有唯一性。人的情感中各種對立、矛盾、悖論都為這種無限忠誠高度純真的情感所驅散，世界變

得很好理解了。絕對利他的情感也無須任何條分縷析的推敲分析，只有以仰視的姿態感歎之、讚美之。這樣的小說無論如何解構，都很難否定少年軍官的真、純、美。這種小說的「秘密」是至真至純者的心靈結晶，是以高度純化的「秘密」佔據文本的最中央。沒有兩難，沒有多元，沒有什麼開放式的未解難題。這樣的小說，是最終的謎團解開之後意義便一目了然的小說。「秘密」，在此有了終結感，「秘密」，無須再踏上意義跋涉的險途，只要登上絕對的高峰，便能讓小說的主題巍然矗立在情感之巔。唯一的「秘密」統攝整個文本，將意義堅實地確立起來。

　　《死者》雖也事關一位多情少年，但「秘密」被隱藏在文本的邊緣處，「秘密」不是以懸念的方式，或以對抗、壓力的方式來標示其重要性，而是以「無秘密」的方式來寫「秘密」：男主人公在文本的大半部分都沉浸在新年派對歡樂沉醉的氛圍中，在意的是自己是否獲得了尊重和理解，秘而不露的優越感和自戀感讓讀者不斷觸摸到他在每個細節上的患得患失和顧影自憐。歡快而熱鬧的派對氛圍隱蔽著主人公的驕傲、喜悅、自私與自大。喬伊斯將一位自詡情感無比豐富細膩的教授目中無人的驕傲與無比自信的情欲在新年雪夜裡刻畫得入木三分。如此，當他第一次得知妻子的內心裡始終鎖著一位為愛情而死的熱愛歌唱的少年之時，他的驕傲被擊潰了，他的情欲也消散了。一個從遠處遊動過來細若游絲的「秘密」，一位願意為女友淋雨而死的熱愛歌唱的少年，一個死亡的幽靈，徹底挫敗了一位學識淵博的大學教授。這個「秘密」，以無勝有，以弱克強，以邊緣、局部拆解中心、整體，以無聲無息來反諷喋喋不休，以死的沉默來瓦解生的驕傲。如此沉默的「秘密」，不似《有趣的男人》那樣讓「秘密」高尚化、英雄化和頌揚化，相反，「秘密」被擱置在文本中最幽深的遠處，小說不是以圍繞著「秘密」的方式寫「秘密」，而是以最不可能潛藏「秘密」的新年氛圍讓「秘密」如幽靈般闖入：風平浪靜的快樂

氣氛與看似恩愛的夫婦關係中竟然潛藏著如此之深的「秘密」，這種「秘密」不會派生出赴死的危險性，卻潛藏著足以摧毀男主人公傲慢與偏見的巨大力量。

列斯科夫諸多短篇名篇多以「秘密」為主導的，比如《左撇子》是以俄羅斯工匠如何「贏過」英國工人製造的肉眼都看不清楚的鋼製跳蚤為懸念。俄羅斯的左撇子工匠為每隻跳蚤套上鞋子還不算懸念的最終解開，身分卑微的左撇子工匠竟然在只有最後一口氣的時候報告了他參觀英國工廠時發現的某一「軍事秘密」。他的忠誠才是小說的終極「秘密」。列斯科夫的小說故事性極強，其敘事常常圍繞著一個「秘密」千回萬轉，「秘密」與其說是一個等待揭開的懸念，不如說是一個吸附所有的敘事的漩渦。本雅明在評論列斯科夫的論文〈講故事的人〉有這樣一段話：「講故事藝術有一半的秘訣就在於，當一個人複述故事時，無需解釋。列斯科夫是此中高手。最特殊的事情，最離奇的事情，都講得極精確，但事件之間的心理聯繫卻沒有強加給讀者。」[11]的確，列斯科夫不太願意過多地進行心理描繪，他更重視人的行動而不是人物的心理，他是用行動刻畫心理的作家。人物怎麼想是通過「極精確」的行為以及故事的波瀾來體現的。因此，列斯科夫寫「秘密」，全是通過人物的行為圍繞著「秘密」展開一波又一波的事件。這樣，他的小說中的「秘密」都隱藏得很深，又隱藏得不深。很深，在於主人公對「秘密」緘口不言；不深，在於所有人都知道這其中有「秘密」。《死者》的「秘密」是一種沒有「秘密」的「秘密」，沒有暗示、沒有蹤跡的「秘密」可謂最秘密的「秘密」。

列斯科夫的作品離奇而神秘，他為解謎而寫作，但謎底有了之後世界便得豁然開朗了。這類小說所有的意義都維繫在「秘密」之中。

---

11 〔德〕瓦爾特・本雅明：《本雅明文選》（北京市：中國社會科學出版社，1999年，第1版），頁300。

沒有「秘密」，其精巧的結構就失去了內核。所以，列斯科夫的小說是以揭示「秘密」來賦予存在以意義的：「秘密」即意義。鋼製跳蚤的鞋或表姐的照片是「秘密」，同時是中心意義的載體。鋼製跳蚤的鞋是俄羅斯智慧，表姐照片是純真至愛的象徵符號。列斯科夫的小說，「秘密」的蓋子一旦揭開，主題就完成了。列斯科夫小說的「秘密」與主題並駕齊驅。喬伊斯小說的「秘密」不會涵蓋小說的全部意義。喬伊斯他不只為「秘密」而寫作，「秘密」只是小說主題的一個組成部分，是人物的靈魂漫遊的過程中遭遇到的一種痛苦、一種疑惑、一種不安、一種自責和一種貶低。「秘密」不是答案的終點，而是困惑與痛苦的起點。喬伊斯《死者》的「秘密」表面上看是「解」，實際是「結」：知道妻子的「秘密」之後，男主人公無比抑鬱的「心結」成形了。在喬伊斯的《都柏林人》中，文本的四處都埋藏著種種「心結」，這些「秘密」在孤獨的主人公那裡，無法見到撫慰的可能與解脫的出路。分析喬伊斯的《死者》，可以發現在這位小說大師的筆下，關於「秘密」的敘事已經去中心化、去推理化、去對抗化和去終結化，「秘密」失去了作為組織整個小說佈局的凝聚性功能，而是成為從一個思緒一種氛圍「蔓延」出來的「無心插柳」之產物。這不是說這樣的「秘密」不深刻，而是表明小說對於「秘密」已經從中心化的結構性依賴轉移到多維性局部性的書寫層面上。

　　圍繞著一個核心「秘密」的小說結構不會從小說世界中退場，以懸念的編織與解開來維持閱讀興趣依然是小說寫作與閱讀的一個重要的互動方式。

　　然而，懸念不等於炫奇，對於日常性題材來說，過分強化懸念、不斷暗示某種「秘密」的存在，會將小說的重心偏移到對智力或克制力的考驗上。睿智的作家，既懂得駕馭懸念又不為懸念所羈絆，既善於駕馭懸念又不過分依賴懸念。比如，艾麗絲‧門羅的《多維的世界》中小說開頭就已經暗示的「秘密」的存在，其「秘密」也是驚人

的：患有犯罪型精神病的丈夫，因為妻子到女性朋友家過夜，來一次小小的「出走」，竟將三位幼小的孩子殺害了。然而，艾麗絲·門羅並沒有濫用「秘密」。小說中這一駭人的「秘密」很快在敘事上有了交代。駭人的「秘密」揭開了，那麼，接下來會發生什麼呢？小說該如何進展呢？小說的結尾，女主人公竟然感到只有她那患有犯罪型精神病的丈夫才可能與她溝通關於死去的三個孩子的事。作為受害者的女主人公發現：「但是，想想吧，我不是和他一樣嗎？過去的事情，把我也孤立了。任何人但凡知道這件事，都不希望和我有什麼瓜葛。對他們來說，我唯一的作用就是讓他們想起他們根本承受不了的事。」[12]這才是非秘密的「秘密」。這是洞察出來而不是推理出來的「秘密」。這一秘密更深刻：原來，作為曾經是夫妻的兩人，雖然一個是受害者，另一個是犯罪者，外界對他們的態度都是一樣的——人們都將他們視為怪物。只有面對犯罪者接納犯罪者，才有可能走向救贖之路。這是門羅洞察這個聳人聽聞事件的最深刻的人性秘密。殺害小孩的事件，作為「秘密」的性質在文本的後半部分被削弱，而一個「人」應該如何面對殺害自己親人的親人，他們又將如何獲得撫慰與救贖，這是小說後半部分需要思考的內容。「秘密」全揭開了，難題卻遠未解決。「秘密」的揭示只是跳板而不是終點。《多維的世界》與《死者》類似之處在於，作為事件性的「秘密」揭開之後，小說中的情感兩難、宗教困惑乃至哲學難局，對這些問題的思考、分析或感悟是通過「點」的縱深而不是通過「線」的轉進來獲得。《死者》這樣的小說有「秘密」，卻不再利用「秘密」將小說高度懸念化，其敘事之「線」的因果性、緊湊性被大大削弱。「線」還存在，但此種「線」已經不是高度組織化、中心化的環環相扣的推理線或因果明晰

---

12 〔加〕艾麗絲·門羅：《幸福過了頭》（南京市：譯林出版社，2013年，第1版），頁33。

的行動線，而是思想與情感的沉思之線。人物點狀的思緒超越行動之線被推到文本的前端。《多維的世界》的「秘密」很驚人，但「秘密」不再是凝聚文本的中心點，略有些懸念化的敘事很快就被感悟性的敘事內容所代替。

小說探秘世界，無數的「秘密」簇擁在各種文本內部。小說文本中的「秘密」不會消亡。現代小說家依然對各種「秘密」表現出濃厚的興趣。不過，將整條敘事之線收攏在「秘密」之下以便小說高度集約化的做法已經逐步退潮。集約的敘事之線被截斷、被停滯、被虛化，明晰的敘事之「線」被思緒化、凝視化、沉思化的「點」所阻遏。敘事不再不停地朝前走，而是不時「左右觀望」「分心走神」。點狀敘事的擴展，無疑給因果環節化的線狀敘事帶來不可挽回的離心力。

現代小說敘事的深刻變化，正是通過各式各樣「點」的擴張去瓦解「線」的集約性、中心性和完整性。

四

帕慕克的散文體長篇小說《伊斯坦布爾——一座城市的記憶》，貫穿整部小說的中心敘事之「線」已經消失，全篇小說的編目以具有歷史人類學色彩的分類敘事：城市的氛圍、歷史、記憶、宗教，城市中的街道、廢墟、建築、學校、輪船、車輛、報紙專欄以及穿城而過的海峽等等。關於這座城市的整體到局部，都以話題形式，共同構成形塑伊斯坦布爾的靈魂的探測點。

《伊斯坦布爾——一座城市的記憶》交錯著西方作家與土耳其作家對這座城市的描述，穿插著城市裡各個階層人士對城市的感受。

同樣以伊斯坦布爾為背景的小說《純真博物館》，其中波瀾起伏的愛情故事讓人一唱三歎。取消了敘事主線的散文體小說《伊斯坦布爾》，在情節的生動性和情感的衝突性上遠不如《純真博物館》。但

是，將愛情博物館化的《純真博物館》並沒有寫出博物館的特質，
《伊斯坦布爾》才是真正意義上的博物館化寫作。

擺脫了情節之「線」約束的《伊斯坦布爾》，終於有可能將歷史
中的人看城市、異鄉人看城市、國人看城市、個體看城市作為平行敘
事呈現在小說中。這些「看」形成了《伊斯坦布爾》的主要線索。這
個「看」的線索，是對這座城市的屬性的求證，是對這座城市如何被
各種人士各種媒介描述的思考與辯解，是對這座橫跨歐亞的超級城市
的歷史與現實的、宏觀與微觀的探秘。因此，如何從典籍、遊記中喚
起這座城市的新奇性，如何從城市的貧困和廢墟中找到這座城市的靈
魂，如何從城市浩大的憂傷中提取可供回味的美感，這是帕慕克寫作
這部小說的深層動機。城市靈魂的探秘代替了情節、懸念、巧合與衝
突。從情緒、氛圍、歷史、記憶、報紙專欄、童年記憶中提取對於城
市的感受，形成交叉相聯的詮釋系統和感受系統。對這座城市各種感
受的推敲、斟酌，代替了情節與懸念，構成了這部散文化長篇小說最
根本的敘事動力。

從外來者眼中的伊斯坦布爾到城市居民中各種階層人士的伊斯坦
布爾，感受的差異擴散著：從兒童之「我」到作家之「我」，從「我」
的父母兄弟到「我」的親朋好友，從回憶錄、百科全書、報紙專欄到
繪畫、照片，從節日記憶、學校生活、初戀時光到少年秘密，所有這
些人物、角度與媒介都成為探秘城市靈魂與氛圍的一個個出發點。

如此，利用感受的交錯與重疊，探究這座城市的大大小小的「秘
密」。這種博物館化小說寫作，意味著所有的描述物件都擺在面上，
都陳列出來，表面上沒有什麼秘密，陳列品與陳列品也不構成明確的
因果聯繫。然而，正如一般的參觀者不見得都能認識博物館中陳列品
深藏其中的奧秘，而是要經過專家的指引《伊斯坦布爾》中城市的街
道、渡輪、行人、攤販、學校、報紙、家庭都宛如博物館中的陳列
品，同樣需要專家的考證。比如來往於伊斯坦布爾海峽的渡輪，從名

稱、出產地到形狀，以及汽船黑煙如何與烏雲融為一體形成憂傷的美感，渡輪如何滲透入城市居民的日常生活與情感世界，這都是作者要考察的陳列品的「秘密」。更有無形的城市氛圍的秘密值得探尋和命名。比如「呼愁」，這是最能代表伊斯坦布爾個性的一種集體性情感。圍繞著這種憂傷情感的描述與定位，是這部小說反覆出現的主導性的情緒線索。對城市的情緒、氛圍的描述與思考，代替了情節的大開大合或情感的左衝右突，成為主脈。「呼愁」式的憂傷，串起了這座城市博物館的所有陳列品的內在特性。作家賦予這個城市博物館以某種共性，那就是她在輝煌的過去與相對停滯的現在、在西方的繁榮與東方的貧困之間的不願意隨波逐流卻又找不到方向的茫然感與憂傷感。

博物館化的揭秘審美，將傳奇性移出，解讀城市中日常性的景象背後人的心態奧秘，破譯人所共知的文化現象與社會現象之中所潛藏的不同階層的文化密碼或情感編碼，讓破譯的深刻取代移情的激動。這就不是從動態的情節中獲取情感的代入感，而是從靜態的觀察與思考中透視歷史與現實的盤根錯節。博物館化寫作，不為情節化發展的「線」的集約效應所束縛，通過對各個「點」的探究，喚來種種文獻，陳述自我在各個階段的種種細膩感受。

如此，一個「點」就是解讀城市的一個角度、一種故事、一個感悟以及一層思考的介面，這種種介面相交、相融，不以異峰突起的大起大落的情節來呈現城市的特性，而是以各個高度不等的「歷史高塔」彼此眺望，成就對城市文化、歷史、審美的透視。

這種彼此眺望，既可能是相互補充，也可能是彼此抵牾：「通過外國人的眼睛觀看伊斯坦布爾，始終讓我歡喜，大半是由於他們的圖像說明我避開狹隘的民族主義和遵循規範的壓力。他們時而準確地（因此有點令人難堪地）描寫後宮、奧斯曼服飾與奧斯曼儀式，這些描寫與我本身的經驗有著天壤之別，就像描寫的不是我的城市，而是

別人的城市。西化，讓我和伊斯坦布爾的數百萬人得以把我們的過去當做『異國』來欣賞，品味如畫的美景。」[13]這種觀看的衝擊是「歡喜」，也帶來「難堪」，這意味著所謂不同時間、不同階層、不同國別者的「看」，不是平行而是不斷交錯著。各個看之「點」在看似平行的狀態中會產生各種「看」的齟齬、衝突或部分疊合，各個「點」的異同性是辨析這座悠久而龐雜的城市之美的敘事動力。從這個意義上說，《伊斯坦布爾》是通過各個論題之「點」，以「點」的互滲性展開的辨析來代替「線」的情節性、懸念性，讓鑑賞性、感悟性凌駕於故事性之上以完成點狀或網狀的「感受之美」、「品鑒之美」與「思考之美」。

五

　　小說中，因「點」而起的逗留、伸展、盤旋、互滲，是由於小說的敘事不單是為了敘述一個「完整」的故事。退一步，哪怕中心主題應該存在，但圍繞著中心主題，各種次主題或次次主題都可能作為一個「點」讓小說家拓展其情感與思想。

　　這樣的「點」的延伸，往往「機不可失」，這是因為當情節演進到某一特殊的氣氛、情境之時，這種氣氛、情境往往具有不可重複性。具有隨筆意識的優秀作家會馬上捕捉這樣的「點」，因為這樣的「點」之中蘊含著極其豐富的可闡釋性、可聯想性、可議論性乃至玄想性或狂想性。此類作家之所以讓情節任務停頓，是因為意識到此處的「點」的透視與分析，能大大發揮其創作的洞察力和超越力，其審美價值絲毫不亞於情節曲折性或懸念性。

13　〔土耳其〕奧爾的罕‧帕慕克：《伊斯坦布爾——一座城市的記憶》（上海市：上海人民出版社，2007年，第1版），頁228。

「點」的不吐不快，還因為作家能夠通過「點」的延伸審視「線」的所作所為，即「線」的情節只能有若干選擇的狹隘性，而「點」的奇思妙想、「點」的感覺變異或天馬行空則力圖擺脫那種選擇的侷限性，從而在感覺和哲思方面創造作家在情節之「線」上所難以企及的藝術意圖。正如德勒茲與加塔利所說的：「一本書的理想就是在沒有一個外在性的平面之上展開所有的事物，在一頁紙上，在同一頁紙上：經歷的事件，歷史性的決斷，被思索的概念，個體，群體及社會構型。」[14]一本書要「展開所有的事物」是不可能的，不過，如果將這種「展開」理解為「一本書的理想」在於尋找多重的入口與出口，那麼，這種多重的入口與出口即為「展開」。

這種「展開」往往依賴於種種「點」的突進或轉進，點狀結構即對抗那種完整、封閉、中心化的「樹形」結構。「與樹相對立，根莖不是複製的對象：既不是作為樹──形象的外在複製，也不是作為樹──結構的內在複製。根莖是一種反──譜系。它是一種短時記憶，甚或一種反記憶。根莖通過變化、拓張、征服、捕獲、旁生而運作。有別於繪圖法、繪畫或攝影，也有別於模仿，根莖與一個必須被產生和構成的圖樣相關，這種圖樣始終是可分解、可連接、可翻轉、可轉變的，具有多重入口和出口，具有其自身的逃逸線。」[15]「樹是血統，而根莖則是聯姻（結盟），僅僅是聯姻。」[16]所謂「可分解、可連接、可翻轉、可轉變的，具有多重入口和出口」意味著所有的情節與細節只為一個中心化主題而起作用的敘事體系遭到了瓦解，宏大的巨型化的統一性的概念不能再轄制小說文本了。

---

14 〔法〕德勒茲・加塔利：《資本主義與精神分裂（卷2）：千高原》（上海市：上海書店出版社，2010年，第1版），頁10。

15 〔法〕德勒茲・加塔利：《資本主義與精神分裂（卷2）：千高原》（上海市：上海書店出版社，2010年，第1版），頁28。

16 〔法〕德勒茲・加塔利：《資本主義與精神分裂（卷2）：千高原》（上海市：上海書店出版社，2010年，第1版），頁33。

　　預設的故事主題，有可能由於旁生出另一個角度的敘事而遭遇解體；某種意義固定的情節，有可能由於某個不經意的思緒游離出原有的層面從而被翻轉；看似穩固的敘事結構，可能由於某個漫不經心的心理或情景的微妙變化而導入另一個差異極大的意義系統。所謂「聯姻」，意味著異質性的內容、觀點、情感、主題相互連接、彼此嵌入、交相覆蓋、不斷越界。「聯姻」還意味著文本中多重主題與觀念的「談判化」和「對話化」，所有的細節、情節、人物、情景都不僅僅在「一次性」使用中被意義固定化，而是在尋求新理解的種種可能性過程中被異質性力量叩問、推敲、審視。

　　小說的「翻轉」，不再是情節「突轉」那種曝光某種真相與內幕的驚奇，而是利用各種詮釋之點、聯想之點、議論之點，「翻轉」出與情節介面直接呈現的主題具有明顯意義落差的想像、議論與抒情。點狀化小說中「點」的拓展，根莖化小說「根莖」的蔓延，其意圖，多是尋求在游離出中心化的情節結構的意義界域，與新的思想或新的情感結盟。

　　諸多現代小說作品的敘事，是以擺脫具有絕對中心化意圖的表述方式而存在的；其主題，是以反主題的方式得以呈現的；其結構，是以擺脫結構的方式組織而成的；其話語，是以突破單種話語類型的方式來尋求話語種類的豐富性；其意義，是在對已經呈現的意義界域的不斷超越的過程中捕獲未知意義的。這樣的小說，利用各種「點」的聯想、想像、議論作為「起跳點」，去延伸出一條條歧路，並將歧路視為正路，「反認他鄉是故鄉」。

　　離題感，即興性，狂想性，蔓延性，失衡感，這些都是點狀小說的特徵。離題和即興是由於「點」的生發而導致。「點」顧不得「線」的「結構完整」，自然而然就使得小說的敘事在蔓延中讓某個局部恣意蔓延開來。如此，小說的結構失衡了，頭重腳輕，某個局部被無限制膨脹開來。這意味著「點」擴散出的「面」，哪怕最終回歸

到「線」上，但其意義的豐富性和複雜性都超過了「線」：局部比整體更突出，也更重要。

閱讀《追憶似水年華》，會發現，整部小說雖然有「線」，但「線」要麼經常被截斷，要麼其「線」的故事性不如「點」擴散出的「面」來得風趣和豐富。「線」彷彿就是為了迎接「點」來臨而存在著，而「點」是為了創造「面」才活躍起來。這種「面」往往是心理法則或階層文化特性的剖析，而這種剖析便是由「點」擴散出的「面」。

不過，不要認為這種法則的剖解都是靜態的、抽象的概括。事實上，法則的剖解既是有趣的、偏執的，有時還是完全情感化了的「理論分析」：洞見中充滿了盲視，深刻中飽含著創傷，創傷中透露出霸道。要特別提到的是，普魯斯特就是拿人物的一句口頭禪都能做出一篇文章，在圍繞著口頭禪的剖析之中，「線」的內容得以浮現。於是我們可以說，在「點」擴散成的「面」的過程之中，在對種種法則的剖解之中，被剖解的物件形成的種種案例往往是新鮮的。這種源源不斷補充進來的內容是以「線」的片段化形態出現的。這意味著作為「面」的法則分析之中有「線」的內容，「線」並沒有消亡，「面」並未排斥「線」，只是將之截面化、碎片化，以被剖解的案例方式寄寓在「面」之中，以實現補充性或回溯性的敘事。「線」改頭換面，以各種各樣片段化的面貌迴旋於「面」之中。或者說，詮釋性的「面」成為小說敘事的主體，如此，小說審美書寫方式被完全改造，小說審美的境地亦被大大拓展。

本雅明認為：「如果我們想有意識地讓自己沉醉在《追憶似水年華》最內在的基調中，我們就必須把自己放在非意願記憶的特殊的、最根本的層次上。在這個層次上，記憶的材料不再一個個單獨地出現，而是模糊地、形狀不清地、不確定地、沉甸甸地呈現出來，好似漁網的分量能讓漁夫知道他打撈到了什麼。對於把魚網撒向逝去的時

間的大海的人來說，嗅覺就像是分量感。普魯斯特的句子包含了內心機體全部的肌肉活動，包含了試圖把那沉甸甸的網拖出水面的巨大的努力。」[17]這所謂的「不再一個個單獨地出現」，便是普魯斯特總是將線性故事掐頭去尾，從而在各種法則性的剖析和議論中進行片段化使用，片段中細節與情境是用來促使讀者的想像活動還原出某一小節故事，而不是用來完整敘述某一段故事情節的。如此，普魯斯特才可能實現「把那沉甸甸的網托出水面」的可能。細節和情景的密度感與分量感讓「面」取代了「線」。普魯斯特創造了由分析和剖解組成的「面」的大容量敘事。

　　「馬塞爾·普魯斯特的十三卷《追憶似水年華》來自一種不可思議的綜合。它把神秘主義者的聚精會神、散文大師的技藝、諷刺家的機敏、學者的博聞強記和偏執狂的自我意識在一部自傳性作品中熔於一爐。誠如常言所說，一切偉大的文學作品都建立在瓦解了某種文體特徵的基礎上，也就是說，它們都是特例。但在那些特例中，這一部作品屬於最深不可測的一類。它的一切都超越了常規。從結構上看，它既是小說又是自傳又是評論。在句法上，它的句子綿延不絕，好似一條語言的尼羅河，它氾濫著，灌溉著真理的國土。」[18]然而，這種「不可思議的綜合」又絕非各個分散的、獨立的混合，散文大師的技藝為普魯斯特帶來了從「線」的敘事到「面」的法則分析式敘事的風格上的全新創造，諷刺家的機敏則使得各種「點」的剖解入木三分。以「點」的刻薄、犀利以及憐憫來替代「線」的曲折性與懸念性。至於學者的博聞強記，則讓普魯斯特在由「點」到「面」的議論過程中旁徵博引，並讓大量的比喻聯繫諸多看似不相關的事體。

---

17 〔德〕漢娜·阿倫特編：《啟迪：本雅明文選》（北京市：生活·讀書·新知三聯書店，2008年，第1版），頁250。

18 〔德〕漢娜·阿倫特編：《啟迪：本雅明文選》（北京市：生活·讀書·新知三聯書店，2008年，第1版），頁215。

「面」的分析與剖解於是不再是簡單的條理性表達，其旁徵博引既要有諷刺家的機敏駕馭，又要有審美品鑒師的點撥和狂想家的想像力。如此，博學不再是冬烘式的分門別類，而是在打撈沉甸甸的敘事材料時呼喚出千姿百態的知識精靈，以互為喻體的方式讓敘事的洪流逐漸洶湧澎湃起來。

事實上，在所有的普魯斯特敘事中，無不存在著所謂的「偏執狂的自我意識」。從人物形象到線性敘事，從「點」到「面」無不偏執。然而，單有偏執，還不足以構成普魯斯特。普魯斯特既有偏執，又有超脫，既有執拗，又有寬容。而正是通過偏執中有超脫，超脫中又擺脫不了偏執的層層剖析，構建了一個個由「點」延展出的深刻而又天真、清醒而又瘋狂的審美之「面」，並讓各種「面」在文本中交匯、融合。

以思考議論為主的各種「面」，是普魯斯特《追憶似水年華》相似性構成的比喻系列，是托馬斯‧曼《魔山》的求索心態與醫學感性化，是羅伯特‧穆齊爾《沒有個性的人》的技術裸化與知覺更新，是《赫索格》的率性批判與無邊狂想，是帕慕克《伊斯坦布爾》的憂傷凝視與博物館化審美。

梅爾維爾的《白鯨》花大段文字比較抹香鯨與露脊鯨，這不是現代小說的「面」，因為鯨魚在小說中是大自然的象徵，人要用勇氣和狂暴征服自然，這個「自然」的符號就不能不突出介紹。雨果的《悲慘世界》中，其中一卷被稱為「利維坦的肚腸」，描寫了巴黎宏偉巨大的下水道工程，但這不是「面」，因為下水道的展示是為了給主人公冉阿讓救馬呂斯做鋪墊。

現代小說中的「面」，在陀思妥耶夫斯基小說中，是利用人物大段大段的對話來呈現的，以大量的觀念交鋒孕育著現代小說「面」的某些特質，然而，由於小說人物對話受到小說中彼時彼境的問題的侷限，使得旁徵博引或狂想式的議論多少受到了限制。在托爾斯泰的

《戰爭與和平》中最後一部對歷史人物的意志與歷史必然規律之間的關係展開論述，但這種「面」具有總結的意味，一板一眼的寫法太靠近歷史學論文，學究氣太濃，與全篇小說敘事的相容性弱了些，不似現代小說通常是從某個不經意的情緒或情境之「點」生發開來，寫出一段妙筆生花的議論文字。

現代小說的詮釋之「面」、沉思之「面」、議論之「面」、狂想之「面」，其最主要的特徵是將小說敘事推進到一個能夠容納更紛繁的思緒和更複雜的思想內容的階段，同時，這又不單單是一個簡單的敘事容量擴大之問題。

從藝術表現風格的角度看，由「點」至「面」的恣意蔓延的根莖式敘事或起跳旋轉的單點擴張式敘事，都使得小說的寫作與欣賞的習慣發生巨大變化。小說閱讀的重心再也不是僅僅關注情節的因果性周密或懸念表達的偶然性與必然性的銜接緊密度，而是「觀賞」小說敘述者或主人公在某一情景之中的回憶感懷、奇思妙想、感傷憂思或率性評判。這些內容既可以與情節密切相關，也可以游離情節，以「背對」故事的方式超越情節，創造與小說中的「情節現實」不同性質的「思想現實」，以不接受、反抗傳統小說中的「情節現實」的姿態，去拓開一個個更具有隱喻性、想像力或批判力的種種小說之「面」。

現代小說創造了感受、理解、分析、表達這個世界種種存在的嶄新藝術形式，釋放出前所未有的審美能量，小說創作成為一種故事傳奇與觀念闡釋交相輝映的一種審美言說天地。小說家同時兼具「說故事的人」與「審視故事的人」的兩種身分，傳奇、懸念、形象可以點燃審美的火焰，同樣，洞察、診斷、辨析同樣能在小說文本中生成敘事藝術的風暴。巴赫金闡述了小說負載觀念、思想的強大能力：「小說中的說話人，或多或少總是個思想家；他的話語總是思想的載體。一種特別的小說語言，總意味著一種特別的觀察世界的視角，希冀獲得社會意義的視角。正因為是思想的載體，話語在小說中才能成為描

繪的對象；也正是因此，小說毫不擔心會淪為空洞無物的文字遊戲。
不僅如此，由於通過對話化描繪著含有充實思想的話語（大多是現實
而有效的話語），小說比任何其他文體都更不利於唯美主義，不利於
純粹形式主義的文字遊戲。」[19]不可否認，觀念性的診斷話語對於小
說審美的全面滲透已經在十九世紀之後成為小說創作不可遏制的一種
潮流。從人物的身分、際遇與性格中自然生成的觀念闡釋與思想論
辯，無論對於形象的感染力還是主題的深邃性都能形成層層推進的推
動力。十九世紀中後期發展起來的現代小說創作美學，已經告別那種
單純服務於情節敘事的傳統路徑，小說成為能夠容納、吸收多種學科
話語的一種文體，其睿智的闡釋能力與敏感的描繪感性情景的水平交
織跟進，形成心靈、思想與故事交相輝映的種種敘事審美風景。

---

19 〔蘇聯〕巴赫金：《長篇小說的話語》，《巴赫金全集》（石家莊市：河北教育出版社，
　　2009年，第1版），卷3，頁117。

第二章
相似性法則、審美診斷與「矯飾」的瘋狂

一

　　普魯斯特的小說，拋棄了巴爾扎克式粗野和粗獷，保留了巴爾扎克式觀察的銳利和尖刻的嘲弄；普魯斯特豐富並發展了巴爾扎克式的人性博物學，將巴爾扎克式的人性剖解推進到更具藝術性、更生動、更細微、更巧妙的境地。不過，普魯斯特的創作，又是對巴爾扎克的小說無情的顛覆。

　　巴爾扎克的小說，情節的鋪張與密集讓故事成為大陸，而普魯斯特只是將故事和場景作為島鏈，在博物學者議論性和比喻性的話語海洋中，情節和場景如浮島般形成鏈條。所以，單從情節的角度看，普魯斯特的敘事是「浮島鏈條」模式，而巴爾扎克則是「大陸型」敘事：所有的敘事運動最後將顯示敘事板塊之間的交錯碰撞後的地理地貌。

　　諷刺家的鋒芒畢露的議論，博學家滔滔不絕的層層剖解，偵探家循循善誘的現場分析，愛情感傷者對內心創傷的反覆檢討、詠歎，審美家對各種自然風景或人間百態的浮想聯翩的咀嚼品味，這些都被推到小說最前端。《幻滅》中，巴爾扎克的情節緊緊圍繞著呂西安從外省來到巴黎並為敗德惡行所引誘著的生活，所有的情節都在追問著一個問題：呂西安能否從一次次危機中脫身，呂西安憑藉他外貌和才華作為生存籌碼能否在巴黎的各種陷阱與誘惑中「勝出」。普魯斯特則

根本不關心「勝出問題」，對主人公的各種「考驗」不會在他小說文本中心地帶作為主要情節出現。普魯斯特不會去交代這個外省年輕人如何與一位太太籌畫私奔，到達巴黎後又如何從最底層開始他的盛衰歷史。《追憶似水年華》中出現了眾多的人物，但普魯斯特從未用筆墨集中地敘述一個人物的命運，無論是阿爾貝蒂娜，還是夏呂斯，他們都不是作為需要完成情節的功能性人物而存在，而作為被欣賞的審美性人物而存在。

　　巴爾扎克是小說運動學的行家，巴爾扎克小說高密度和高強度的情節使得任何冗長靜態描述都不是孤立的，最終為跌宕起伏的事件變化所消化所吸納，米歇爾‧萊蒙認為：「巴爾扎克作品的注釋者可能依次研究過巴爾扎克的靜態學（肖像、描寫、敘述）和動力學。他的動力學是建立在密謀（對遺產的覬覦、訴訟手段的狡詐、陰謀）和行動的基礎上的，它取決於性格上的對立。但這兩件事又是互相聯繫的。因為這位小說家一開始就給我們交代故事的來龍去脈，一句很不重要的話，一個小小的動作，在富於戲劇性的地方都具有意義。此外，在巴爾扎克的作品裡，結構是統一的。」[1]的確，巴爾扎克小說系統中，對人物面貌或身世的靜態描寫，是為了讓人物進一步行動甚至是人物命運整體變化找到面相學與環境學的依據。而普魯斯特不同，他最擅長的，不是佈置急遽變化的情節，而是捕捉人物的細微動作和表情的變化，普魯斯特的微觀表情學或微觀動作學所創造的敘事與議論無疑可以成為小說世界中最精彩的典範。巴爾扎克利用情節的密集起伏呈現人物的意志、慾望與性格；普魯斯特則捕捉人物的微觀動作表情，藉以窺破人物的內心波動或特殊癖好；巴爾扎克小說情節是擺放在最顯眼的位置，普魯斯特很少讓情節搶風頭，情節被處理成某種交際學法則或心靈波動規律的佐證；巴爾扎克好動，整部小說，

1　〔法〕米歇爾‧萊蒙撰，徐知免、楊劍譯：《法國現代小說史》（上海市：上海譯文出版社，1995年，第1版），頁88。

無論是人物還是環境都在「運動」，普魯斯特好靜，他的人物基本上處於可被凝視的「植物狀態」。然而，「被凝視」的人，不等於這個「人」完全靜止不動，而是說普魯斯特有一種本領，可以讓人物的行為和表情被「慢動作」化。人物的動作在普魯斯特的敘述中，被延宕了。延宕的原因在於普魯斯特認為有必要告訴你在某個人物漫不經心的行為或表情中，深藏著主人公未必意識得到的某種「秘密」：生理性的癖好、遺傳性的相似、職業性的習慣、修養性的欠缺、心理性的掩飾，等等。

　　當然，普魯斯特的「凝視感」之所以有價值，不僅在於捕捉力和透視力，更在其捕捉到某種人物「秘密」之時巧妙的對比、聯想和議論，這才構成了普魯斯特小說特有的趣味。有學者指出普魯斯特人物是一種「植物性存在方式」。關鍵在於這種「植物性的存在方式」為什麼會在小說文本釋放出趣味性：「奧爾特加‧伊‧伽賽特第一個提醒我們注意普魯斯特筆下人物的植物性存在方式。這些人物都深深地植根於各自的社會生態環境，隨著貴族趣味這顆太陽位置的移動而移動，在從蓋爾芒特或梅塞格里斯家那邊吹來的風中搖晃個不停，並同各自命運的叢林糾纏在一起而不能自拔。詩人鸚鵡學舌正來自這樣的環境。普魯斯特最精確、最令人信服的觀察總是像昆蟲吸附著枝葉和花瓣那樣緊緊地貼著它的對象。它在接近對象時從不暴露自己的存在。突然間，它振翅撲向前去，同時向受驚的旁觀者表明，某種非計算所能把握的生命業已不知不覺地潛伏進一個異類的世界。真正的普魯斯特的讀者無時無刻不陷入小小的震驚。在文體遊戲的偽裝下，普魯斯特發現了是什麼在影響著他，讓他像精靈一樣在社會綠葉的華蓋下為其生存而奮鬥。」[2]所謂「植物性」，更多地是體現為人物在「各

2　〔德〕瓦爾特‧本雅明：《普魯斯特的形象》，引自〔德〕漢娜‧阿倫特編，張旭東譯：《啟迪：本雅明文選》（北京市：生活‧讀書‧新知三聯書店，2008年，第1版），頁223。

自命運的叢林」中的心靈慣性、惰性和狹隘性，這些心靈世界的「植物性」特徵，常常通過巧妙的比喻，如添加了化學試劑般神奇地顯露出其內心的「化學成分」。換句話說，貌似「正常」的各色人等，經過敘述者「貼著對象」的打量，而不是依靠巴爾扎克式的密集的情節衝擊，通過對微小的動作變化的「定格」式描敘直抵人物的「私密性的心靈波動」。

普魯斯特善於定位某位夫人「只收了一半笑容」或某位先生「臨時性的笑容」，其他作家用一句話敘述的表情特徵，他則加以分解式的描述。同時，普魯斯特不喜歡籠統的概括，而是力求找出屬性中可加以進一步細分的特性。並且，這種細分，常常通過某種瞬間性的表情或動作，為敘述者動態定格後，剖解其中所隱藏著的人性成分、職業習慣或遺傳特性。

定格剖解的方式並非普魯斯特獨有，但普魯斯特放大細微動作的「符號意義」的能力無疑勝人一籌。

普魯斯特對此事具有自覺的認識：「作品只是作家為讀者提供的一種光學儀器，使讀者得以識別沒有這部作品便可能無法認清的自身上的那些東西。」[3]

普魯斯特的能力不僅在觀察得細，更在觀察得「巧」。這種「巧」，在於普魯斯特能夠透視出種種看不出「殘忍」的「殘忍」，見不到「自私」的「自私」，說不出「冷漠」的「冷漠」，讀不出「嫉妒」的「嫉妒」。普魯斯特的小說不是為「逼真性」而存在，而是為了「洞察性」而寫作。對於相似性的敏感洞察是普魯斯特的拿手好戲。聯想與比喻是獲得相似性的重要手段，同時，邀請富有詩意的反諷來共同參與，使得相似性的獲得不那麼呆板。試看普魯斯特是如何描寫一位大使：

3　〔法〕馬塞爾·普魯斯特：《追憶似水年華·重現的時光》（南京市：譯林出版社，2008年，第1版），頁2161。

德・諾布瓦先生不動聲色地聽我說，這種鎮靜可能是職業習慣使然，又可能是有身分的人一種修養，平時談話對方常常求教於他，他知道自己掌握著談話的主動權，於是聽憑對方激動、著急，他始終處之泰然，當然也有可能大使先生是想顯示一下頭部輪廓的特徵（他自稱是希臘型的，其實髯鬚很濃密）。就這樣，你和他說話時，他的整張臉一動不動，沒有半點表情，你就好比在對陳列館裡的一個古代人——還是個聾子——的半身雕像說話。突然間，猶如拍賣師的木槌驟然敲下，又如德爾斐的神諭廓爾降臨，大使先生回答你的話音使你著實吃了一驚，正因為事先沒法從他的臉上看出你的話給他留下了怎樣的印象，也無從揣測他將要發表怎樣的高見，這突如其來的聲音就更有發聾振聵的意味。[4]

如果單從精細的程度，對大使的描寫，普魯斯特甚至不如巴爾扎克。普魯斯特的描寫，關鍵在有趣。他將大使的職業習慣，一動不動所造成的雕像般的印象與雕像突然開口說話所造成的反差形成趣味，希臘型的頭部輪廓，古代雕像，德爾斐聖諭，這些資訊都使得大使的形象不僅有「藝術感」，而且賦予「歷史感」。當然，大使的矯揉造作，也因為與某種珍貴的藝術品進行對比，從而獲得一種滑稽感：大使的莊重感與高貴感，經由「希臘型的頭部輪廓」、「古代雕像」、「德爾斐聖諭」這一系列符號的比照，讓一組本與大使毫不相干的形象與之比附，讓大使做戲的特徵得以洩露。如此，大使形象既可笑，又可愛。大使以大人物自居的莊重感和高貴感，就這樣通過某種相似性的引入，獲得溫和的戲謔化反諷。

4　〔法〕馬塞爾・普魯斯特：《追憶似水年華・在少女花影下》（南京市：譯林出版社，2008年，第1版），頁24。

　　普魯斯特式的比喻，往往利用某種「相似性」的比較實現歷史與現實的銜接。這樣，描寫一個人，就不是描寫一個人，而是寫出多個人，寫出一組人，而這一組人的存在，又是利用此人不是彼人卻又像彼人來獲得一種戲謔性效果。普魯斯特式的聯想，先是獲得一種相似性，正是這種相似性的存在，才可能讓某一人物同其他人物或某事體與其他事體進行比較。然而，關鍵在於，這種相似性之中還有差異性，相似性讓兩種人事拉近，差異性讓人發笑。試看以下一段：

　　　德·鮑羅季諾先生作為皇帝的子孫，除了指揮一個騎兵中隊便不再有其他事情可做，沒有努力的目標，當然他父親或祖父念念不忘的東西不可能全部封存在他的頭腦中。但是，正如一個藝術家雕刻一座雕像，完工多年了，他的思想仍繼續在造型，與此相仿，鮑羅季諾親王父輩念念不忘的東西已成為他軀體的一個組成部分，在他身上有了具體的體現，他的臉部表情恰恰反映了這些憂慮。當他斥責一個下士時，他那衝動的聲音使人想起第一個皇帝；當他吐出一口煙時，他那沉思而憂鬱的神情又使人想起第二個皇帝。當他穿著便衣經過東錫埃爾的街頭時，從圓頂硬氈帽下的眼睛中射出來的光芒，使這個上尉的周圍閃爍著一個隱姓埋名的君王的光輝；當他帶著軍士和糧秣住宿先行官踏進上士的辦公室，上士會嚇得雙腿顫抖，因為這兩個隨從儼然像貝基埃和馬塞納。當他為他的中隊選軍褲布料時，他盯住下士服裝師的目光足以挫敗塔列朗，迷惑亞歷山大。有時候，他正在檢查內務，忽然會停下來，讓那雙奇妙的藍眼睛露出沉思，好像在謀劃建立一個新普魯士和新意大利。可是他馬上又會從拿破崙三世變回到拿破崙一世，指出士兵背包擦得不亮，或嚐一嚐他們的伙食。在他的私生活中，如果他在家宴請平民軍官（當然他們不是共濟會會員）的妻子，他不

僅要擺上一套只有大使才有資格享用的塞夫勒產的天藍色瓷餐
具（是拿破崙饋贈他父親的禮品。這套餐具如果擺在馬伊河畔
他那幢鄉間別墅裡，人們會感到更加珍貴，正如旅遊者來到一
個古老城堡改裝成的興旺熱鬧的莊園，看見粗陋的衣櫃裡放著
一些稀世瓷器，一定會倍加讚美），而且還要擺出皇帝其他的
饋贈物：他那高貴而迷人的儀表（如果相信有些人的說法，一
個人的出身不應該使他終生受到最不公正的排擠，那麼，上尉
這堂堂的儀表在某一外交職位上，定能使人讚歎不絕），他那
親熱的手勢，和藹的神態，優雅的風度，以及那神秘而炯炯有
神的目光——這是皇帝遺傳給後世的珍品，在那天藍色的琺瑯
般晶瑩的雙眸中保存了光輝的形象。[5]

這位德·鮑羅季諾先生只指揮一個騎兵中隊，但他是皇帝的子孫，所
以與兩個拿破崙皇帝（一世、三世）具有某種相似性，但那兩個皇帝
是叱吒風雲的人物，是影響歐洲甚至是世界的人物，指揮一個騎兵中
隊的德·鮑羅季諾上尉是無法與他們相提並論的。然而，敘述者偏偏
放大鮑先生與皇帝的相似性，德·鮑羅季諾先生舉手投足都被施以
「君王化」修辭。這就使得鮑先生的做派有了一種滑稽感：他並非皇
帝，但在敘述者的想像中，上尉的日常表情和做派卻與兩個皇帝在歷
史上某個場景相提並論，「偉人化」和「歷史化情景再現」，使得上尉
形象與歷史巨人相提並論。將歷史巨人符號吸附於一位現實中的上尉
軍官身上，從而讓一位普通軍官獲得一種莊重感和可笑感共存的局
面。當然，普魯斯特的戲謔是有分寸的，與那種無厘頭式的荒唐感完
全不同，而是在戲謔中有莊重，突出的是某種微妙的歷史美感。鮑先

5　〔法〕馬塞爾·普魯斯特：《追憶似水年華·蓋爾芒特家那邊》（南京市：譯林出版
　　社，2008年，第1版），頁780。

生畢竟是皇家族親，所以有著與皇帝相似的派頭也是可以理解的。可惜歷史僅分派他做了個上尉，舉手投足與皇帝相似，固然有些可笑，卻也不乏審美價值。

普魯斯特不但尋求人物的血緣性「相似性」，在他的作品中，他更追求人物的直接的「入畫感」。

常人「經典審美化」，是普魯斯特藝術的一大強項。普魯斯特能夠從最平凡的人的特徵中找出經典藝術品中的對應項。在小說中，不僅敘述者常常讓人物「入畫」，藝術鑑賞家斯萬先生還常常將身邊人比附為名畫中的人物，更是添上一種奇妙的樂趣。就連自家的馬車夫，斯萬先生都把他當成名畫中的人物。斯萬先生為了成就「日常生活審美化」，往往濃墨重彩，找出凡人身上的「美學經典性」。試看此段敘述斯萬先生入聖厄韋爾特府的場景：

> 斯萬饒有興味地看著巴爾扎克筆下的老虎的後代，年輕的馬夫和平時外出的隨從僕人，這些僕人全都戴帽穿靴，或站在府邸門前的林蔭大道上，或守候在馬廄跟前，那模樣就好比花匠列隊佇立在花圃的入口處。斯萬本來就有一種在活生生的人和博物館的肖像畫之間發現相似之處的特殊才能，現在這種才能又有了用武之地，而且用得更經常、更廣泛了；猶如一幅畫卷那般展現在他眼前的。
>
> 那些橫七豎八睡在長凳、衣箱上的身材高大的聽差，猶如一群儀態漂亮而無所事事、四散蜷伏的獵犬，被一個到得特別晚的客人的突然來臨驚醒以後，怎樣豎起牠們那些魁偉卻獵兔犬般矯健的身軀，挺直腰板走過來，在他身旁圍成了一圈。
>
> 其中有一個，樣子特別猛厲，頗像文藝復興時期某些描繪行刑場面的油畫上的行刑人，帶著一種冷漠無情的神氣向他迎上前來，接過他的衣帽。不過他那紗線手套看上去很柔軟，把那道

冷酷目光中的生硬表情沖淡了一些，以致當他走近斯萬的時候，他似乎表現得對斯萬這個人藐然視之，而對他的帽子卻恭敬有加。

……

幾步開外，一個身穿號衣的魁梧的漢子站在那兒出神。他像尊雕像似的，一動不動，什麼事也不幹，彷彿是我們在曼坦那的場景最紛亂的畫面中見到的那個純粹起裝飾作用的武士。旁人在他身邊左衝右突，格鬥廝殺之時，他兀自倚著盾牌在沉思；儘管那群同伴都在斯萬身邊忙乎著，他卻只管冷眼旁觀，用峻屬的藍眼睛的梢角把周圍的場景睃在眼裡，彷彿打定了主意對它不加過問，猶如那是屠殺無辜嬰孩或聖雅各殉難的場景似的。他活像屬於那個業已消亡的種族，——或許它們僅僅在聖芝諾教堂祭壇的裝飾屏和埃雷米塔尼大教堂的壁畫上存在，斯萬曾去過那兒，它們至今還在屏風或牆壁上作冥想狀呢——曼托瓦的大師的某個帕多瓦人模特兒或是阿貝爾特·丟勒的某個薩克遜人模特兒，給一尊古代雕像授了胎，才使這個魁梧的漢子重新有了生命。[6]

　　讓—伊夫·塔迪埃分析普魯斯特讓人物「入畫」的手法是讓人物進入藝術世界，認為：「借助某種傾向於藝術的心理（斯萬或敘述者的心理），也就是說借助某些特殊人物的角度，而使描寫的人物進入藝術世界。普魯斯特將廚娘當作喬托畫中的人物，將奧黛特當作波蒂切利的畫，這樣，他本人便離開了日常現實而成為這些畫家的對手和平手。普魯斯特之所以經常將自己的人物與繪畫中的人物相比，並不

6　〔法〕馬塞爾·普魯斯特：《追憶似水年華·去斯萬家那邊》（南京市：譯林出版社，2008年，第1版），頁358。

是出於一種無意義的、逗樂的或學究氣的怪脾氣，而是為了使書中人物變成圖像，而他的文字則猶如卡帕契奧的畫筆。」[7]問題在於，讓人物進入藝術世界，為何想像者／敘述者因此「成為這些畫家的對手和平手」呢？其實，這種「對手和平手」關係即是一種對話關係。普魯斯特筆下的庸常的日常生活和日常人，一旦引入了經典藝術系統加以參照，不但大大拓展了想像空間，獲得源源不斷的藝術話語支持，而且，借此改變了「書中人」的性質。

為什麼說「畫中人」能改變「書中人」的性質呢？小說中，斯萬先生不是將情人奧黛特想像成「畫中人」便獲得一種情感滿足，甚至更有激情嗎？「書中人」是那樣平凡，甚至有著許多不怎麼高雅的行為，而「畫中人」則可讓想像者／敘述者隨意驅遣自我的情感，在審美的幻覺中去獲得對美好的渴望和滿足。可見，「畫中人」其實是對「書中人」的一種想像性代償。小說中，對藝術審美抱著近乎崇拜態度的敘述者或斯萬、夏呂斯這些人物，他們不僅通過繪畫、音樂與生活細節做比較，甚至乾脆用藝術杜撰生活。夏呂斯、斯萬、馬塞爾甚至在欺騙情人的事體中用的都是同一種虛構套路。那麼，將「書中人」當做「畫中人」，其實也是一種對生活的虛構，是一種讓生活審美化的想像方式。將僕役說成名畫中的各種角色，將馬車夫與某總督雕像比較，如此想像，對於斯萬這樣人來說，是為獲得詩意化的滿足。只有斯萬這樣的藝術方面的博學者，才可能擁有如此鑑賞力和想像力，如此，不但想像的內容令其陶醉，擁有這樣的想像資源和想像方式的本身不也令其獲得某種精神優勢嗎？

將身邊的人物加以想像性的「藝術再造」，從敘事的藝術角度看，是以經典藝術符號為中介，以既有的符號系統去詮釋當下的資訊，從

7　〔法〕讓—伊夫·塔迪埃撰，桂裕芳、王森譯：《普魯斯特和小說》（上海市：上海譯文出版社，1992年，第1版），頁84。

而積極調動讀者的想像力，讓文本外的藝術符號參與文本中的藝術形象的建構。這彷彿是呼喚各路藝術大師，在幻覺化的世界裡共同參與對人物的刻繪。「相似性」成為雕刻刀，「相似性」成為油畫筆。

　　普魯斯特的微雕藝術，寫一個人，是以一系列人去為其定位。這種特徵定位，就是一種刻畫，就是一種創造。以人寫人，以「相似點」為鏡子，去寫另一個人。這樣，就產生了種種類型的「疊印性」。彷彿繪畫中的人、神話傳說中的人、故事中的人，都接受「相似性」的召喚，在某一時刻，由文學創造者指揮著，與被形塑的對象進行一番對比。彷彿在一個人物形象的前後左右，都有一系列隱形形象為之浮現特點、為之梳理時間線索、為之探明性格成因、為之詮釋情感特徵。

　　以「疊印性」來創造形象，就是讓某一形象漂流在「形象流」之中，在系列形象中去進行動態的、微觀的比較，讓某一形象在盡可能豐富的相關符號系統中獲得多方位的比照、定位與揭示。

　　這種「疊印比較」，幽靈一般的眾多形象在某一形象的面貌、靈魂、表情、動作等方面形成浮動的比照之網。表情聯想起表情，動作聯想起動作，癖好聯想起癖好，聲音聯想起聲音，姿態聯想起姿態，趣味聯想起趣味。在聯想中發現相似和差異，相似負責定位，差異負責特徵刻畫。德勒茲發現《追憶》中的阿爾貝蒂娜形象「一方面，她在自身之中以複雜的方式包含著眾多不同的人物，不同的少女──人們會說，她們中的每一個都需要借助於一種不同的化學儀器才能被看到，而對這些儀器的選擇則必須要根據環境及慾望的細微差異；另一方面，她蘊涵了或包含了海灘與浪潮，她使得『一個海的系列的所有印象』相互維繫在一起，對於這個系列，應該懂得如何展開、展現它，就像人們展開一根繩索。」[8]眾多不同的少女，共同組織起關於

8　〔法〕吉爾·德勒茲撰，姜宇輝譯：《普魯斯特與符號》（上海市：上海譯文出版社，2008年，第1版），頁116。

阿爾貝蒂娜形象的聯想網絡。她們的存在，對阿爾貝蒂娜來說，就是一種化學儀器。在海灘和浪潮之間，少女們本是渾然一體，而要描寫其中的一位，相似性作為基礎，差異性的細微分辨才可能讓阿爾貝蒂娜的容貌、性情和趣味得以描繪。少女們與阿爾貝蒂娜的共同點，讓少女們與阿爾貝蒂娜具有了可比性。具備了可比性之後，「疊印」造就的差異性才具有說服力。以相似性的「疊印」作為塑造人物的方式，其關鍵性要素，不是使用了「疊印」，而是尋找到什麼角度的「疊印」。

　　普魯斯特的「疊印比較」之所以具有藝術創新性，在於普魯斯特式的「疊印」是能夠在他人忽略之處獲得敏銳的發現。換句話說，普魯斯特發現人物的可「疊印」之處，其最奇妙的所在，不是「形似」，而是「神似」。普魯斯特對「神似」的發現不是抽象的，而是能夠在不易察覺的瞬間性「形似」中發覺某種「神似」。讀一讀以下一段文字：

　　　　吉爾貝特看上去像在扮故事中的某種動物，或是神話中的某個人物。亮裡透紅的皮膚來自父親，似乎造物主在創造吉爾貝特時，面對如何一點一點重塑斯萬夫人的問題，手邊可用的材料卻只有斯萬先生的皮膚，造物主把這材料運用得盡善盡美，猶如一個中世紀的能工巧匠，刻意在精美的製品上留下了材料的紋理和節疤。在吉爾貝特的臉上，複製得惟妙惟肖的奧黛特鼻子邊上，皮膚相繼隆起，一絲不苟地重現了斯萬先生點綴面容的那兩顆痣。坐在斯萬夫人旁邊的，是她的一個新品種，猶如紫丁香旁邊的一株白丁香。但這並不是說，兩種不同的相像之間就有了一個涇渭分明的分界線。有時吉爾貝特笑起來，你會在這種酷似母親的臉上，看到父親的那張鵝蛋臉，彷彿有人將這兩張臉放一起，想看看混合效果；鵝蛋臉如同胚胎成形那

般，漸漸變得清晰，呈橢圓形伸展，膨脹，稍頃便消失不見了。吉爾貝特的眼睛裡，有她父親坦誠的目光；她當初把仿瑪瑙的彈子給我，對我說「留著作個紀念吧」，那雙眼睛裡閃動的就是這樣的目光。但是，只要有人問起她剛才或頭幾天在做什麼，在這雙眼睛裡看見的就是尷尬、猶豫、躲閃、沮喪的神情，以前斯萬問奧黛特去了哪兒，奧黛特回答斯萬時說了謊，她的眼神就是這樣。但當年傷心欲絕的情人如今成了小心謹慎的丈夫，瞧見妻子這眼神他馬上會把話頭岔開了。在香榭麗舍公園玩的那會兒，每當看見吉爾貝特的這種眼神，我心裡就不踏實。不過在大部分情形，我是多心了。對吉爾貝特而言，這眼神——至少是這眼神吧——來自母親身上的遺傳，僅此而已。當吉爾貝特要去學校，或者得回家上鋼琴課的時候，她瞳孔裡露出的眼神，正是從前奧黛特白天接待了某個情人，或者急著要去赴一次幽會，卻又藏藏掖掖生怕斯萬知道時的眼神。就這樣，我看見了斯萬先生和斯萬夫人的兩種性格、氣質在這個梅呂齊娜身上蕩漾、湧動，此起彼伏地交相疊印。[9]

此段文字，奇妙之處，不在於寫女兒與父母的「形似」，而是寫女兒眼神與母親眼神的「神似」，更在於這種「神似」竟然穿越時間，駐留在女兒的眼神中。寫「形似」之相似性並無太多的新意，誰都可能通過父母的形象來觀照女兒的形象，完全依靠「形似」的塑造法是皮相的。此段文本，聯想最奇特的地方，在於母親因為撒謊被父親懷疑時的眼神，竟然會在女兒眼神得以「遺傳」。不過，女兒並沒有意識到這一點，母親也不知道這一「秘密」。這就使得「相似性」的捕

9　〔法〕馬塞爾·普魯斯特：《追憶似水年華·在少女花影下》（南京市：譯林出版社，2008年，第1版），頁132。

捉，成為一種「揭秘」。正如德勒茲所說的：「蘊涵與表現，包含與展現：這些就是《追憶》之中的範疇。起初，意義被蘊涵於符號之中；它作為一種事物被蘊藏於另一種事物之中。」「《追憶》的主題就是：我尚未知曉，但我之後會理解。」[10]女兒的眼神，作為一種客體，蘊藏在母親的眼神中，而母親的眼神，又包含在另一個故事之中。這個故事中，母親的眼神是曾經讓父親那麼痛苦，那麼費解。在小說的上一卷，斯萬是如此看奧黛特的表情和眼神的：

　　她現在這模樣，在他眼裡比平時更像那幅《春》的作者畫筆下的女性形象了。那幅畫上的女性，僅僅由於聽任幼年耶穌玩耍一隻石榴，或者眼看摩西往食槽裡倒水，彷彿就會不堪內心悲痛的重負，臉上顯出悲痛欲絕的表情，奧黛特此刻有的正是這種表情。他曾經在她臉上見到過一次這種悲慟的神情，但想不到是什麼時候了。驀然間，他想起來了：有一次奧黛特藉口病了沒去維爾迪蘭府上吃晚飯，其實那晚她和斯萬在一起，第二天她跟維爾迪蘭夫人說起此事照舊撒謊時，她臉上就是這種表情。誠然，即使她是所有女人中間最較真的，她也完全不必為了一句無傷大雅的謊話而內疚。不過奧黛特平時說謊，情況可沒有那麼簡單，她之所以說謊，意在阻止人家發現某些事實，一旦讓人知道她說謊，她就得在這批人或那批人手裡大吃苦頭。所以她說謊時，心裡怕兮兮，總覺得自己無勇無拳，吃不準謊話能否奏效，就像有些睡不著的孩子那樣，疲倦得直想哭。何況她知道自己的謊言通常會嚴重傷害說謊的對象，而且萬一真相敗露，她說不定就只能聽憑對方的擺佈了。於是她在

---

10 〔法〕吉爾・德勒茲撰，姜宇輝譯：《普魯斯特與符號》（上海市：上海譯文出版社，2008年，第1版），頁91。

此人面前感到自己既微不足道又應受譴責。而她在社交場上隨
便說句謊，往往會聯想起那種感覺，勾起種種回憶，覺得累垮
了似的不舒服，感到做了壞事而內疚。

她這會兒對斯萬說的究竟是怎樣的謊話，居然目光如此痛苦，
聲音如此哀切，彷彿在為某種壓力所迫而低聲下氣乞求寬恕？
他有個感覺，她極力向他隱瞞的，不僅僅是下午那件事的真
相，而是某件更靠近眼前，說不定還沒發生，但馬上就要發
生，而且能讓那件事畢露無遺的事情。正在這時，他聽到門鈴
響了一下。奧黛特照樣往下說，但她的聲音像在呻吟：為下午
沒見斯萬，沒給他開門而感到的遺憾，變成了一種痛徹心肺的
絕望。[11]

原來吉爾貝特那遺傳性的眼神中竟然「蘊涵」著這樣一個故事，這樣
的想像真是太促狹了。女兒的眼神中，傳達著母親的故事，或者說，
母親那痛苦的眼神竟然穿越時間，注釋女兒的眼神。女兒眼神，本不
複雜，但是，因為相似性的緣故，她的眼神不但包含了母親的內心秘
密，而且還與那名畫中婦女的痛苦眼神實現遙遠的呼應。這意味著，
你要了解女兒的眼神，不能不聯想到母親的眼神，而知曉母親的眼
神，又不免聯想到那名畫中婦女的眼神。一個眼神，要受到另外兩個
眼神的疊加。這就不免要產生一個疑問：這樣的疊加，是為了更精確
地表達吉爾貝特的眼神嗎？如果單為了精確性，沒有必要如此強調相
似性，相似性無非就是某種特徵的重複。顯然，創作者不是為了重複
這種相似性特徵來寫眼神的。作家是強調相似性，但這相似性不是為
了精確性而存在。相似性的存在更多地是依賴差異性作為前提的。奧

---

11 〔法〕馬塞爾・普魯斯特：《追憶似水年華・去斯萬家那邊》（南京市：譯林出版社，
　　2008年，第1版），頁312。

黛特與畫中人差異甚多，女兒與母親差異甚多，可她們的眼神偏偏有相似之處，這樣的差異性之中的相似性才具有足夠的可驚異之處。奧黛特與那畫中的婦人區別乃「書中人」與「畫中人」之分野，奧黛特因心虛而痛苦的眼神，與「畫中人」那神聖的痛苦差異性很大，而她們的眼神竟如此相似，令人驚訝之餘，又不能不覺得好笑：交際花撒謊的痛苦眼神竟也帶著宗教繪畫中婦女才有的重負和悲慟，奧黛特的絕望眼神真是既可笑又可同情的。至於天真無辜的女兒，僅僅因為所謂遺傳的緣故，與她母親當年對情人撒謊時尷尬、猶豫、躲閃、沮喪的表情極其相似，這似乎是想告訴你這樣一個秘密：女兒正值妙齡，母親當年的那痛苦快累垮的眼神就遺傳予她，可見表情或眼神的遺傳力是多麼奇異又多麼詭異。如此說來，具有足夠的差異性，才能使得相似性具有可驚異性。假定這三個人物的身分與情境基本相同，她們的相似性就無任何審美驚奇性。

　　差異性足夠大，相似性的揭示才具有「揭秘」意味。

　　當然，這種具有情境反差性的相似性之「揭秘」，並不是簡單地給個答案了事，《追憶》的敘述者有偵探的本領，但更是一位有藝術趣味和生活情趣的審美家，所以，對相似性的揭示之敘事中，調侃中有寬宥，寬宥中有感慨。這複雜而微妙情感，才使得這眼神的描繪，不是僅僅追求「形似」的描繪，也不是僅僅為了「神似」的揭示。而是讓你發現這「神似」的背後的法則：瞬間的眼神，既包含了人與藝術形象的相似性，又深藏著母女間某種無法割捨的相似。普魯斯特讓一個「點」的相似性穿越了人與藝術品之間的壁壘，穿越了母女間的情境迥異的時間界限，在一個表情或眼神的「點」上實現「疊合」。或者說，普魯斯特敘事藝術之聯想力和洞察力讓媒介壁壘和時空界限消融了、蒸發了，讓德勒茲所說的「被拘禁」的「被俘的靈魂」找到她們的相似點，找到她們可疊合的對象。

普魯斯特摒棄了敘事線性因果關係的橫組合，著力提煉聯想式的非線性的縱聚合關係。

非線性的縱聚合，不是依賴情節聚集起來的力量去推進某種特徵的浮現，而是穿越存在壁壘和時間屏障，去尋找一個細微的眼神、表情或動作的「對等物」。「對普魯斯特的真實來說，修辭上的對等物是一連串的隱喻形象。」[12]普魯斯特的真實觀，是互為隱喻的「對等物」跨越線性情節的障礙，在一個點上實現另一種真實的開掘，是利用「相似性」成就的聚合，實現對存在的洞察、調侃和諒解。「疊合比較」是一種描繪，但遠比描繪更豐富也更深刻，因為「疊合」所形成的各個「點」，瓦解了線性的敘事法則，以縱向聚合的「點」浮現更具寓意性的小說主題。

普魯斯特是以「點的洞察」代替「線的懸念」，普魯斯特式的疊合之「點」創造出來的審美爆發力，替換下巴爾扎克利用情節懸念創造出的批判力。巴爾扎克是利用情節去克服時空的，而普魯斯特是調動奇妙的相似性去超越各種界限。德勒茲發現了這一點，他認為普魯斯特作品「在本質的某種層次之上，令他感興趣的，不再是個體性，也不是細節，而是法則，是宏大的間距和廣泛的普遍性。望遠鏡，而不是顯微鏡。」[13]所謂「不是顯微鏡」，不是說普魯斯特的小說不重視細節，而是普魯斯特將諸多細節放置在更廣闊的背景中去比較，去尋找對應物，去概括對應物之中的法則。

「望遠鏡，而不是顯微鏡」這一說法，意味著細節的相似點之「疊合」不僅讓細節熠熠發光，更超越了細節本身。細節的聯繫比細節的精確更重要，因為細節的聯繫能讓你發現某個細節更內在的含

---

12 〔愛爾蘭〕塞・貝克特：《普魯斯特論》（北京市：社會科學文獻出版社，1999年，第1版），頁57。

13 〔法〕吉爾・德勒茲撰，姜宇輝譯：《普魯斯特與符號》（上海市：上海譯文出版社，2008年，第1版），頁81。

義。專注於細節是「顯微鏡」，洞察到細節的奇異聯繫則是「望遠鏡」。細節性的相似點的遠距離「疊合」，而不僅僅是細微而準確描繪，才具有普魯斯特特性。巴爾扎克是以線性之枝葉繁茂的「樹狀」的情節因果去統帥主題，普魯斯特則安排種種「相似點」去完成主題的浮現：「相似性」組織起各種各樣差異性的系列和群體，組織起前後發生戲劇性變化的個體生命段落，組織起感覺世界中種種片段。

普魯斯特式的「相似性」讓不同人、事從情節線上撤下來，在「相似性」中獲得安頓：以各種情緒、感覺、行為、表情的「相似性」，在小說文本中串聯起各色人等的命運片段。而這各個人的片段，又在與他人的「相似性」中再次獲得比較。「相似性」帶動出的個體屬性的巨大落差，在《追憶》的最後一卷〈重現的時光〉中得到最繁複、最多彩的表現，具有巨大的「差異性」的生命演出在「相似性」的引領下獲得隆重的展覽：

> 我讚歎時間別出心裁地更新萬物的力量，它竟能在完全尊重此人前後的一致性和生命法則的同時，像這樣改變裝飾和把大膽的對比引入同一個人的前後兩個外表。因為有很多這樣的人，他們立即就能被辨認出來，可他們卻集中掛在陳列室裡的一些畫得相當彆腳的肖像，他們自己的肖像，一位手筆不準又心懷叵測的藝術家在繪製肖像的時候，把這個人的輪廓線條畫僵直了，去掉了那個女子膚色上的紅潤或體態上的輕盈，還把目光畫得陰鬱暗淡，……簡而言之，時間這位藝術家「描繪出」所有的這些模式，以便使它們全都變得能夠辨認。然而這些模式不盡相同這並非因為它把它們畫美了，而是因為它使它們衰老了。再者，這位藝術家的工作速度極慢。那張酷似奧黛特的臉就是這樣形成的，我第一次見到貝戈特那天曾在希爾貝特臉上隱隱瞥見它剛剛起筆勾勒輪廓，時間像那些久久保留著某件作

　　品，年復一年予以補全的畫家，終於把它推進到完美無瑕的相
　　似。[14]

時間成為留駐「相似性」最執著的大師，又是成為製造「差異性」最
殘忍的魔術師。本雅明感歎道：「普魯斯特不可思議地使得整個世界
隨著一個人的生命過程一同衰老，同時又把這個生命過程表現為一個
瞬間。那些本來會消退、停滯的事物在這種濃縮狀態中化為一道耀眼
的閃光，這個瞬間使人重又變得年輕。」[15]這種種「瞬間性」，在普魯
斯特的小說中，包含著「相似性」和「差異性」共同導演的魔法。普
魯斯特拋棄了對人的命運的情節性充實，他的作品中哪怕是主要人
物，許多關鍵性的命運情節是不為我們所知的。普魯斯特留住了各色
人等的片段場景、短時感覺、剎那動作、瞬間表情，這些片段化場
景、情境、表情、動作所形成的立體化的相似性網絡組織，代替了情
節型小說的因果性層級性組織。普魯斯特的小說，以「一道耀眼的閃
光」所可能包含的短暫性、永恆性、差異性、相似性、戲劇性、場景
性，吸收了小說人物中最具表現力的生命能量，引領我們去看那一次
次既是短暫又是永恆的演出，並將各次演出的關係以「望遠鏡」的方
式形成聯繫。

　　普魯斯特讓我們相信，短暫的相似性疊合，其中所包含的複雜微
妙的意義，絕不亞於層層推進、針線細密的結構感「統一」的情節主
導型小說。片段式相似性組織起來的小說藝術，其魅力絲毫不遜於層
層推進的情節型或懸念型小說。

14　〔法〕馬塞爾・普魯斯特：《追憶似水年華・重現的時光》（南京市：譯林出版社，
　　2008年，第1版），頁2178。

15　〔德〕瓦爾特・本雅明：《普魯斯特的形象》，引自〔德〕漢娜・阿倫特編，張旭東
　　譯：《啟迪：本雅明文選》（北京市：生活・讀書・新知三聯書店，2008年，第1版），
　　頁227。

二

　　如果沒有「相似性」的網絡，普魯斯特的小說將無法「整體化」。

　　「相似性」使得普魯斯特小說中各種人物、事件、感覺乃至細枝末節都能通過「點狀聯繫」獲得審美關聯。

　　普魯斯特小說的人物慾望呈潛流狀態，而不像巴爾扎克小說那樣，一上來就讓慾望亮相，慾望強度的升級讓巴爾扎克人物直接為實現慾望規劃方案確定明確目標。普魯斯特筆下的人物通常「無事」，只有被敘述者的目光觸及，某種陰謀或隱秘動機才可能被「窺破」。普魯斯特人物多善於掩飾，動作幅度不大，他們活得像植物，動作幅度不大，情節起伏亦不明顯。普魯斯特筆下敘述者的使命就是窺破人物的動作、語調、眼神中所可能包含著的「秘密」。普魯斯特的本領是揭開常態化的諸種細節「隱秘性」。

　　普魯斯特不是不寫事件，只不過他不通過大起大落的情節過程去寫事件，而是通過「發現」，通過在潛流中運動著的種種「細部徵兆」來勾畫事件。種種的「徵兆點」醞釀著事件的爆發。這些當事人視而不見的「徵兆點」，在「暗中」運動，只有全知全能的敘述者「我」心知肚明。這些「徵兆點」慢慢地讓事件成形，並積蓄著最後的導致事件發生逆轉的力量。第五部《女囚》中夏呂斯受辱事件就是通過「徵兆點」的顯露和擴大，最後讓事件爆發出令人驚異的能量。

　　普魯斯特將敘述者塑造成具有超感覺能力的偵探型加戲謔型的敘述者。

　　普魯斯特本無心創造情節的緊張感，他需要的是利用穿插來詮釋事件程序中大大小小的「秘密」。他更關心的是人物在某個事件程序中的神態、語調、氣氛，因為他認為這其中隱藏著遠比情節本身更重要的人性奧秘。普魯斯特之所以讓人物活動起來，不是因為這能導致某件事情的發生發展，而是這樣可以「採集」人在活動過程中的面部

表情、聲調或肢體語言的變化特點，而這其中暗含著遺傳、職業、趣味、性格、性向的種種編碼。這才是普魯斯特最熱切「診斷」的內容。

　　普魯斯特是以「發現」「揭示」為樂趣，而不以盤根錯節的情節能量的集聚和釋放來構築主題。詹姆遜說：「普魯斯特的作品中，日常生活和存在體驗到處被改變和轉化為軼事，成為機智而往往流於殘酷刻薄的故事中的談資。」[16]事實上，小說成為「談資」正是普魯斯特小說的特色。普魯斯特小說的主體永遠是那位叫「馬賽爾」的敘述者，這位敘述者的目光和趣味在導引著讀者去看人物如何活動，去評論人物是非，去揭示人物細微而隱蔽的動機和人物得意背後的不堪、驕傲背後的猥瑣。普魯斯特的小說成了種種「秘密」的「發現之旅」。普魯斯特的「發現」，其目光所到之處，「現場報導與評價」的價值遠在情節之上，這大概可算是「談資」勝於「情節」的一個典範文本吧。

　　「發現者」普魯斯特，他對「微弱徵兆」的發現，具有偵探家的銳利，但他又與偵探家不同。偵探家只是需要一個明確的結果，而普魯斯特要「發現」的，卻是幅度不大的動作或表情中所隱藏著的遺傳信息、情感奧秘、性格密碼、職業慣性。因此，普魯斯特那「插入式」的故事情節，不是為了奔向一個足以引起震撼感的最後的高潮，而是在情節行進的環節中，洞察每一個人物看似平靜的行為，通過他或她的身體語言，揭開其獨有的遺傳學、情感學、性格學的編碼。

　　那位可憎、可笑、可憐的夏呂斯男爵，他的癡情與孤獨，他的細膩與風雅，他的傲慢與專斷，他的自我陶醉和詼諧幽默，他的跋扈驕橫和放蕩不羈，他的奇思妙想和詩意翩翩，他的「周身奧秘」，成為敘述者不斷「點破」不停分析的對象。夏呂斯的一條手巾圖案洩露出

16　〔美〕詹姆遜：《詹姆遜文集第5卷：論現代主義文學》（北京市：中國人民大學出版社，2010年，第1版），頁255。

性取向，夏呂斯一次虛構的決鬥透露出他的家族尚武的遺傳性，夏呂斯的一次目瞪口呆表情包含著強烈的慾望與脆弱的情感，夏呂斯在炮火連天的戰爭之夜的一次散步所發佈的奇思妙想傳達出他的殘忍而詼諧的美學趣味。「在最低的限度上，我們可以說夏呂斯是複雜的。然而，這個詞應該從其全部的詞源學內容上得到理解。夏呂斯的天賦在於能夠保留所有靈魂，它們把他構成為一種『複雜』的狀態：正是因此，夏呂斯才總帶有著一種世界起源的活力，不斷地發送著原初的符號，而對於這些符號，解釋者應該進行破解，也就是說，進行解釋。」[17]是的，夏呂斯是複雜的，但他又是可被了解的。夏呂斯哪怕很會掩飾，夏呂斯所有的優勝事蹟或無德惡習總是被「我」一一窺見。夏呂斯一直處於被敘述者俯視的位置上。而阿爾貝蒂娜不一樣，她看似比夏呂斯簡單，但「我」關於阿爾貝蒂娜的一切，卻迷霧重重。因為「我」對阿爾貝蒂娜的愛總是伴隨著無法擺脫的嫉妒，阿爾貝蒂娜哪怕是完全清白的，「我」對於她也是「欲加之罪何患無辭」。普魯斯特式的愛情規則是：不嫉妒即不愛，因此，有愛則必有嫉妒。因了這一情愛邏輯，遠比夏呂斯簡單的阿爾貝蒂娜就是死後，她的「往事」，她的「戀史」，她的性取向和性經歷，依然是無盡之「迷」。還是德勒茲了解《追憶》中的戀愛，他說：「一場平凡的戀愛要比一段偉大的友情更有價值：因為愛情在符號方面是豐富的，並源自緘默的闡釋。」[18]愛的符號的「豐富性」，不是愛本身有多「豐富」，而是普魯斯特之嫉妒之愛能創造「豐富」。

　　普魯斯特將愛情的多疑性寫到了極致。如果說後來的新小說領軍者羅伯·格里耶的《嫉妒》中主人公嫉妒的感覺泛化到主人公目力所

17　〔法〕吉爾·德勒茲撰，姜宇輝譯：《普魯斯特與符號》（上海市：上海譯文出版社，2008年，第1版），頁47。

18　〔法〕吉爾·德勒茲撰，姜宇輝譯：《普魯斯特與符號》（上海市：上海譯文出版社，2008年，第1版），頁31。

及的現場四周，那麼，普魯斯特式的愛之嫉妒會導致斯萬或「我」這樣的嫉妒型戀人就情人某句日常用語進行「微言大義」的剖析，或是直接扮演偵探的角色，調查情人的「戀史」的細枝末節。不過這位嫉妒的偵探，就是請某位「知情人」釋疑，「知情人」能否如實相告，他亦要加以懷疑。其「釋疑」本身就是為了招來更多的「疑」。因為只有「疑」才能讓愛不枯竭——「疑」才能給愛帶來新鮮的嫉妒資源，帶來更可「疑」的想像時空，帶來對情人的無盡闡釋。普魯斯特就借敘述者的話坦言：「愛情這東西，我在巴爾貝克那會兒常這麼想，無非就是我們對某位一舉一動都似乎會引起我們嫉妒的女士的感情。」[19]

　　麥爾孔・鮑義對此亦有感觸，他說：「普魯斯特的世界有著各式各樣的秘密與謎團，但是與性有關的特別顯著。敘述者愈解讀，愈是如墜入五里霧中，即使有了發現，不多久又有了新的了悟——原來這樣的發現不可靠，甚至是錯誤的。……普魯斯特處理性的秘密教人拍案叫絕之處，並非在情節中安排解答，而是這些秘密激起的恐慌頗值得玩味。《崔斯坦・軒秋》中托比叔叔的傷口，或是《湯姆・瓊斯》主角的身世都很懸疑，但都比不上奧黛特、阿爾貝蒂娜、聖盧過去的戀史教人疑惑。以簡單的『時間與動機』來看，敘述者的研究工夫實在到了嘔心瀝血的地步——如果不只是好笑得令人噴飯的話。這部小說重要的時間架構就在情欲激動的個人拼命想要找出對方的過去，鍥而不捨的程度，可達天荒地老。」[20]

　　情人的過去「戀史」，甚至情人的一句非常平常的口頭用語，為什麼會激起愛人的無邊的好奇心呢？這是因為對戀人之「疑」充滿探

19　〔法〕馬塞爾・普魯斯特：《追憶似水年華・女囚》（南京市：譯林出版社，2008年，第1版），頁1541。

20　〔英〕麥爾孔・鮑義撰，廖月娟譯：《星空中的普魯斯特》（臺北市：聯經出版事業公司，2000年，初版），頁40。

索的樂趣：「疑」是因「戀」而來，「戀」要靠「疑」來拓展想像空間，「疑」為「戀」提供源源不斷的想像資源。「疑」的刨根問底，表明此種「戀」不單是表面上要佔有愛人的過去，而是因為「戀史」最能形塑情人是位「什麼人」。對情人是「什麼人」的無限好奇，使得情人的一切特別其「戀史」不斷被「再懷疑」「再審查」。假如能夠確定情人是「什麼人」，為情人定了性，那麼，戀愛也就失去了想像資源，普魯斯特式的情愛也就終止了。可見，「疑」在《追憶》中，並非為了考證情人的「戀史」，「疑」是一種「酸性浪漫」。

「酸性浪漫」的特徵是將自我與情人的關係投射到假想情敵與情人的虛構情事上。這種虛構情事若隱若現，若有若無，「發現」越多，「疑點」越多，「坦白」越徹底，「隱瞞」越巧妙。那位文學歷史上著名的嫉妒情人者斯萬，其對奧黛特的「調查」與破譯文本、解釋古蹟有同樣的熱情甚至有過之而無不及。然而，嫉妒者「研究」情人又的確與學術研究不同，因為《追憶》中的嫉妒者不太可能那麼「客觀」地審視情人。哈羅德·布魯姆就指出《追憶》中的嫉妒者懷有不可名狀的恐懼：「普魯斯特精彩而駭人的喜劇使他的主人公們都成了名副其實的研究嫉妒的藝術史家，他們即使在心中的愛意久已消退之後仍會不斷努力地試圖解析嫉妒，而當馬賽爾這樣做時，他心愛的人早已離世。普魯斯特指出，性嫉妒的面紗實際上掩蓋著對不能永生的恐懼：心懷妒忌的情人反覆糾纏於對方背叛行為發生的空間和時間中的每一個細節，因為他深恐沒有給自己留下足夠的時空。」[21]普魯斯特主人公「審情人」的方式，其實是在以想入非非的方式塑造情人之美。

嫉妒之心塑造情人之美，遠比研究式的態度更具有「說服力」，因為情人的不安、激動的偏執情感無疑是對「情人魅力」最好的詮

21　〔美〕哈羅德·布魯姆撰，江寧康譯：《西方正典》（南京市：譯林出版社，2005年，第1版），頁313。

釋。所有嫉妒的想入非非其實都是利用嫉妒為中介來塑造主人公對情人之美的細緻而緊張的欣賞，就是情人最平常的一句口頭用語，也會被反覆咀嚼，不停地做文章：

> 阿爾貝蒂娜說起話來的某些樣子，不時還會讓我揣測——我也不知道為什麼——在她那尚且如此短暫的人生歷程上，她一定接受過許許多多恭維和求愛的表示，而且是滿心歡喜地，也就是說是以一種狎昵風騷的姿態去接受的。因而她對什麼事都愛說：「是嗎？真的嗎？」當然，要是她就像奧黛特那樣地說什麼：「瞧他吹的，是真的嗎？」我是不會多生這份心的，因為這種話本身就夠可笑的，讓人聽了只會覺得這個女人頭腦簡單，有點傻氣。可是阿爾貝蒂娜說「是嗎？」的那種探詢的神氣，一方面給人一種很奇怪的印象，覺得這是一位自己沒法作出判斷的女同胞在求助於你的證實，而她則像是不具備與你同等的能力似的（人家對她說：「咱們出來一個鐘頭了」或者「下雨了」，她也問：「是嗎？」）；另一方面，遺憾的是這種無法對外界現象作出判斷的能力上的缺陷，又不可能是她說「是嗎？真的嗎？」的真正原因。看來倒不如說，從她長成妙齡少女之日起，這些話就是用來對付諸如「您知道，我從沒見過像您這樣漂亮的人兒」「您知道我有多麼愛您，我愛您都愛得要發瘋了」之類的話的。這些「是嗎？真的嗎？」就是在賣弄風情的應承的同時，故作端莊地給那些話一個回答，而自從阿爾貝蒂娜和我在一起以後，它們對她只剩一個用處，就是用一個問句來回答一句無須回答的話，比如說：「您睡了一個多鐘頭了。」「是嗎？」[22]

---

22 〔法〕馬塞爾·普魯斯特：《追憶似水年華·女囚》（南京市：譯林出版社，2008年，第1版），頁1511。

因為阿爾貝蒂娜一句再平常不過的口頭禪竟引起如此遐想，這嫉妒的想像力過度發達。阿爾貝蒂娜幾乎活動在嫉妒者想像出的各種場景中，嫉妒越強烈，想像得越美，嫉妒越持久，想像越精緻。

所以，普魯斯特式的嫉妒，是為審女主人公之美打開了一個別致而生動的通道。因了男主人公的嫉妒，女主人公之美將徜徉在一段又一段遐想出來的各種「情史」中。在各種「情史」裡，女主人公一笑一顰，彷彿都在接受著妒意目光的跟蹤。

嫉妒者的目光，猶如畫筆，妙筆生花般地描繪出女主人公種種「可能」的事態、情態和媚態。阿爾貝蒂娜的魅力，就是這樣，以嫉妒為通道，在虛構的歷史畫面深處越描越細、越繪越真。

所以，嫉妒，到了普魯斯特那兒，已經拋棄了性競爭的殘酷意味，嫉妒成為美化女主人公的最別致的手法。男主人公對情人每換一種角度的嫉妒，男主人公對情人每一個「新發現」的感歎唏噓，男主人公對情人每一次「戀史場景」的想像，往往飽含著偏執狂式的緊張、焦灼、興奮或憤怒。這種種情感，使得女主人公的形象不是停留在「客觀描繪」層面上，而是借助男性主人公偏執化的「審美診斷」，以情感力來代替描繪力，以想入非非的虛構臆測來代替活生生的現場描繪。

一次嫉妒發作，就帶出一連串的虛構戀史的故事，而這些戀史故事，難道不是主人公與情人之間故事最美妙的延伸和補充。戀愛是「虛空」的，普魯斯特的聰明就在於，他發現「虛空」的戀愛需要想像，需要開拓，需要形塑，需要召喚。不過，嫉妒在普魯斯特筆下，不是激起仇恨的起點，而是走向諒解的開始。

哈羅德・布魯姆將這種現象歸結為喜劇性對嫉妒的「沖淡」：「普魯斯特所表現的嫉妒在文學史上絕對是空前的；奧賽羅與里昂提斯同斯萬與馬賽爾相距何止千里。普魯斯特《追憶》中嫉妒的情人是不會

萌生出謀殺意念的：這部作品的喜劇精神杜絕了這種可能性。」[23]
「喜劇精神」為什麼會軟化普魯斯特式的嫉妒呢？其重要的因素，就在於普魯斯特不完全從性競爭的角度寫嫉妒，嫉妒在普魯斯特式人物的意識中，其浪漫性覆蓋了競爭性，其美學意味領先於性爭奪意味。

　　試看最善嫉妒的斯萬是如何對待自我的嫉妒：

> 他感到好奇心在自己身上蘇醒，雖說範圍不出一個女人的日常消遣、生活瑣事，但它正是當年他對歷史所表現出來的那種好奇心。站在窗外探頭探腦，在今天之前還是他不齒於做的事情，現在誰知道呢？說不定到了明天，誘使不相干的人提供旁證、買通僕人、躲在門口偷聽，都會儼然跟辨析文本、對照見證、闡釋文物一樣，被他當作具有某種真正學術價值、適用於探索真理的科學研究方法呢。
>
> ⋯⋯。
>
> 他心想，讓奧黛特說下去，她編的謊話裡沒準會露出蛛絲馬跡；她管自往下說；他不去打斷她，滿懷熱望而痛苦的虔誠，一字不漏地聽著她說的每句話，覺得這些話（正因為她提及時竭力加以掩飾）如同聖器上的蓋布，影影綽綽地保存著聖器的形態，依稀可辨地勾勒出無比珍貴而又，唉，無法參透的真情實況——剛才三點種他來的那會兒，她到底在做什麼——他對此所掌握的只是一堆謊言，既是雲山霧罩不著邊際，又有神聖的印記藏匿其中，真相從此只存在於這個女人藏藏掖掖的記憶之中，她對它熟視無睹，茫然不知它的珍貴，卻不肯把它告訴他。當然他有時也覺得，奧黛特的日常生活本身，不見得有多

---

23 〔美〕哈羅德・布魯姆撰，江寧康譯：《西方正典》（南京市：譯林出版社，2005年，第1版），頁313。

少趣味，她即使跟其他男人有染，也未必就一定會激發一種病態的痛苦乃至殉情的狂熱——以致普天下凡有思維的動物概莫能外，無一倖免。他這時意識到，自己的這種思念，這種憂傷，無非是一種病而已，一旦病癒，奧黛特這樣做還是那樣做，她吻他還是不吻他，都跟許多別的女人的情況沒什麼兩樣，不會引起他的傷感。可是斯萬儘管明白，他對奧黛特一舉一動的好奇心之所以讓他感到痛苦，原因還在他自己，卻依然把這種好奇心看得很重要，盡力要使它得到滿足，並且不覺得那有什麼不合情理之處。[24]

斯萬的嫉妒，已經從性競爭層面上獲得解脫和昇華。他將情人的秘密，當成藝術品鑑定或當成美味佳餚品味，這固然是一種反諷，但這反諷中透露出這樣的信息：斯萬具有一種極強的反省力，他能夠退後一步，如醫生診斷病情那樣對待自己的嫉妒。他儘管痛苦，但在痛苦背後，他最終保持著一種鑑賞家的姿態，這種姿態使得對自我的嫉妒既是投入的又是超脫的，能在痛苦的同時觀賞自我的痛苦。

　　正是這種「觀賞化」孕育了某種「喜劇精神」：即我對情人的窮根究底的懷疑哪怕離譜得可怕，但由於嫉妒者如斯萬或馬塞爾這樣的人物始終將女性視為可美化的對象，哪怕是偷情的女人也值得美化。這種美化是一種上升到經典藝術作品層面的審美化，是一種時間可以改變一切的自我超脫化。如此，就調整了自我與被嫉妒者的利害關係，從而尋求關係的遷移，從競爭性的、利害化的關係遷移為審美化、去利害化的觀賞式的關係。這樣，無論普魯斯特式的嫉妒主人公如何偏執，都將化為一場喜劇：主人公越是因為嫉妒而抓狂或多疑，

---

24 〔法〕馬塞爾·普魯斯特：《追憶似水年華·去斯萬家那邊》（南京市：譯林出版社，2008年，第1版），頁310。

他越顯得可笑，越有欣賞價值。這樣的嫉妒者不殺害情人，而是最終原諒不忠的情人。

　　相反，托爾斯泰的小說《克魯采奏鳴曲》也塑造了一位善妒的丈夫，卻最終以殺死自己的妻子了事。其嫉妒的原因，僅僅是因為他無法忍受他臆想中的偷情，即妻子與一位鋼琴師的曖昧關係。殺妻者的心理活動是高度偏執的：

> 我是個正派人，我父母也是正派人，我一輩子都在追求幸福的家庭生活，我對妻子從來沒有變過心……可她這五個孩子的母親，卻摟著樂師親熱，就因為他有兩片紅嘴唇！不，她不是人！她是一條母狗，一條下賤的母狗！她一直裝作很疼孩子，可如今就在孩子們房間隔壁同人家幽會。還裝模作樣地給我寫信！同時卻無恥地投入人家的懷抱！可是我知道什麼呢？這樣的事也許早就發生過了。也許她早就跟僕人發生過關係，有了孩子還說是我的。我要是明天回來，她就會梳著漂亮的髮式，擺動線條優美的身子，嬌聲嬌氣地迎接我。我又將看見她那富有魅力而含怨帶恨的臉。這樣，嫉妒的野獸將永遠盤踞在我的心頭，咬嚙我的心。保姆會怎麼想呢？還有葉戈爾？可憐的小麗莎，她有點懂事了。天哪，多麼無恥！多麼虛偽！還有我所熟悉的那種獸慾！[25]

托爾斯泰筆下這種嫉妒，原因不在於這位受過高等教育的丈夫對妻子懷疑的無限放大，而在於這位丈夫不具備普魯斯特主人公那種審美的觀賞心態，更缺乏普魯斯特主人公的那種諒解式的美學昇華。這樣的

---

25 〔俄〕列夫·托爾斯泰撰，草嬰譯：《克魯采奏鳴曲》（上海市：上海文藝出版社，2008年，第1版），頁307。

人物，不可能像普魯斯特主人公那樣，用一種看待「時間中人」態度看待自我和他人，以及嫉妒。

　　莫洛亞說：「普魯斯特的藝術是充滿了美學、科學和哲學素養的藝術。普魯斯特懷著生物學家觀察昆蟲的那種狂熱而又保持距離的好奇心觀察他的人物。從這種完美智慧達到的高度上看，人又回到了在自然中的位置，也就是一頭頑皮的動物在其他動物之中的位置。甚至人的植物屬性一面也十分明顯。」「愛情，嫉妒，虛榮，在他看來，這都是地地道道的疾病。《斯萬的愛情》是對於一個病症完整的發展過程進行的臨床描寫。面對著這一情感病理學飽含苦痛的準確描寫，人們感受到觀察者本人就經受過他描寫的那些痛苦。但是，正像某些勇氣十足醫生能夠將他們飽受痛苦折磨的自我與善於思考的自我分開，每日將癌症、癱瘓的進展情形一一記錄下來一樣，他也以英勇果敢的技巧分析了自己的症狀。」[26]

　　所謂「生物學家觀察昆蟲的那種狂熱而又保持距離的好奇心」，在普魯斯特的藝術中，便是哪怕自我遭遇痛苦的嫉妒折磨，也能像研究昆蟲習性那樣對待自我的情感過程。以「研究化」、「病理化」方式對待自我愛情之「疾病」，這些都是「自我生活審美化、觀賞化」的具體表現。這種「審美生活」自然包括對「撒謊成性」的情人的審美。

　　普魯斯特無意在情節層面上構造懸念式的遮蔽與揭示，他的興趣在於「審美診斷」。這種「審美診斷」，既有博物學的淵博、諷刺家的戲謔，還有審美家的詩意、虛無者的通脫。

　　普魯斯特的「審美診斷」是一種「點狀審美診斷」。敘述者常常就某一症候特點洋洋灑灑寫上大段大段的「診斷書」。幾乎成為獨立

26　〔法〕莫洛亞撰，袁樹仁譯：《從普魯斯特到薩特》（桂林市：灕江出版社，1987年，第1版），頁23。

的篇什，普魯斯特從來不會因為某種小說結構的均衡或比例的勻稱而擔憂「審美診斷」的文字規模，相反，「點狀審美診斷」在普魯斯特小說中代替了傳統的線性的情節。「點狀審美診斷」的潑辣的調侃、無羈的想像、妙趣橫生的比喻以及博物學家的旁徵博引，使得對人物心理和行為的「分析」與「發現」，包括所謂的病理化的研究成為小說敘事的主導內容。《追憶似水年華》以觀賞的態度，對各種人物和行為進行「博物學化的審美評點」，普魯斯特的作品將人性的意義，隱喻的意義，社會學的意義，科學的意義，幾乎同時呈現在讀者面前，他從不擔憂他的見解會過時，因為他本身就是一位充滿時間感的人。

三

　　除了嫉妒，普魯斯特之「點狀審美診斷」還有哪些獨特的「診斷」呢？

　　可以認為，普魯斯特接觸到了之前重要作家並未認真加以開掘的題材。普魯斯特「撿起」了之前作家認為的「次要內容」，成為小說中的主要「診斷」對象。「矯飾」、「殘忍」與「瘋狂」是普魯斯特小說格外關注的精神現象。

　　普魯斯特要揭示的「矯飾」，通常是非刻意的、連人物自己也未必意識到的下意識的「矯飾」。讓無法察覺的「矯飾」「顯形」，是普魯斯特的拿手好戲。

　　《追憶似水年華》中，幾乎人人都在「矯飾」。「矯飾」源自於鞏固人物意識中理想化的社會角色，《追憶似水年華》中的人物通常願意將自我扮演得很「高尚」很「上流」。陀思妥耶夫斯基小說中的人物也常常具有某種社會角色的「扮演痕跡」，但陀思妥耶夫斯基的人物通常喜歡以歇斯底里的極端方式塑造自我角色。普魯斯特的人物更

具「靜態」屬性，是一種「植物性矯飾」：其習慣性的矯飾的動作幅度不強，卻潛藏著人物對自我表現拿捏不準的尷尬和不安。試看這位戈達爾教授的表情：

> 戈達爾大夫總是拿不準自己該用什麼口氣來回答別人，弄不清談話的對方究竟在開玩笑呢還是一本正經的。為防萬一，他給每種臉部表情都配上一個適可而止的、臨時性的笑容，要是過會兒弄明白人家是跟他開玩笑，那麼剛才那抹模稜兩可的狡黠笑容，就可以讓他免受懵懂之譏。不過，由於還得準備應付另一種相反的可能情況，他又不敢讓這抹笑容明明白白地表露在臉上，所以人家在這張臉上看到的永遠是一種猶豫不決的表情，彷彿在問一個他想問又不敢問的問題：「您此話當真？」即便是在街上，甚至更一般地說，在整個日常生活中，他對自己該採取怎樣的言談舉止，也並不比在沙龍裡更有把握些，所以大家只見他對過往的行人也好，車輛也好，一件什麼事情也好，全都報之以一個狡黠的笑容，這個笑容首先就使他再無舉措失當之虞，既然它證明了（如果這一舉止不太適宜的話）他早知如此，而他之所以還那麼做，無非是尋個開心罷了。[27]

這種「臨時性笑容」的矯飾，是大夫擔心識別不了所謂上流社會之「妙趣橫生」的社交性幽默而不得不「以守為攻」而擺設的表情符號。這種「矯飾」符號是一種無奈的符號，其中既有階層壁壘給大夫造成的痛苦，亦有大夫為了迎合上流社會的社交法則而不得不遮掩弱點的虛榮和尷尬。大夫的「矯飾」，最根本的原因是這位能自如地運

---

27 〔法〕馬塞爾·普魯斯特：《追憶似水年華·去斯萬家那邊》（南京市：譯林出版社，2008年，第1版），頁221。

用醫學符號系統的人在上流社會的社交符號系統面前卻是一個低能兒。彌合「符號區隔」，大夫要「矯飾」。然而，這種彌合對於大夫來說是虛假的彌合。因為大夫根本無法識別上流社會符號的「趣味性」。敘述者的「發現」，揭露了大夫的「臨時性笑容」背後的種種秘密。大夫對所謂「高級社交符號」的無知，大夫趣味的低俗，大夫的心虛，大夫的虛榮和大夫的攀附。大夫若是販夫走卒，於情理無可笑處，可笑的是大夫本應熟稔這些社交符號，卻只能不懂裝懂地對付。這裡，敘述者透露了「高等人」之「非高等情趣」的秘密。

《追憶》中的「矯飾」俯拾皆是。王公貴族故做平等狀其實是以和藹的姿態顯示其身分的「高貴」；資產階級的沙龍總是極力摹仿貴族沙龍卻往往在細節上走樣；性取向扭曲者「躲」在最「平凡」的言語中卻能從中得到變態的心理滿足。

普魯斯特式為什麼喜歡刻畫人物的「矯飾」呢？這是因為《追憶似水年華》本就是一部關於上流社會「傲慢與偏見」的微觀描述學的生動寫本。巴爾扎克小說中多寫赤裸裸的慾望，是關於欺騙、陷阱與爭奪的慾望競爭學，巴爾扎克是不會關心「臨時性笑容」所隱藏著的人物的微妙心事，他筆下的人物多為強烈慾望所驅使，遺產、嫁妝或地位才是他們主人公最關心的事項。另外，巴爾扎克的人物多為行動型人物，屬於「動物型人物」，這與普魯斯特那些「植物型人物」有很大的差別。巴爾扎克多把主人公放在大起大落的情節中去剖解他們的內心，而普魯斯特筆下的人物幾乎「無所事事」，他們沒有參與任何爭奪遺產之類的陰謀（遺產問題常常是巴爾扎克和陀思妥耶夫斯基小說中的情節焦點），只有寄生蟲般的社交活動是他們最積極參與的事項。

人與人的關係，已經從巴爾扎克那種你死我活的財富、地位的公開衝突「退縮」到普魯斯特式事關「客廳面子」的「暗鬥」。巴爾扎克的小說世界裡四處都潛伏著陰謀、偽裝與陷阱，人物總是走在命懸

一線的鋼絲繩上，巴爾扎克的世界是一個充滿動盪感的冒險的世界，普魯斯特的世界則是「死水微瀾」。在「死水微瀾」的世界裡，在這靜態的植物化世界裡，普魯斯特用他的「瞬間觀相術」揭破各色人等的內心戲劇性和內心的秘密。讓—弗・雷維爾認為：「巴爾扎克小說屬於活動分子類型（這個詞適用於巴爾扎克小說，因為它們都是情節小說，這個詞也適用於十九世紀大多數著名小說，因為在那些小說中，事件使局面改觀並動搖了命運的基礎本身）。相反，在普魯斯特小說中，雖然德・夏呂斯由於愛上了莫雷爾而一改從前不肯挪動『無比尊貴的腳趾』光臨維爾迪蘭夫人沙龍的習慣，但他並未發生任何根本變化。這個『社交』事件並未帶來任何新東西，僅僅是另一個角度的照明。這是照明，不是實質性變化。普魯斯特常說，在社交生活中，從來就不會發生什麼事。（他又說，聖伯夫用盡纖細微妙的詞句來分析各文學沙龍之間在氣氛和心理上的區別，但並未使我們感到任何區別。聖伯夫在無意中只揭示了一件事：沙龍生活的空虛。）普魯斯特小說中，唯一影響人們的是間接變化，它們來自戰爭、死亡、破產；而生活，從生活著的人的角度看，具有靜止的內容，這內容往往從一開始就一勞永逸地確定了。」[28]的確，與巴爾扎克比較，普魯斯特的小說「風平浪靜」。巴爾扎克筆下的人物似乎註定在社會的大風浪中浮沉，而普魯斯特式的「空虛」的社交生活最大的「陰謀」不過就是「矯飾」：巴爾扎克小說不憚讓各種慾望登堂入室，而普魯斯特的人物靦腆而又虛偽，他們靜態化的生活屬於巴爾扎克小說中的「邊角料」：巴爾扎克式的人物根本沒空花那麼多心事「矯飾」，他們總是為迫在眉睫的生存危機驅使著，匆忙地修飾之後便快速地登臨競爭的舞臺，爭奪生存資源。普魯斯特小說的人物多和緩而「高尚」地生活著，他們不為生存操心，徜徉在「無事生非」的上流社會的社交圈

---

28 〔法〕讓—弗・雷維爾：《普魯斯特與生活》，〔愛爾蘭〕塞・貝克特等：《普魯斯特論》（北京市：社會科學文獻出版社，1999年，第1版），頁92。

中，考慮的是如何維持「體面」，如何擺足上流人士的架子，如何以「小眾化」的上流社會的社交符號交換彼此的「符號資本」並排斥異己，以此來確證他們的文化資本的稀缺性與獨有性。這就不難理解為什麼「矯飾」成為這些人的通病：「矯飾」既是最好的進攻武器，也是最優的自我保護的手段。準備混入「上流社會」諸人士，借助「矯飾」，免得在「上流社會」被人瞧不起，而精通「上流社會」言語系統的「上流人士」，通過「矯飾」可以維持高人一等的姿態。使用暴力奪取資源的時代已經過去了，所謂「上流社會」，「矯飾」成為顯示優越地位最有效最直接但也是最可笑的辦法。

　　「炫耀式的矯飾」是要贏得尊重，保持體面和高貴，「攀附式的矯飾」是試圖獲得認同，爭取更高的社交地位。「矯飾」同樣充滿了競爭性，《追憶似水年華》中的人物在社交圈雖不會像巴爾扎克小說中那樣進行赤裸裸交易和計算，但同樣會為面子問題設下佈滿鮮花的陷阱。上流社會的「矯飾」中包含了傲慢與冷漠、奉迎與諂媚、詆毀與中傷。「尊重不尊重我」、「賞識不賞識我」的問題成為交際場上的重要問題。這似乎是「茶杯裡的風波」，但普魯斯特無疑將風波中的「階級符號」「文化資本符號」的「傲慢性」、「稀缺性」書寫到極端化的地步。對家譜學極有研究的夏呂斯最能識別貴族符號的「稀缺性」，所以他也是在「貴族姿態」方面最能「矯飾」最能擺足姿態的人物。「矯飾」便是為了保護自我文化／權力符號之稀缺性、特權性的地位。小說中，德·盧森堡公主的「矯飾」是溫和的、曼妙的；戈達爾的「矯飾」是對上流社會的獻媚；德·諾布瓦先生的「矯飾」是將「持重」和「見多識廣」作為社交武器；奧黛特的「矯飾」是自以為是、不懂裝懂卻又膽怯嬌柔；維爾迪蘭夫婦的「矯飾」是嫉妒心理驅使下的陰險殘忍，又是摸不清真正貴族的「符號底細」的自卑；斯萬的「矯飾」是禮節的巧妙拿捏，是一種沒有絲毫「矯飾」痕跡的「矯飾」。

　　然而，無論他們的「矯飾」有何種區別，他們的「矯飾」都有共同的特點，那就是他們要讓自己做的比實際情況「更高貴」、「更懂藝術」、「更風雅」、「更有趣味」、「更莊重」、「更斯文」。人物對自我面貌或境遇的修飾並不奇怪，只是普魯斯特筆下的這些人物其「修飾」通常會發展到「矯飾」的地步。在細節上暴露「矯飾」者的本來面目，成為普魯斯特最擅長的書寫遊戲。

　　比如那位處處「矯飾」的戈達爾大夫在打牌的時候暴露了粗俗相：

> 可轉瞬之間，戈達爾俗氣外冒，即使是在英勇壯烈的場合，這類粗俗之氣也令人瞠目，一個戰士在戰場上可以用一句粗話表示視死如歸，但在甩牌消遣沒有危險的時刻，說這種粗話就未免倍加愚蠢了，戈達爾決心亮王牌，陰沉下臉來，「孤注一擲」，大有赴湯蹈火在所不辭的氣概，玩牌如玩命，大喊一聲：「豁出去了，老子不在乎！」他不該出這張牌，但精神上得到了安慰。[29]

這位戈達爾大夫，平時最怕人說他不「上流」或不識「上流」的風趣，處處矯揉造作，卻在不經意間的小動作上徹底暴露了他的粗俗。

　　普魯斯特揭示各式「矯飾」精巧性、風雅性與可笑性，這些，取代了巴爾扎克慾望冒險的赤裸裸的掠奪性。普魯斯特試圖告訴讀者，剖解日常化的風雅背後的「矯飾」，其敘事藝術的微妙性將讓他的小說藝術區別於巴爾扎克式的「慾望兇猛」的大開大合的情節敘事。以「矯飾」代替「冒險」，以細節剖解的精緻性取代事件起伏的動盪性，讓種種人物的表象／心態之差異化的剖解散發出的諧謔性，構造

---

29 〔法〕馬塞爾·普魯斯特：《追憶似水年華·索多姆和戈摩爾》（南京市：譯林出版社，2008年，第1版），頁1377。

出兩個世界：一個世界是人人自以為體面、高尚、懂趣味、識風情的
「上流社會社交圈」，這是一個幾乎沒有衝突的閒談者世界；另一個
世界是這些活動著的人物的內心世界，這是一個不太光彩的世界，自
卑、粗魯、傲慢、偏見、自戀、欺人、自欺等等。這個兩個世界的差
異，只有依靠「矯飾」來掩蓋才能彌合。而這種掩蓋又處處暴露出漏
洞。《追憶似水年華》的重要任務就是揭示這些漏洞，對種種表裡不
一的漏洞進行多面性的窺探、測度，並且由此建構一個診斷化的審美
世界。

　　普魯斯特的貢獻，在於揭示了風雅體面與污穢狹隘是如何順利地
實現符號的精巧轉換。解讀那些令人捧腹「優雅符號」背面的秘密，
告訴你高尚表情背後的種種不雅動機，普魯斯特以他促狹的行文，將
人類表情、姿態的文化解讀學、比喻學變成了新穎的小說詩學。

　　「矯飾」是《追憶似水年華》中人物最日常化也最具有反諷意義
的活動方式。「矯飾」是如此隱秘，矯飾者所「享受」的趣味是如此
特殊，而解讀者的「獨家剖解」又是如此透澈，這便使得剖解的樂趣
成為小說的主宰：

　　　　就連他的嗓音也與眾不同，它就像某些中音區音色有所欠缺的
　　　女低音，聽上去猶如一個小伙子和一個女歌手在唱二重唱。他
　　　在表達一些細膩的想法時，嗓音停留在高音區，顯出一種讓人
　　　意想不到的溫柔，彷彿其中承載了未婚妻們、姐姐妹妹們的心
　　　聲，把她們的溫柔發揮到了極致。德·夏爾呂先生一向厭惡女
　　　性化，倘若知道人家說他的嗓音裡庇蔭著一群少女，他一定會
　　　感到痛心疾首，然而這群少女，不僅在他闡釋帶有文學性的見
　　　解，表達富於色彩變化的情感時頻頻出現，即便在德·夏爾呂
　　　先生和人聊天時，我們也聽得見她們尖細而充滿活力的笑聲，
　　　感覺得到這些寄宿學校的女生、賣弄風情的姑娘正淺笑盈盈、

狡點調皮地向身邊的男子拋送媚眼。[30]

此處，對「矯飾」揭示完全上升到一個美學層面來加以審視。揭示的巧妙性和驚訝感大大超過了發現的內容本身。普魯斯特在微觀層面的「發現」遠不止「矯飾」。如果說「矯飾」是日常化的大量存在，那麼，普魯斯特對「殘忍」的「發現」，同樣體現普魯斯特對庸俗做作世界的生動揭示：所謂高尚的上流社會，「矯飾」的虛偽還只是溫和的表現，在諸多情形中，上流社會日常性「殘忍」遠比「矯飾」更令人驚駭。

普魯斯特寫「殘忍」，是那種不是「殘忍」的「殘忍」。是一種極易被忽略的「殘忍」。或者說，普魯斯特將我們通常所稱的「冷漠」提升為「殘忍」的地步。

在普魯斯特看來，不施予應該表達的同情，就是一種極其自私的「殘忍」。事實上，普魯斯特將「殘忍」與「攀附」聯繫在一起，在小說中多次出現人物為了「攀附」富貴或為了及時行樂，或為逃避安慰朋友的義務而裝聾作啞或顧左右而言他。

一次，斯萬告訴他的知音型朋友蓋爾芒特夫人，說他的病已經讓他歲月無多。蓋爾芒特夫人為了不耽誤趕赴宴會及時行樂，僅僅為了不失去一次及時行樂的機會，敷衍著打發走斯萬。當時，這位貴婦人最關心的是她鞋子的顏色是否適合參加宴會。類似的事件在小說中不止一處，如維爾迪蘭夫婦阻止沙龍中人談及去世的朋友，蓋爾芒特公爵如何趁親戚發喪消息尚未發佈抓緊時間參加一次化裝舞會等等：如何以虛偽而又笨拙的手段免去同情、幫助、致哀的義務，是普魯斯特敘述「殘忍」最具特點的所在。普魯斯特寫「殘忍」，是描述某種同

---

30 〔法〕馬塞爾・普魯斯特：《追憶似水年華・在少女花影下》（南京市：譯林出版社，2008年，第1版），頁336。

情心的匱乏，是寫某些人是如何避免他人的痛苦（哪怕是朋友與親戚）「侵佔」他們的時間或改變他們的情緒。普魯斯特告訴我們，這種情感的「吝嗇」，就是一種「殘忍」。在暫緩尋歡作樂與表示些許同情之間，在急衝衝去攀附權貴與稍許停留救助弱者之間，無條件選擇前者的人就是「殘忍」的人。這種冷漠型「殘忍」，既有享受至上六親不認的冷酷，還有「靈機一動」推卸義務的滑頭，更有輕視甚至蔑視他人生命的不道德。所以，普魯斯特寫「殘忍」，不是主動加害的折磨型或陰謀型的「殘忍」，而是避免承擔道德、友誼或職業義務的冷漠型「殘忍」。

　　為什麼普魯斯特將對「他人的痛苦」冷漠視為一種「殘忍」？這是因為普魯斯特發現，無論是平民還是貴族，從僕人弗朗索瓦茲到貴族蓋爾芒特夫人，其內心裡都隱含著某種天生的殘忍性。不同於僕人宰殺雞鴨時的「殘忍」，或僕人作弄另一個級別更低小僕人時的折磨手段，貴族對即將走向死亡的朋友的敷衍，高雅沙龍女主人不願意提及已去世朋友的「記憶拋棄」，這種無用即棄的「殘忍」，從反面詮釋著繁花似錦的上流社會的社交圈之「享受至上性」、「趨樂避痛性」與「友誼假面性」。普魯斯特敘述看似「無害化」的冷漠型「殘忍」，缺乏通常文學作品敘述「殘忍」的層層升級的主動加害性，但普魯斯特告訴讀者，哪怕對「他人的痛苦」沒有直接的施害，不關心、不過問也同樣是「殘忍」的。故意無視至親好友的痛苦就是一種寡情寡義的「殘忍」。這種「殘忍」於無形中將他人的情感和生命「物化」、「可置換化」、「可廢棄化」。或者說，朋友只能是充當「高級玩具」的角色。玩具的陪伴或作樂功能喪失的時候，玩具就要報廢。這種「報廢性」同時也在詮釋他們之前的關係：所有的「友誼」「友情」都只是一個主人與玩具的關係，所謂親朋好友的關係也不過是一種尋歡作樂的假相掩蓋下的虛情假意。所以，這種「殘忍」揭示，逆向顛覆他們之前的親密性，使得他們之前的親密性被重新打量：原來親密的朋

友，在一位「上流人士」的內心的位置，只不過是一種可愛的「物」。

　　普魯斯特揭示所謂「上流人士」的「殘忍」，最具藝術特色的是讓「上流人士」嘴裡說「不忍心」、「不相信」、「別亂想」，心裡的潛臺詞卻是「別煩我」、「我不願意聽」、「別多讓我想」。維爾迪蘭夫婦口口聲聲說他們如何「不忍」老朋友故去，但為了不再喚起傷心事，維爾迪蘭先生極力勸服、壓制小圈子的人不提這位老朋友。這正是以「不忍」之「矯飾」來寫他們的「殘忍」：女主人公甚至要要求將老朋友在交際話語中徹底「刪除」。

四

　　在「矯飾」的世界裡，敘述種種冷漠的「殘忍」還不能讓普魯斯特盡情揮灑他的才情，只有敘述「瘋狂」，敘述那種既壓抑又放肆之「想像的瘋狂」，才是普魯斯特「審美診斷」最有洞察力的所在。

　　這「想像的瘋狂」代表性人物，當屬夏呂斯男爵。

　　這是一個內心狂野的文學形象。首先，男爵是最喜歡「矯飾」的人物，不過，他的「矯飾」的確「不同凡響」，他可以編造個故事迫使情侶回到他的身邊。男爵又是那樣的矯揉造作，從聲音到手絹的飾邊，都透露著他刻意的掩飾，然而他送給情侶的那些巴爾扎克書籍的題詞又反映他的愛是多麼迷醉卻又小心翼翼。

　　有論者認為：「普魯斯特以莎士比亞式的犀利，選擇了一個最不可一世的貴族作為『被追逼的人』的典型，這是一個驕傲狂，卻不得不乖乖地掩藏起自己的慾望。」「夏呂斯的整個一生都是在玩弄面具的把戲。任何時候他都不會將自己的面孔赤裸裸地暴露在陽光下面。」[31]

31　〔法〕萊昂・皮埃爾・甘撰，高一民譯：《普魯斯特傳》（重慶市：重慶大學出版社，2011年，第1版），頁154。

　　夏呂斯的形象特色就是他的「百變性」。夏呂斯之所以是夏呂斯，就在他的所塑造面具的多變性和喜劇性。在面具變化中，我們可以讀到夏呂斯的粗暴、蠻橫、痛苦、虛空、孤獨和抒情。「百變夏呂斯」愛虛構、愛撒謊，然而，光有這特性，還不是夏呂斯，夏呂斯的愛撒謊，其「矯飾」特點首先是誇張的戲劇性，男爵能從極其蠻橫的憤怒中，迅速切換到憂鬱而溫柔的狀態。男爵哪怕表達憤怒，也包含著極強的抒情天才，哪怕滿腔怒火，男爵也不會忘記以各種藝術作品為喻體表達他那淒婉動人的情感。夏呂斯又死要面子，所以，他總是以最冠冕堂皇的藉口，以學識淵博、大權在握的長輩角色，再添加些許受委屈者或被誤解者的戲碼，試圖實現他深深掩蓋著的慾望。夏呂斯「戲劇性」的虛構本領與他的表演才華是他最可笑的地方，卻又不能不佩服他「矯飾」得如此投入、如此多變、如此深情、如此富有藝術家的瘋癲氣質。

　　夏呂斯「矯飾」天才的多變性和複雜性超過《追憶》中的任何人物。夏呂斯愛虛張聲勢，這是夏呂斯最可恨也是最可愛的地方。男爵身上具有唐吉訶德的氣質，他不但虛張聲勢，詩意般地陶醉在他的虛構的情節之中。一場場精神狂想之舞，勾畫著夏呂斯的內心秘密——他總是想入非非地將自己想像成一位勇敢的浪漫騎士，一位掌握歐洲外交秘密的戰略型外交家，一位肯為情人的榮譽獻身的血性騎士，一位有著非凡血統且受眾多女性青睞的博學型愛人。

　　在《追憶似水年華》中，男爵是最具擬劇感的人物。男爵的「擬劇」的喜劇性在於他起先可能是利用「擬劇」達到某一目的，但這一過程中他會模糊「擬劇」的真假界限，索性在「擬劇」的角色中酣暢淋漓地揮灑他的情感。所以，男爵的可惡與可笑在於他給人「設局」的時候也給自己「設局」，他給他人設計陷阱是為了能實現他的某種慾望，而給自己「設局」，是為了獲得某種奇妙的優越感和抒發某種情感的機會。男爵的「矯飾」所產生的令人捧腹的喜劇性效果就在於

他陶醉於自己的「作假」——男爵的「矯飾」不同於他人之處，在於他不僅在裝優越，更在於他裝優越的同時能打開詩意狂想的通道。

詩意的狂想讓男爵的矯揉造作超越了簡單作假的低層次，他豐沛而奇異的創造力和想像力使人忘記了他作假的可惡。「矯飾」到了詩情畫意的水準，該記住的就是詩情畫意，而不是「矯飾」本身。再有，男爵的謊言，最好看之處，往往不是他的撒謊有多嚴密，而是男爵的頑童心態，是男爵在撒謊的同時將自己「美化」為某一歷史人物或某一騎士。男爵「做戲」的本領就在於他哪怕是在「做戲」，也要極盡審美狂想之戲劇性。無形中，我們會忘了男爵在「做戲」，而是欣賞他「做戲」的創造力。或者說，男爵的「做戲」不只是為了騙人，更在於自我欺騙。自我欺騙才會讓男爵獲得自我陶醉自我欣賞的機會。

這種審美妄想，使得男爵的形象總是漂浮在他的自我言語塑造中，他不斷地用言語塑造多個想像的自我。

男爵是位審美詮釋者和審美創造者，一則信箋上的疏忽可引來他妙趣橫生的文字遊戲，一套女裝可引來男爵情趣盎然的微觀細讀，一幕戰爭中火光衝天的夜景可讓他浮想聯翩。夏呂斯男爵是一位超級「矯飾」者，他也有來不及偽裝的時候，也跌入過無法自圓其說的被動局面，但多數時候，男爵總能恰到好處地躲藏在精緻的言辭裡，躲藏在漂亮女士的身邊，躲藏在他靈機一動創造出的尚武者或委屈者的面具中。然而，無論他如何「矯飾」得巧妙，「矯飾」對於夏呂斯來說，從來不是為了偽裝而偽裝，而是主動地去打開一個被抑制得太久的慾望出口。男爵扮演一種角色，絕不僅僅只為了撒謊用，而是趁機造出一個「替身」，讓「替身」盡情地扮演他需要的角色。

各種被約束的話語，通過虛擬「替身」毫無顧忌地流出，這就是所謂「矯飾的瘋狂」：「矯飾」對於夏呂斯這樣的角色來說，更多是為了娛己悅己。「矯飾」成為夏呂斯揮灑他的心目中的意義符號、傾瀉

他隱蔽的慾望最佳途徑。「矯飾」構造出情境，使得夏呂斯的慾望能夠借助「合法化話語」獲得源源不斷的生產。夏呂斯式的「矯飾的瘋狂」，是一種身分與言語的「暗度陳倉」。

這種「瘋狂性」，一是表現在男爵的言辭和行為的「秘密性」，夏呂斯的「秘密」無處不在；二是這種「秘密性」欲蓋彌彰的，因為夏呂斯從眼神到手絹，都「躲藏」著無數的秘密符號，他的身體和言語充滿了種種以「矯飾」方式出現的待解之謎。夏呂斯詮釋著周圍一切，而他自身也是充滿了待解之謎的符號集合體；三是夏呂斯在「矯飾」中寄託了他的平時難以表白的情感，或者說，只有通過「矯飾」，夏呂斯那不可公諸於眾的慾望才可能獲得合法化審美化的表達。

再者，所謂「矯飾」，對夏呂斯而言，既是掩蓋慾望的手段，又是呈現才華的良機。當後者的作用大大超過前者的功能的時候，「矯飾」就成為一種藝術。一種習慣化的生活方式，一種無休止的自我闡釋，一種謎一樣個性。正如德勒茲所說：「夏呂斯直接呈現為一種強有力的人格，一種威嚴的個性。然而，準確說來，此種個性是一個王國、一團星雲，它掩藏或包含著太多的未知的事物：什麼才是夏呂斯的秘密呢？整團星雲就圍繞著兩個閃耀的獨特的點而形成：眼睛和語音。眼睛裡時而閃過咄咄逼人的炯炯目光，時而又左顧右盼；時而焦躁不安，時而又充滿了憂鬱的冷漠。而語音則使得話語中所帶有的男性特徵的內容與一種女性化的矯揉造作的表達結合在一起。夏呂斯呈現為一個巨大的閃爍的符號，一部碩大的可視的答錄機：那些聽夏呂斯講話，或與其目光相遇的人都會覺得自己置身於一個有待發現的秘密、有待深入和解釋的奧秘面前，它們從一開始就驅迫著他，彷彿能最終導向瘋狂。對夏呂斯的解釋的必然性正基於此：夏呂斯自己就在進行解釋，並不斷地進行解釋，就好像這就是他所特有的瘋狂，就好

像他的瘋狂就在於此——解釋的瘋狂。」[32]

　　「解釋的瘋狂」總是與「矯飾的瘋狂」為伴，因為夏呂斯的諸多解釋，絕非老老實實的詮釋，而是話中有話的「矯飾」。其種種解釋往往是通過曲裡拐彎的方式表達其慾望。夏呂斯的「矯飾」，是藝術化的闡釋，是不斷地乞靈於另一個領域的滔滔不絕的傾訴，男爵的話語系統的轉換之快、之妙、之奇、之瘋狂，意味著夏呂斯式的「矯飾」更多的是尋求意義解釋系統的快速轉換。夏呂斯通過表情與話語的快速轉換來引導慾望獲得一種曲折而巧妙的抵達。

　　夏呂斯所展現出來的或奇崛詭異或溫柔浪漫的個性，其多變性絲毫不亞於陀思妥耶夫斯基筆下的多重人格的人物，但與陀思妥耶夫斯基多重複人格人物不同的在於，夏呂斯的「做戲」能力更強，氣質更「高貴」。他的每次出場的自我佈景、自我導演讓他的「擬劇感」之審美性遠超過陀思妥耶夫斯基的諸多人物。夏呂斯的自我審美的幻想性，推動他「矯飾」的瘋狂性。

　　我們似乎有必要通過具體的文本看看夏呂斯的「擬劇人生」：

> 「是我向您邁出了第一步」，他繼續說，「就像委拉斯開茲在《槍騎兵》這幅畫中畫的勝利者，向著最卑微的人走去。我什麼都有，而您卻一無所有。我做的是一個貴族應該做的事。我的行動是不是偉大，這是有目共睹的，可您卻置之不理。我們的宗教勸誡我們自己要耐心。對您那些可以說是無禮的行為，如果您可以對一個遠遠比您高貴的人無禮的話，我向來只付之一笑，我希望，我對您的耐心會無損於我的聲譽。不過，先生，現在談這一切，已不再有意義了。我對您進行了考驗，當

---

32 〔法〕吉爾·德勒茲撰，姜宇輝譯：《普魯斯特與符號》（上海市：上海譯文出版社，2008年，第1版），頁173。

代最傑出的人風趣地把這種考驗叫做態度的考驗，用無限的熱情考驗您的態度，他有充分的理由說，這是最可怕的考驗，因為這是唯一能區分良莠的考驗。您沒有經受住，我不怪您，因為成功者寥寥無幾。不過，至少，我不希望您惡意中傷我，我希望我們將要進行的這最後一次談話能達到這個結果。」

我萬萬沒有想到，德·夏呂斯先生發怒，是因為有人在他面前說我講了他的壞話。我搜索記憶，怎麼也想不起我對誰談過他。這純粹是哪個壞蛋無中生有。我向德·夏呂斯先生保證，我從沒有同別人談過他。「我對德·蓋爾芒特夫人說過我和您有來往，我想，這總不至於使您生氣吧。」他輕蔑地微微一笑，把聲音升到最高音域，緩慢地發出最尖細、最無禮的音符：

「唷！先生，」他極其緩慢地讓他的音調恢復了自然，彷彿對這個下行音階頗為陶醉似的說，「我認為，您供認自己說過同我有來往，是在和自己過不去。對一個能把奇朋代爾式家具當成洛可可式椅子的人，我不指望他能講出非常準確的話，但我不認為，」他的聲音越來越充滿嘲諷的愛撫，竟使他嘴邊綻出迷人的微笑，「我不認為您會說或會相信我們之間有來往！至於您在別人面前炫耀，說有人把您介紹給我了，您同我談過話，和我有點認識，幾乎沒有要求，就獲准將來有一天成為我的被保護人，我覺得您講這些話倒是順理成章的，是聰明的。

「您我之間年齡懸殊那樣大，我完全有理由說，這個介紹，這些談話，這個剛剛開始的關係，對您是一種幸福。當然，這話不該由我說，但我至少可以說，這對您不無好處，說您傻，絕不是因為您把這個好處講出去了，而是因為您沒能保住。我甚至還要說，」他突然不再疾言厲色，暫時換上了充滿憂傷的溫柔，我感到他就要哭了，「當您對我在巴黎向您提出的建議置之不理時，我竟不相信您會這樣，我覺得，您是個有教養的

人，出身於正派的資產階級家庭（只是在說這個形容詞時，他的聲音才微微帶點不禮貌的摩擦音），不會做出這樣的事來，因此，我天真地認為，可能出了從未出過的差錯，信遺失了，或是地址寫錯了。我承認我是太天真了，可是，聖博納旺蒂爾不是寧願相信牛會偷竊，卻不願意相信他的兄弟會撒謊嗎？不過，這一切都已結束，既然您不感興趣，也就不必再談了。只是我覺得，就看我這把年紀，您也會給我寫信的（他的聲音真的哽咽了）。我為您設想了誘人的前途，但我一直沒對您說。您寧願不知道就拒絕了，這是您的事。但是，正如我對您說的，信總是可以寫的吧。我要是您，我就會寫信，即使處在我的地位，我也會寫。正因為這樣，我更喜歡處在我的地位。我說『正因為這樣』，是因為我認為各種地位都是平等的，我對一個聰明的工人可能比對許多公爵更有好感。但是，我可以說，我寧願處在我的地位，因為我知道，您做的那種事，在我可以說是相當長的一生中，我從沒有做過。（他的頭朝著暗處，我看不見他的眼睛是否像他聲音讓人相信的那樣在落淚。）剛才我說了，我朝您邁出了一百步，可結果您後退了二百步。現在，該輪到我後退了。從今以後，我們互不認識。我要忘記您的名字，但要記住您的事例，等哪天，當我禁不住誘惑，相信人有良心，講禮貌，相信他們不會白白錯過一次絕無僅有的機會的時候，我會提醒自己別把他們抬得太高。以前您認識我的時候（因為現在不再是這樣了），如果您說您認識我，我只能認為這是很自然的事，是在向我表示敬意，也就是說，我把這看做是令人愉快的事，不幸，您在其他地方和其他場合卻完全不是這樣說的。」

「先生，我發誓，我從沒說過可能傷害您的話。」

「誰跟您說我受傷害了？」他發出憤怒的吼叫，猛地從長沙發

椅上坐起來，直到現在，他才算動了一下身子；他面容失色，唾沫四濺，臉部肌肉抽搐著，像是有無數條蛇在扭動；嗓子時而尖利，時而低沉，猶如震耳欲聾的狂風暴雨。（他平時說話就十分用勁，行人在外面經過，肯定會回頭張望，現在，他使的力氣比平時大一百倍，就像用樂隊而不是用鋼琴演奏的一段強演奏曲，聲音徒然會增加一百倍，還會變成最強音。德·夏呂斯先生在吼叫。）「您認為您能夠傷害我嗎？您難道不知道我是誰？您相信您那些狐群狗黨，五百個互相騎在身上的小娃娃從嘴裡吐出的毒汁能弄髒我高貴的腳趾頭嗎？」

……

「先生，」我邊走開，邊回答，「您侮辱我。我是看您年紀比我大幾倍的分上，才不跟您計較的。一老一少，地位不平等嘛。另外，我也沒有說服您，我已向您發誓了，我什麼也沒說過。」

「那麼是我在撒謊！」他嚷道，聲音十分可怕，邊嚷邊向前一蹦，蹦到了離我只有兩步遠的地方。

「他們把您騙了。」

這時，他換一種溫柔、深情而憂鬱的聲調（就像演奏交響樂時，樂曲一個接一個沒有間隙，第一個似雷電轟鳴，接下來是親切而淳樸的戲謔曲），對我說：「這很可能。一句話經人重複後，一般都會走樣。說到底，還是您的錯，您沒有利用我給您提供的機會來看我，沒有通過坦率的能創造信任的日常交談，給我打一支唯一的、有特效的預防針，使我能識破把您指控為叛徒的一句話。那句話是真是假，反正木已成舟。它給我的印象再也不能消除。甚至我連愛得深，責得嚴這句話也不能說了，因為我狠狠地責備了您，但我已不再愛您。」他一面說，一面強迫我坐下，搖了搖鈴，另一個僕人走進來。「拿點喝的

來，另外，叫人備好車。」我說我不渴，時候已經不早，況且
我有車。「有人大概給您付了車錢，讓車走了，」他對我說，
「您就別管了。我讓人備車把您送回去……如果您擔心太
晚……我有房間，您可以住在這裡……」我說，我母親會擔憂
的。「確實，那句話是真是假，反正木已成舟。我對您的好感
開花開得太早，就像您在巴爾貝克富有詩意地同我談起過的那
些蘋果樹，經不起初寒的摧殘。」

……

「好吧，」他突然對我說，「我們上車，五分種就可以到您
家。那時，我將和您道晚安，至此，我們的關係也就永遠結束
了。既然我們就要分道揚鑣，還是好說好散，就像音樂那樣，
彈出一曲完美的和絃。」德‧夏呂斯先生儘管一再鄭重表示我
們以後不再見面，但我敢保證，倘若我們還能見面，他是不會
不高興的，因為他不願意馬上被我忘記，也害怕給我造成痛
苦。我這個想法是正確的，因為過了一會兒，他又說：「喔！
對了，我把一件重要的事忘了。為了紀念您的外祖母，我讓人
給您搞了一本德‧塞維尼夫人書簡精裝珍本。這樣，這次會面
就不是最後一次了。複雜的事不是一天所能解決的，只要想一
想這個道理，我們就能得到安慰。您看，維也納會議不是開了
很長時間嗎？」

「不用麻煩您，我可以找到。」我客氣地說。

「住嘴，小傻瓜，」他憤怒地回答，「別這樣傻乎乎的，把我
有可能接見您（我不說一定，也許派一個僕人把書送給您）看
做一件小事。」

他恢復了鎮靜：「我不想用這些話同您分手。我不想要不協和
和絃，讓我們在永久的沉默前，彈奏一個屬音和絃吧。」其
實，他是怕自己神經吃不消，才不願意剛吵完架，剛說了那麼

多尖酸刻薄話就立即回家去。「您是不想去林園的。」他用肯
定的而不是提問的語氣說，我覺得，他用肯定語氣不是不想要
我去，而是怕遭拒絕而下不了臺。「噯！您瞧」他仍拖長了音
說，「現在，正如惠斯勒所說的，恰是市民回家的時候（他大
概想觸動我的自尊心），觀賞夜景正合適。您恐怕不知道惠斯
勒是誰吧。」
……[33]

夏呂斯男爵就是這樣，他哪怕前一時還暴跳如雷，可一轉眼，他卻能
「溫柔、深情而憂鬱」地說話，他哪怕前一時刻以雷霆萬鈞之勢說出
絕交的話語，一瞬間，嘴邊竟會綻出迷人的微笑。夏呂斯造作，「矯
飾」，裝模作樣，故弄玄虛，其妙處在於夏呂斯處處「掩飾」，以長輩
姿態說話，卻又處處暴露他的慾望。夏呂斯很自尊很敏感，哪怕是
「傷害」這樣一個簡單的字眼，他都認為這樣的詞不應該用在他這般
「強大」的人物身上。再看看這一個場景中兩個人物的之間所爆發的
這場友誼／愛欲／尊嚴之「戰」：杜撰的瘋狂，詞意的瘋狂，抒情的
瘋狂，藝術的瘋狂，權威的瘋狂，這是夏呂斯發動的瘋狂之戰。這瘋
狂之戰，時而憂傷，時而激動，時而興奮得半死不活。這其中，男爵
看似極不理性，愛「發飆」，但細細品味，卻不難發現，這樣的對話
中，男爵的心態主線是尊嚴與愛欲的衝突。愛與面子，同時折磨著男
爵，這才可能演繹出此場喜劇性場景。夏呂斯虛構出一段「惡意中
傷」事件，由此他給自己一個譴責他人的有利的位置，並且可以以高
貴的受害者的姿態聽對方的聲辯，然而，愛欲又迫使男爵不得不扮演
一個無辜的高貴的受害者這一角色的時候，透露出他慾望的真相。男

---

33 〔法〕馬塞爾・普魯斯特：《追憶似水年華・蓋爾芒特家那邊》（南京市：譯林出版
社，2008年，第1版），頁1094。

爵自然不會直接透露他慾望，他有顧忌，所以他處處「矯飾」，他用談友誼的方式來避免話題的突兀，他用埋怨的方式來傾訴他的在意，他用責備的方式來表達他的思戀。男爵首先將自己虛構為一個無辜的受傷害者，這樣，所有的慾望表達就找到一個「合理」出口，並將對方置於不利的地位。所有可能觸及他的尊嚴的用詞，都可能引得男爵暴跳如雷或無情譏諷，可見男爵愛面子愛到什麼程度。但他畢竟是慾望極強的人，所以單有暴跳如雷還不足以表達他的愛意，因此，在雷電轟鳴中也會穿插和風細雨，如此，他才可能充分表達他的柔情。「矯飾」本是為了防守，但男爵的「矯飾」，卻是用進攻性的誇張表達來透露他的渴望。男爵充分利用這種進攻性，發動他那神經質的言語討伐，模擬情人爭吵以處處要脅，將本來不見得很熱絡的兩個人關係迅速通過無中生有的「背叛」來形成緊張的可爭吵可討伐可聲辯的關係，急速地「提升」兩個人交往的「關係」等級：不是太熟的人能吵成這樣嗎？

這暴風驟雨般的場景，夏呂斯所有的言語都在指向別的企圖，他用他高度自尊的話語來闡釋他的無盡的埋怨。男爵話語皆「言在此而意在彼」，他迫使話語意義移位，極力隱蔽他的慾望，但隱蔽中又希望對方領會他的含義和「深情」。所以，男爵是在尊嚴性、慾望性和藝術性之間走他的話語鋼絲。男爵形象的魅力，在於他的情感「矯飾」，更在於他雖「矯飾」，但一旦進入「矯飾」的情景後，他又半真半假，陶醉在自己的虛構中。男爵最善於通過偽裝來捕獲想要的情感，並將這情感陶醉化、審美化。長者的誨人不倦之口吻是假的，是「矯飾」，但這「矯飾」可以獲得譴責的合法性，為他情人般的聲聲埋怨以及怒氣衝衝的譴責鋪設合法通道。男爵譴責的話中包裹著情人才可能說出的口吻，但他不得不借用長輩、提攜者的語氣在說話。在設置好提攜者與被提攜者的關係後，他再引入某種被忽視被低估的高貴愛人的委屈角色，並躲在一受盡委屈的角色裡，讓「怨婦」角色

「釋放」他的慾望。不過，這位「怨婦」除了能耍潑，還極富藝術修養，頻頻借用專業的音樂術語修飾他們之間的關係，至此，夏呂斯又從「怨婦」形象中淡出，創造一位極富詩意的抒情主人公形象，從而實現了從提攜者／「怨婦」／抒情主人公的「角色三級跳」。

如此，男爵這一形象的妙處，就不是單純一個「矯飾」能歸類了事，而是這種「矯飾」是通過一種微妙的語調交錯，角色的偷樑換柱，實現語氣的悄然置換。正是男爵的身分瞬間跳躍性與言語的瞬間分裂性，以及他不斷引入的詩性聯想，造就了男爵的「矯飾」極富藝術氣質的瘋狂性──過度「擬劇」，詩意人格的誇張化，自我能量的無限放大，藝術想像對自我形象的「神奇化」加工。所有的這些瘋狂性，都是在某種擬劇化狀態中讓想像追逐某種高貴的自我形象，並讓這一形象「漂流」在唐吉訶德般的幻想王國中。這種帶著神經質特徵的幻想人格，與慾望的假面化、膨脹化並行不悖，構成了男爵特有的「矯飾」，構成了夏呂斯獨有的瘋狂性，一種自卑與自傲完美結合的瘋狂性，一種齷齪與審美奇異融合的瘋狂性。

理查德・羅蒂認為「普魯斯特把他所遇到的權威人物看作是偶然環境的產物，將他們時間化和有限化。和尼采一樣，普魯斯特害怕他的真實自我早已存在，而且別人會早他一步覺察到他的這個真實本質，因此他希望將這恐懼除之而後快。但是，普魯斯特並沒有為了達到這個目的，而宣稱他發現了他早年所遇到的權威人士所無法看到的真理。他想辦法拆穿權威而又不把自己變成另一個權威，揭發有權有勢者的野心而又不與他們同流合污。他把權威人士有限化、相對化的方式，不是揭露他們『真實的』本性，而是利用別的權威人物所提供的語詞來重新描述他們，拿其他權威人物來和他們比畫比畫，然後眼看他們一個個變模走樣。這樣將權威人物有限化、相對化的結果，使得普魯斯特不會對他自己的有限性感到羞愧。……。他把他的裁判

們，變成和他一樣的受難人，從而成功地創造出屬於他自己的、可以用來評判他自己的品味。」[34]

是的，普魯斯特小說的任何場景，都有一個高貴的裁判者來審視著種種人的慾望與缺點，其中，最偉大的「權威裁判者」大概是時間。時間可以抹去所有的「矯飾」，讓「矯飾」顯得可笑，也顯得可憐。人的生命的有限性最終會消解所有的表演，讓其復歸自然。然而，在走向表演的終點之前，又無法期望人類會終止各種文明化的偽裝。普魯斯特正是一位通過描寫相對「無事狀態」下種種人物的對自我慾望的偽裝以及偽裝過程中的巧妙性乃至藝術性，去窺探人與自我慾望關係的多重扭曲性的大師級小說家。普魯斯特並不打算用時間來取消差異，他只是告訴讀者，時間的無聲威力會最終取消人的做作，但在取消之前，欣賞人類在文明環境中種種做作，並保持一種諒解心態，對種種人的偽裝表演加以研究和觀賞，這完全有可能讓其中的「醜」變幻為藝術的「美」。

---

34 〔美〕理查德・羅蒂撰，徐文瑞譯：《偶然、反諷與團結》（北京市：商務印書館，2003年，第1版），頁147。

第三章
零碎性、反浪漫與「斑駁化反諷」

一

　　克爾凱郭爾認為：「反諷者時時刻刻所關心的是不以自己真正的面貌出現，正如他的嚴肅中隱藏著玩笑，他的玩笑裡也隱藏著嚴肅，這樣，他也會故意裝作是壞人，儘管他其實是個好人。」[1]這裡所說的「嚴肅中隱藏著玩笑，他的玩笑裡也隱藏著嚴肅」正是反諷的最重要的特徵。然而，關於小說中的反諷修辭，依然有諸多問題值得推敲：反諷的「嚴肅性」中所包含的銳利的批判性是否意味著反諷所創造的精神優勢可以所向披靡？反諷的「嚴肅性」是否可能被反諷的「玩笑性」所消解、調和？反諷的「玩笑性」即反諷的戲謔性在不同的作家的表達系統中，其戲謔性情感與文本的其他情感的關係該如何處理呢？

　　反諷修辭在不同作家的藝術表達系統中呈現出完全不同的面貌。反諷修辭，既有巴爾扎克式的「單面化反諷」，亦會出現福樓拜式的「斑駁化反諷」，而普魯斯特的「唯美化反諷」則將反諷昇華到一個精緻華美的美學境界。當然，反諷的特徵遠非三種反諷樣式所能概括，但這三種反諷樣式的不同表現，卻能啟迪我們對反諷修辭的認識：在小說藝術領域中，反諷如何發揮作用，不能單看反諷本身，而是要分析反諷與文本中其他情感的關係。反諷的效果，是通過反諷與

1　〔丹麥〕索倫・奧碧・克爾凱郭爾：《論反諷概念——以蘇格拉底為底線》（北京市：中國社會科學出版社，2005年，第1版），頁220。

其他情感的相互作用才得以確定。

　　閱讀巴爾扎克的小說，首先吸引讀者的，不是其反諷，而是其不斷中心化、緊密化的情節，而福樓拜的小說則顯破碎化、鬆散性。這就造成福樓拜的小說閱讀，其情節性退到第二位，而其反諷性成為小說重要的特質。巴爾扎克的小說中的年輕的行動者，是巴黎都市中的騎士，他們迎著顛沛坎坷的命運，以生命、愛情和才情博弈前程、挑戰巴黎。巴爾扎克的小說中雄心勃勃的年輕野心家竭盡他們的力量和財力博取他們的慾望目標，是一群不惜以青春和死亡為代價、以巴黎的風雅社交規則為掩護的外省「賭徒」。與巴爾扎克筆下拉斯蒂涅、呂西安這樣的青年比較，福樓拜《情感教育》中年輕主人公福賴代芮克少了賭性，多了些遊手好閒的騙子氣質和懦弱的文人習氣。正如米歇爾·萊蒙所概括的「巴爾扎克筆下的主人公是貪婪而凶狠的；而福樓拜筆下的人物卻是一個被沮喪所壓垮的人，他讓歲月任意流逝，卻未能給它們打上自己的印記。」[2]巴爾扎克的風雅賭徒很懂得自我包裝，但他們行騙後欲求目的之「宏偉」之「想入非非」，使得他們為自我的卑劣性和殘忍性找到諸多恢弘的托詞。而在福樓拜的男主人公身上，不擇手段的「血性修辭」已經不見了，而多了些隨波逐流、隨遇而安的小市民氣質。從這個意義上說，福樓拜的年輕主人公已經不同於巴爾扎克式的「風雅賭徒」了——福樓拜塑造的是都市生活的精神衰朽者、愛欲虛無者和事業失敗者。

　　巴爾扎克和福樓拜的主人公都喜歡在巴黎遊蕩，但巴爾扎克的主人公是「闖蕩者」，福樓拜的主人公則是「閒蕩者」。

　　作為「闖蕩者」的巴爾扎克主人公，他們目標宏大，計畫周密，行動果斷。這與巴爾扎克小說在情節因果性方面環環相扣的敘事範式

2　〔法〕米歇爾·萊蒙撰，徐知免、楊劍譯：《法國現代小說史》（上海市：上海譯文出版社，1995年，第1版），頁135。

形成高度對應的關係，而福樓拜人物的「庸常性」、「過客性」、「隨意性」，則與福樓拜小說情節的鬆散、搖擺與偏離構成默契的呼應。

事實上，福樓拜的主人公在小說文本中經歷了諸多事件，卻給人「無所事事」的感覺。這應該歸功於福樓拜敘事修辭。首先，福樓拜非歷史題材小說中的主人公多已喪失了巴爾扎克主人公那種強悍的「征服性」和「賭徒性」，征服性激情的衰退使其主人公的懦弱性成為常態；其次，與巴爾扎克小說不同，福樓拜的主人公不再具有一個明確的出發點和回歸點。東奔西走的「閒蕩者」的生存狀態，讓福樓拜的主人公每一個階段的故事都不必與前後故事發生必然的聯繫，去除了「核心情節」的故事內容在時間的線性維度上處於意義等級相同的位置，小說敘事不再為了一個中心情節或核心主題而疲於奔命：這樣，福樓拜小說中諸種故事就不必分成等級，讓一個故事為更「重要」的故事而存在，而是每個片段都有其獨立存在的價值；再者，也是最重要的，福樓拜的主人公一旦準備浪漫起來，「煞風景」的敘事總是悄然而至，浪漫的情感尚未鋪展開來之際，敘述者就將關注點轉移到瑣碎、醜陋、平庸或殘忍的細節之上。如此，浪漫情感轉瞬間就被低俗的細節群落所置換、所瓦解。

福樓拜的歷史小說《薩朗波》，其主人公可以在不斷升級強化的傳奇冒險、劇烈變化的命運起伏和炫麗奇異的異域世界中突出性格特性，然而，在福樓拜的現實題材的小說中，情節的重要性已經被敘述的反諷性所取代了，閱讀福樓拜的《包法利夫人》、《情感教育》這樣的小說，其情節的複雜性懸念性和起伏性遠不如《薩朗波》這樣的傳奇小說。福樓拜的現實題材的小說恰恰是反傳奇的，其吸引人的特色不是跌宕起伏的故事層面，而是不動聲色的反諷。福樓拜構造出帶點壞笑的反諷，這種反諷包含著令人捉摸不透的顧影自憐與若有若無的陰鬱抒情。

福樓拜現實題材的小說，不再以巨型複雜的情節引人入勝，亦不

以慾望冒險的難度設置情節落差，他的小說是徐緩展開的浮世繪，缺乏峰巒疊嶂的複雜故事路線和驚心動魄的情節佈局。讀福樓拜，品味的是他的那種冷漠化現場化的人性剖解所傳達出來的反諷感，以及在這種反諷感背後的憂傷感與失落感。福樓拜就在他的書簡中直言「性喜揶揄，以表現人身上的『獸性』為樂。」[3]的確，讀福樓拜的作品讀不到情節設置的巧妙性，情節設置可以說被福樓拜有意識地「去懸念化」了，他的作品最有特色的所在是一種「敘事腔調」，一種含蓄的刻薄，一種帶著寬容戲耍的冷笑，一種對慾望的偏執性、矯飾性、謀劃性和自欺性的深度揶揄。

二

閱讀福樓拜現實題材小說，讀的是人的生活支離破碎的狀態，讀的是依靠偶然性組織起來的「去中心化」的諸多小型故事所傳達出來的反諷意義和若有若無的憂傷情調。

朱麗婭·克里斯特瓦在《反抗的意義和非意義》一書中轉述羅蘭·巴爾特的觀點，認為巴爾扎克的小說「故事生澀卻連貫可靠，體現了次序的勝利。」朱麗婭·克里斯特瓦進一步分析，「當資產階級社會出現危機時，它小說中的人物也失去了『他』帶來的緊密和純度。」這就使得巴爾扎克小說人物是「結實」的而福樓拜的小說人物是「粉碎」的。[4]福樓拜小說的「瑣碎性」，從情節角度看，是敘述者所講述的故事完全失去了巴爾扎克那種環環相扣的「高密度」的因果性。福樓拜離散了「故事密度」，拋棄了情節的緊密性，福樓拜利用

3　〔法〕福樓拜：《福樓拜文學書簡》（北京市：北京燕山出版社，2012年，第1版），頁75。

4　〔法〕朱麗婭·克里斯特瓦：《反抗的意義和非意義》（長春市：吉林出版集團有限責任公司，2009年，第1版），頁291。

他那種碎片化的情節和夢遊般的人物命運創造了一種小說情節的無目
的性、無回溯性和小說敘述的散漫性。而這種散漫性正對應人物精神
世界的危機性和對危機性的束手無策的精神狀態。

　　盧卡奇的《小說理論》注意到福樓拜的小說對所謂「核心情節」
的淡化處理，即福樓拜的《情感教育》故事間的離心力大於黏合力，
盧卡奇論及：「在這種類型的所有偉大小說中，《情感教育》的編造痕
跡顯然是最少的，在這裡並沒有嘗試著要用某種一體化的進程來克服
外部現實瓦解為異體的、脆裂的、片斷化零碎問題，或者以抒情的情
緒意向來取代缺失的聯繫或感性親合性的問題：現實之分離的碎片以
一種艱難的、斷裂的而孤立的方式呈現在我們面前。中心人物的意義
的獲得，並不是通過限制人物數目，或者將作品硬性編排進中心點，
或者強調中心人物的突出個性來實現的：主人公的內心生活是破碎
的，如同他的外部環境一樣，他的內心並不具備虛假激情的或嘲諷的
抒情力量，這力量能使他的內心置身於細瑣事物的對立面」[5] 不用
「一體化的進程」來統攝所有的情節和細節，福樓拜小說敘事似乎在
有意營造事件與事件間「去因果性」，事件在他的小說中各自「孤
立」了，小說中的事件不再具有明顯的「累積性」。福樓拜的主人公
無所事事，這也使得福樓拜的小說情節皆「隨遇而安」，處於依靠主
人公的偶然性際遇不斷生長出「新故事」的狀態。這樣的小說，不願
意讓文本中的遊動化、破碎化的「生活」輕易地凝聚成某種意義突顯
的敘事中心點。事實上，如此「片段化」「零碎性」的小說文本，映
射出福樓拜的虛無意識和死亡意識：世界本無某種既定意義和價值系
統，主人公的所有經歷不過是隨波逐流的「無目的性」的生活使然。
「無目的性」和「虛無感」正是福樓拜要在他的小說中為主人公提供
的一種生活態度。

5　〔匈〕盧卡奇：《盧卡奇早期文選》（南京市：南京大學出版社，2004年，第1版），
　頁92。

　　巴爾扎克的小說文本中，諸如《夏倍上校》、《奧諾麗納》、《邦斯舅舅》、《歐也妮·葛朗台》等等總是有情操高尚的人物成為小說中道德和情感中心，這些人物形象佔據文本中情感道德系統的中心位置，據以形成批判力或感召力。福樓拜的小說，道德疲敝，情感曖昧，肉欲活躍。更關鍵的是，福樓拜小說中道德、情感、肉欲之間沒有什麼高低分野，「動物兇猛」型的男女主人公生活在一個聽從慾望引領的「無中心」的「當下生活」之中。於是，「零碎性」成為福樓拜小說文本中的主要特徵。對這些零碎化片段化的小說敘事的處理，福樓拜的小說更多的是利用反諷性形成修辭上風格化而非情節一體化來達到小說敘事內在統一性。

　　單就情節設置而言，「零碎性」是福樓拜小說結構的特徵。在情節方面的經營福樓拜似乎有意顯得「很不用心」，他的小說明顯缺乏巴爾扎克式跌宕起伏的佈局。福樓拜小說之所以吸引讀者，是敘述者看「事件」「生活」的一種態度。巴爾扎克式敘述者明朗開闊，福樓拜的敘述者則曖昧模糊，福樓拜的敘事腔調混合著含蓄的辛辣與冷色調的憂傷，形成一種多義搖擺的敘述語調。

　　皮埃爾·布迪厄特別關注福樓拜的小說的「無特殊觀點」的敘事空間：「沒有什麼比觀點的模稜兩可本身更能說明福樓拜的觀點了，這一點體現在他創作的如此典型的作品之中：比如《情感教育》，批評家們經常責備它被寫成了一系列『並列在敘述中的片段』，原因是缺乏次序分明的細節和事件。福樓拜像馬奈後來做的一樣，放棄了從一個固定而處於中心的觀點出發的統一視角，放棄了巴諾夫斯基稱為『聚合空間』的東西，試圖由此創立一個由並列片段組成且無特殊觀點的空間。」[6]

6　〔法〕皮埃爾·布迪厄：《藝術的法則——文學場的生成和結構》（北京市：中央編譯出版社，2001年，第1版），頁129。

　　「觀點的模稜兩可」、「無特殊觀點的空間」、「並列片段」等等特性，都在營造著福樓拜小說的搖擺性和模糊性。《情感教育》這類小說，呈現出嘲諷的冷面性，以及態度的搖擺性。這種冷面性與搖擺性共同經營著福樓拜小說中反諷與浪漫的別致關係──冷面性的反諷，腐蝕、摧毀著浪漫性；立場曖昧的浪漫性，則遲滯、分化著反諷性。或者說，福樓拜的小說中反諷性儘管常常占上風，但「觀點的模稜兩可」很快就削弱了反諷性。「無特殊觀點的空間」的空間組織形式則讓反諷失去鮮明的道德立場，也隨之瓦解了之前的敘事所組織起來的意義的明朗性。那麼，連意義都無法明朗，又靠什麼去反諷？反諷如果失去了一個明確的立場，這樣的反諷，是不是最終將陷入孤立無援的虛無和幻滅之中呢？

三

　　福樓拜式的反諷，常常讓主人公先陷入某種浪漫幻象。幻象成形之際，煞風景的意象接踵而至。

　　《情感教育》中，革命的浪漫幻象剛剛成形，公主的床鋪上就摩挲著暴民的手；情人的濃情蜜意的私語開啟之際，敘述的焦點便投向那陳屍間內死者的眼睛；邂逅舊情人重溫過往的浪漫，卻不經意間發現情人已有縷縷白髮於是愛意頓無，等等。福樓拜不見得是最善於勾勒反諷式心理活動過程的作家，但他一定是最善於設置反諷情境的大師。《包法利夫人》整部書就是一幅幅反諷情境相繼構成，是一部對浪漫歡情進行無情剖解的幻滅小說。福樓拜一邊敘述著歡情的浪漫，一邊嘲諷式地揭示這種浪漫的不可信和不持久；《情感教育》則不但瓦解情欲的幻象，更嘲弄了理想──年輕的都市冒險家的故事在福樓拜的筆下不但是失敗，更是完全無意義的，反浪漫的「情感教育」本身就是一個反諷事件。

這裡我們不妨對《情感教育》結尾部分一個片段做些剖解。此片段敘述銀行家黨布羅斯先生剛剛辭世，黨布羅斯夫人與情人福賴代芮克在黨布羅斯夫人的寢室裡會面：

> 屋子洋溢著一種形容不來的氣味，是由充塞著房間的精緻擺設發出來的。床中間鋪著一件黑袍，和玫瑰色的床罩正好對比。黨布羅斯夫人站在壁爐的角落。他心想她沒有強烈的悲痛，但相信她也應有點兒難受；他以一種憂憂的聲音道：
> ──你難受嗎？
> ──我？不，一點兒不。
> 轉過身子，她瞥見袍子，檢點著；隨後，她叫他不要拘束。
> ──你想抽煙，抽煙好了！你是在我的屋子！
> 然後，大歎一口氣：
> ──啊！聖母！去了一塊石頭！
> 感歎驚住了福賴代芮克。他吻著她的手道：
> ──總之，我們自由了！
> 這種暗示他們愛情不費功夫的隱語彷彿傷了黨布羅斯夫人。
> ──嗐！你不知道我幫了他多少忙，我多熬著心過日子！
> ──怎麼樣！
> ──可不是！過了五年日子，給家裡帶來一個女孩子！身旁總放著這私生孩子，能夠叫人放心嗎？沒有我的話，不用說，誰說不會牽著他做點兒什麼糊塗事？
> 於是，她解說她的事。他們在夫婦財產分理制度之下結婚。她的祖產是三十萬法郎。假如她後死的話，黨布羅斯先生在他們的契約寫好給她一萬五千法郎年金和這所府第。然而，過了不久，他立下一個遺囑，把他全份的財產給她；就她目前盡可能知道的，她估計有三百多萬。

福賴代芮克睜大眼睛。

——值得人操心，是不是？而且，是我做成的！我保護的是我的財產；賽西娜會不公道，搶了我的。

福賴代芮克道：

——為什麼她不來看她父親？

聽到這問話，黨布羅斯夫人看了他一眼；隨後，帶著一種乾澀的聲調道：

——我怎麼曉得！還用問，沒有心肝！噢！我曉得她！所以她不用妄想我一文錢！

她並不麻煩，至少她結婚以後還好。

黨布羅斯夫人冷笑道：

——啊！她的婚事！

這個愚東西又妒嫉、又自私、又虛偽，她恨自己待她太好。「她父親的毛病她全有！」她誹謗丈夫越來越屬害。誰的敲詐也沒有象她那樣深沉，而且鐵心腸石頭一樣無情，「一個壞人，一個壞人！」

最有德行的人也難免過失，黨布羅斯夫人恨過了頭，方才就犯了一次過失。福賴代芮克坐在她對面一張靠背椅，思維著，起了反感。

她站起來，輕輕坐在他的膝頭。

——只有你好！我愛的也就是你！

看著他，她的心軟了，一種神經的反射給她的眼簾帶來了淚水；她唧噥道：

——你願意娶我嗎？

他起初以為沒有聽懂。想到她的富裕，他呆住了。她提高聲音重複道：

——你願意娶我嗎？

最後，他微笑道：

——你還不相信嗎？

隨後，他難為情了，要向死者表示一種抵補，他薦舉自己守夜。不過，這種虔誠的情感又讓他慚愧。他帶著一種自如的聲調接著道：

——這也許更合禮些。

她道：

——是的，也許是，為了那些聽差。

床完全從床位移出來了。女修士在床腳；床頭站著一位教士，又是一位，一個瘦高個子，神氣活像一個宗教狂的西班牙人。床兒覆著一塊白布，上面燃著三支燭臺。

福賴代芮克取過一把椅子，望著死人。

他的面孔有麥秸一樣黃；嘴角浮著一點血色的泡沫。一條絲巾圍著腦磕，一件編織的背心，胸口放著一個銀十字，在他相交的胳膊之間。

完了，這充滿動盪的存在！他多少次走進公事房，排列數目字，籌畫商業，聽取報告！多少謊騙、微笑、巴結！因為他歡迎過拿破崙、哥薩克騎兵、路易十八、一八三〇年、工人、一切制度，如此愛慕權勢，他花錢出賣自己。

然而他留下佛爾泰勒的田產，彼卡狄的三所製造廠，姚納的克朗塞森林，奧爾良附近一所田莊，數目巨大的動產。

福賴代芮克這樣清算了一遍他的財產；然而，全要歸他所有！他先想到「人們的議論」，然後母親一件禮物、他的未來的車馬、家裡一個老車夫（他要他來做門房）。自然，僕人的制服不會再一樣了。他用大廳做書房。去掉三堵牆，二樓添一個畫廊，沒有什麼困難。下面設一個土耳其浴廳，也許有方法。至於黨布羅斯先生的公事房，不起快感，做什麼用好呢？

教士擤鼻涕，或者女修士弄火爐，驟然吵斷這些想像。但是現實證實他的想像；屍首永遠擺在那裡。它的眼簾重新睜開；瞳孔雖說淹在膠床的黑暗之中，有一種曖昧的，不可忍受的表情。福賴代芮克覺得在這裡看見了什麼，好像一種裁判加在身上；他差不多感到一種懊惱，因為他從來沒有什麼可埋怨這人的，正相反，他……「去他的！一個老壞蛋！」為了堅定自己起見，他湊近端詳他，暗自向他喊道：

「嗒，怎麼樣？難道是我殺了你？」

然而，教士讀著他的經文；女修士動也不動，打著盹；三支燭臺的芯子越發長了。

足有兩小時，他們聽見貨車走向菜場，轟隆轟隆，沉聲悶氣地在響。窗戶玻璃透了白，過去一輛馬車，接著是一群母驢在街道踢達踢達走動，鐵錘的敲打，沿街的叫賣，喇叭的鳴響；一切溶入蘇醒的巴黎的喧囂。[7]

這裡，反諷的第一層面的意味，是由逝者、未亡人、未亡人的情人之間奇特而可笑的關係構成的：他們在逝者屍骨未寒之際就在隔壁房間裡調情、討論遺產繼承。這種場景可刺夫妻間的無情，正應了《紅樓夢》跛足道人〈好了歌〉所言：「世人都曉神仙好，只有姣妻忘不了。夫妻日日說恩情，夫死又隨人去了。」福樓拜充分利用了寓所中的空間佈局強化這種反諷意味：去世的丈夫剛剛「安靜」地躺在居室裡，未亡人已經將他的死亡當成一個遙遠的歷史，只顧眼下的歡情和遺產，甚至誹謗死者。不過，福樓拜不只是簡單地強化嘲諷的力度，而是刻繪出多種微妙的相互糾纏彼此消解的情感。所謂反諷的曖昧性在此層面上獲得鮮明的體現：主人公福賴代芮克既有貪婪的企圖，又

7　〔法〕福樓拜：《情感教育》（上海市：上海譯文出版社，1984年，第1版），頁490。

受到情欲的誘惑，但他面對已死的老朋友，馬上又生出些許愧疚，然
而愧疚又隨即轉變為懊惱甚至憤怒。在這裡，貪婪似乎被譏諷，但馬
上被開脫，因為主人公畢竟表現出愧疚。然而，愧疚剛露頭，主人公
就因為自己的愧疚生出懊惱，進而憤怒。敘述者敘述主人公的愧疚，
是為其爭取多一些的諒解，還是告訴讀者這愧疚也不過是廉價的自我
開脫呢？至於憤怒，這憤怒是幼稚的可笑的惡作劇般把戲，還是對之
前愧疚的懊惱呢？至於那「母驢」「叫賣聲」的市場喧囂的情境與死
亡情境并置，這是嘲諷，還是感傷，或是超脫。屋內空間的死亡、遺
產、歡情、猜疑是那麼複雜地變化著，而居所外的巴黎的清晨卻日復
一日重複著其慣有的節奏與喧囂。變與不變又構成一層反諷。

　　福樓拜《情感教育》主人公福賴代芮克這一形象，最妙的所在，
就是在福賴代芮克最算計處、最無恥處、最討巧處、最無能處，亦能
發現福賴代芮克的一絲真誠、一點良心、一種自嘲、幾分不安。這使
得《情感教育》的福賴代芮克遠比《包法利夫人》中的魯道夫複雜得
多，甚至比包法利夫人這一形象更具碎片感與複雜性。

　　當然，福樓拜不是為複雜而複雜，《情感教育》的複雜性在於福
樓拜創造了浪漫與幻滅、興奮與憂傷、高尚與輕浮的一連串的齟齬、
抵牾的狀態。《情感教育》複雜性就在於浪漫與幻滅不是單向度地被
極化，而是顯示兩者不斷地交錯運動，微妙地此消彼長：幻滅感最終
淹沒了主人公，但這是一種緩慢的、多種情感因素參與的侵蝕、風化
的過程。

　　「《情感教育》是一部描寫失敗的小說。人們在書中看到了一代
人的失敗情景和生活的緩慢的解體。」[8]這部「失敗之書」的特色恰
恰不是單純寫了「失敗」，而是寫了失敗者諸多的浪漫幻想以及俠肝
義膽如何啼笑皆非地被生活的激流或濁流沖蝕或吞沒。

8　〔法〕米歇爾·萊蒙撰，徐知免、楊劍譯：《法國現代小說史》（上海市：上海譯文
　　出版社，1995年，第1版），頁131。

　　《情感教育》主人公福賴代芮克，是一個浪蕩子弟，又不全像浪蕩子弟，因為他總在他最使壞的時候還會冒出良知；他是一個怯懦者，又不全是怯懦者，他在敷衍情人的時候也會感受到廉恥的壓力；他是一個無情者，又不全是無情者，他哪怕「墮落」了，卻又會因為維護舊情人的「尊嚴」而與有勢有錢的新歡「切割」了事；他是一個頹廢者，又不全像頹廢者，因為男主人公哪怕處於最沮喪的時候依然存有浪漫的幻想，甚至會為情人決鬥；他是一位沉溺於私生活的灰色分子，又不全是灰色分子，因為他也會在城市暴動最危險的時分上街觀望打量——他內心始終存有某種浪漫的嚮往，但他的行動最後總是消解了這種浪漫。主人公的如此特性，讓《情感教育》成為盧卡奇所稱的「幻滅的浪漫主義」中最引人注目的作品。[9]

　　敘述者儘管表現出相當克制的冷漠性，但福樓拜式幻滅性的構成中，浪漫性依然是其重要的構成要素。福賴代芮克的詩性想像能力絲毫不輸於巴爾扎克《幻滅》中的詩人呂西安，但他缺乏呂西安的那種決絕的博弈精神，所以福賴代芮克經歷與結局遠比呂西安頹敗，帶著不可救藥的小市民氣質走完了他的青年時代。福樓拜是有意識地將福賴代芮克「帶入」某種浪漫的場景中，讓讀者看到這位曾經對前途充滿希望和激情的年輕主人公如何隨波逐流，以受挫者的形象告終。再有，論背景，福樓拜提供了不遜於巴爾扎克任何一篇小說的宏大背景——街頭暴動一次次戰鬥的場景，以及主人公隨暴動者「巡視」皇宮的敘述，其對歷史性事件的「摹仿」的逼真性絲毫不亞於出版於一八六二年的雨果《悲慘世界》中的人民暴動場面。出版於一八七〇年的《情感教育》構築了宏大壯闊的「非常態」的故事背景與一位性格懦弱的花花公子間的反差映襯。民眾暴亂的血腥、無序並沒有給男主

9　〔匈〕盧卡奇：《盧卡奇早期文選》（南京市：南京大學出版社，2004年，第1版），頁96。

人公帶來羅曼蒂克的心靈解放，相反，暴亂反而襯出主人公的不合群、孤立、不受歡迎以及與暴動者格格不入的旁觀者心態。血腥屠殺中，英雄與屠夫都與主人公無關，這是以一個時代的混亂襯出一個年輕人浪漫情懷的消逝。

　　再者，眾多的場景，無論是聚會還是幽會，多與情事有關，好像這個年輕人在巴黎的行狀就是輾轉於諸情場。福樓拜惡作劇般地將剛剛開始抒情的場景來個「逆轉」，海誓山盟的情話還響在耳邊，煞風景的聯想或惡作劇般的巧合接踵而至，極抒情處被迅速地「轉化」為極敗興處。福樓拜的目光總是習慣性地從某種美化的浪漫場景中窺見出醜惡或尷尬。雷納・韋勒克認為福樓拜的小說「最終存在著一個無法解決的衝突：一面是福樓拜的科學或者說自詡為科學的觀察，是那種奧林匹亞人式的超然態度，另一面則是嚮往美、嚮往刻意求純的效果和結構的熱情追求。一片灰色的《情感教育》，與鮮血淋漓和珠光寶氣的《薩朗波》，這種衝突反映於二者的對照之中。無論理論還是實踐方面，福樓拜都未能將現實主義和唯美主義綜合起來。」[10]福樓拜的歷史小說《薩朗波》中的英雄馬托「衝冠一怒為紅顏」，為了佳人薩朗波發動一場規模宏大的起義，血雨腥風成為馬托瘋狂情欲的佈景，這種「死了都要愛」的末路英雄氣概與《情感教育》中的主人公無緣。儘管《情感教育》的內部亦存在著現實主義與唯美主義的衝突，不過，這種衝突讓唯美遭遇反諷的損害，又讓反諷接受唯美的洗禮。浪漫的唯美被超然的反諷腐蝕、侵犯，然而，反諷的內裡又鑲嵌著唯美的元素。這就是一種「斑駁狀態」的反諷，一種曖昧的反諷，一種指向性搖擺不定的反諷。

　　所謂「斑駁化反諷」的特點，首先在於敘述者態度的曖昧化和模

10　〔美〕雷納・韋勒克：《近代文學批評史》（上海市：上海譯文出版社，2009年，第1版），卷4，頁17。

糊化。敘述者對於敘述對象，既有嘲諷，亦抱有感傷、欣賞的成分；其次，就具體的場景描寫而言，浪漫與齷齪錯雜，宏大與渺小共存，純情與欺騙相攜；再有，「斑駁化反諷」是一種反諷的立場與界線不斷模糊、不斷變化的反諷。「斑駁化反諷」對人或事的反諷，反諷之有理由，開脫之亦有理由。「斑駁化反諷」反諷一切，又為一切開脫：在開脫中反諷，在反諷中開脫。

四

　　「斑駁化」的反諷敘事，拓寬了敘事反諷藝術的介面。「斑駁化反諷」不同於那種反諷意圖明確，反諷對象固定的那種「單面極化反諷」。「單面極化反諷」，讀者對於被反諷的對象和內容非常明確，《貝姨》中于洛男爵那種老年人的瘋狂情欲，《交際花盛衰記》銀行家紐沁根的好色，巴爾扎克通用的反諷模式是讓情欲偏執狂的主人公之荒謬行為不斷升級，使被反諷者的行為和情感推向極化：慾望失控迫使主人公作出與其地位身分極不相稱的事情，反常規的行為步步升級從而獲得誇張的諷刺效果。年事已高的于洛與紐沁根同樣以低三下四的態度討好年輕的情婦並陷入情婦為其設計的陷阱。這是以身分、年齡與當事人行為間的極明顯的不相稱來贏得反諷效果。巴爾扎克小說中的反諷，哪怕是善意的，比如對饕餮之徒邦斯舅舅或老姑娘科爾蒙小姐之類的反諷，同樣也是以突出人物某種異於常人的特徵作為反諷的手法。

　　「斑駁化反諷」不以反諷的極化為手段，相反，「斑駁化反諷」是既有反諷又有對反諷進行「鈍化處理」的反諷方式，是一種反諷之作用力剛剛發揮效力反諷的質地就發生微妙變化的反諷，是反諷之情感不斷為其他情感所轉變所置換的反諷。

　　因此，「斑駁化反諷」會出現這樣的反諷效果：有些敘事，明明

是在嘲弄主人公的玩世不恭，卻似乎與讀者分享主人公某種「使點壞」的快樂或帶點放縱意味的惡作劇；有些反諷敘事，明明是在冷漠地描述某君的醜陋，卻又馬上觀照主人公內心的隱秘角落裡殘存著的良心；有些敘事，分明是在曝光主人公的懦弱或無恥，卻冷不丁地透露主人公的一絲慚愧和幾分憂傷。如此，反諷依然延續著，主人公所在的特定情境依然具有反諷性，不過挪揄的成分已經悄然削弱，反諷中已經溶入了某種同情和開脫的成分。福樓拜的冷漠的剖解中，既有目光銳利的挪揄，亦有洞悉一切的諒解，還有不可名狀的憂傷。這一切，又都塗抹上一層造物弄人的憐憫色彩。

　　「斑駁化反諷」，就是讓反諷的銳利性鈍化。福樓拜的反諷，總是似諷非諷，反諷處於搖擺不定的狀態。甚至，作者是否在反諷，抑或是在欣賞或是同情，讀者在某些情境中會難以確定。福樓拜往往會在第一波反諷鈍化之後又能創造第二波的銳利的反諷，再鈍化，再銳利化，甚至一波鈍化未了，另一波的銳利化已初現端倪。如此，反諷的效果，處於銳利化與鈍化的交錯之中。「斑駁化反諷」同時讓嘲諷的情感與多種情感相交錯相融合。這種交錯、融合一方面是由於冷漠化的敘述導致判斷的多義化，另一方面是由於敘述者極善於捕捉某種情感狀態中的「不純」之因素，比如貪婪虛偽狀態中所潛藏著的卑微者的善良，比如趾高氣揚的狀態中所摻雜著的僥倖或傷感，等等。

　　「斑駁化反諷」構建反諷的同時又在侵蝕著反諷。敘述者在同情、欣賞甚至縱容的態度中讓反諷不再是那種一「諷」到底的單一性的敘事修辭狀態，而是與其他情感融合在一處，在與其他情感融合化的過程中呈現出某種「似是而非」或「似非而是」的斑駁狀的反諷狀態。再者，「斑駁化反諷」嘲諷的對象亦趨於多樣化，反諷甲的同時，以為乙可以躲開反諷的利刃，卻不料乙亦難掙脫反諷之網。當反諷的筆觸不斷瓦解諸多人的「體面」之時，反諷形成的鏈條無疑影響著讀者對整個世界的看法。這就讓反諷從孤立的對人、事的反諷中上

升到對整體意義的反諷：這個世界整體上可能是荒謬的，無論是偽裝還是真誠，人類的生存都是充滿了荒謬性，從而讓反諷的修辭語調遍佈整部小說。

五

　　李健吾先生在他的著作《福樓拜評傳》中論及《情感教育》，已經注意到這部小說以「全景」視野寫諸多人物在歷史變遷的命運，福樓拜是抱著「造化弄人」的態度將所有的人物和故事進行泛反諷化的敘述。李健吾說：「《包法利夫人》是一個簡單的故事，背景又是簡單的鄉村。《情感教育》卻擴大局面，從村落跳入世界有數的大都市，從一齣純粹的個人的悲劇變成人類活動的歷史的片段。他要的不是枝枝節節的效果，而是用枝節綴成的人生的全景。無善無不善，無大無小，這裡全有各自相當的地位。」[11]這所謂的「人生的全景」，這所謂的「無善無不善」、「無大無小」讓所有被敘述的對象都陷入「相對化」的敘事情景。「無善無不善」的態度是「斑駁化反諷」之必要條件：嘲諷「不善」的時候常有一種「善」的觀照悄然潛入，當某種「善」占了上風時，「不善」的暗面如影隨形般抵達文本的前端。

　　「斑駁化反諷」修辭圖景中，高尚與卑污、真誠與造作、善良與粗暴，往往只有一紙之隔。人類既狹隘又豁達、既殘忍又善良、既偉大又渺小的易變性成為反諷的焦點。從這一點上說，「斑駁化反諷」與 D・C・米克宣稱的「總體反諷」有相似之處：「總體反諷（General Irony）是一種相當特殊的反諷，因為反諷觀察者也與人類的其他成員一起，置身於受嘲弄者的行列之中。結果總體反諷既傾向於從受嘲弄者的角度（他不能不覺得宇宙對待人類真不該這樣不公平）加以表

---

11 李健吾：《福樓拜評傳》（桂林市：廣西師範大學出版社，2007年，第1版），頁156。

現，又傾向於從超然的觀察者的角度加以表現。因此，被稱之為『世界反諷』（World Irony）、『哲理反諷』（Philosophical Irony）、『宇宙反諷』（Cosmic Irony）的東西，有時不過是人在面對冷漠的宇宙時的一種無助的表現，一種染有屈從感、孤獨感甚或絕望感、痛苦感和憤懣感的表現而已。」[12]無論「斑駁化反諷」或是「總體反諷」，兩者都承認這個世界上反諷的對象是不固定的並且會發生戲劇性的逆轉，或者說「斑駁化反諷」與「總體反諷」都具有為任何事體塗抹上一層反諷意味的居高臨下的能力與角度。不同在於，「總體反諷」更強調只要獲得一個超然的角度，一切皆可反諷，而「斑駁化反諷」雖然也相信一切皆可反諷，但同時還觀照反諷的背面具有的某種美、善，甚至傷感，藉以去逆轉、緩衝、削弱反諷的戲謔性。當然，「斑駁化的反諷」不是和稀泥，不是公式化地詮釋「醜中有美，美中有醜」，也不是利用多視角去揭示同一人事，而是強調美醜混雜性乃至融合性。

　　這就造成一種局面，一種小說文本中，戲謔的成分，讚賞的成分，譴責的成分，縱容的成分，混合在一起，瞬息萬變。「總體反諷」最突出的依然是反諷，而「斑駁式反諷」中反諷不是時時都作為主導的修辭方式。反諷成為一種潛流，逡巡於其他情感，成為一種不斷遊移、時強時弱、時常產生多義性理解的情感修辭。「斑駁化反諷」有時甚至以「疑似反諷」的面目出現：是不是反諷？反諷是弱是強？對甲反諷還是對乙反諷，抑或兼具？從這個角度說，福樓拜的「斑駁化的反諷」修辭方式許多時候是具備所謂的「無關個人式反諷」之特性。「無關個人式反諷」是「一個以非個人性作者的常規手法寫作的小說家，如果在描述他故意讓讀者感到其思想和行為荒唐可笑的人物時，避免親自出面來評東說西，讀者就可能發現不了可笑之處，即使發現，也難以知道這位『緘口不言』的小說家，是否與自己

12　〔英〕D・C・米克：《論反諷》（北京市：崑崙出版社，1992年，第1版），頁102。

的看法相吻合。」[13]「無關個人」只是一種隱蔽自我的敘事反諷風格。不過，無論如何「緘口不言」，讀者依然有可能通過上下文的人物關係或人物行為和思想的比照中獲得解讀途徑，除非不留下文字蹤跡。只不過「無關個人式反諷」的反諷修辭增加了解讀的難度。這種難度體現在福樓拜的小說中，便是無情式嘲弄和同情式調侃混雜、偷窺狂式的暴露與嚴峻審視式的剖解相攜、褻玩式細描與貼近式批判共舞。「斑駁化反諷」是一種情感雜糅式的反諷，這種情感雜糅式的反諷，是反諷不斷與其他情感摩擦、交匯、疊加、融合導致的。「斑駁化反諷」是反諷進入一種「疑似反諷」狀態的反諷；是反諷主動瓦解自我的反諷性，是反諷不斷退卻又反覆登場的一種反諷；是反諷似乎無所不在但反諷一旦成為主導又馬上被其他情感所侵蝕、寄生、置換的一種反諷；是壞笑與傷感交織、黑色幽默與嚴肅思索並置、冷面審醜與無聲歎息難分難解的反諷修辭狀態。

在「斑駁化反諷」中，反諷與其他情感不是處於平衡的狀態。「斑駁化」不是平衡化，「斑駁化反諷」是讓反諷與憐憫、欣賞、傷感、縱容等情感處於化學反應狀態：小說中敘述者或人物的情感性質不斷在改變，前一部分尚是某種高尚的、騎士化的情感起作用，而到了後半部分，某種消解的力量突進，驟然間反諷的情感迅速控制了話語片段。然而，就在反諷形成主導力量的時候，某種憐憫、怯懦、愧疚的情感看似在維護、策應著反諷，卻於無形中造就一種有效地遲緩反諷的話語力量。這就是「斑駁化反諷」，這種反諷方式使得反諷若隱若現，時弱時強，變化萬端。「斑駁化反諷」之反諷，不以自上而下的方式轄制全文，反諷是以見縫插針的方式遊動在各種話語的間隙間：反諷呈斑駁狀遍佈文本中。

13　〔英〕Ｄ・Ｃ・米克：《論反諷》（北京市：崑崙出版社，1992年，第1版），頁80。

六

　　布迪厄認為，福樓拜是那種「難以歸類的人」，是那種「用垂死來逗觀眾開心」的藝術革命家：「他們的貴族立場通常植根於社會特權階層並且擁有強大的象徵資本（對波德萊爾和福樓拜來說，醜聞一下子就令他們聲名大震），這種貴族立場助長了一種深刻的、在社會和美學方面『對侷限性感到焦躁』的情緒，以及不能容忍一切與這個世紀達成妥協的傲慢態度。」[14]這種「傲慢態度」體現在文本中就是反諷一切可反諷的物件。巴爾扎克是為了維護某種道德準則而反諷他筆下的癡態人物，福樓拜是為了破壞既有的道德準則來反諷他筆下的一切。福樓拜的反諷是以玩世不恭者的賞玩、顛覆態度來品味他筆下人物的悲喜劇。布迪厄將福樓拜小說文本中的意識形態定位為「犬儒主義」，認為福樓拜的創作「是以藝術和道德之間的關係破裂為代價的，這種眼光要求一種無動於衷、漠不關心和超脫自己的姿態，甚至要求一種犬儒主義的放肆無禮姿態。這種放肆無禮與雙重的曖昧態度正好相反，這種曖昧態度是小資產者對『資產者』和『老百姓』的厭惡和著迷造成的。比如福樓拜強烈的無政府主義情緒、反抗的和玩世不恭的精神及保持距離的能力，使他能夠從人類苦難的簡單描繪中提煉出最出色的美學效果。」[15]這裡所言的「藝術和道德之間的關係破裂」就是指福樓拜在道德介面上是以玩世不恭的反抗態度對待世界，但為追求小說敘事上「最出色的美學效果」，卻能對筆下人物的生存狀態和心靈波動搖擺性施以精確的掃描。這裡，「厭惡」是因為自恃獲得藐視一切的文化資本，而「著迷」是因為在趣味上敘述者與他的

14　〔法〕皮埃爾・布迪厄：《藝術的法則——文學場的生成和結構》（北京市：中央編譯出版社，2001年，第1版），頁128、129。

15　〔法〕皮埃爾・布迪厄：《藝術的法則——文學場的生成和結構》（北京市：中央編譯出版社，2001年，第1版），頁127。

反諷對象並無太大的差別，甚至他的趣味非常接近他的反諷對象。「厭惡」使得反諷可以居高臨下無所顧忌，「著迷」則讓主人公不時地顧影自憐：因為他反諷的對象很可能就是他自我的投影。諷刺與同情不斷交替的修辭，使得福樓拜小說對主人公的態度充滿了不確定性：你可以說男主人公在享受著騙子的樂趣，你也可以認為他是多麼無奈多麼懂得品味人生無常的感傷滋味；你可以認為男主人公是不斷移情別戀的花花公子，你也可以認定他是一個來自外省的懦弱者和受傷者；你可以將阿爾魯夫人解讀為一位情感上的逃避者和空想者，也可以將她識別為一位美好情感的擁有者和抒情者。羅蘭‧巴爾特將這種斑駁化的不確定性的反諷稱為「有益的艱難」：「福樓拜憑著駕馭那浸透了不確定性的反諷，造成了對寫作有益的艱難：他不斷中斷眾符碼的運轉（或僅是局部中斷），因此，人們絕對不知曉他是不是造成作品如此面目的原因（不知曉他的語言背後是否有個主體），這顯然是寫作的標誌；因為寫作的本質（構成寫作這一勞作的意義），是從來不回答誰在說話這個問題。」[16]「誰在說話」其實並不重要，重要的是說話者想傳達什麼。福樓拜要傳達什麼？一是這個世界不能用既有的道德規範來衡量的，福樓拜現實題材小說放逐了英雄人物，福樓拜的主人公身上混合了藝術家、流浪者、浪蕩子、薄情者、深情者、虛無者、冒險家、感傷者、懦夫、懷舊者等特徵，他是位身分不明朗的人。這種身分的不明朗，是敘述者有意識地讓主人公的形象陷入「有益的艱難」之中而導致的。福樓拜建立起這樣的文本：你可以看不起主人公，可以挖苦、嘲弄他，可以譴責他，可以悲歎他，亦可同情他欣賞他，甚至可以模仿他。主人公成為多重情感交織投射的客體。

　　這就是福樓拜，他對一切都加以嘲弄，但他有本領緩解、化解這種嘲弄。這不僅僅是一種冷漠的客觀，也不是玩弄平衡的中立，而是

---

16 〔法〕羅蘭‧巴爾特：《S／Z》（上海市：上海人民出版社，2000年，第1版），頁239。

一種新的藝術觀使然：反諷可以滲透到主人公每個細節中，但反諷不承擔甄別善惡的功能；反諷的筆觸可以深入到私密的內心和無人知曉的特殊場合，但反諷不是作為批判墮落的利器來使用；反諷嘲弄一切既有的習俗觀念和人情世故，但反諷多了一種惺惺相惜的寬容甚至是同謀的竊喜。嘲弄、寬容、竊喜的並存，這是因為福樓拜式的反諷已經遠離道德訓誡，讓反諷成為人性弱點的哈哈鏡聊以解嘲，同時，又在自我解嘲般的笑聲中達成諒解：如果連主人公都已經認識到自己是那麼可笑，那麼，哪怕他自欺欺人，或孤芳自賞，他多少會因為自省或自我感傷獲得短暫解脫的可能。

　　到了二十世紀初期，普魯斯特的反諷，其反諷中的反浪漫性，一點不亞於福樓拜。普魯斯特甚至將《追憶似水年華》中聖盧這位浪漫王子形象在小說的最後做了相當不得體的顛覆，至於德·夏呂斯這樣的人物，他那無望而又想入非非的浪漫畸戀是多麼奇妙精緻，又是多麼瘋狂絕望。對浪漫的反諷，使得普魯斯特具備了福樓拜式的犀利，但普魯斯特的小說敘事比福樓拜更精緻、多面。更重要的在於，普魯斯特的「唯美化反諷」，使得他的反諷不是單靠溫情和感傷來緩衝，普魯斯特看世界的態度，除了嘲弄，更有博大的同情和無邊的憐憫。普魯斯特式的反諷是飽含著極細膩的同情和不忍的大憐憫，他對於虛榮者和殘忍者施以嘲諷之時甚至都為其鋪設好獲得諒解的退路，福樓拜則更沉溺於充滿曖昧性的嘲弄之中，他對於種種敷衍性場景和煞風景的場景，混合著獵奇、窺探、賞玩和少許同情。福樓拜的反諷立場極模糊，其反諷的著力點在於突顯人無法為自我所把握的種種困境。福樓拜「斑駁化反諷」反諷與普魯斯特「唯美式反諷」有著明顯的區別，普魯斯特式的反諷，是對所有人事最終加以理解和諒解的反諷，最終讓人間百態通向唯美之大境界。普魯斯特最終是以宇宙時間這個大系統來衡量人事，而福樓拜「斑駁化反諷」是一種曖昧的、無所依歸、悲觀的、自我沉溺式的反諷。福樓拜式的「斑駁化反諷」與普魯

斯特的「唯美化反諷」都具備虛無性，但普魯斯特的虛無性是一種閱盡人間種種美好後的虛無性，而福樓拜的虛無性則根本不相信人間還有永恆之美好。所以，福樓拜式的「斑駁化反諷」之「斑駁化」不僅僅是其反諷中包含著多麼複雜的情感內容，而在於他的冷漠性、搖擺性、幻滅性造成了他的反諷話語中極煞風景極具冷酷性卻又處處透著顧影自憐的懦弱性和無所依靠的孤獨性。

　　福樓拜式幻滅小說的反諷，既能將反諷深入到傷風敗俗之煞風景的地步，亦能將這種反諷感傷化到柔腸百轉的地步，這種悲觀的、消極的、私密的、頹喪化的反諷，根本找到任何價值的皈依，最終在價值虛無中去輕扣感傷的大門，卻依然無法得到任何答案和安慰。

　　這就是福樓拜，他具有巴爾扎克的宏大和深刻，兼有普魯斯特的某些睿智和唯美，卻又對世界充滿了不信任，從而以反諷之筆書寫浪漫感傷，又以反諷之筆驅逐浪漫。福樓拜作為斯賓諾莎哲學的信服者，最終以他獨特的反諷書寫為小說敘事修辭留下珍貴的遺產。普魯斯特認為福樓拜的小說敘述具有「煉獄和驅邪的效力」，這種效力正是來自於福樓拜「斑駁式反諷」，一種浪漫感傷與調侃戲謔相交織的反諷樣式，一種不置可否又批判一切的反諷。

第四章
靜態角逐、優雅圈套與悖論迷思

一

　　《一位女士的畫像》女主人公伊莎貝爾是一位極具浪漫個性和獨立意識的女性。研究者指出：「伊莎貝爾對『多彩的生活無限嚮往』，而拉爾夫希望看到她在她的世界上空自由翱翔，從中我們可以感受到這種對超驗性的慾望。」[1]的確，「超驗性」一直是伊莎貝爾所嚮往的體驗。事實上，與眾不同的伊莎貝爾在小說文本中表現出的對婚戀的態度，探知世界的熱情，以及博覽群書的求知欲，都在形塑著一位生氣勃勃的少女形象。

　　從伊莎貝爾對求婚者的態度看，她對富可敵國且溫文爾雅的沃伯頓勳爵求婚之婉拒，對美國商業才俊戈德伍德求愛的明確回絕，都讓我們看到一位極不尋常的伊莎貝爾。再有，對一文不名的「流浪王子」的奧斯蒙德的垂青直至嫁給他，伊莎貝爾這些有悖常情的舉動更讓伊莎貝爾的各位親朋好友瞠目結舌、疑惑不解。

　　如此不一般的女性，其非凡魅力的獲得，不是依靠對其心靈和外貌的直接勾畫，更多的是通過她對求愛者拒絕或接受的態度。或者說，最能調動讀者想像力的，不僅僅是對伊莎貝爾的外表或談吐的刻繪，而是主人公謎一樣的愛情、婚戀的行為。

　　女主人公的難解之謎，首先來自於拒絕。女主人公的拒絕的對象

1　〔美〕大衛・明特：《美國現代小說文化史》，《劍橋美國文學史》（北京市：中央編譯出版社，2009年，第1版），卷6，頁24。

越是非同尋常，女主人公拒絕的理由越是匪夷所思，女主人公那令人迷惑的魅力指數便升得越快越高：拒絕成為勳爵夫人，其魅力就勝過勳爵夫人；拒絕成為商業鉅子的太太，其價值就超過財富所能衡量的標準。拒絕得越痛快，不凡性與神秘性越突出。第二是接受，伊莎貝爾接受三流畫家奧斯蒙德的求愛，奧斯蒙德越窮，伊莎貝爾追求「超驗性」的精神信念愈加不凡。

不過，無論是拒絕還是接受，女主人公的出發點是統一：伊莎貝爾重視求愛男子自身的品味與趣味是否符合她的特殊要求。

但是，如果將伊莎貝爾對婚戀的取捨等同於她對男性身分的取捨，那又大錯特錯。

伊莎貝爾是在與帶有各自氣質和身體特徵的具體男性交往中形成選擇的。

伊莎貝爾的選擇首先是對男子的氣質與品味的選擇，其次才是身分的擇定。或者說伊莎貝爾的婚戀選擇，根本不是由一個事先設定的抽象理念派生出一個選擇模式，而是在她與諸多男子的情感往來中做出決定。

敘述伊莎貝爾如何回絕男性，不是通過簡單的身分「勘定」了事，而是透過女主人公對諸男性的外貌、談吐、行為的具體感受來敘述其情感的進退。如此，伊莎貝爾的形象才可能生動起來。換句話說，唯有在微觀的感性層面上刻繪女主人公的內心波動，才可能讓伊莎貝爾的婚戀「選擇」不是以男性身分為「篩選」依據，而是在一次次與諸男性對話與對視中，在感受層面上為其取捨尋找理由。

對來自家鄉的美國青年戈德伍德的拒絕，伊莎貝爾任性、霸道，堅決中有親昵，耍潑中有信任。對認識不久的英國貴族沃伯頓勳爵的拒絕則溫婉中有距離，大方中含羞澀。而伊莎貝爾接受三流畫家奧斯蒙德的求愛，完全迷失在奧斯蒙德用話語建構的愛情童話王國中。伊莎貝爾對奧斯蒙德的態度是無條件的癡迷、輕信且自信。

　　這意味著，亨利・詹姆斯塑造這位純情又不乏風情、有著極強的好奇心和求知欲的年輕女性形象，如果單從價值判斷層面上斷定伊莎貝爾不愛權貴金錢，喜歡我行我素且傲世獨立，那是牽強的。

　　伊莎貝爾選擇的是活生生的人，而不是某一明確的身分。例如，她不喜歡戈德伍德，小說中有這樣一段感覺剖析：「他的棉紡織廠，她根本不感興趣，戈德伍德的專利權也只引起了她極端的冷淡的反應。她希望他保持這種大丈夫氣概，一分也不減少，但有時她又覺得，如果，比方說，他稍微改變一些，也許會好看一些。他的下巴頦太方，太嚴峻，他的身子太直，太僵硬，這些特點表示對生活中較深的意境不容易協調。還有，他一年四季穿同樣的衣服，這也是她不贊成的，當然，這不是說他老是穿同樣的衣服，相反，他的衣服都是嶄新的，但它們好像是用同一塊衣料做的，式樣、質地都一樣，叫人討厭。」[2]小說正是通過勾畫伊莎貝爾對諸男性的身體、氣質與言談之感受來寫她的情感取捨。伊莎貝爾與諸男子的關係演變，始終伴隨著她對諸男性的種種細膩而微妙的感覺過程中來完成，而非以身分類型作為愛或不愛的依據。

　　因此，概括伊莎貝爾的非凡性，不能簡單地說她選擇了窮藝術家而捨棄了貴族富商。

　　女主人公首先是選擇了某個人，其次才是選擇了某種人。

　　伊莎貝爾以自我情感好惡為出發點的選擇，派生出的結果是伊莎貝爾放棄了富貴選擇了詩意生活。更進一步，當她發現詩意生活竟然是個陷阱時候，女主人公不是怨天尤人，而是以冷靜而高貴的態度面對逆境。這種逆境中的高貴性同樣大大提升了女主人公的非凡性。

　　不過，單寫女主人公對婚戀的率性選擇以及女主人公發現陷阱之後的高貴冷漠，還不足以讓女主人公的超凡魅力獲得張揚。即單寫女

2　〔美〕亨利・詹姆斯：《一位女士的畫像》（北京市：人民文學出版社，1984年，第1版），頁134。

主人公的主動選擇，這對女主人公的超凡性的建構還遠遠不夠。伊莎貝爾的魅力，相當部分來自諸男子對其追逐的熱烈性。不過，亨利·詹姆斯敘述這種競爭的熱烈性，卻是以抑制熱烈性的方式讓情感競爭的「熱度」升溫，以「去競爭性」的方式，佈局「烽煙四起」的婚戀角逐陣線。遺世獨立的奧斯蒙德和病懨懨的表兄拉爾夫表面上都無意於角逐，但他們實際上是用心最深的角逐者。《一位女士的畫像》，從整個文本看，伊莎貝爾出場伊始，角逐的號角便已吹響，至小說終了，角逐活動還未收場。

男子們花樣百出的角逐，是構建女主人公不凡魅力的最美妙也最華麗的修辭方式。

單寫伊莎貝爾的主動選擇，固然對形塑女主人公的個性極重要，若缺乏諸男性對伊莎貝爾不斷打量、探尋、追求、嫉妒甚至憤怒，那麼，伊莎貝爾的魅力不知要遜色幾分。或者，文本如果不架構諸男性次第追逐的陣勢，伊莎貝爾所謂的主動選擇也無從下手。另外，角逐結構還有另一層的意義，那就是為展現伊莎貝爾的思想情感提供了一個不斷深化其個性特徵的敘事空間。

角逐結構，圍繞著伊莎貝爾這個中心點展開。小說中，角逐可分為兩個階段。第一階段是伊莎貝爾結婚之前，不同身分的男性交錯跟進的愛情追逐戰，最後以圓滑瀟灑的奧斯蒙德對伊莎貝爾的趣味和品味的刻意奉迎贏得芳心而告終。不過，自視甚高的奧斯蒙德是不太願意在伊莎貝爾面前扮演積極的追求者，但這不排除他始終有著極強的競爭心。一段奧斯蒙德得知伊莎貝爾拒絕了沃伯頓勳爵的求婚之後的心理描述很有說服力：「現在他看到了沃伯頓勳爵，他認為他是他的民族和階級的優秀典範。這樣，把那位拒絕與英國貴族結成美滿姻緣的少女占為己有。在他的眼裡就具有了新的魅力，她的條件使她可以成為他的寶庫中的一件珍品。吉伯特·奧斯蒙德對英國的貴族階級極其景仰，這主要不是由於它的榮譽，他認為這還是容易超越的，而是

由於它那強大的實力。上帝沒有使他成為英國的公爵，這是他始終不能容忍的。伊莎貝爾那種出人意外的行為，當然會引起他的重視。他要娶的女人有過這樣一段美妙的經歷，那真是再好沒有了。」[3]伊莎貝爾對未婚夫天真崇拜背後原來隱藏著如此虛偽的得意，這種不對稱心理，一方面寫出一位浪漫美好的女子所面對的情感陷阱，另一方面亦寫出性競爭某種秘密：就連貌似遺世獨立的奧斯蒙德也是通過另一位追求者的「價值」來斷定伊莎貝爾是一件「珍品」。伊莎貝爾的「珍品」價值，不僅僅要通過這位極自信的三流藝術家的「目睹」，更要通過對未婚妻「軼事」的耳聞之後才可進一步明確其「珍貴性」。這一點，與《追憶似水年華》中馬塞爾對奧黛特的「鑑定」有異曲同工之妙。一個男子對一位女子「珍品價值」的確證，是通過另一位他「景仰」的男性對此女子的追求來獲得確證。這大概可以表明，慾望固然不見得是靠模仿「借來」的，但「珍品」的價值，如果能通過另一位「高貴」的追逐者來獲得肯定，那同樣是值得慶幸。

　　《一位女士的畫像》中諸男子對女主人公的或明或暗的追逐，讓女主人公抽象的魅力得以空間化、行動化。

　　所謂的空間化，是指小說中主要男性角色都在為伊莎貝爾進行大幅度的空間轉進，跨越大洋或橫穿歐洲，明修棧道或暗渡陳倉，總是設法活動在伊莎貝爾居住地附近。

　　這些追逐伊莎貝爾的男子對空間距離的克服無半點怨言，甚至還要設法讓伊莎貝爾覺得他們「靠近」她但並不想給她帶來壓力。

　　小說中諸男子的所有行為，有哪一種不是直接或間接圍繞這伊莎貝爾？伊莎貝爾的魅力不是單靠伊莎貝爾一個人來建構，小說文本需要諸男子為她奔波、發癡、犯傻。

3　〔美〕亨利・詹姆斯：《一位女士的畫像》（北京市：人民文學出版社，1984年，第1版），頁363。

如此，伊莎貝爾的美與魅作用於諸男子之言行，而這些言行，則成為伊莎貝爾之魅的「鏡像」。

伊莎貝爾的魅力，是通過沃伯頓勳爵、戈德伍德相繼展開的求愛行動，通過求愛者的祈求、委屈、退讓、克制，獲得最具情節性的呈現。

因此，女性之美，不再是通過女性本人的敘事，而是通過男性的言行來獲得更具戲劇性和動作化的表達。

這種魅力「升級」的途徑還在於，伊莎貝爾「擊退」了諸男性的「進攻」，這「擊退」或拒絕本身包含著征服與貞潔的雙重含義。而這雙重含義又在奧斯蒙德那兒轉譯為完美的勝利與驕傲：角逐的勝利者「吸收」了之前求愛角逐中所有的行動「充實」進來的魅力存儲。

情場勝利者奧斯蒙德含蓄的妒意，是第一階段情感角逐戰所建構的伊莎貝爾的魅力之極好詮釋。勝利者之妒，是對角逐戰價值的肯定；勝利者之傲，是以自身獲勝的僥倖來肯定女主人公的魅力。

無論是妒，還是傲，都吸納諸位參與競爭之「同情兄」費心盡力的努力，都通過奧斯蒙德的內心的波動讓之前所有行動者的懇切、殷勤或愚蠢轉化為勝利者的妒與傲。

妒越深，伊莎貝爾魅力越大，傲越強，其美亦無可爭辯。

僅就建構女主人公魅力這一角度來看，所有男性追逐之努力都沒有白費。

通過不同當事人的內心反應的傳遞，所有追逐都獲得累積化的肯定與加魅化的確認。

奧斯蒙德對伊莎貝爾的「珍品化意識」，是之前追逐者對女主人公加魅化的基礎上的二次加魅，二次加魅不是簡單的累加，而是對之前加魅的積極回應，是對之前加魅的讚賞與激動。

正是在這種激動中，所有的追逐都進入了角逐勝利者感受範圍中。追逐不是單向的，追逐者對另一追逐者的思慮使得加魅過程獲得多向疊加效應。宛如《追憶似水年華》中斯萬對奧黛特魅力的發現，

奧黛特的美是斯萬發現她與名畫上人物神情極其相似之後獲得「更高級」的確認。不過，《一位女士的畫像》與《追憶似水年華》不同，《一位女士的畫像》中奧斯蒙德對伊莎貝爾的加魅並未進入藝術的狂想狀態，《一位女士的畫像》對女主人公加魅主要依靠的是其他男子共同參與的情感角逐，當然，那位交際花奧黛特的情人也不少，她的魅力很大部分也來自於角逐者的「共同參與」。

之後，伊莎貝爾進入了婚姻，但婚姻並沒有讓角逐停下腳步。原因是伊莎貝爾不久就發現那位超然物外的夫君是位偽君子。伊莎貝爾婚姻不如意的信息隱蔽卻迅捷地傳導到之前的追逐者那裡，蠢蠢欲動的角逐戰再次擂響戰鼓。其潛在的修辭意義在於，哪怕伊莎貝爾已婚，但她的魅力亦足以讓之前追逐者在師出有名的情形下聞風而動。

角逐者們各自喬裝打扮，紛紛踏上伊莎貝爾居住的城市一探內幕，尋求機會。

這第二階段角逐方式與第一階段迥異。沃伯頓勳爵不惜自欺欺人地偽裝成奧斯蒙德女兒的求愛者接近伊莎貝爾。戈德伍德耐性十足，常駐歐洲，與奧斯蒙德稱兄道弟，並一反常態，極善周旋，為接近伊莎貝爾不惜「臥薪嚐膽」。就連病魔纏身的表兄拉爾夫亦以飽滿的關愛之心對表妹伊莎貝爾的婚姻品質旁敲側擊。

第二階段角逐更具挑戰性與藝術性，其追逐難度亦更大，也更含蓄。

小說終了，三位角逐者在伊莎貝爾的調動下，相互幫助，幾近組成求愛者互助聯盟。那位無愛之執行力的拉爾夫甚至在臨近死亡之刻交代身強力壯的戈德伍德要「保護」伊莎貝爾，這種極富自我犧牲的愛情透露這樣的含義：伊莎貝爾的魅力是如此持久，一位一直惦記著她的男人，哪怕無法愛她，也要委託另一個男人去「保護」她。不過，《一位女士的畫像》的性愛角逐藝術特點還不僅僅在於角逐讓女主人公的魅力不斷升級，而在於作者對角逐的敘事進行高度「風雅化」的修辭處理。

　　男性角逐者們常常欲言又止，或沉默執著，這都使得這一場場角逐戲充滿了撲朔迷離的未定性與話中有話的暗示性。

　　這就讓《一位女士的畫像》的性競爭是一種「靜態化」、「風雅化」的無聲競爭。

　　這種「靜態角逐」不同於巴爾扎克《貝姨》或《交際花盛衰記》那種赤裸裸的慾望交易型的性角逐，或左拉《娜娜》中那種不可遏制的性衝動為主導的色欲角逐。左拉的《萌芽》中的最後一個場景，兩位性競爭者在剛剛發生了重大事故後的煤礦坑道深處如猛獸般搏鬥，這場景算是文學作品性競爭描寫最無情、最殘忍的一個案例。然而，色欲交易型或格鬥型的性愛角逐似乎並不會讓文本中女性角色更有魅力。或者說，性角逐的慘烈性與女性的魅力不見得都成正比例關係。亨利‧詹姆斯式的「靜態角逐」更關注女性的感受與自我尊嚴，以及女性的個性表現和自主選擇。普魯斯特的小說中的「靜態角逐」亦是常見，然而，普魯斯特似乎不屑於過多涉及女性的內心波動，他的小說，男性遠比女性敏感且多思。《追憶似水年華》中，斯萬的遐想、揣測、嫉妒、迷戀的過程遠比《一位女士的畫像》中的男性角色來得複雜精緻，然而斯萬意中人奧黛特的內心世界十分蒼白。《追憶似水年華》另一重要男主人公馬賽爾的性角逐更有意思，他總是以無根據的「假設敵」作為嫉妒的對象，臆想中的種種情敵讓他的妒火越燒越旺，但他的戀人阿爾貝蒂娜在《女囚》、《女逃亡者》兩卷中雖處女主角的地位，但女主人公所有的想法都是通過男主人公對女主人公言行的琢磨和想像中獲得。雖然女主人公在男主人公眼中變化莫測，其不可名狀的魅力亦引人遐想，然而，阿爾貝蒂娜終究只是作為男性不可捉摸、無法把握的尤物型女主人公。羅伯‧格里耶的《嫉妒》中的女主人公亦有同工異曲之妙，只不過《嫉妒》中的「靜態角逐」的男性與女性的距離更大，男性敘述者一刻不停地觀察女主人公每一個細微的小動作，沉默中暗含著不可名狀的妒意。

　　普魯斯特與羅伯‧格里耶的「靜態角逐」模式都傾斜向男性角色，男性角色的凝視化、冥想化，而女主人公則靜物化、慾望客體化。這樣的文本，「靜」是夠「靜」了，但女主人公僅僅作為男性慾望的「凝視對象」，小說並未將女主人公視為具有獨立判斷力與自我內省力的主體。另外，這些女性多被形容為無法為男性主人公把握的神秘尤物。

　　伊莎貝爾不是尤物，而是一位熱情活潑，有著幻想力和思考力的獨立女性。伊莎貝爾耽於幻想，卻從不怯於從反思中尋求更美好的希望。女主人公作為文本的主要描繪對象，她的自我反思能力同樣是提升其不凡性的重要內容。伊莎貝爾主動、積極地回應地著男性的角逐，而不是讓自己成為男性角逐活動中不會思考只會被慾望化的獵物或尤物。正因為伊莎貝爾的思考與感受的介面不斷地為亨利‧詹姆斯所開拓，所以，《一位女士的畫像》式的「靜態角逐」，是可見到女主人公的風雲激盪的內心反應之角逐。這樣，女主人公是作為觀察者與思考者而不是獵物而存在著。正因為如此，女性人物的高貴性、反省性與走向深刻的洞察力，讓伊莎貝爾成為現代小說中極具魅力的女性形象。

　　圍繞著一個女主人公，諸男子形成的「角逐結構」，這是一種很常見的情節結構。美國文學理論家弗雷德里克‧詹姆遜分析此類性競爭的敘事結構，從巴爾扎克的小說《老姑娘》小說中解讀其政治寓意，認為爭奪科爾蒙小姐的性競爭可視為商人階級與貴族之間的意識形態之戰。[4]

　　這種性競爭與意識形態的關係，自然也可以在《一位女士的畫像》中獲得詮釋。在政治立場上傾向平等的沃伯頓勳爵與美國商業新

4　〔美〕弗雷德里克‧詹姆遜：《政治無意識》（北京市：中國社會科學出版社，1999年，第1版），頁159。

貴戈德伍德聯手，與腐蝕虛偽但老成練達並且充滿控制欲的老派人物奧斯蒙德形成了對峙關係。這種對峙關係最終以女主人公心理天平傾向於新興勃發的美國商業鉅子和持激進政治態度的沃伯頓而告終。

　　然而，小說的政治寓意的解讀固然「正確」，卻難免削足適履。伊莎貝爾與諸男子的關係肯定包含著政治寓意，卻有著遠比政治寓意更複雜更微妙的藝術特徵。

　　《一位女士的畫像》的「靜態角逐」在藝術特徵上便是其角逐的「柔性化」。「柔性化」的角逐，男性角色或以高尚的自我犧牲，或通過大度而靈活的巧妙滲透，以不過於驚動女主人公的各種方式表明他們的執著。有些角逐行為哪怕略有些咄咄逼人，也是十分溫和，是那種女主人公一揮手就會退去的咄咄逼人。這種亨利・詹姆斯式的「靜態角逐」是不角逐的角逐，是一種盡力消除角逐之「嫌疑」的角逐，更是一種去性競爭特性的性競爭，是一種極力表現出高尚姿態的過度文飾化的角逐。這種「靜態角逐」的微妙性和含蓄性甚至讓女主人公也陷入某種迷惑之中。

　　這種溫和而細膩的角逐遊戲讓整個文本沉浸在緩慢的詩意狀態中，這種弱化衝突性與情欲性的角逐有利於整部文本的重心落在建構女主人公浪漫天真上。女主人公從挫折走向反思其精神成長的線索被突出了。溫和而執著的諸男性的競爭言行更多是為女主人公的個性提供了抒情化和詩意化的表達空間。或者說，這部小說極力避免性競爭的緊張性以免讓性競爭故事取代女主人公的精神世界在文本中的中心地位，在略嫌緩慢且過文飾的「慢動作」化的弱角逐中徐徐釋放女主人公的魅力。

　　亨利・詹姆斯式的女主人公中心地位的突出，在於女主人公不是作為男性競爭模式的附屬品，而是能不斷地抽身而出，站在一個更高的位置審視她與諸男子的關係：

深淵已在他們之間形成，他們在它的兩邊互相觀望，雙方的眼神都表明他們認為自己受了騙。這是一種奇怪的對峙，是她做夢也沒想到過的，在這種對峙中，一方所重視的原則總成為另一方所鄙視的東西。這不是她的過錯，她沒有玩弄過欺騙手段，她對他只有欽佩和信任。她憑著最純潔的信賴，總是在一切方面跨出第一步，但後來她突然發現，婚後生活的無限遠景，實際只是一條又黑又小的胡同，而且是一條沒有出路的死胡同。它不是通向幸福的高處，使人看到世界在自己腳下，他可以懷著興奮和勝利的心情俯視著它，給予它裁判、選擇與憐憫。它倒是通向下面，通向地底，通向受束縛、受壓抑的領域，在那裡，別人的生活，那更安樂、更自由的生活的聲音，卻從上面傳來，因而更加深了失敗的感覺。正是她對丈夫的深刻的不信任，使世界變成了一片漆黑。這是一種容易指出，但不容易解釋的情緒，它的性質那麼複雜，以致需要經歷很長的時間，忍受更多的痛苦，才能真正得到解脫。對於伊莎貝爾，痛苦是一種積極的因素，它引起的不是沮喪，不是麻木，不是絕望，它是一種促使她思索、反省、對每一種壓力作出反應的感受。[5]

可見，《一位女士的畫像》這種高度文飾、欲說還休的羞澀型角逐弱化了角逐的外部強度，這是一種去角逐性的角逐，弱化競爭的競爭。角逐僅僅構成佈景，女主人公的思想情感的浪漫性、詩意性、高遠性與模糊性則放置在敘事聚光燈的中心。

　　弱肉強食型的性競爭是實力、計策與意志的直接對抗。亨利・詹

5　〔美〕亨利・詹姆斯：《一位女士的畫像》（北京市：人民文學出版社，1984年，第1版），頁515。

姆斯式的弱競爭的角逐，則讓競爭手段高度隱蔽化，這種隱蔽化甚至對是否正在處於角逐競爭的狀態都難以判定。這種難以判定不但被角逐的對象無法領會，就是角逐者本身也不見得都懂得自己的意圖。

　　亨利‧詹姆斯敘述性競爭，已不再以外部動作言語的激烈書寫性競爭的緊張性、戲劇性乃至殘酷性。相反，愛情的競爭激烈，只不過競爭的激烈性被人物的幽深的心機、和緩的言辭與優雅的舉止所掩蓋。

　　從另一個角度看，亨利‧詹姆斯式性競爭敘事的特點在於表面上以品味性、趣味性和迂迴性為特點的性競爭，在其背後，無論是男女人物，都在極力地調動其經濟資本或文化資本。尤其是文化資本，在亨利‧詹姆斯的小說的性競爭中所起到的作用遠遠超過政治資本、經濟資本和身體資本。而文化資本的力量，許多時候，遠比經濟資本、政治資本或身體資本的作用發揮來的隱蔽、曲折和多義，是以精神的滲透、趣味的呼應、品味的認同構成最具競爭性的角逐手段，而金錢的能量、身體的蠻力或權勢的威力其作用不大甚至會起反面作用。亨利‧詹姆斯對性競爭敘事的複雜性和微妙性，正是建立在競爭本身淘汰的殘酷性與競爭手段的溫和性、巧妙性的不一致基礎上。內在的激烈與外部的溫和，結果的殘酷與過程的文飾，構成亨利‧詹姆斯筆下的性競爭敘事的藝術特色。

二

　　奧斯蒙德是一位運用無競爭性的角逐策略最出色的競爭高手。試讀以下這段文字：

> 「不尋煩惱──不用努力，也不必奮鬥。聽天由命。清心寡欲。」他說得慢條斯理，每句話之間都停頓一下，那對聰明的眼睛注視著伊莎貝爾的眼睛，露出一種決心開誠佈公的神氣。

「你認為那很簡單嗎？」伊莎貝爾帶著溫和的嘲弄口氣問道。

「是的，因為那是消極的。」

「那麼你的生活是消極的嗎？」

「說它是積極的也可以，隨你的便。但它所積極肯定的只是我的恬淡自如。你注意，這不是說我天性恬淡——我沒有這種東西。這只是我經過深思熟慮，決心棄絕一切。」

伊莎貝爾簡直不能理解，甚至懷疑他是不是在開玩笑。為什麼這個性格孤獨緘默的人，突然會對她這麼開誠佈公起來？然而這是他的事，他的坦率還是饒有趣味的。「我不明白，你為什麼要棄絕一切？」她過了一會說。

「因為我不可能做什麼。我沒有前途，沒有錢，沒有天才。我甚至什麼能耐也沒有。我很早就看清楚了我自己。那時我只是一個對什麼都看不上眼的年輕人。世界上只有兩三種人使我羨慕——比如說，俄國的沙皇，還有土耳其的蘇丹！有些時候我還羨慕過羅馬教皇，因為他享有無上的尊敬。如果我也受到那樣的尊敬，我就感到心滿意足了。但那是不可能的，我又不願退而求其次，於是我決心不再追求榮譽。一個最窮的上等人也永遠可以尊重自己。幸好我是一個上等人，儘管我很窮。我在意大利不能幹什麼，甚至不能做一個意大利的愛國者。要我愛意大利，除非我離開這個國家，但我又太喜歡它，我不能離開它。何況整個來說，我對它還是很滿意的，我希望它就象當年那樣，不要改變。因此我在這兒一住就是許多年，實現了我剛才說的那個安靜的計畫。我不是一點也不快活。我也不是說我一無所求，但我所求的只是可憐的、有限的一點東西。我生活中的大事，除了我自己，絕對不為任何人所知道，比如，買一件便宜的銀十字架古董（當然我從來不會出大價錢來收購），或者像有一次那樣，在一塊給一個心血來潮的傻瓜塗得亂七八

糟的油畫板上，發現了柯勒喬的一幅草圖！」

如果伊莎貝爾完全相信這一切，那麼奧斯蒙德的一生實在是很枯燥的，但她的想像力給它補充了人的因素，因為她相信，這是不可能沒有的。他一生與其他人的接觸，一定比他承認的多，當然，她不能指望他把這一切講給她聽。她暫時只能到此為止，不宜深入一步。向他表示，他沒有把一切告訴她，會顯得過於親昵，又不夠慎重，這不是她目前所願意的──事實上那也是庸俗可笑的。他無疑已講得相當多了。她現在的心情，還是要為他保持他的獨立所取得的成功，向他表示恰如其分的同情。她說：「拋棄一切，唯獨保留柯勒喬，那是一種非常有意思的生活！」[6]

這段話，以退為進，表面上是否定自己，其實是將自己打扮成超凡脫俗的高人，頗似中國老子「以其不爭，故天下莫與之爭」之「無為」超然狀。對崇拜歐洲文明同時又嚮往自由不羈的夢幻生活的伊莎貝爾來說，自然產生了極大的吸引力。奧斯蒙德巧妙地為自己勾勒一副「消極高貴」的流浪王子的肖像，以無能修辭清高，以窮困修辭意志，以消極修辭獨立，以取巧修辭品味。這種「不爭之爭」贏得了芳心。

　　奧斯蒙德施放出「清心寡欲」的煙幕彈，迷惑住伊莎貝爾，他是性角逐遊戲中的作弊者。奧斯蒙德看中了伊莎貝爾繼承的巨額遺產，迎合伊莎貝爾的品味要求，放低姿態，讓女主人公進入他的「情感圈套」。亨利·詹姆斯在《華盛頓廣場》、《鴿翼》、《金碗》中，頻頻出現以婚戀為手段覬覦異性的財富的求愛者。奧斯蒙德是這類「情感騙子」中最高明的人物。

6　〔美〕亨利·詹姆斯：《一位女士的畫像》（北京市：人民文學出版社，1984年，第1版），頁316。

　　然而，此類「情感圈套」的設計者是以「愛」為博弈籌碼，為了「行騙」得手，不惜「愛」上女主人公。這種「騙中有愛」、「愛中有騙」的悖反性對應著這樣的敘事：為了行騙，要愛上她，如果不愛她，就難以行騙。那麼，到底是愛上她，還是為了騙她呢？事實上，如果只是單純為了獵取財富，心氣高傲的奧斯蒙德不見得就會娶伊莎貝爾。如此說來，奧斯蒙德對伊莎貝爾不見得全無動心。如果動心了，那麼，奧斯蒙德被稱為騙子，是不是意味著掌握著巨大財富的女子與窮才子結婚都註定會被人懷疑帶有行騙的成分？是不是女性而非男性承擔灰姑娘這一角色更符合父權制占統治地位的婚戀文化的想像？也許，亨利‧詹姆斯的文本中，對奧斯蒙德這類「窮才子」的角色抱著不公平的偏見，而對於年輕女富翁這樣的角色則一貫賦予道德上的優勢。

　　不過，亨利‧詹姆斯畢竟是大家，他的文本不管如何貶低此類「騙子」，始終不是簡單地將這些角色塑造為只會行騙的「純騙子」。相反，哪怕是行騙動機非常明確的角色，亨利‧詹姆斯筆下的形象都是人性遠大於行騙性，甚至這些形象的個性會超越行騙性，使得行騙性變得不確定。或者說，亨利‧詹姆斯所創造的騙子形象總是會從形象中不斷「逸出」某些特性，與騙子特性發生齟齬甚至發生衝突。

　　亨利‧詹姆斯小說文本中的「騙子」總是振振有詞或滿腹委屈，至少其自身從不覺得自己是在行騙。如此，所謂「騙子」形象似乎有了一種「自我掙扎」的能力，要從「騙子」這一形象的架構中掙脫而出。亨利‧詹姆斯畢竟不是無陀思妥耶夫斯基，他的小說中的「騙子」不擁有長篇大論的辯護能力，但亨利‧詹姆斯總是能通過情節或言語「報料」諸多「騙子」的苦衷，「披露」「騙子」的良心。

　　亨利‧詹姆斯寫「騙子」不是將騙子全寫成只是一個勁地圍繞著「騙」的職業騙子，如此，人物就僵化了。「騙子」太像「騙子」，則不是「騙子」；「騙子」不是每天只想著自己僅僅是「騙子」。哪怕真

有行騙動機，亨利・詹姆斯筆下這些極在意自我品位的「騙子」也不見得完全會將自己的行為視為行騙。哪怕就是「行騙」了，「行騙」過程中，「騙子」所生成的各種情感也非單一的「行騙能否成功」這一種。「行騙」所導致的情感思慮，遠比「行騙」這一行動來得複雜。亨利・詹姆斯寫騙子，首先是作為有自尊、具有情感的細膩性和敏感性的人來寫。此類「騙子」完全不是卓別林經典喜劇《凡爾杜先生》那樣的連環殺手式的婚姻騙子，而是真正願意進入婚姻生活的所謂「高雅人士」。這些人與其說是「騙子」，不如是賭徒。騙子與賭徒都帶著冒險家的特性，但騙子是純粹牟利，以獲取利益為最終目的，其情感可以是完全偽裝的，而亨利・詹姆斯筆下的情感賭徒的感情不見得都是偽裝的。他們通常是將自我情感作為籌碼，放入婚姻中一博，以獲取最大的利益。因為是「賭」，所以需要愛，而愛上，其後的許多情形，則不是「騙」所能概括的。亨利・詹姆斯似乎不斷地告訴我們，「行騙者」也重視自己的尊嚴，「行騙者」也維護自己的個性，「行騙者」也有自己對婚姻的「夢想」，甚至也會患上婚後受挫綜合症。

當「騙子」在情節演進過程中其自我感受豐富起來的時候，行騙的動機就被弱化，男女之愛或婚姻之中都可能遭遇的種種失望、厭倦、委屈、乞求、齟齬與忍耐則代替了之前追求過程中巧妙的自我粉飾或不動聲色的甜言蜜語。當行騙初衷完全為戀愛之中的感受與情感所置換的時候，就會出現《鴿翼》中男青年丹歇那樣的天良發現，羞恨交加。當然，亨利・詹姆斯也寫了「行騙」不成的故事，如《華盛頓廣場》中的男青年莫里斯顯然對凱薩琳具有「情感行騙」的嫌疑，但女青年凱薩琳對莫里斯並非毫無喜愛之情。這部小說真正的深刻之處，在於凱薩琳的父親斯洛潑醫生用剝奪繼承權的方式羞辱女兒，父親為「防騙」對女兒的傷害絲毫不亞於莫里斯的無情。這是為了防備「情感圈套」導致女性遭受雙重創傷的故事。莫里斯這一形象，似乎

在告訴我們，「騙子」固然愛財，但是「騙子」對他準備「行騙」的戀人並非毫無情感可言。莫里斯離開凱薩琳，斯洛潑對其自尊的不留情面的踐踏是重要原因。斯洛潑醫生與莫里斯那場精彩的交鋒不是寫出了「騙子」的狡詐，而是寫出了「騙子」的自尊、委屈和抗爭。

《華盛頓廣場》似乎在提供這樣一個情感悖論：驅逐「騙子」對女兒造成的創傷絲毫不亞於「騙子」潛在的威脅。「疑似行騙」與「防騙」同時挫傷著女主人公。這就形成了亨利・詹姆斯的故事有可能推導出來的主題：道德的高要求許多時候可能比「行騙」更殘忍。

亨利・詹姆斯對道德與人性關係的深邃洞察，讓所謂「情感圈套」的敘事不斷「逸出」所謂的「警世主題」。

「防騙者」的過度苛刻的防範，驅逐了「疑似行騙者」，但同時傷害了接受保護的對象——斯洛潑醫生的女兒凱薩琳。道德的勝利不等於情感的凱旋，明察秋毫不等於世事洞明。況且，斯洛潑醫生所持有的婚戀道德難道不是一種偏見？當初醫生的妻子嫁給他的時候不是帶來了極可觀的嫁妝？更重要的在於，醫生對財富和社會地位的重視與維護是不是遠超過對女兒情感的重視與保護呢？雖然，在小說中這些問題亨利・詹姆斯並未直接提出，但優秀的小說總是能在道德範疇之外窺見人的情感的複雜性，更能在「正確的偏見」中發現某種貌似正確的道理是如何毀滅「誤入歧途」的女主人公的一生。

情感偏見如何利用道德規範？道德規範如何強化情感偏見？而這種偏見又如何產生破壞性的結果？亨利・詹姆斯的《華盛頓廣場》與其說寫了一個「警世故事」，不如說以一個「警世故事」寫出了「警世故事」所可能衍生出的情感專制性與軟性暴力性。「警世故事」故事所包含著的情感專制力量可能比欺騙更具有傷害性。

「情感圈套」帶有邪惡性，這是諸多小說表達過的主題。亨利・詹姆斯小說文本對道德悖論性的銳利穿透，在於他展示了「反邪惡」的力量在衝擊「邪惡」之後所產生的反作用力。《金碗》中沃弗父女

財大氣粗，王子與夏洛蒂是沃弗父女以「非凡購買力」在歐洲獲得的「物件」。女婿王子與繼母夏洛蒂私通，他們事實上在婚前就有曖昧關係，卻巧妙地隱瞞著。這就有了「情感行騙」的嫌疑，似乎是設計好了「圈套」，騙過沃弗先生和麥琪。小說的結局是麥琪不動聲色地終止了王子與夏洛蒂的私通，將夏洛蒂安全穩妥地「發配」到美國這個終身流放的地方，掐斷王子與夏洛蒂的情感聯繫。利維斯認為：「事實上，如果我們起了同情心，那也是對夏洛蒂，對王子也有點兒。我們感到，在小說的道德大背景下，這兩人所代表的只能是正當的愛情；在陳腐、病態而壓抑的氛圍下，他們代表的是生命。」[7]亨利‧詹姆斯雖然未在行文中明確對夏洛蒂與王子表示同情，然而，對夏洛蒂的懲罰所帶來的重創是顯而易見的。受害者麥琪絕地反擊，贏是贏了，然而在婚姻的道德體系內的勝利者不見得就能成為情感體系內的勝利者。對夏洛蒂的懲罰，阻止了繼母與女婿的醜聞，卻同時讓我們發現了另一種「殘忍」：將一位情感充沛的女性生命活生生地封存入情感「真空地帶」，對夏洛蒂的「流放」，對「情感騙子」的懲罰，同樣是冷酷無情的。

亨利‧詹姆斯不是在製造道德的混亂，「騙子」在亨利‧詹姆斯筆下既有不良企圖，也有自我的尊嚴和情感要求，既有佔便宜取巧的壞念頭，也有充沛的情愛需求，既有該受懲罰的理由，也有被過度懲罰之後的傷心、委屈與悲涼。

從小說藝術角度而言，這是亨利‧詹姆斯作為一位小說藝術大師的卓越之處，他對各方人士性格與心靈的體察，能夠從「當事人」自以為具有合理性的角度加以展開。而當這種「合理性」走到一定程度的時候，很可能會走向反面。

7　〔英〕F. R. 利維斯：《偉大的傳統》（北京市：生活‧讀書‧新知三聯書店，2009年，第2版），頁208。

　　由於亨利・詹姆斯喜歡寫家務事、情感事，又不吝於讓「當事人」與其他人物就某一事體發表各自的見解，所以面對其小說中頻繁出現的情感事件，不同價值立場的交替顯現，完全有可能導致讀者判斷的搖擺。

　　利維斯對這一點提出透澈的理解：「他的風格和手法的發展，明顯是與他的天才本質連在一起的。它們表達的是他的宏智博識，是他對於人性所抱有的強烈而細緻的關懷。任何直接而斷然的手法都處理不了他最感關切的事實、資料和素材；而在他看來似乎最值得探討的道德處境，也不是可讓人直截了當而自信地斷定全『好』和全『壞』的問題。」[8]顯然，亨利・詹姆斯對各種人的關係不像陀思妥耶夫斯基那樣以「對話」方式讓各自的理由亮相、爭辯，亨利・詹姆斯並沒有發配給各方均等的話語權，他的小說也未出現《卡拉馬佐夫兄弟》中阿遼沙與伊凡那樣將相互對立的道德、宗教與人性的不同價值觀念的爭辯推到極致。亨利・詹姆斯缺乏陀思妥耶夫斯基那樣將人物放置在一個理論思辨層面上對重大觀念展開對話的藝術魄力，他的人物多還沉浸在日常化的生活情境和生活事件之中，家務事、兒女事是其最經常書寫的題材。但亨利・詹姆斯小說對於「情感事件」中不同方面人士對自我情感的正當性的陳述，也時常出現異常生動的交鋒，這種交鋒雖然不涉宏大理念，但緊貼著具體情感矛盾展開，辯論對手對各自價值立場交鋒亦寫得緊張且極機智。試讀《華盛頓廣場》中的斯洛潑醫生與莫里斯的對話：

　　　　「是不是有可能在第一次見面以前你就對她感興趣了？」醫
　　　　生問。

8　〔英〕F. R. 利維斯：《偉大的傳統》（北京市：生活・讀書・新知三聯書店，2009年，第2版），頁205。

莫里斯對他注視了片刻。「我確實聽說過她是個美貌的姑娘。」

「美貌的姑娘——你是這麼想的嗎？」

「當然是，不然我就不會坐在這裡了。」

醫生考慮了一會兒。「我的小伙子，」他然後說，「你可真容易受誘惑。作為凱薩琳的父親，我相信我愛護、欣賞她許多美德。當時，我倒要老實告訴你，我從不認為她是個美貌的姑娘，也從不相信別人會說她漂亮。」

莫里斯聽到這裡坦然一笑，笑容中並無不尊重的意思。「我不知道我如果當她父親時會對她怎麼想，我無法作那樣的設想。我只能從我的角度談。」

「並且談得挺不錯，」醫生緊接著說。「但那也沒有多大必要。我昨天已經告訴凱薩琳我反對你們訂婚。」

「凱薩琳也對我這麼說了，我聽了很遺憾。」莫里斯低頭不語，坐了一會兒，兩眼望著地板。

「你有沒有期待我說我非常高興，然後把女兒扔到你懷抱裡？」

「沒有，我知道你不喜歡我。」

「是什麼使得你這樣想的？」

「是我一貧如洗這個事實。」

「這聽上去有點刺耳，」醫生說，「但是要把你當作女婿，事情大致是這樣。你沒有財產，沒有職業，沒有生活來源，也沒有經濟前途，所有這些就把你劃入了一個不利的類別。從這個類別裡為女兒挑選丈夫是輕率的，何況我的女兒是個富有卻又軟弱的姑娘。從其他任何角度看，我都可以喜歡你；作為一個女婿，我討厭你。」

莫里斯彬彬有禮地說：「我認為斯洛潑小姐不是個軟弱的姑娘。」

「當然，你必須為她辯護——你最多也只能為她辯護辯護而

已。但是我對女兒的了解已有二十年了，你認識她才只有六個星期。即使她不那麼軟弱，你還是個不名分文的人。」

「對了，這才是我的弱點！你的意思是我財迷心竅──我只想要你女兒的錢財。」

「我可沒那麼說，也不必要那樣說。說你財迷心竅，除非處於被迫，是極不文明的說法。我只是說你屬於不大對頭那一類。」

「但是，你女兒不是嫁給一個類別，」湯森德緊跟著說，笑容依然是那樣誘人，「她是嫁給一個具體的人，一個她慷慨地說她所愛的人。」

「可這個人卻拿不出什麼東西來作為報償。」

「我給了她最溫柔的愛情與生死不渝的忠誠，難道世界上還能有比這更好的報償嗎？」年輕人問。

「那取決於我們如何看待它們。除了愛情與信盟之外，再提供一些別的東西完全是可能的；不僅是可能的，而且還是一種風俗。生死不渝的忠誠要用今後的事實來證明，而在這之前，這種事情通常還需要物質上的保障。你所能提供的保障是什麼呢？英俊的容貌？動人的風致？文雅的舉止？這些東西就其本身來說是非常好的，但光有它們還不夠。」

「除了它們之外，你還得加上一樣東西，」莫里斯說，「就是一個君子的諾言。」

「你永遠愛凱薩琳的這種君子諾言嗎？如果你能肯定這一點，你確實是個了不起的君子。」

「我並非財迷心竅，我對斯洛潑小姐的柔情是人類的心靈所能孕育的最純潔、最無私的感情。這就是我的君子諾言。我對她的財富就像對壁爐裡的爐灰一樣根本不放在心上。」

「我領教了，領教了，」醫生說。「講到這裡，我還是要回到

剛才說的那個類別。儘管你滿口海誓山盟，你還是那個類別裡
的一員。對你不利的只有一件偶然的事故，知道你願意稱它為
事故的話。但是憑我三十年的行醫的經驗，有的事故可能會有
長遠的影響。」

莫里斯捋平手裡的帽子——帽子已經捏得皺折不堪。他還是鎮
定自若，連醫生也不得不承認他涵養好。但是年輕人的失望是
顯而易見的。

「是不是有什麼辦法使你相信我。」

「即使有的話，我也不會樂意告訴你。你難道還看不出來，我
並不想相信你，」醫生笑說。

「我可以去幹掘土挖溝之類的活。」

「那是傻事。」

「我會接受每天能找到的第一件工作。」

「完全可以——但願是為了你自己的緣故，而不是為我。」[9]

這樣的辯論還有很長的篇幅，不過，從這兩位短兵相接的陣勢看，斯
洛潑醫生嘲諷所依恃的不僅是父親這一身分，更有財富在握的霸氣，
以及富人對窮人的鄙視和挖苦。處於劣勢的莫里斯儘管一再宣稱自己
愛的價值，但一貧如洗的現實讓他所有愛的理由都顯得蒼白無力。

　　亨利・詹姆斯寫這位「疑似騙子」，完全不是阿諛諂媚的漫畫式
勾勒，而顯得挺有骨氣，非常愛面子。因為在醫生看來是「行騙」，
而在莫里斯看來只是攀附，甚至連攀附都扯不上，因為他獻出了寶貴
的「最溫柔的愛情與生死不渝的忠誠」。亨利・詹姆斯從未對莫里斯
進行刻意的辯護，然而，「疑似騙子」一旦進入了與異性的情感交流

9　〔美〕亨利・詹姆斯：《華盛頓廣場》（上海市：上海譯文出版社，2012年，第1版），
　　頁95。

狀態，哪怕不諱言其對財富的嚮往，也絕對不願意對自我愛情表達的真誠性加以否定。亨利·詹姆斯筆下的「疑似騙子」情感真、個性強、情趣濃、言詞妙，完全不似莫泊桑筆下四處逛蕩的「漂亮朋友」。

作為情感博弈者，自然帶有一定的「行騙成分」，但若以簡單的「騙子」標籤之，就忽略了亨利·詹姆斯對人性透視的深入：在亨利·詹姆斯看來，一旦情感冒險家進入婚戀的角色系統中，其所經歷的情感體驗不是完全服從於「冒險家」的身分，而是按照其對具體女性的感受去決定他的行為。

人的行為不僅服從於初始動機，更在與他人的具體打交道過程中不斷修正初始動機或派生出其他的情感，而這種後續情感完全有可能佔據更主導的地位。因此，亨利·詹姆斯構建「情感圈套」的敘事，不是單一地以「行騙」的準確實施來作為小說的線索，相反，之後發生的故事與初始動機發生齟齬，才可能讓敘事搖曳生姿。

亨利·詹姆斯的敘事不是將所謂「行騙」動機作為故事唯一詮釋，而是突出人的個性如何在實現初始動機之時與自我未必預料得到的情境進行情感交匯，並由於這種交匯而導致動機的修正或動機的改變，從而讓小說成為人性的變化過程的軌跡剖析圖而不是初始動機直接而僵硬的行動實施的說明書。

亨利·詹姆斯小說中的「情感圈套」一旦啟動，「疑似冒險家」或「疑似騙子」不是坐收漁利的贏家，而是會經歷一系列痛苦的活生生的人。這就是亨利·詹姆斯的睿智所在，他洞察了人性中不為某種先在的功利目的所左右的不可預測性，敘述了動機之外其他情感對動機的干擾性、稀釋性和扭曲性。

所謂「情感圈套」敘事，絕不是簡單地敘述「行騙」能否得手，而是勾勒情感冒險與「騙子」的個性、愛欲、尊嚴如何發生劇烈的碰撞。

亨利‧詹姆斯小說《一位女士的畫像》中堪稱「情感陷阱設計大師」的梅爾夫人亦是一位受傷害極深的舊情人。有研究者從達爾文主義的角度認為，梅爾夫人為前情人奧斯蒙德「迎來」富有的伊莎貝爾是為了她的女兒帕茜能獲得更好的物質保障。[10]然而，在亨利‧詹姆斯的小說世界裡，事情沒有那麼簡單，梅爾夫人根本不敢讓帕茜知道她才是生身母親，奧斯蒙德也不過利用了梅爾夫人，並未對她感恩戴德，甚至有些厭惡她。小說中，亨利‧詹姆斯視梅爾夫人為該被懲罰的女人，但大師亦寫出了這位女性有苦難言的困境，其悲劇性絲毫不亞於在不如意的婚姻中備受煎熬的伊莎貝爾。就連那位看似最大受益者的奧斯蒙德，在婚後發現伊莎貝爾並非他想像中的所謂「完美女人」，加上各路角逐的潛在情敵不時來「窺探敵情」，也同樣在嫉妒與自傲中扮演不如意丈夫的失落角色。亨利‧詹姆斯即便是以譴責的口吻塑造這些心術不正者，也從不忽略他們的痛苦。

亨利‧詹姆斯小說中，某種情感或倫理的正當性的消解與另一種情感正當性的浮現是隨著情節發展一步步展開，其敘事的懸念也往往伴隨著某種情感或倫理的正當性一步步走向瓦解，同時另一種倫理或情感的正當性悄然浮現。不過，無論如何如何尋找正當性，亨利‧詹姆斯筆下的「負面人」都要承受情感與道德的壓力，其心靈的扭曲性與斷裂感使其形象的前後變化更富有戲劇性和複雜性：亨利‧詹姆斯式的「壞人」與「好人」一樣，常常陷入難以自拔的靈魂掙扎。

當然，並非亨利‧詹姆斯筆下所有的「負面人」都生動。《德莫福夫人》的創作早於《一位女士的畫像》，可視為《一位女士的畫像》草圖型作品，其中的男女主人公的形象皆不及《一位女士的畫像》豐盈。其中，德莫福男爵是位花花公子，不僅自己在外尋花問

---

10 David P.Barash and Nanelle R.Barash:《Madme Bovary's Ovaries: A Darwinian Look at Literature》(New York: Published by Bantam Dell A Dvision of Random House, Inc, Published May 2005), p140.

柳，而且鼓勵一位年輕人接近德莫福夫人，認為這樣對他太太就「公平」了。這位男爵形象固然特別但作家塑造這一形象只圍繞著他「如何壞」，無法捕捉到他「壞」之時的其他思緒。「蒼白的壞人」，遠不及自負、自尊到了極點的奧斯蒙德哪怕做了壞事還振振有詞，甚至還不時醋意大發，也不及看上了姑娘的財產卻相信自己愛上姑娘的莫里斯那般在冒險家的取巧中表達其「真誠性」：莫里斯這一形象，既有深度算計的權衡又不乏無限委屈的怨氣。《德莫福夫人》中的男爵只生活在自己唯一的正當性中，缺乏其他價值體系對其衝擊造成的壓力，無法像奧斯蒙德那樣在嫉妒中掙扎，或梅爾夫人那樣既怕陰謀敗露又不得不保持某種體面的姿態，在痛失親情亦失去友誼的雙重煎熬中以準行騙的方式偷偷為女兒爭取利益，在孤立無援的狀態中接受「受害者」的譴責，還要承受無法接近女兒的痛苦煎熬。

　　梅爾夫人是亨利·詹姆斯筆下以「可憐的罪人」形象示眾卻又不能不因為她作為情人與母親雙重痛苦而為她扼腕之「高明的女騙子」形象。梅爾夫人的高雅的儀表、不凡的談吐與她不露痕跡「品位行騙」之惡劣心機，以及她自身在騙局中所付出的巨大犧牲，這些特性使得這位有罪的女人雖得不到全面的諒解，卻有可能獲得一唱三歎的同情。罪人、高雅騙子、受害者等特性疊加在這位品位不凡的女人身上，是亨利·詹姆斯「騙子」形象最具有悲愴意味的一種形象：「機關算盡太聰明」，梅爾夫人算計伊莎貝爾可謂計算得隱蔽而準確，但「情感圈套」之「飛去來器式」的反向作用所形成的傷害力與反諷性讓這位高明的準騙子得到了該得到，卻失去了她最想得到的。亨利·詹姆斯筆下諸多的「失落的騙子」、「痛苦的騙子」、「受委屈的騙子」、「不願意再騙下去的騙子」的形象，讓我們看到的不是「騙子」得意與逍遙，而是騙子備受折磨與痛苦的種種扭曲狀態。亨利·詹姆斯敘述這些風雅人士「行騙記」多以戴著高貴而有趣的面目吸引「受害者」，其欺騙手段往往欲騙還休，半推半就，模稜兩可，請君入甕。

這些人物，通常以趣味、情調為中介，有謀財的嫌疑，但不缺乏自命清高或自視甚高的自尊，是一種非常看重自我尊嚴卻踐踏對方自尊的行騙者，是強調情調與品位但行騙本身卻敗壞了趣味與品位的自私者。

　　然而，由於對「疑似行騙者」的「深情」或「苦衷」的突出，亨利·詹姆斯式的情感欺騙故事，敘事中的不同情感脈絡的交錯糾纏不免混淆了愛與騙的界線，模糊了真誠與虛假的區別，混雜了害人與害己的痛楚。而這種優雅的「情感陷阱」的風雅性與精心算計的「陰謀」的危險性構成了文本內在的緊張感。風雅性與浪漫性越被強調，其潛在的危險性越得以強化。從這個角度看，亨利·詹姆斯小說的「情感圈套」中的情感戲的高雅、浪漫與「陰謀」的平靜、隱蔽形成敘事的張力：陰謀性被包裹上優雅的話語與浪漫的舉止，陰謀的高雅性與陰謀的邪惡性形成了文本中的第一層的緊張性。當邪惡性與邪惡的肇始者的痛苦性聯繫在一起的時候，受害者的痛苦與害人者的創傷又構成了文本第二層面的緊張性，這第二層面的緊張性驅逐了浪漫愛情的高雅性，也同時放棄了對高雅的愛情陷阱的是非分明的決然判斷，從而引入了兩難性。這兩難性讓害人者與受害者的疼痛相互衝突、糾纏，害人者施展「陰謀」導致的自我傷害，或受害者的痛苦與受害者「還擊」導致加害者接受過度懲罰的情感痛苦，這些「後陷阱」時段的心靈折磨，意味著亨利·詹姆斯不是以虛偽、邪惡、殘忍的黑白分明之判斷對「優雅陷阱」之敘事進行道德的審判，而是能從人的情感的階段性、搖擺性、模糊性與悖反性中透視優雅的情感表演背後各色人等的情感兩難性與搖擺性。這才是亨利·詹姆斯小說敘述「優雅陷阱」最具深刻性的所在。

三

　　舉止風流、談吐雅致者設置的「情感陷阱」往往令亨利·詹姆斯

的主人公飽受情感挫折，然而，受挫不等於絕望。亨利・詹姆斯的主人公可以被欺騙，但不會因為被騙而失去她們的驕傲。相反，受挫往往讓主人公的個性變得更具凝重感。浪漫的情懷可以被欺騙，但不會被完全毀壞。被欺騙了，但從不否定浪漫愛情的價值，這在德莫福夫人、伊莎貝爾、凱薩琳身上都有不同方式的表現。這是因為亨利・詹姆斯筆下的主人公往往具有極強大的自我反思能力，往往通過自省找到值得自己驕傲的情感內容。《華盛頓廣場》中凱薩琳的自我尊嚴性最終凌駕於她的浪漫性之上。她對父親和情人的態度，表明她智力與才情也許不是上乘的，但是她的自尊是不容受到如此無情的踐踏。

　　《一位女士的畫像》中，伊莎貝爾分析奧斯蒙德不過是偽裝的高人逸士的時候，她並沒有簡單地選擇放棄。伊莎貝爾為什麼不結束這種情感困境呢？是什麼想法什麼力量讓伊莎貝爾有勇氣繼續與奧斯蒙德的婚姻呢？她與奧斯蒙德的關係將沿著何種軌跡延續或中斷呢？就是思想更簡單一些的凱薩琳也做出令人迷惑的選擇：她為什麼不接受其他男子的求愛？是什麼力量支撐凱薩琳過著獨身生活呢？亨利・詹姆斯的心性極高的浪漫女性對自我命運的選擇，對情感生活的追求，總是表現出令人迷惑的狀態。

　　表面上看，《德莫福夫人》、《華盛頓廣場》、《一位女士的畫像》寫的是一齣齣「陰謀與愛情」的故事，然而，就女性形象的生成性而言，卻是從浪漫性到尊嚴性的逆轉。當某種「愛情騙局」被揭示後，這些女性都從單純而浪漫的狀態中一步步走出，以尊嚴捍衛自己的浪漫。這便是這些女性形象的蛻變。這種蛻變是幻想的浪漫迷思被驚醒，從而進入對自我情感投入再評價對自我價值再估量的深思狀態。有意思的是，這些女性都拒絕了外界的憐憫和同情，這是因為她們明白自我的浪漫選擇的確付出了高昂的代價，但自我的尊嚴卻不容他人輕視。

　　亨利・詹姆斯筆下這些情感受挫的女性形象所表現出的強烈的尊

嚴意識消解了她們之前浪漫的單純性與無條件性。痛定思痛後的個體思考與自我精神的重建使她們之前對男性的崇拜與獻身都消逝得無影無蹤。通過對男性神話與愛情神話的雙重否定，這些女性將自我價值推進到一個既無悔無怨，又不與背叛或欺騙妥協的靜默沉思的境地。從熱情到沉思，從無條件崇拜到冷漠拒絕，這些女性形象擺脫了「怨婦型」、「幻滅型」、「絕望型」的受害者形象。那麼走出了浪漫迷思狀態的她們將迎來什麼樣的新生活呢？亨利・詹姆斯沒有給出答案，也許，她們之後的人生還將是一種「謎」。

如果說這些女性的浪漫迷思成為她們成長蛻變的一個不可缺少環節，那麼，除了浪漫型迷思，亨利・詹姆斯創造的迷思，還有《叢林猛獸》中的「厄運迷思」、《歡樂角》的「另我迷思」、《在籠中》的「單戀迷思」等等。「迷思」往往是對某種人、某種事體、某種念頭的癡迷和幻想，所有的思緒都圍繞著一件事或一個人，並且將周圍的信息都加工成與癡迷對象有關的內容。亨利・詹姆斯式的迷思者的迷思對象多半帶有飄渺性和意念性，想像性的成分極大。

托多羅夫在他的論文《敘事的秘密：亨利・詹姆斯》中對亨利・詹姆斯小說中的「秘密」進行了極有趣的解讀：「詹姆斯的敘事一貫建立在尋找一個絕對存在卻不在場的原因的基礎上。讓我們一一闡明這句話裡的詞項。存在一個原因：此處『原因』這個詞具有廣泛的意義；通常是某個人物，但有時也是某件事或某個物品。這個原因導致的結果是敘事，即作者講述給我們的故事。絕對存在：因為敘事中的一切的存在都歸因於這個原因。但原因不在場，所以我們要尋找它；它不僅不在場，而且大多時候不為人知；我們所猜想的，是它的存在，而不是它的性質。我們尋找這個原因：故事的內容就是尋找、追尋這一起因，這一首要本質。一旦找到這個起因，敘事便停止。一方面，有不在場（原因、本質、真相不在場），但這個不在場決定一切；另一方面，有在場（對原因的尋找在場），它只是對不在場的尋

找。所以，確切地說，詹姆斯敘事的秘密是存在一個根本秘密，一個無名因素，一股不在場的強大力量，用來推動整個在場的敘事機器向前運行。」[11]

托多羅夫所說的所謂「不在場決定一切」適用於亨利·詹姆斯小說作品的大多數。「真正浪漫的愛情」不在場，「真正的自我」不在場，「真正的危機」不在場，「真正的動機」不在場，「真正愛戀的人」不在場。亨利·詹姆斯小說一個重要的吸引力，就是從各個方向琢磨、思考這個「不在場」的原因和力量。這不但使得他的小說或多或少籠罩上一層對未知力量的疑慮和恐慌，也強化了嚮往或探究的熱情。「不在場」事體導致的迷思成為推動敘事的重要力量。凱薩琳與伊莎貝爾雖然都有明確的情愛對象，但她們是通過情愛對象召喚著「不在場」的情愛夢幻，對於這種情愛夢幻她們都表現出對愛情神話的崇拜和瘋狂，而擺脫迷思之後的冷靜與沉思則讓這些女性進入到一個對迷思反省進而再次確立自我價值的精神介面。亨利·詹姆斯小說最有特點之處，在於敘事女性如何陷入迷思，更在於迷思破解後女性的反應。她們從迷思中「醒悟」後不願意對他人承認其迷思的虛幻性，而在擺脫與留戀、反思與珍藏間讓自我內心處於半封閉狀態。這些受到巨大創傷的年輕女子不願意自己以及他人完全否定之前她所經歷的情愛的價值，甚至以犧牲巨額遺產為代價，但絕非無視這種「浪漫迷思」背後的欺騙性。可是，哪怕明明知道其中有不純淨的成分，她們依然覺得自己經歷過的愛是具有珍貴性的，否則，凱薩琳不會選擇終身不嫁，伊莎貝爾也不會再次返回婚姻之中。浪漫迷思之中，包含著劇烈的痛苦，只有浪漫迷思而沒有痛苦的是《華盛頓廣場》中佩尼曼太太，她的浪漫是「偽浪漫」，是玩票的浪漫。而凱薩琳這樣的女子因為在浪漫迷思中投入了極真誠的愛情，所以，在迷思破滅之後

11 〔法〕茨維坦·托多羅夫：《散文詩學——敘事研究論文選》（天津市：百花文藝出版社，2011年，第1版），頁103。

她才可能有錐心刺骨之痛，而她的「蛻變」才會那麼深沉而悲涼。浪漫迷思的珍貴性與虛幻性只有在經歷了美好與痛楚之後的這些女子身上才會悖論性地相互依存。

「浪漫迷思」的悖論性並沒有作為這些愛情故事的直接話題在文本中得以討論，而在《叢林猛獸》、《歡樂角》這樣的小說文本中，迷思的悖論性則直接成為討論對象。

《叢林猛獸》中，男主人公不停地告訴女主人公，他這一生註定要遭遇某次重大危機，厄運會降臨到他的身上，因而他不會接受愛情導致害己誤人。這個秘密，男主人公只與一位女知己分享，但弔詭的是，這種秘密分享的本身，創造了一種很私密又很神秘的二人氛圍，這種氛圍不斷縮小兩個人的距離感。所以，當女知己英年早逝之際，男主人公終於明白他一直恐懼的「叢林猛獸」已經跳出，他的厄運就是失去了這位最懂他的女知音。

這篇小說表面上敘述的是關於厄運的焦慮，主人公如俄狄浦斯逃避命運咒語那般逃離命運預設下的陷阱，亦可以解讀為一部渴求愛情又畏懼愛情的心理小說。避免厄運成了逃避愛情最好的藉口，但逃避愛情本身便是主人公的厄運。這種具有俄狄浦斯式悲劇特徵的悖論性，導致的結果便是主人公不斷地與女知己探討如何擺脫愛情的話題，而討論本身又在悄悄地加深他們的愛情。男主人公的厄運迷思所導致的悖論性並非一下顯形，而是逐步強化，他們兩人越是議論厄運並藉此相互密切溝通，那麼厄運就越來越接近男主人公。厄運就是迴避厄運本身，厄運潛伏在討論厄運之中，厄運就是在畏懼厄運中步步逼近。擔憂危機的本身就是危機。這種悖論性迷思讓主人公的心緒備受折磨。終於，在女主人公去世後，擔憂去了，後悔來了，後悔讓男主人公痛苦不堪。痛悔性代替了恐懼性，悖論被意識到了，迷思的秘密被揭穿了：其實主人公本身就是在不斷地將「叢林猛獸」餵飽餵大的人。

迷思很痛苦，但迷思本身創造著更可怕的痛苦。

亨利‧詹姆斯這類小說有些抽象，故事內容也偏單純，單純到只有兩位男女主人公。但正是在這種背景純化的敘事中，小說所有敘事都放在人的情感悖論性狀態的糾纏上。亨利‧詹姆斯的小說構造了一種情感的迷宮，但走出迷宮後才發現迷宮的虛幻性與自我欺騙性。迷思雖被打破，但「迷思效應」依然在起作用，只不過迷思本身終於被審視被質疑，迷思被反思所取代。

如果說《叢林猛獸》敘述的是所謂厄運迷思的盲視性，那麼，《歡樂角》則將迷思之自我幻覺性推到了鬼魅的區域。

《歡樂角》的情節不複雜，一位年屆壯年旅居海外的遊子歸來，試圖在闊大的老宅子裡尋找另一個自我，這個自我是他假設自己始終待在紐約有可能形成的另一個自我。主人公每天深夜都在老宅子裡秉燭夜遊，終於，他見到了幽靈，那位始終呆在家鄉紐約的另一個「我」。這個「另我」是幽靈，與主人公在夜晚的大宅子裡「捉迷藏」，最後，主人公布萊頓的女友救了「我」。這是小說的最後一部分：

> 「你來找你自己了，」她笑得很漂亮。
>
> 「啊哈，我終於找到自己了，這都是你的功勞，親愛的，但這個畜生，他的臉真恐怖，這個畜生是個完全陌生的人。他根本不是我，我怎麼會像他那樣呢？」布萊登語氣堅定地說。
>
> 可是，她也十分堅定，似乎堅信她絕對不會錯。「你會變的，那是必然的。」
>
> 對此，他幾乎是吼著回答的。「你說我會變成那樣？」
>
> 她的表情又讓他覺得無比美麗。「你不就是想知道自己到底會變成什麼樣嗎？那就是，」她說，「今天早上，出現我夢裡的那個樣子。」
>
> 「像他一樣？」

「一個完全陌生的人？」

「那麼，你怎麼知道那個就是我？」

「因為，我幾星期前告訴過你，我一直在思考著，想像著，你還會變成什麼樣或者不會變成什麼樣，你知道，我是想讓你看看，你在我的心目中是什麼樣子的。就當我在琢磨的時候，你出現在我眼前，滿足了我的好奇心。所以，我知道，」她接著說，「也相信，因為你那天告訴我，這個問題同樣糾纏著你，你也會看到你的另一個自己的。今天凌晨，我又一次看到那個人的時候，我就知道你也見到了，這也是因為，從一開始，你也希望我看到你的另一個自己。他似乎就是要讓我親眼看看。所以，」她很神秘地微笑著說，「我為什麼不喜歡他呢？」

這讓斯賓塞・布萊登站了起來。「你『喜歡』那個恐怖的……？」

「我喜歡他，對我而言，」她說，「他一點也不恐怖。我已經接受了他。」

「接受……？」布萊登的聲音十分古怪。

「是的，儘管我發現他與你截然不同。我沒有拒絕他，我了解他，我了解他，你也終於看到了他的真面目，看到了他和你的差別，所以你不喜歡他，親愛的，但是，你知道，我並不覺得他有多麼可怕。而且，我很可憐他，這讓他很高興。」

她也站起來，站在他旁邊，同時緊緊抓住他的手，扶著他。儘管這讓他的心裡開朗了一些，似乎隱約看到了一絲光明，他還是氣呼呼地問，「你『可憐』他？」

「他很不幸福。他備受摧殘，」她說。

「你看看我這樣子，我難道就幸福嗎？我不也是受到了摧殘嗎？」

「啊，我並沒有說我更喜歡他，」她稍作思考，然後安慰他

說。「但他很憔悴，簡直就要崩潰了，他肯定經歷了很多事情。他沒有像你一樣拿著漂亮的單片眼鏡，偶爾看一看。」

「不，」布萊登抗議說，「我不是為了好玩才用單片眼鏡，我也是被迫無奈。」

「他戴著夾鼻凸透鏡，我看到了，我知道那是什麼眼鏡，那是因為他眼睛不好。而且，他可憐的右手……！」

「啊！」布萊登頓了頓，不管那是因為他已經證明了那個人的身分，還是因為可憐的那個人失去了兩根手指頭。過了一會兒，他接著說，「他一年收入一百萬，」他口齒清晰地說，「但我擁有你！」

「他也不是你，不是的！」當他把她抱入懷中的時候，她喃喃地說。[12]

從這段敘述中可以看出，「我」對於另一個「我」既期待好奇，又陌生恐懼。這似乎在推導著這樣一個命題，人對另外一個「自我」，似乎比對他人更具有防範性。「我」對「我」最熟悉，「我」亦對「我」最陌生。這一文本大概要詮釋這樣一個心理法則：人對自我的熟悉不一定超過對他人的熟悉程度，人對自我的陌生亦不會少於對他人的陌生。人對另一個「自我」的陌生感與驚異感絲毫不亞於對待另一個陌生人，甚至警覺性更高，也許人對自我最了解又最不了解，最想了解又最怕了解，最包容亦最苛刻，最能接近亦最有距離。《歡樂角》對這「另我」是驚恐，陀思妥耶夫斯基的《雙重人格》對「另我」是厭煩。驚恐是由於我對「另我」完全陌生，厭煩是由於「另我」不斷介入我的生活而為此憤怒為此煩惱。主人公都對分裂出的另一個「我」充滿了不信任。而《歡樂角》中我對「另我」的驚恐還來源於一種陌

12　〔美〕亨利・詹姆斯：〈歡樂角〉，《阿斯彭文稿》（上海市：上海譯文出版社，2012年，第1版），頁199。

生感導致的偏見。因為「另我」是生活在家鄉紐約的那個「我」，是另一環境中生長出來的「我」，這個「我」的心態與價值觀念都非常可疑甚至可怖。

　　這會推導出一個非常有趣的判斷：人甚至對另一個在其他環境中生長出來的「我」都充滿了猶疑、困惑和恐懼。環境和文化的差異導致人對他人的偏見與恐懼，假定這個他人就是「我」，那麼，對這個「我」的恐懼絕不亞於對他人的恐懼。對「另我」的偏見化和恐懼化，既是對自我的不信任，亦是對文化環境差異的偏見。

　　在雨果的《悲慘世界》中就已經出現了兩個冉阿讓相持不下的思想衝突，所謂「另一個自我」的主題在小說經典中並不鮮見。陀思妥耶夫斯基的《雙重人格》中的主人公戈利亞德金亦有另一「自我」與主人公相伴。大戈利亞德金恨透了小戈利亞德金。因為小戈利亞德金不斷干預他的公務與私事，且小戈利亞德金總是得勢，大戈利亞德金又常常狼狽。這篇小說中兩個「自我」處於不斷窺探、周旋的對立狀態，自我對「另我」嫉恨、防備、仇視，自我與「另我」嚴重對立，這比《歡樂角》中的兩個「我」之關係更具有戲劇性和對立的緊張性。

　　《歡樂角》是尋找另一個不可知的秘密的「我」，是揭開另一個「自我」的帷幕，通過近距離打量，充滿了惶恐、驚駭和揣測。這是亨利‧詹姆斯對「不在場」的秘密或力量通常會持有的既懷疑又好奇、既惶恐又試探的感受。這種感受是自我悖論性的投影：人對自我是無力擺脫但不免厭煩，人對自我既接受又排斥，人對自我既好奇又畏懼。亨利‧詹姆斯小說敘事對某件事體、情感、人物總是陷入反覆思慮之中，猶疑而惶惑。其悖論式的迷思所幻變出來的種種情感思緒是其小說敘事中最有特色的內容。《雙重人格》的兩個自我的關係是在事件之中展開，兩個「我」與周圍的種種人物打交道，其二者的關係是在環境的變化中不斷展開。亨利‧詹姆斯的兩個「我」的故事簡單而單純，人物內心世界的猶疑性、迷思性亦真亦幻，這樣的小說，

人物關係簡單，故事結構封閉，但這不影響迷思敘事的深邃性與哲思性。事實上，亨利・詹姆斯式的迷思敘事，是這位大師與其他作家區別開來的最重要的差異點。

亨利・詹姆斯的小說多思多慮，並充滿了迷惑性。這種迷惑性派生出的矛盾心態，不同於陀思妥耶夫斯基小說，陀思妥耶夫斯基小說中的人物也多有迷思性，但他們的迷思總要在一個極尷尬的危機化的集體環境中被曝光，在眾目睽睽下被審視甚至嘲弄，從而讓隱蔽的自我在外部力量的巨大壓力下變形，變態，並導致完全無理性狀態下的場面失控。亨利・詹姆斯幾乎不會出現無理性的失控化場面，亨利・詹姆斯小說中的人物，無論如何為迷思所左右，無論面對何樣令人驚駭的「秘密」，主人公可以昏厥，但不會陷入心智的迷亂，更不會不知所措地變成一個令人擺佈的小丑。簡言之，亨利・詹姆斯小說主人公會迷思，但不會迷亂，會陷入左右兩難的悖論性的無作為狀態，但不會跌入自我完全迷失的昏亂境地。從這個意義上說，陀思妥耶夫斯基寫迷思者，其瘋狂性大大超過了亨利・詹姆斯。亨利・詹姆斯的小說，終歸在一個理性可約束的框架內讓自我震盪，其迷思的軌跡哪怕悖論性再強，也從未像陀思妥耶夫斯基的某些人物那樣完全失去對自我的控制。從這個角度看，亨利・詹姆斯的迷思型人物是一種謹慎型的迷思者，而非狂亂型的分裂者。事實上，無論是愛情競爭還是自我探索，亨利・詹姆斯的小說向讀者提供的，都是過度自我約束的人物。正是因為自我約束，這些人物才會在寧靜的氣氛中對自我命運或愛情進行一種沉思式、悖論式的精細幽深的思考和探索，為自我的靈魂尋求精神撫慰的種種可能。

利維斯指出：「詹姆斯的根本興味是與對高度文明化舉止的興趣分不開的，是與對優雅文明交往的興趣分不開的。」[13]亨利・詹姆斯

---

13 〔英〕F. R. 利維斯：《偉大的傳統》（北京市：生活・讀書・新知三聯出版社，2009年，第2版），頁210。

所描繪的故事的確是一個遠離血腥和暴力的「風平浪靜」的「風雅世界」。為此，有位批評家（H. L. Mencken）甚至建議詹姆斯到芝加哥的屠宰場去呼吸一點牛欄的臭氣。有些批評家認為，詹姆斯的世界太狹窄，太偏了，根本談不上對生活的真實反映。[14]的確，亨利‧詹姆斯的小說幾乎不涉及衝突以及直接的對抗性場面，其文本迂言曲語，含糊其辭，這甚至讓詹姆斯的晚期作品如《專使》這部長篇小說可讀性很差。

　　然而，亨利‧詹姆斯的文本的特點，就在於他建構了一個貌似波瀾不驚卻具有內在緊張性的敘事空間。在這些空間中，所有人的舉止都按照文明世界的禮儀往來交際，然而，恰恰是在文質彬彬的優雅空間裡，亨利‧詹姆斯讓我們窺見了罪惡和殘忍。亨利‧詹姆斯不將這種罪惡、欺騙和殘忍直接暴露出來，他最有特色的敘事技巧就在於為這些殘忍、欺騙和罪惡進行遮遮掩掩敘事的同時讓讀者感受到罪惡的隱蔽。

　　亨利‧詹姆斯緩慢地揭示罪惡和欺騙，以優雅的筆調告訴讀者某次深思熟慮的欺騙或某種隱藏很深的罪惡是如何慢慢地浮出水面。亨利‧詹姆斯就是寫欺騙與罪惡，也將其納入文明規則和高雅禮儀的符號體系中。亨利‧詹姆斯的個性和經歷讓他放棄了對動盪世事的敘事，他未寫出《戰爭與和平》那樣恢弘激盪的歷史畫卷，但他所選擇的題材與技巧，讓他常常將高雅化人物如何戴著各種文明面具「犯罪」作為主題，並通過意義搖擺性、模糊化的敘事，呈現出一幅幅交織著虛偽與天真、高雅與俗氣、欺騙與坦誠之面容的生動畫面。

　　亨利‧詹姆斯讓我們確信，缺乏狂風怒濤的小說世界，依然可以通過極富幽默感的描述，通過對種種不易察覺的「文明人」的情感世界的巧妙揭示，讓我們窺見「文明人」的種種微妙而曲折的情感故事。

---

14 聶華苓：〈關於《德莫福夫人》〉，亨利‧詹姆斯：《德莫福夫人》（上海市：上海譯文出版社，1980年，第1版），頁3。

第五章

科學癡狂、無面目審美與「技術裸視」

一

　　十九世紀以來，不可忽視的一個現象是，不少小說與臨床醫學、心理學、生物學、解剖學、化學甚至核子物理學結緣。科學原理、科學思維在小說文本中充當多種多樣的角色：或為某種激情充當生物學意義上的詮釋者，或為某一家族的命運發佈醫學權威報告，或對自我和他人的關係尋求更「客觀」更具「深層性」的意義解釋，或是利用物理公式、化學原理為某種妄想思維充當「科學擔保」。

　　現代小說中的各個角落，不時探出科學話語的觸角。表面上，似乎干擾了情節的演進或情感的自然流露，然而，如果小說敘述者或人物總是試圖以科學話語揭示日常生活的種種「奧秘」，那麼，科學話語作為小說情感話語的有機部分，不但不衝突，相反，科學話語為情感話語提供了更別致的表達方式，科學話語激發情感話語的表述意願，科學話語為情感話語創造了更新穎的想像路徑。

　　科學話語有可能遲緩小說情節的進程或感覺的鋪展，但這種遲緩或停頓卻在橫向介面上讓情節或細節在科學的話語體系裡獲得闡釋和發揮。同時，這種科學闡釋又不是靜態或孤立地為一段心理過程或一種行為方式做簡單的注腳，相反，小說中，科學闡釋往往成為影響敘述者或人物判斷的立場。主人公的思考和感受在科學話語的壓力下，其情感和行為不僅在感性面上去獲得敘事發展的動力，亦在實證層面

上獲得更堅實的理由，這雙重獲取的過程有可能讓主人公越來越自信，亦有可能讓主人公越來越為難，越來越痛苦。如此，科學闡釋實際上大大拓展了人物的感受面，擴張了人物情感的震盪空間。小說文本中，面對科學原理的普適性，人物抗爭也好，順應也好，調侃也好，愁苦也好，感慨也好，由於科學律令的客觀性與冷漠性，都可能與人物情感的多變性和日常經驗的瑣細性形成對峙。這種對峙性使得科學話語與日常話語、情感話語形成話語色彩迥異的距離感。這種距離感越是擴大，人物情感在性質不同的話語之間搖擺幅度越大。因為人物既要去面對科學話語的無情詮釋，又不能不帶著不斷變化的主觀感受去應對各種人事。默頓認為科學活動伴隨四組「制度規範」，即：普遍性、公有性、無私利性和有條理的懷疑主義。其中「無私利性」要求科學家應該運用普遍有效的方法手段、感情中立地追求真理，並且摒除尋求個人私利的任何形式。[1]這些規範是針對科學家而言，至於具有科學氣質的小說家，科學規範的普遍性、無私利性與審美氣質的多變性、主觀性則同時作用於小說家精神世界中。當科學律令的無情性、普適性與人物個體感受的多情性、唯一性發生多方面的作用乃至發生衝突之時，便是科學話語在小說文本的獨特作用開始發揮之刻。

　　事實上，從十九世紀的福樓拜、左拉到二十世紀托馬斯・曼、羅伯特・穆齊爾，直至寫出了《萬有引力之虹》美國作家品欽，科學原理和科學思維都是這些作家感知世界的重要方式，科學話語在這些作家的小說作品中，不是可有可無的點綴，相反，科學思維成為這些作家筆下諸多主人公的思考存在所依恃的重要系統。科學原理和科學思維在這些作家的小說文本中所扮演的角色，既是認識的客體，更是探索人的生存方式和情感活動的思想利器。

1　〔美〕托比・胡弗：《近代科學為什麼誕生在西方》（北京市：北京大學出版社，2010年，第1版），頁22。

　　科學話語小說中的出現，有的僅僅是風過無痕的點綴，有的則滲透入小說人物的靈魂。十九世紀上半期法國浪漫主義作家大仲馬在他的《基督山伯爵》傳奇故事中除了渲染寶藏為人的命運帶來神奇變化，同時不忘知識、教養和風度對一個人魔法般作用。法里亞神甫在監獄中教授受冤屈的海員唐泰斯即後來的基督山伯爵，他是這樣告訴他的學生的：「人類的知識是有限的，在我教會您數學、物理、歷史和我會講的三四種現代語言後，您就掌握我所知道的一切了；不過，所有這些知識，我大約需要兩年時間從我的腦子裡取出來灌進您的腦子裡。」[2]小說中，我們看不到數學和物理在基督山伯爵身上所起到的作用。不過，大仲馬似乎在告訴我們，主人公具備這些科學修養，才可能更從容地駕馭這個世界。不過，在這部傳奇性遠大於寫實性的小說中，所謂的現代科學知識，又的確只起到裝飾性的作用。科學話語與現代小說的關係，當從巴爾扎克的小說開始，才以觀念性存在的方式作用于作家和小說文本。

　　羅蘭·巴爾特認為巴爾扎克在小說中彷彿同時運用了七、八本教科書，「它們包括了人所共知的資產階級文化的全部常識：一部使用醫學手冊，一部心理學導論，一部基督教和倫理學總綱，一部邏輯學，一部關於生、死、苦難、女人等成語格言大全，以及幾部文學藝術史。」[3]巴爾扎克對醫學科學的興趣雖遜於左拉和福樓拜，但巴爾扎克的小說對於陰謀、產業和法律十分精通，他的小說《賽查·皮羅多盛衰記》、《夏倍上校》、《禁治產》都深入涉及了法律問題，其中，《賽查·皮羅多盛衰記》簡直可以視為破產法極生動的文學詮釋。

2　〔法〕大仲馬：《基督山伯爵》（上海市：上海譯文出版社，2006年，第1版），頁162。

3　〔美〕喬納森·卡勒：《結構主義詩學》（北京市：中國社會科學出版社，1991年），頁213。

二

　　十九世紀西方篤信科學的作家中，左拉是最突出的一位。左拉的
《盧貢－馬加爾家族》系列作品實踐他的實證主義的創作主張。我們
可以在左拉的《小酒店》、《娜娜》、《萌芽》、《金錢》這樣的作品中讀
到那些在遺傳性驅使下的不可遏制的情欲、貪欲以及赤裸裸的暴力行
為。從權貴者（《盧貢大人》）、投資家（《金錢》）到底層百姓（《小酒
店》）、礦工（《萌芽》），左拉像研究動物那樣研究人。不過，強調
「科學性第一」的左拉，其創作實踐，並不像他在《實驗小說論》所
宣稱那樣以醫學科學或生理學的術語全面分析人物的行為。作品與宣
言往往有脫節之處。左拉小說與其說是按照科學原理寫人，不如說他
更願意為醫學原理帶來諸多難題。左拉在其《實驗小說論》中堅信：
「掌握人的現象的機理，指出生理學將給我們解釋在遺傳和周圍環境
的影響下智慧與情欲表現的部件，然後指出生活在他自己所產生的社
會環境中的人，怎樣每天改變著社會環境，又怎樣自己反過來在環境
中經受著不斷的改變。」[4]「我們以實驗指出，在某種社會環境中，
某種激情會以何種方式表現出來，我們一旦能掌握這種激情的機理，
我們就能處置它，約束它，或至少使它盡可能地無害。這就是我們自
然主義作品的實用意義和高尚道德。我們對人進行實驗，我們一塊一
塊地拆卸與裝配人的機器，使這架機器在環境的影響下運轉。」[5]左
拉對「實驗情景」的極端化設置通常是為了將人物的獸性激情逼出
來，而這種獸性激情又被作者歸結為遺傳性。

　　《萌芽》的結尾，礦難發生之後的坑道裡，極度饑餓和血腥化的

4　〔法〕左拉：《實驗小說論》，伍蠡甫、胡經之編：《西方文藝理論名著選編》（北京
　　市：北京大學出版社，1986年，第1版），頁238。

5　〔法〕左拉：《實驗小說論》，伍蠡甫、胡經之編：《西方文藝理論名著選編》（北京
　　市：北京大學出版社，1986年，第1版），頁241。

性競爭，讓主人公艾蒂安變成了一位坑道猛獸並當著情人的面殺死了
情敵。有意思的是，《萌芽》將嚴酷的性競爭與政治對抗重疊在一
起。《萌芽》中，搧動罷工的革命者的激情，與其說是對主義的信
仰，不如說是虛榮心和遺傳的生理性裏以革命的外衣驅動人物去發動
鬥爭，並展開性爭奪戰。政治性的鬥爭「溶解」在生物性的競爭之
中。或者說，性競爭、遺傳生理性作用始終被左拉設置為小說的終極
動因。這種終極動因的設置，由人遷移至物，礦井、機器成為巨獸的
化身，工業化的魔怪吞吐著半人半獸的礦工。就是發動、領導罷工的
英雄，其行為也是在獸性和虛榮心的驅使下不斷展開的。左拉一再宣
稱他將借助科學原理探究其主人公，並試圖為科學探索提供更具典範
性和前瞻性的案例：「我們既不是化學家，物理學家，也不是生理學
家，我們只是以科學為依據的小說家。我們並不企圖在我們所不精通
的生理學中有所發現，不過，既然把人定為我們研究的對象，我們認
為，我們就不能不去考慮生理學中所發現的新真理。我還準備加上一
句，既然小說已經成為一種對自然和人的普遍探究。小說家就必然要
同時依靠盡可能多門科學來進行工作，由於他們需要廣涉一切，當然
什麼都得了解一些。這就是我們在實驗方法成為最有力的調查工具之
後，怎樣把它們應用於我們的作品的情形。我們概括調查所得的東
西，然後使用人類的一切知識來發起對理想的征服。」[6]「所謂實驗
論小說家是接受已被證明的事實的作家，他指出人和社會中已為科學
所掌握的諸現象和機理，他只讓他個人的感情參與決定論尚未確定下
來的那些現象，並盡量用觀察和實驗來檢驗這個人感情，這既存的觀
念。」[7]

6　〔法〕左拉：《實驗小說論》，伍蠡甫、胡經之編：《西方文藝理論名著選編》（北京
　　市：北京大學出版社，1986年，第1版），頁250。
7　〔法〕左拉：《實驗小說論》，伍蠡甫、胡經之編：《西方文藝理論名著選編》（北京
　　市：北京大學出版社，1986年，第1版），頁261。

　　然而，左拉的創作，顯然將視域更集中地放在人的生理遺傳性方面，儒勒‧勒梅特認為左拉對人物的處理過於簡化，「他越來越像一個悲傷而粗暴的詩人：他謳歌盲目的本能、肉欲之美、狂暴的激情，以及人類天性中卑鄙而可憎的那些東西。他對人類身上所具有的獸性最感興趣。就每個人來說，則對其所蘊藏著的特有的獸性最感興趣。左拉先生與正統的理想主義小說家完全相反，他喜歡描繪的就是這些獸性，而將其餘的東西都丟棄了。」[8]「在左拉先生看來，人的本質就是獸性和愚蠢。他的作品向我們介紹的，是一大堆白癡。」[9]「往日的詩人總是盡力神話他們筆下的人物，而我們看到，左拉先生卻在獸化自己筆下的人物。」[10]所謂「獸化」，是指左拉的「實驗小說論」的生理學視域多集中於精神分裂與非正常化的情欲，左拉所宣稱的「科學所掌握的諸現象和機理」所針對的「實驗品」是一個犯有酗酒症的家族，這個家族一代又一代的成員散佈在社會的各個層面。左拉剖解他們在工業化原始積累階段的各種社會環境中的種種病症反應。左拉在這些小說文本中所提供的生理遺傳學的分析其實並不高深，並未兌現他在《實驗小說論》所承諾的科學探索有可能帶來的嚴謹和深刻，相反，由於將所有人物的行為的終極動因都歸結到某種家族病症上，科學原理給予左拉的更多的是將複雜的生活想像進行簡單化的歸因。左拉的藝術成就，更多的是得益於描述了在工業化發展過程中的茫然無措的人群和各種對抗情景中人試圖通過生理性宣洩以逃避現實的痛苦和無助。某種意義上，生理遺傳的「科學分析」在左拉的小說中很難說有多精確，然而，「科學信條」卻為左拉描繪十九世紀後半期法

8　〔法〕儒勒‧勒梅特：〈埃米爾‧左拉〉，《法國作家‧批評家論左拉》（合肥市：安徽文藝出版社，1994年，第1版），頁71。

9　〔法〕儒勒‧勒梅特：〈埃米爾‧左拉〉，《法國作家‧批評家論左拉》（合肥市：安徽文藝出版社，1994年，第1版），頁79。

10　〔法〕儒勒‧勒梅特：〈埃米爾‧左拉〉，《法國作家‧批評家論左拉》（合肥市：安徽文藝出版社，1994年，第1版），頁79。

國工業化進程中諸種病相找到了主題，也概括出了醒目的關鍵字。

家族與人的病症，不如說是社會病症的投射。左拉所宣佈的生理學綱要更像是一篇社會生理學綱要。左拉的貢獻是寫出了一系列人物，這些人物不同於巴爾扎克作品中雄心勃勃的樂觀的資產階級。左拉的成就，是概括出了工業社會發展階段物欲橫流的環境中人的普遍獸性化，而不是他對獸性的科學剖析有多高明。正如德勒茲說：「自福樓拜以來，感情確實總是伴隨著失敗，垮臺和欺騙，小說中敘述的是某個要建立內心生活的人物的無能。在這個意義上說，自然主義把三種類型的人物引進小說：內心世界崩潰的或一事無成的人；過著虛假的生活的人或生理本能反常者；感覺退化和觀念固定的人或獸性的人。」[11]巴爾扎克對墮落世界尚持有道德家的評判，對雄心勃勃的資產者不時地流露出理解和同情，福樓拜雖對人的種種弱點加以嘲諷但他的筆觸總帶著懷舊的情調，筆下的浪蕩子即使再虛偽也不會將良心完全驅逐。至於左拉，他自信掌握所謂生理遺傳學的「真理」，事實上，他最擅長的是對於具有暴力傾向和變態色欲的人物類型的刻繪。因此，左拉的小說，在想像路徑上不見得對人性獲得更全面的展示。立足於所謂生理遺傳性的左拉，筆下人物無法獲得巴爾扎克或福樓拜那樣的開闊性，也無法接觸到陀思妥耶夫斯基式的人的靈魂的幽深轉折處。左拉是用醫學的名義，設置極端的環境，創造一個洞見人性之蠻荒的敘述空間。這個空間容納了缺乏罪惡感的情欲與遺傳特性驅使下的暴力慾與挫敗感。或者說，左拉所堅信的生理學、遺傳學的「真理」，更多的是為「生理本能反常者」和「野性的人」書寫打開一個想像通道。當然，這也同時帶來了盲區：瘋狂化的獸性並非人性的全部，人的醫學維度上的瘋癲遺傳性解釋不了人的所有瘋狂行為，人的種種瘋狂行為也不一定都要依靠從遺傳性這一維去找到依據。左拉筆

---

11 〔法〕吉爾・德勒茲：〈《人獸》序言〉，《法國作家・批評家論左拉》（合肥市：安徽文藝出版社，1994年，第1版），頁328。

下的人物，其所承受的文化壓力與生存壓力對人物的行為同樣具有深刻而直接的影響力，不見得都是遺傳特性觸發暴力或引動色慾。在礦難之後的坑道裡忍受饑餓並與情敵相遇都有可能導致瘋狂的廝殺，不見得這個殺人者身上要攜帶某種特殊的遺傳性。只不過這種遺傳性的突出，會讓讀者對主人公無法遏止的暴力衝動多一層關於生理遺傳性的想像，也多一層關於遺傳性作用於個體的詭秘感。從這個意義上說，科學話語對於左拉的意義，想像性多於精確性，審美性大於客觀性。正如文學史家對左拉的判斷「他力圖表現出學者那種冷靜、不動感情的態度，並在自己的作品中傾注他抒情的和幻想的才華。他所不斷宣揚的科學理論在任何情況下都只不過是刺激他的天才的東西而已。」[12]這種「刺激」，雖然初始動機是科學話語為人性（包括獸性）想像開闢了一個更具表達力的通道，同時也為作家借助醫學術語為人物的行為與內心波折的「中立性」解釋提供一個更具「可信性」的話語系統，但不見得左拉有能力實踐他的宣言。

左拉的敘述者實踐科學分析的能力有限，但他的某些主人公的科學意識在與自我的情感發生尖銳衝突之時，左拉的敘事倒顯得更自然可信。

《巴斯卡醫生》中巴斯卡醫生臨終前，念念不忘的是他為盧貢－馬卡爾家族所勾勒的樹形世系圖，利用這個圖，可以窺見這個家族遺傳病變的秘密。走向死亡的巴斯卡醫生要求他的學生記錄他臨死的各種症狀，為將來的科學研究收集臨床資料：

> 當巴斯卡緩過氣來時，眼睛裡早已湧動著淚花。他未及開言，便失聲痛哭，淚水模糊的眼睛一刻也不離開時鐘。

---

12 〔法〕米歇爾・萊蒙撰，徐知免、楊劍譯：《法國現代小說史》（上海市：上海譯文出版社，1995年，第1版），頁165。

「親愛的朋友，我會在四點鐘死去。我再也見不到她了。」
拉蒙不顧明顯的事實，硬說這一時刻不至於那麼臨近，藉以分散他的注意力。科學家的熱情又被激發起來，巴斯卡打算上完最後一課，向年輕的同行傳授他的臨床經驗。他曾經治療過好幾個和他情況相似的病人。他清楚記得，他曾在醫院裡解剖過一位死於冠狀動脈硬化的貧苦老人的心臟。

「我知道，我的心臟成了什麼模樣……它的顏色像枯黃的落葉，心肌的纖維組織已經變脆；儘管它重量有所增加，但它的體積肯定已經縮小，炎症使它變硬，切開它也不容易……」
他的聲音漸漸低落下來。他清楚地感覺到，心臟的功能正在衰退；收縮軟弱無力，速度放慢；主動脈流出的不是正常的血漿，而是一種暗紅的黏液，後面的血管已被黑糊糊的血塊堵塞。作為整個機體的調節器，這臺壓縮機的運轉速度正在放慢，他的呼吸也更加困難。不過，雖然注射未能消除痛苦，他還是看到了這部分機體的復蘇；……

……

「老師呀，老師！您不要命啦！」拉蒙一面顫抖，一面勸說，驚慌的臉上充滿了憐憫和崇敬之情。
巴斯卡不想聽，也聽不見。他感到手指底下有枝鉛筆在滾動。他拿起筆，俯向世系圖，一對半明半滅的眼珠大概快要看不清了。他將這個家族成員的姓名做了最後的檢驗。馬克沁的名字留住了他的視線。他寫道：「一八七三年死於運動身體失調。」他肯定侄兒活不過今年。他看旁邊克洛蒂爾德的名字，他心頭一震，然後補足了這項記錄：「一八七四年，與伯父巴斯卡生有一子。」這時，他已經有點神志不清，體力也將耗盡，一下子失去了目標。待他找到自己的名字時，手腕又有了力量。他用雄勁的筆觸寫下了一行大字，為自己下了結論：

「一八七三年十一月七日，卒於心臟疾患。」這是他最後一次努力，他喘得厲害，幾乎緩不過氣來。忽然，他發現克洛蒂爾德上方的樹葉留有空白。雖然手指難以握筆，他仍以歪歪斜斜的字體做了補白：「未見過面的孩子將於一八七四年出世，他將是何等樣人？」這句話凝聚著苦苦求索的親子之情和萬般無奈的失落感。寫畢，他已經支持不住了。瑪蒂娜和拉蒙好不容易將他扶到床上。

第三次危象出現在四點一刻。巴斯卡在即將咽氣時，臉部呈現出巨大的痛苦。作為一個男子漢，一名學者，他一定強忍著臨終的煎熬。他那渾濁的眼珠似乎還在尋找，觀看座鐘上的時間。拉蒙見他嘴唇在嚅動，便俯下身子，傾耳細聽。他果然在說話，只是聲音微弱，細若遊絲：

「四點了……心臟已入睡，動脈缺血……瓣膜失去彈性，就要停止跳動……」

一陣劇烈的喘息使他全身震顫，細弱的話聲漸漸遠去：

「太快樂……別離開我……鑰匙在枕頭底下……克洛蒂爾德，克洛蒂爾德……」

瑪蒂娜跪倒在床邊，泣不成聲。她眼看主人即將離去，又不敢跑去請神甫，儘管她極想那樣做。她只得親自念起臨終的禱文，熱烈地祈求仁慈的上帝寬恕她的主人，允許他直接進入天堂。

這時，巴斯卡的臉色已經發紫。經過幾秒鐘的靜止，他仍想呼吸。他伸出雙唇，張開可憐的嘴巴，像一隻垂死的小鳥，試圖吸上最後一口空氣。他再也沒有緩過氣來。

巴斯卡溘然長逝。[13]

13　〔法〕左拉：《巴斯卡醫生》（北京市：人民文學出版社，2011年，第1版），頁277。

在小說中，巴斯卡醫生探求的「動力療法」，今天看來煞是可笑。但一位瀕臨死亡的醫生，他連自己的死也不「放過」，表現出一位醫學科學家探索科學的最優秀品質，他的情感特徵亦突出他對科學的獻身性和超越性。這種超越性情感以及作為情人對愛情的留戀，作為父親對新生命的期待，相互交匯，非常感人。如果缺乏對科學追求的超越性，巴斯卡醫生之死不悲壯，如果單有對科學的信仰的執著，而無對情人的不捨，對未來的眷戀，巴斯卡醫生之死則太虛假。超越性和留戀性讓巴斯卡之死，既莊嚴，又多情。

左拉對科學的篤信，讓他的主人公審視自我生命的最後一刻，像對待客體那樣對待自我的軀體。自我的軀體似乎完全剝離開來，被當做醫學觀察的對象做最後的測度。這種對自我軀體的終極「榨取」，宛如左拉的敘述者對人的「獸性」的剖解那麼嚴厲。這一切，無疑是由堅信科學之意義派生出的使命感去推動的。左拉小說文本中的科學探秘，其科學原理面目之冷峻、嚴厲、無情，似乎掌握了科學原理，就足以窺見大自然和人性中最底部或最深處的巨大的主宰性的力量。我們可以懷疑左拉所發現的人身上的某種普遍存在的蠻性，但左拉的小說文本對工業化的高壓環境中人的野蠻狀態無疑做出最出色的描寫：組織嚴密的工業化生產或多方博弈的金融交易不是讓人更文明，而是更可能逼出人的蠻荒性。這種蠻荒性讓左拉的小說中科學話語更具有譴責和控訴的意味，與《八十天環遊地球》那樣小說對工業化成就歡欣鼓舞的樂觀態度很不一樣，左拉的「科學目光」折射出的，是對掠奪式的工業社會的嚴重質疑和沉重批判。

左拉的「科學之看」，看出的是荒涼與絕望。正是這種沉痛的控訴式的「科學之看」，讓工業社會的種種野蠻景象紛紛簇擁到左拉的故事秩序中。所以，儒勒・勒梅特以「人類獸性的悲觀史詩」為左拉小說做出結語：「他運用這種簡化的虛構手法，使現代人物也像原始人那樣思想簡單。他像史詩中那樣描述群體。不過，在《盧貢－馬卡

爾家族》中，也有被神化了的東西。史詩中的諸神，是擬人化了的自
然力量：左拉先生使這些會恣意發作或被人類工業利用的力量，也具
有令人驚恐的生命力、最原始的思想以及惡魔般難以捉摸的性
格。……古代詩人們的思想一般是樂觀的，他們竭盡可能地慰藉人
類，要使人類變得高尚起來；而左拉先生的思想卻是悲觀的、絕望
的。不過，他們和左拉先生的概念都是同樣的簡潔，同樣的純樸。總
而言之，從左拉先生小說中那些極其緩慢的節奏，波瀾壯闊的場面平
靜地羅列的細節，以及作者大膽明快的創作方法來看，我不知道為什
麼，我覺得他的小說特別具有古代史詩的風格。他不必再像荷馬那樣
匆匆忙忙了。他對綺爾維絲的廚房感興趣的程度（在另一種意義上來
說），正如當年行吟詩人對阿希爾的廚房一樣。他一點兒也不害怕重
複，同樣的句子連同同樣的詞彙重複出現：我們在《婦女樂園》中常
常會讀到商場的『隆隆聲』，在《萌芽》中則常常讀到機器的『緩慢
而又粗厲的喘息聲』這樣的句子，就像我們在《伊利亞特》中時時讀
到大海在咆哮的句子：『喧嘩不停的大海』。因此歸納我們先前所說的
一切，如果對《盧貢－馬卡爾家族》作出這樣的結論，看來並非是荒
謬不經的：一部描寫人類獸性的悲觀史詩。」[14]

　　的確，史詩般的《盧貢－馬卡爾家族》已不再是對某種英雄主義
的高揚和稱頌，所謂「人類獸性的悲觀史詩」的說法，表明左拉對資
本主義擴張時期的工業化、商業化的「史詩書寫」，不再有牧歌般的
抒情和讚美，而是充滿激憤的批判意識和充滿正義感的控訴姿態。

　　所謂的遺傳學、生理學等的「科學闡釋」，在左拉的小說文本的
社會批判話語中不是一種無可置疑的佐證，而是一種強化悲觀憤怒之
情感的修辭方式。左拉的科學話語的修辭性意義大於其實證性意義。

---

14 〔法〕儒勒・勒梅特：〈埃米爾・左拉〉，《法國作家・批評家論左拉》（合肥市：安
　　徽文藝出版社，1994年，第1版），頁93。

醫學科學話語讓左拉筆下人物的命運更具有悲愴色彩，因為遺傳學命定的結局與人物對這種結局的抗爭使得俄狄浦斯式母題再次在工業化的蠻荒場景中一次次重演。左拉讓醫學科學話語充當居高臨下的審判者，這種審判者以科學為依據，其冷峻性和無可置疑性遠比天神的詛咒更具有說服力。這種說服力的強調，一方面讓人動物化，另一方面，由於科學推斷在情節中屢屢應驗，科學也被左拉神化了。

　　文學史家朗松對左拉不以為然，他說：「且不去指責左拉在科學方面的奢望，整部《盧貢—馬卡爾家族》——這部『第二帝國時期的一個家族的自然史』——並未傳授給我們任何有關遺傳規律的知識，它既無論證，也不作解釋。在把所有這些小說中的主人公連接起來的親屬關係的假設中，我只能看到一種沒什麼用處的文學技巧。」「無論科學實驗或技術性詮釋，在左拉的作品裡，科學和技術具有同樣的價值。他甚至不是一位像儒勒·凡爾納那樣的科普作家。在他的作品裡，只有紛亂，缺乏條理地陳列著一些學術性和專業性的詞彙，令人迷茫，得不到啟發。這是似真似假的科學。」「他向他的科學尋求答案。他那些醫學課本向他闡明了一些病理學的病例，他的生理學課本則向他解釋了動物生命的功能。他相信自己對人類瞭若指掌。在人類生命中，除神經變異和營養表象外，他沒有任何其他的探索。瘋子的煩躁不安和粗漢的欲念，這些就是他向我們提供的一切。由此，我們看到他筆下人物的心理的貧乏，令人不安的空虛，因此，他們的行為機械、唐突，並顯然是約定俗成的。這些人是瘋子和粗漢，看完四百頁，對他們的生活就一清二楚，除了說這是些瘋子和粗漢外，我們沒什麼好說的了。」[15]左拉筆下現代工業人、金融人的齷齪鄙俗，性情的乖張，性行為的唐突和誇張，似乎以生理遺傳學的「原理」才足以

15 〔法〕朗松：〈自然主義流派的領袖——埃米爾左拉〉，《法國作家·批評家論左拉》（合肥市：安徽文藝出版社，1994年，第1版），頁119。

讓人物的行為軌跡獲得「合理」的解釋。塑造「瘋子和粗漢」的價值，不僅為我們展現了十九世紀歐洲工業化時代的無序性、掠奪性和嚴酷性，更提供了一種看待這種「工業化暴力」的眼光：因為科學原理的在場，敘述者獲得審視式的敘述高度，因為科學持有的普遍性、客觀性和前瞻性，人物在工業化環境中種種愚蠢、盲目以及為慾望所控制的掙扎性情景獲得了「實驗感」——混亂和怪異在「科學透視」下都顯得合理了且應該得到相信。

從這個意義上說，左拉小說文本中的「科學」，不能以「精確性」來要求，而是應以「揭秘性」去看待。巴斯卡醫生花費巨大心血的所描繪的樹形世系圖可視為此種「揭秘性」的最重要的表徵。「揭秘性」以科學的名義讓各色人物在工業化大活體中的種種怪異而強烈的慾望找到可落實的因果關係，這種聯繫的本身與其說是實證，不如說是想像。

對科學的想像可以虛構為科幻小說如瓦爾納的作品，用科學進行想像同時又以實證主義作為再次編碼的敘事策略，則可讓左拉的自然主義小說中的「揭秘性」獲得奇異性同時又讓這種奇異性獲得科學權威的確證。再者，左拉的小說對科學的虛構在敘述者的態度中是以非虛構的面目出現的，敘述者所顯示出的科學的權威性、俯視性與文本中「科學道理」的「似真似假」並行不悖，小說求助於科學，科學在小說中被修辭化。

然而，並沒有多少讀者要求左拉的小說像學術論文那般嚴謹地剖析人物，內容的奇異性遠比實證的嚴謹性更吸引讀者。所以，論者以為左拉「首先是位浪漫主義的作家。他讓人想起雨果。他才能平實而充實，具有想像力。他的小說就是詩歌，是一些沉重而粗糙的詩篇，但畢竟還是詩。描寫顯得緊張、直率、繁瑣，變成了一種幻覺，左拉的眼睛，或者說他的筆使一切事物變形、擴大。這就是他貢獻給我們的一個殘酷的生活的幻夢，這不是簡單照搬的現實。他那過度的想像

給所有毫無生氣的形態注入活力；巴黎、一口礦井、一家大百貨商店、一個火車頭，都變成可怕的有生命的物體，它們在要求、在威脅、在吞噬、在痛苦；這一切就在我們眼前跳動，猶如在惡夢中一樣。個人性格的貧乏和僵硬使他們變成一些象徵性片語，而小說則力求組織起一幅宏大的寓意畫，從中多少隱隱約約可辨認出某種哲學的、科學的或社會的概念，這種概念照例價值不大，毫無獨創性。」[16]說左拉的「哲學的、科學的或社會的概念」毫無獨創性，批評未免過火，但言左拉的小說的浪漫性超過實證性，則不無道理。

　　浪漫的古典史詩是通過命運作為主題來為人物的所有行為構築主題，而左拉小說則以他宣稱的遺傳學的科學概念來統率敘事脈絡。實證的承諾為蠻荒式浪漫的虛構性獲得真實的幻覺，但除了幻覺之外，科學話語誘導出的隱秘遺傳性所形成的奇異感才是左拉小說最具有創造力的特色。去除實證性的科學承諾，左拉小說還能保留其絕大多數的內容，但如果去除了小說中工業社會中人的蠻荒性所派生出的浪漫感，左拉小說就失去了靈魂。因此，說左拉的小說以「過度的想像」為主導，是合適的。這種想像不也包括對遺傳醫學的想像嗎？科學不容虛構，但小說可以假科學的名義參與虛構。科學讓虛構更具說服力，哪怕讀者意識到小說敘事中虛實相間，亦是小說這一文體形式所能承受的。左拉在他的小說中所強調的「科學原理」，在文本中引入科學的普遍性權威性，強化了批判力，同時為批判性敘事概括出了主題。然而，在醫學科學越來越被敘事所「神化」的同時，小說中人物在工業化的科學技術面前也越來越野蠻，這不是表明即便科學可以被認識，卻阻止不了工業蠻荒人自我毀滅的命運嗎？左拉無意中讓我們看見了科學的悖論，儘管他是那麼相信科學。

16　〔法〕朗松：〈自然主義流派的領袖──埃米爾左拉〉，《法國作家・批評家論左拉》（合肥市：安徽文藝出版社，1994年，第1版），頁120。

三

　　福樓拜在他的《庸見詞典》中的「科學」這一條目說：「懂一點科學使人疏遠宗教，懂多了使人回歸宗教。」[17]福樓拜對科學極盡調侃之能事的長篇小說《布瓦爾與佩庫歇》的主人公也說過類似的話。這部未完成的長篇小說中，「鼓搗」各種科學又被科學中種種自相矛盾的觀點弄糊塗的兩位「科學活寶」尋求宗教的慰藉，可沒過多久，也對宗教發出太多迷惑不解的聲音，一句句挑戰性極強的發問讓本堂神甫無招架之力。可謂「懂了點科學被科學弄糊塗，讀了點教義就褻瀆宗教」。對大千世界充滿了好奇心的兩位主人公，探索科學或靠近信仰，一次次都讓他們倆跌入虛無的境地。

　　科學在福樓拜的筆下，已無左拉小說那般可資俯視的權威性。相反，福樓拜對科學無限狐疑的目光，使得科學在小說文本中不但變得不樂觀，更不那麼單純了。

　　科學在左拉小說中的悖論性是工業化大機器活體讓「動物人」被吸納到越來越理性化的工業秩序中，但這種工業秩序反而激發了不可遏制的殺戮欲、貪欲和性欲。科學的理性不但無法馴服人的野性，反而是野性勃發的溫床。但這種悖論性僅僅是小說內容可推斷出的結論，並非敘述者或主人公對科學本身的反思。福樓拜小說文本中涉及科學，則對科學的利弊直接進行批評。

　　福樓拜最擅長的，是從科學中發見愚蠢。無論是對科學一知半解的布瓦爾和佩庫歇，還是自以為掌握了科學原理的專業人士，福樓拜都能發現他們的愚蠢。

　　福樓拜諷刺兩位主人公，既一個勁兒地「揭露」他們的無知和愚蠢，同時，對兩位頗得唐吉訶德真傳的「科學活寶」對各種學科的狂

17　〔法〕福樓拜：《庸見詞典》（上海市：上海譯文出版社，2010年，第1版），頁120。

熱學習,對他們天真爛漫的熱情和真誠,又透著一絲欣賞。不過,正是因為熱情和真誠,兩位「科學活寶」所犯的錯誤,不是簡單地讓人厭惡,而是既可笑、可氣,又可愛、可憐。

比如,兩位「科學狂人」先是探索農業科學,這種探索一下就走到了極端。於是,有了以下的描述:

> 他受到佩庫歇的鼓動,對肥料產生了狂熱的興趣。他在堆肥坑裡堆上了樹枝、動物血、腸子、羽毛、以及他能找到的一切東西。他使用比利時溶液、瑞士浸液、堿水、大西洋燻鯡魚、被海浪沖到岸上可作肥料的海藻、破布片;還弄來鳥糞層,並設法人工製造鳥糞。為把他的耕作原則貫徹到底,他竟不容許別人白白丟失自己的小便,從而取消了小便處。人們把動物死屍搬到他的院子裡,他便用來燻自己的土地。田地裡到處擺放著切成碎塊的腐臭的動物屍體,布瓦爾在一片惡臭中卻滿心歡喜。他用安放在一輛有活動欄板的兩輪載重車上的水泵對準待收割的莊稼噴灑糞尿。見有人顯出厭惡的神情,他說:「這可是金子呢!這可是金子!」他還為沒有更多的廄肥而深感遺憾。有些地區擁有儲滿鳥糞的天然岩洞,那才走運呢![18]

這些所謂「金子」讓農作物受罪,但兩位主人公為了農業科學竟罔顧腐臭和骯髒,顯見其癡迷程度。兩位「科學活寶」對科學的這種癡迷不但是讓莊稼遭殃,更有甚者,還身體力行,將自己和他人都當作科學實驗品,讀了幾本醫學書,就膽敢行醫。

福樓拜筆下的兩位「科學癡漢」最可笑的是用自己做實驗,他們從事「科學實驗」時一絲不苟,天真,專注,卻又透著門外漢的傻

---

18 〔法〕福樓拜:《福樓拜小說全集(下)》(北京市:北京人民文學出版社,2002年,第1版),頁141。

勁。枯燥、概念化的科學知識，由於有了兩位仁兄充滿滑稽感、遊戲感的自以為是，憑藉其主觀臆斷的虔誠和自以為是的認真，演出一幕幕「科學活劇」。這種「科學活劇」的滑稽性在於主人公試圖模仿很「嚴肅」的「科學實驗」，但他們的模仿不是捉襟見肘，就是事與願違。原因在於手段的冒險性每每讓他們「嚴肅」的科學實驗計畫落空。這種落空感造就了滑稽感，落空使得表面上的高尚性、嚴肅性、嚴謹性被手段的冒險性與結果的狼狽性一筆勾銷。福樓拜勾勒了一幕幕癡漢模擬「科學實驗」的情景，這種情景與所謂真正的科學實驗之間的落差形成強烈的滑稽感。滑稽感讓福樓拜的小說敘事得以從一個揶揄的角度，以謬誤寫科學，以業餘寫專業，以毀壞科學的嚴謹性與周密性的方式來敘述科學。滑稽感讓莫測高深的「科學實驗」「降到」平凡人的日常生活之中，迫使嚴謹的科學話語彎腰俯就：高深、嚴謹的科學理論不得不接受無畏之無知者的「洗禮」。這種「洗禮」讓「愛科學」的人出乖露醜，也讓看似權威的「科學原理」疑點重重——「科學原理」往往在兩位活寶莽撞可笑的冒險失敗之後被埋怨被質疑。不過，這些看似無稽的「科學牢騷」卻有可能誘導出對「科學原理」不利的懷疑。「科學實驗」的冒險化不僅僅是「實驗品」危險，「科學原理」也隨之「危險」了。於是，福樓拜的冒險化、日常化、詼諧化的「科學實驗」之敘事產生了雙重「質疑性」——對於學科學的人和科學理論本身的雙重質疑：

> 他們想更準確地把握各個器官的功能，因而為沒有像蒙泰格爾、戈斯先生和貝拉爾的兄弟那樣具有反芻能力而深感遺憾。於是，他們咀嚼食物慢而又慢，儘量嚼碎，混進口涎，在思想上伴隨那碗飯直到內臟，甚至跟隨到結尾，一絲不苟，幾乎帶著宗教活動一般的專注。
>
> 為了人工製造消化力，他們把肉放進裝有鴨胃液的瓶裡壓緊，

然後把瓶子放在腋下半個月。除了薰臭了他們倆的身子，沒有
別的結果。

有人看見他倆順著大路奔跑，衝著火燒火燎的太陽，穿著濕透
的衣服。原來他們是在檢驗表皮受水是否能緩解口渴。他們回
家時氣喘噓噓，而且都得了感冒。

作聽覺、發音及視覺實驗，他們遊刃有餘；但布瓦爾卻要展開
生殖實驗。

佩庫歇在這方面的保留態度永遠使布瓦爾吃驚。他覺得朋友的
無知是那樣徹底，所以逼他作出解釋。佩庫歇羞得滿臉通紅，
最後總算作了交代。[19]

再如：

書中那些意見的明確性十分吸引他們。所有的疾病都來自蟲
子。蟲子弄壞牙齒，把肺挖出窟窿，使肝腫大，禍害腸子並引
起腸鳴。擺脫這些疾病的最佳藥物是樟腦。布瓦爾和佩庫歇便
採用了樟腦。他們把樟腦當鼻煙吸，還嘎吱嘎吱嚼樟腦；他們
又給大家散發香煙、鎮靜劑藥水、蘆薈樹脂片。他們甚至著手
治療一個駝背的人。

那是有一天他們在趕集時遇到一個小男孩。男孩的母親是個乞
丐，每天上午都把兒子領到他們家。他們用樟腦油脂塗搽並按
摩孩子的駝背，並用芥末糊塗二十分鐘，這之後便貼上油酸鉛
硬膏。為了保證他再來，他們還請他吃午飯。

由於腦子裡經常考慮寄生蟎蟲問題，佩庫歇在波爾丹太太的面
頰上觀察到一個奇怪的色點。長期以來，大夫一直在用膽汁為

19 〔法〕福樓拜：《福樓拜小說全集（下）》（北京市：北京人民文學出版社，2002
年，第1版），頁169。

她治療。這個圓點一開始只有二十蘇的錢幣那麼大，後來逐漸長成一個粉紅色的圓圈。他們有意給她治療，她答應了，但要求由布瓦爾給她臉上抹油。她在窗前擺定姿勢，解開胸衣上部的搭扣，伸出臉頰，用異樣的眼神凝視著布瓦爾，如果沒有佩庫歇在場，那種眼神會很危險。儘管汞有點嚇人，他們還是在許可劑量的範圍之內用了氯化亞汞。過了一個月，波爾丹太太得救了。

她於是替他們廣為宣傳，徵稅官、鎮政府秘書、鎮長自己以及沙維尼奧爾所有的人也都口口相傳。

然而駝背男孩卻沒有直其腰來。稅務官扔掉了他們給他的香煙，因為他越吸越氣悶。福羅抱怨蘆薈樹脂片引起了痔瘡。布瓦爾得了胃病，佩庫歇也得了嚴重的偏頭疼。他們對拉斯帕依失去了信心，但噤若寒蟬，生怕影響了對他的尊重。

他們對種牛痘表現了極大的熱情，又在白菜葉上學習放血，甚至弄來一對柳葉刀。

他們陪醫生去窮人家出診，然後再請教書本。

作者記錄的症狀和他們剛看到的症狀大相逕庭。至於疾病的名稱，有拉丁語、希臘語、法語等等五花八門的語言。

有成千上萬種病，用林耐分類法並採用他規定的種類名稱倒很方便，但如何確定類別？於是他們在醫療原理方面迷失了方向。萬・海爾蒙關於生命本源的地心之火學說、生機學說、布朗學說、臟器學說勾起他們思緒萬千。他們問大夫，淋巴結核的病菌從哪裡來，引起疾病的傳染疫氣到哪裡去；面對各種病例，有什麼辦法區分病因和後果。

「因和果是混在一起的。」沃考貝依說。

這位醫生說話之缺乏邏輯讓他們倒胃口，他們便獨自去看望病人，並且藉口慈善活動深入病人的家庭。

在一些房間的盡裡，人們躺在骯髒的床鋪上：有的人臉垂在一邊，有的人浮腫的臉呈朱紅色，或蠟黃色，或青紫色；一些人鼻孔緊皺，另一些人嘴唇發顫，或發出嘶啞的喘氣聲，還有人打嗝，或渾身流汗；房間裡到處是皮革和陳乾酪味。

他們翻閱醫生給這些病人開的處方，萬分驚訝地發現鎮靜劑有時竟是興奮劑；催吐藥竟是催泄藥；同樣的藥物竟合適各種不同的病症；一種病竟可以由完全對立的治療方法治癒！

不過，他們仍然對病人提出勸告，鼓勵他們振作精神，而且膽敢為病人聽診。

他們浮想聯翩，竟陳書國王，希望在卡爾瓦多斯省設立護理學院，他們兩人可以執教。

他們前去巴耶找藥店老闆，請他像古人那樣製作瀉藥丸，即用藥粉搓成小球，揉搓之後的藥物更易被病人吸收。

根據這樣的推論：減低溫度可以阻止炎症，他們用繩子把坐在安樂椅裡的一位患腦膜炎的女人掛在天花板的幾根小樑上，然後換著胳膊搖來搖去。女人的丈夫回家撞見這個場面，立即把他們趕出門去。

最後，他們附庸時尚，將溫度計塞進病人的屁股，使本堂神甫氣憤填膺。[20]

福樓拜的「科學癡漢」「實驗品」狀態既與左拉的「實驗小說」把人當作動物一樣之「實驗」不同，又與穆齊爾《沒有個性的人》具備了專業學者的「技術裸化」能力並且讓自我精神生活拋入「精神實驗」狀態的沉思狀態有很大差別。左拉之「實驗」，敘述者是以造物

20　〔法〕福樓拜：《福樓拜小說全集（下）》（北京市：北京人民文學出版社，2002年，第1版），頁175。

主的神性目光注視受遺傳規律支配的主人公，「實驗品」被動接受命運以及「規律」安排之敘事並被塗抹上濃厚的悲愴感和沉重感。福樓拜《布瓦爾與佩庫歇》則讓兩位主人公直接進行冒險化的「科學實驗」。這種實驗有科學實驗之形式，卻與科學的嚴謹精神背道而馳。一知半解，不講分寸，好走極端。兩位科學癡漢的「科學實驗」最有意義的實驗其實是對科學本身的實驗。兩位主人公對各種科學學科從崇拜、癡狂到沮喪的探索之旅，多少對應了人類與科學打交道的種種心態。福樓拜筆下的「科學實驗」，是在諷刺中見出人與科學之間的複雜關係：獲得新知之刻的無限欣喜，以自我磨難方式獲得新知時的陶醉，陷入「科學迷宮」之時破罐破摔的沮喪。但是，福樓拜的「科學實驗」敘事如果僅僅視為鬧劇又是片面的。看似鬧劇的「科學實驗」中，主人公的真誠與困惑交織，開闊與偏狹變幻，堅強與軟弱交替，聰明與愚蠢並行。

福樓拜的「科學實驗」中科學與人互為哈哈鏡。其有趣之處在於，「科學癡漢」對科學的一知半解雖然顯得可笑，但正因為他們的「癡」以及門外漢的「無知無畏」，他們的「傻話」反而包含著天真的懷疑和大膽的質問，直指科學的種種漏洞和誤區。正如皮埃爾·馬舍雷的評價：「在福樓拜的美學中，愚蠢的主題找到了它的組建功能，它那特有的首創功能。因為根據福樓拜的觀點，任何文學工作的目標就包含在這個簡單的見證中：現實有多麼愚蠢，愚蠢又是多麼美麗，被認可為愚蠢又是多麼美麗！」[21]愚蠢現美麗，傻話藏真知，愚行出見識。「科學癡漢」為能沐浴科學的啟蒙之光而醍醐灌頂、茅塞頓開，亦能在「科學遊戲」中歪打正著，還不時讓科學出乖露醜。科學帶來了淵博與深刻、科學也生產著謬誤與偏見。福樓拜小說中的科

---

21 〔法〕皮埃爾·馬舍雷：《文學在思考什麼？》（南京市：譯林出版社，2011年，第1版），頁268。

學與人是平等的，是遊戲化、戲謔化的。福樓拜的《布瓦爾與佩庫歇》讓「科學實驗」成為主人公「過家家」的特殊方式，既傳達著科學的達觀，又暴露了科學的無能或侷限。科學居高臨下的莊重感和令人畏懼的神祕感被福樓拜成功瓦解了，科學的「神化」面具脫落，遊戲化、詼諧化的「科學變臉」讓科學的多種面孔次第登場。每一種面孔都藏著另一個面孔，每一種面孔都不是另一個面孔所能取代。不過，景仰中有破滅，消解中有抒情，漫畫式的主人公一旦表現出對科學的癡迷和景仰，並通過科學闡釋的路徑去感知世界，雖然屢屢受挫，但他們依然保持著一種「科學頑童」的開闊心態，此時的小說敘事又演進到極富浪漫意味的場景中。試讀以下內容：

> 剛收過麥子，一個個麥垛聳立在田野當中，夜晚柔和的藍青色襯托出麥垛碩大的黑影。四處的農莊都很安靜，甚至聽不見蟋蟀的叫聲。整個鄉村都在沉睡。微風吹涼了他們發熱的雙顴，他們吸吮著涼風，消化著肚裡的食物。
>
> 高高的天空佈滿星星，有的星成群地放著光，有的星一個接一個閃耀著，有的卻孤零零的，相隔甚遠。星星像一片明亮的塵埃從北方撒到南方，在他們頭頂上分道揚鑣。各個光點之間有很大的空間，蒼穹猶如湛藍的海洋，群島和一個個小島點綴其間。
>
> 「多大的數量呀！」布瓦爾驚呼。
>
> 「我們並沒有看全！」佩庫歇接過他的話茬說，「在銀河的後邊是星雲，星雲的那邊還有星。離我們最近的星也距我們三十萬億公里。」
>
> 他從前經常去旺多姆廣場用天文鏡觀天，現在還記得一些數字。
>
> 「太陽比地球大一百萬倍；天狼星比太陽大十二倍；有些彗星長三千四百萬法里！」

「這簡直讓人發瘋！」

他哀歎自己太無知，甚至為年輕時沒有進綜合理工學院讀書而遺憾不已。

佩庫歇又讓他轉過頭觀看大熊星座，給他指出北極星的位置，接著要他看 Y 字形的仙後星座，和天琴星座裡閃亮的織女星；天際的下方是紅色的金牛座 A。

布瓦爾向後仰著頭，艱難地在想像中畫著星座的三角形，四邊形，五邊形，以辨認自己在天空所處的位置。

佩庫歇繼續說：

「光速每秒鐘八萬法里。銀河的光需要六個世紀才能到達我們這裡，所以，人們觀看一顆星星時，那顆星可能已經消失了。好多星是斷斷續續出現的，還有許多星永遠也不再回來；星星老變換位置；一切都在躁動，一切都在過去。」

「太陽可是一動不動的！」

「過去都以為是這樣，然而在今天，學者們卻宣佈太陽在朝武仙星座加速移動！」

這一點攪亂了布瓦爾的思想，他尋思片刻後說：

「科學是根據無限空間的一角提供的資料建立起來的，它也許並不合適人們尚不知道的其他地方，而那些地方遠比地球大，人們也不可能發現它們。」

星光下，他們站在葡萄棚上這樣談論著，言語間不時停下來靜默好一陣。

最後，他們琢磨星球裡是否有人存在。為什麼不可能？天地萬物都是協調一致的，所以天狼星的居民個頭一定特大，火星的居民是中等身材，金星的居民準是小個子。除非到處都一樣。天空上也有商人，有憲兵；那裡也有人弄虛作假，有人打仗，有人廢掉國王。

幾顆流星突然隕落，像巨大的煙火在天上畫出一條拋物線。

「瞧」布瓦爾說，「有幾個世界正在消失。」

佩庫歇接著說；

「如果輪著我們地球翻筋斗，其他星球的公民也不會比我們現在看見他們消失更激動。這樣的想法可以消滅大家的傲氣。」

「這一切會有什麼樣的終結？」

「可是……」

佩庫歇也重複了兩、三次「可是」，再也沒有找出要說的話。

「沒關係，我倒很想知道宇宙是怎樣創造的。」

「布豐的書裡可能談到這個，」布瓦爾閉著眼睛回答說，「我受不了了，我這就去睡覺。」

《大自然的各時期》告訴他們，一顆彗星撞擊太陽時，撞掉了一小塊太陽變成了地球。南北極先涼下來，那時整個地球一片汪洋，後來水流進洞穴，陸地分成了若干板塊，動物和人也就出現了。

天地萬物之雄偉使他們感到與天地萬物一般無邊無際的驚異。他們的思想開闊了。他們為能思考如此重大的課題而感到自豪。[22]

這種以「科學赤子」的心態面對大自然的敘述亦莊亦諧。但從整體上看，莊多於諧，可見福樓拜的小說並非僅僅只是拿「科學實驗」來打趣取樂。科學知識導引出的敬畏感，極富詩意的浪漫性同樣是福樓拜小說的組成部分，即便這種浪漫感每每為挫敗感所沖毀。當然，福樓拜的人物並不像二十世紀上半葉的托馬斯·曼的《魔山》的主人公那樣將科學知識化入感受極度細膩的層面加以審美化，而是一旦閃爍出

---

22 〔法〕福樓拜：《福樓拜小說全集（下）》（北京市：北京人民文學出版社，2002年，第1版），頁183。

科學感悟的浪漫光芒，便拐彎走向懷疑與拆解。卡爾維諾認為《布瓦爾和佩庫歇》是「百科辭典式」小說的「原型」。[23]卡爾維諾發現，「比福樓拜晚一個世紀的百科全書型小說家雷蒙・凱諾寫過一篇文章，為這兩個人物辯解，說他們並不『糊塗』（他們的不幸在於『追求絕對』，不能容忍矛盾與疑問），並為福樓拜辯解，反對簡單地把福樓拜說成是『敵視科學的人』。凱諾說：『福樓拜是贊成科學的，只要科學是懷疑主義的、系統的、謹慎的、有人性的。他害怕的是教條主義者、形而上學者和哲學家。』」[24]的確，質疑不等於敵視。不過，《布瓦爾與佩庫歇》畢竟不是一部科普著作，之中的科學觀點誰對誰錯，多數讀者無明辨是非的能力，也無判定對錯的必要。福樓拜這部小說的價值，在於塑造了為現代科學又癡又狂的唐吉訶德形象。福樓拜不過是以科學幻象置換了騎士幻象。兩位「科學俠客」，他們的天真、癡狂，以及這種屢敗屢戰的癡狂派生出來的帶傻氣的浪漫、看似糊塗的清醒、貌似大膽的懦弱、外表憨厚的小狡點、性格執拗的無恆心、直面流俗的愛面子、無比闊達的小家子氣，所有的這些人性的光芒與弱點是那麼對立又那麼融洽地匯聚在主人公身上，這才使得所謂的「科學辯論」、「科學冒險」之敘事具有了審美意味。換一個角度說，「科學冒險」的敘事內容唯有閃爍出兩位癡漢的既粗線條又不時細膩化的種種可愛、可氣、可笑的心理內容，福樓拜對「科學原理」的崇尚又質疑的搖擺性的態度才可能獲得文學的書寫。福樓拜的《布瓦爾與佩庫歇》事實上並沒有對科學的學理是非做周密的甄別，這不是小說的義務。《布瓦爾與佩庫歇》讓兩位癡漢以半夢半醒、半真半假的方式與科學周旋，歪解、曲解、正解產生出的雜糅化情感，使得任何一種科學知識都被布瓦爾與佩庫歇進行一種神經質的、情緒化演繹。這些知識讓他們震驚、陶醉、沮喪、懊惱、幻滅，周而復始。這

23　〔義大利〕卡爾維諾：《美國講稿》（南京市：譯林出版社，2012年，第1版），頁109。

24　〔義大利〕卡爾維諾：《美國講稿》（南京市：譯林出版社，2012年，第1版），頁110。

種種駁雜化的情感，與科學之對錯不一一對應：科學說對的，癡漢可能因誤解而抱怨，科學說錯了，癡漢可能因盲信而興高采烈。所以從根本上說，這不是一部關於科學是非的小說，而是敘述人對科學複雜感受的小說：那麼容易神往，甚至輕信，又那麼容易退縮，甚至厭倦。從膜拜到放棄只有一步之遙，人對科學的歪解與曲解的浮躁心態是不是要強於對科學的正解的耐心，我們又將在多大程度上可以確信人對科學的理解力與人應用科學的謹慎心態呢？癡漢雖然莽撞，但他們的對科學的曲解歪用都是有驚無險，那麼，如果這種的冒險的範圍和程度進一步擴大呢？熱愛的本身是不是就包含著危險呢？門外漢是如此，行家就一定保證「有驚無險」嗎？福樓拜與其說對科學有種種質疑，不如說他對人對科學的態度有著先知般的警覺。福樓拜對科學的神往又質疑的態度，似乎預言式地對應著二十世紀的品欽那種「科學他者化」、「技術恐懼症」的後現代小說。當然，就十九世紀而言，福樓拜似乎比左拉對科學的理解具有更複雜而透澈的批判力。

　　兩個抄寫員的科學「夢之旅」敘事不是為了詮釋科學，而是通過一場又一場的科學官司，寫出普通人對科學知識會產生的景仰感、受挫感和懷疑感。癡漢歪解科學的冒險故事讓這部以科學為話題的小說妙趣橫生。那麼，正解是否也有可能讓小說具有審美價值呢？如果主人公是科學家或接受規範訓練的科學學習者，小說藝術對於科學又該如何處理呢？這個問題將交由《魔山》、《沒有個性的人》這樣的小說來回答。

四

　　科學思維融化到小說的審美想像中，豐富了人對世界的感受的廣度和深度，具有博物學趣味或工科背景的小說家似乎更樂意讓科學思維作為其文學審美觀念的一個有機組成部分。其撰寫的文學作品對事

物的感受，不但不受科學理性排擠，相反，科學理性甚至能打開一條別致的通道，讓某種審美感性達到更微妙的境地。

　　德國的托馬斯・曼的《魔山》是一部成長小說。主人公漢斯先是著迷於自然科學、醫學，後探索哲學、宗教，乃至神秘主義。不過，年輕的工程師漢斯與布瓦爾和佩庫歇不一樣，他對各種學科的學習不是滑稽式的歪解與曲解。小說家同樣賦予漢斯天真而熱情的學習欲，但他嚴謹的工科背景，謙虛而熱忱的態度，讓漢斯這個形象遠比布瓦爾與佩庫歇來得更具有學院知識分子氣質。無論是布瓦爾和佩庫歇，還是漢斯，他們通過「科學探秘」，知覺的深度和廣度都大大地獲得了延伸和拓展，布瓦爾與佩庫歇甚至在這種知覺的擴展過程湧動出廣闊的詩意。然而，兩位癡漢急功近利的莽撞行動往往毀敗了他們的知覺系統，「科學冒險」的屢屢失敗讓癡漢陷入怨婦般的沮喪之中。漢斯則完全不同，他的恬靜性格以及對科學知識足夠的尊重與耐心，讓主人公更多以沉思的方式對待科學知識。漢斯借助於醫學知識對自我知覺特別是愛情知覺的一步步探索，是《魔山》中極具藝術創造性的敘事內容。先讀讀漢斯如何通過與大夫的交談知曉他的意中人的美感「來源」：

　　　　「喔，您懂嗎，我倒對她內部和皮下脂肪了解得更多一些，我知道她的動脈的血壓，組織的活力以及淋巴的運行狀況，由於某些原因，我對她身體裡的情況知道得一清二楚咧。可是表面上的東西卻難以掌握。您有幾回看到她走路的姿勢嗎？她走路的模樣，從臉上也看得出來。她走起路來是躡手躡腳的。比方說她的那雙眼睛吧——我姑且不談它的顏色，它也像面部表情那樣詭譎得很。我只是說這雙眼睛的位置和大小。您會說，她的眼瞼像有一條縫，而且有些斜視。這不過是表面現象罷了。把您搞糊塗了的，原來是一種『內眥贅皮』，這種變異物只存在

某些民族的身體內，實際上是一種贅皮，它從這些人扁平的鼻樑起經眼皮一直通到眼睛內部的一個角落。如果您托住鼻根上的皮膚，把它繃緊，那麼您的眼睛就像我們大家一樣，不會再斜視了。斜眼看人令人有一種神秘莫測之感，何況又沒有多大光彩。老實說，內眥贅皮能隔代遺傳，是發育障礙引起的。」

「原來如此，」漢斯·卡斯托爾普說。「我對此本來一竅不通。不過好長時間來，我一直想知道斜眼看人究竟是怎麼一回事。」

「真是自尋煩惱，又是一筆糊塗賬，」顧問大夫加強語氣說。「如果您光是把斜視和睞眼畫出來，您就不對頭了。您必須根據生理現象的角度把斜視和睞眼畫好，所謂以錯覺來駕馭錯覺。因此，您當然需要懂得有關內眥贅皮的知識了。多懂一些總沒有害處。您看看皮膚，看看這裡的身體上的皮膚吧。根據您的看法，它是不是逼真，或者並不特別逼真？」

「和真的完全一模一樣，」漢斯·卡斯托爾普說。「皮膚嘛，您真畫得栩栩如生。依我看，誰也沒有畫得這麼出色。簡直連毛孔都看得出來。」於是他用手輕輕去摸圖畫中袒胸露肩的地方。和她那被畫師渲染得過分的緋紅的臉兒相比，這些地方的膚色顯得異常潔白，彷彿身體上的這些部分從未被陽光曬過似的。因此，不管作者是否故意如此，裸露部分給人以華而不實之感，效果不佳。

儘管如此，漢斯·卡斯托爾普的讚美還是言之有理。她那柔嫩的、不算乾癟的胸部繪成油光光的乳白色，同淡藍色的紗巾襯映在一起顯得恰到好處，十分自然。顯然，畫師在這上面是動過情的，而且還無傷大雅地給它添上幾分甜潤可愛的色彩，不過藝術家還懂得如何賦予它以合乎科學的真實感，使它顯得栩栩如生。他利用畫布較為粗糙的特點，使皮膚表面天然的不勻

稱性在抹上油畫顏料以後能充分體現出來，在優雅地凸起的鎖骨部分表現得尤為明顯。胸口上方乳房分界處的左側，有一顆小痣，貝倫斯畫時也並未略過，在隆起部分的中間，一條條淡青色的血管隱約可見。賞畫的人們看到這半裸的身體，難免動幾分感情，渾身會微微戰慄起來。人們彷彿看到她身上正沁著香汗，肉體上散發出某種無形的氣息，這時你恨不得把嘴唇貼上去體會一下，但願感受到的不是顏料和清漆的氣味，而是肉體的氣味。我們把漢斯・卡斯托爾普看了這幅畫後的印象一一複述出來。既然他對這些印象有特殊的感受力，我們就可以客觀公正地下一個斷語：肖夏太太那肉體半露的胸像是這間房間裡最引人注目的一幅畫兒。

顧問大夫貝倫斯兩手插在褲袋裡，踮起腳跟，抵住腳跟上的肉球轉來轉去，一面看看自己的作品，一面又瞧瞧兩位客人。

「我很高興，我的同行，」他說。「我很高興您居然欣賞它。要是一個人能對皮下的情況略知一二，換句話說，要是他對自己除了光是所謂抒情式的關係外，尚有其他關係，能把肉眼看不到的東西畫出來，倒是一樁好事，一點也沒有什麼害處。要是一個藝術家同時又是醫師，生理學家，解剖學家，能對身內之物隱隱約約懂得一些，那就大有好處，您肯定會佔優勢——隨您怎麼說都行。身體上的皮膚也有它的科學，您可以用顯微鏡檢查出，它在有機結構上是正確無誤的。您不但能看到表皮的黏液和角膜層，而且還可以想見下面的真皮組織，那兒還有脂肪腺、汗腺、血管和小乳頭。再下面還有脂肪膜，您可知道，這是襯墊模樣的組織，也可以叫襯層，上面有許多脂肪細胞，女人迷人的姿態就是這樣形成的。您懂得些什麼，又在想什麼，對您創作的畫兒都能起到作用。它們會自然而然地流到您的畫筆上施加影響。表面看來似乎不相干，其實多少有些關

係。一幅畫的真實感就是這樣產生的。」

漢斯‧卡斯托爾普全神貫注地傾聽這番話。他的額頭漲得通紅，眼睛閃現興奮的光芒。他不知怎樣開口才好，因為要說的話太多了。他首先想到一個主意，那就是將這張畫像從視窗陰暗的牆頭搬開，放到更適宜的地方去；其次，他急於想吃透顧問大夫關於皮膚性質的一些見解，他對於這些見解極感興趣；第三，他也想發表自己對這個問題的一般觀點和哲理，對此他興趣十足。[25]

此處，醫生兼畫家貝倫斯關於肖夏太太的媚態的醫學化美學解讀，並未導致肖夏太太「去魅」，生理上「內皆贅皮」的揭示也未讓肖夏太太的媚態倒胃口，「真皮組織」與「脂肪膜」的陳述似乎照樣讓肖夏太太的皮膚富有美感，這種醫學話語「破譯」一個女人的美感的方式，在貝倫斯得意的語氣裡似乎是「不過爾爾」的輕鬆讀解，對於漢斯卻不一樣，他越了解「皮下的情況」，對肖夏太太的興趣越濃厚。

人體微觀層面上的呈現，沒有弱化漢斯對肖夏太太整體美感的理解，而是讓漢斯獲得更微觀、更獨特的想像路徑。

通過這個路徑，「脂肪腺、汗腺、血管和小乳頭」讓漢斯通過醫學術語獲得毛細血管般的想像擴張。這種想像的細化與擴張依賴於醫學的專業術語，作為工程師的漢斯有能力將各種科學話語「轉譯」為情感話語。

科學話語包括醫學話語雖然以共性的面目出現，但處於單戀狀態的漢斯具有強大的情感滲透和改造能力。共性的、客觀的醫學科學術語不但未能將肖夏太太「還原」為一般化的生理人，相反，醫學科學

---

25 〔德〕托馬斯‧曼：《魔山》（上海市：上海譯文出版社，2007年，第1版），頁256。

術語的微觀性和深入性反而讓漢斯找到恣意展開想像的「細微」依據。所以，這些醫學科學術語在工程師漢斯那兒，最終是被改造為情感話語。醫學科學話語的了解，讓漢斯捕獲意中人擁有更豐富的知識儲備，讓他的愛情想像獲得更別致的通道。從另一方面看，醫學科學話語沒有讓愛情中人冷漠化和客觀化，醫學話語反而搧動起更劇烈的情愛風暴，這也正是托馬斯・曼呈現愛情的獨特之處：醫學科學話語煽風點火，篤信科學的人在極熱烈的愛情面前不但無法保持科學的冷漠和中立，相反，科學臣服於愛情，愛情讓科學話語貌似客觀其實攜帶了極其主觀的情愛感受。最中立的話語與最主觀的話語交融，這不是科學話語的敗北，而是科學為愛情表達添加一份熱情一份諧趣。

　　話說回來，如果漢斯對肖夏太太不動情，「內眥贅皮」無非是一種生理缺陷而不是媚態發源點，「脂肪膜」不會襯起愛的曲線，「脂肪腺」更不會分泌出愛情意義。如此，醫學科學話語作為一種類型性就遠大於個體性的術語。因此，我們可以說是漢斯對肖夏太太的情欲改變了類型化的醫學術語，讓醫學術語成為形容肖夏太太獨特美的一種情感語言。

　　再有，大夫的油畫與大夫對油畫的醫學解讀構成雙重中介，油畫是藝術中介，醫學解讀是科學中介。科學中介同樣參與了美感建構。醫學術語在此處已經不只有治病救人的性質，醫學術語讓肖夏太太的美獲得了「可觸摸感」。「角膜層」與「脂肪腺」讓主人公通過詞語零距離地接觸到肖夏太太，更有一種由表及裡的捕獲感和深入的擁有感。「身內之物」或「皮下的情況」的熟稔，與其說對繪畫有好處，不如說「身內」肉體已經成為一種隱喻。似乎越能了解「皮下的情況」便越能觸摸到肖夏太太的靈魂。此處，身體已不僅僅是醫學的身體，生理化的身體區域的劃分，也不只是出於醫學研究的需要，而是開拓一種由身體到靈魂的想像通道。「外」是看得見的面貌、形體與光澤，由「外」往「內」，則要窺見其神秘的靈魂。

　　肖夏太太離開療養院之際，送給漢斯最特別的禮物，就是承載她的疾病符號 X 光照片。身體的「內部」向情人敞開，「病相」交給情人，意味著她的靈魂對情人的「赤裸裸」，也意味她同時交出了對愛情的希望與絕望、昇華與頹廢。

　　現代透視技術沒有創造美感，但鋪展了一個敞開身體「內部」的符號想像。這個符號想像對身體的「完全暴露」是以贈與的唯一性為前提的。這就強化了這一贈與形式的珍貴性。肖夏太太很聰明，她懂得利用現代科技將「醫學化身體」構造為情愛符號，醫學圖像之類型化之無面目化，在贈與的唯一性這一形式的催化下，獲得了指向性明確的攝人心魄之美：

> 　漢斯・卡斯托爾普還是忍不住從胸前的口袋裡掏出一塊作為贈品的玻璃片，他把玻璃片存放在皮夾子裡一只有襯料的信封內。這是一塊小型玻璃板，握著的時候如果與地面齊平，那麼它的顏色黑而不透明；倘若把它舉起迎著光線看，那麼它就十分明亮，人體的各種結構歷歷在目：肉體的透明圖像，肋骨的結構，心臟的輪廓，橫膈膜的弓形結構，像鼓風機那樣的肺臟，還有鎖骨及上膊骨，而這一切都為一層灰白而朦朧的遮蔽物質包圍著，也就是被肉包圍著——在謝肉節的那個星期裡，漢斯・卡斯托爾普曾喪失理智地為這個肉體付出了很大的代價。當他細細看著這個贈品，然後又叉起雙臂，頭部歪向一側，肩胛倚在長椅光滑的靠背上，在湍急的水流聲中和燦然開著藍花的耬斗菜面前思潮起伏地回想起過去的「一切」時，他那激動的心僵住了，而且怦怦亂跳，這又有什麼奇怪呢？[26]

---

26 〔德〕托馬斯・曼：《魔山》（上海市：上海譯文出版社，2007年，第1版），頁393。

　　這就是托馬斯・曼筆下的肖夏太太的愛情創造力，她將現代醫學科技才可能催生出的有點醜陋的圖像轉譯為愛的禮物，她將愛情疾病化，又將疾病愛情化。她膽敢暴露身體內部的醜與病，她懂得敞開就是神秘，她明白形式比內容重要，她知曉最不性感的 X 光圖像內涵著了不起的性感力。科技魅惑化，醫學情感化，疾病放蕩化，無面目的身體圖像的個性化，這就是肖夏太太作為愛情贈禮的 X 光照片所潛藏的秘密。

　　照片的秘密，其實是一種讓解剖學原理與現代醫學科技參與情愛審美的秘密：生理學、解剖學的術語乃至 X 光照片不會因為其科學面目而排斥情感和隱喻，只要這術語是針對某位具體的人，只要醫學圖像是愛人的圖像，只要這疾病是情人的疾病，那麼，解剖得越細，圖像暴露得越「徹底」，情感的投入越深。醫學遵從普遍性原理，但這普遍性原理只要與個體相關聯，那麼，術語、圖像都可能被情感化和隱喻化。

　　托馬斯・曼不像普魯斯特那樣對一個動作瞬間可以進行多態想像，但托馬斯・曼懂得開闢「內部化」的想像通道，而這個「內部深處」的想像，可以大膽地以「不美」的身體內部圖像為美，以毫無個性的脂肪膜和脂肪腺為個性。科學之「醜」和科學之類型化作為審美冒險的障礙被建立起來，所以，從另一個角度看，X 光照片的科學的「醜」，以及類型化，反而成為測度情感的熱烈性的一種尺規，反襯出被愛者的無邊魅力和愛人者愛欲的熱烈。

　　托馬斯・曼的醫學浪漫化最突出的特點是讓類型成為個性，讓無面目的器官獲得浪漫化的個性內容，讓中性化變得浪漫化，讓無個性無面目的微觀組織指涉個性化的情感面貌。要實現這符號意義的「反轉」，其力量一是來自於強烈的愛欲，二是來自於對死亡的恐懼。疾病、死亡的威脅讓愛欲更為放蕩。肖夏太太的 X 光照片交付的不僅是愛，還有利用愛情對抗死亡的自嘲般的自我放縱。所以，X 光照片

不僅內涵著愛欲的昇華，還有疾病帶來的絕望和瘋狂。

桑塔格在《疾病的隱喻》中對結核病之隱喻性的分析對《魔山》基本適用：「像所有真正成功的隱喻一樣，結核病的隱喻非常豐富，足以運用到兩種彼此衝突的情景中。一方面，它描繪某個人（如一個孩子）的死，說他死得太『美好』了，全無性的色彩；這是對那種天使般一塵不染的心理學的肯定。另一方面，它又是一種描繪性方面情感的方式──為放蕩開脫責任，把它歸咎為一種客觀的、生理的頹廢或渙散狀態。結核病既帶來『精神麻痺』（羅伯特・路易士・斯蒂文斯語），又帶來更高尚情感的充盈，既是一種描繪感官享受、張揚情欲的方式，同時又是一種描繪壓抑、宣揚昇華的方式。尤其是，它肯定了下列做法的重要性，即意識上更敏感，心理上更複雜。健康反倒變得平庸，甚至粗俗了。」[27]可見，對疾病描述從來不是那麼客觀的，疾病背後有著對疾病的多種想像。

《魔山》中，疾病被情欲化，疾病成為絕望的麻痺與熾熱的愛欲糾纏在一起的一種喻體。

以 X 光照片為愛的贈禮，又豈止是讓醫學圖像浪漫化，這浪漫化的內裡，還包含著對疾病的冷嘲，對生命的絕望，對愛情的懷疑，以及活在當下的自我麻痺。

醫學符號，在托馬斯・曼筆下，已經不是帶著權威感的科學診斷的概念，也不僅僅是普魯斯特式的審美誘導者，而是多重意義多種情感糾纏在一起的喻體。解剖學、生理學的種種術語與符號，是推動情感想像的激情符號，醫學化的肉體是匯聚情感意義的象徵物。

《魔山》將無面目的中性化的醫學科學符號的情感化書寫推進到一個極微觀極細膩化的介面。身體的醫學化特徵不斷被「轉譯」為審

---

27 〔美〕蘇珊・桑塔格：《疾病的隱喻》（上海市：上海譯文出版社，2003年），第1版，頁24。

美符號,而在這「轉譯」過程。在主人公的情感世界中,醫學特徵不斷為審美化特徵所消融所吸納。這種審美符號對中性、實用的、無面目的符號不斷吸附不斷僭越、不斷隱喻化的過程被托馬斯‧曼以高度細膩的方式書寫出來。

身體的醫學符號層級化、區分化、測量化本來是為了醫學之用。由於人的身體本身同時具備了醫學／愛欲／審美的特徵,所以,醫學的量度是被「錯覺化」地轉譯為愛欲與審美的量度。醫學度量化所使用的科學術語通過這一「錯覺化」轉譯,使得醫學科學術語的測量化的精密性被借用為審美感性的細膩化描述。

這種對科學術語的愛欲／審美借用,實際上是利用醫學術語讓身體的匿名狀態獲得命名的機會。

莫里斯‧梅洛—龐蒂認為的:「我們的身體是一個兩層的存在,一層是眾事物中的一個事物,另一層是看見事物和觸摸事物者;我們說——因為這是明顯的——這個存在將這兩種屬性聚於自身,它對『客體』範疇和『主體』範疇的雙重歸屬向我們揭示了這兩個範疇之間很令人意外的關係。如果身體有這種雙重意義,它並不是由於不可理解的偶然原因。它告訴我們說:每一個意義都會呼喚另一個意義。」[28]醫學身體的命名也是「看見事物和觸摸事物」的一種,而情欲化的身體描述則利用醫學命名為其情欲命名開闢道路。利用醫學科學的命名機制「轉述」個性化的隱喻化表達,這是托馬斯‧曼的《魔山》對科學術語的區分性和測量性的極具藝術技巧的轉譯性借用。這種借用完全是在「正用」科學術語的前提下假道科學的嚴謹性、測量性和區分性為愛欲表達拓開通道,讓科學話語的「正用化」成就審美的新景觀。

---

28 〔法〕莫里斯‧梅洛—龐蒂:《可見的與不可見的》(北京市:商務印書館,2008年,第1版),頁170。

　　這是一種工程師式的審美，這是一種不歪解科學原理，而是利用科學原理與科學術語的特有的命名系統，達到情感表達的精緻化和想像的別致化。

　　這種工程師式的小說美感在現代德國和奧地利的現代長篇小說中具有引人注目的創造性。這種創造性，在奧地利穆齊爾的《沒有個性的人》中，又呈現出更新奇的小說天地。

六

　　Philip Payne 的評論以為：「穆齊爾的作品中的主人公的意識都來自於直接的經驗，其敘述則像科學家那麼猶疑。」[29]

　　《沒有個性的人》，作為一部工程師、數學家出身的小說家之作品，其敘述將人像實驗品那樣進行刻畫。左拉宣稱他的小說是「實驗小說」，但他的人物都是在自生自滅的狀態中活動著，其「實驗感」並不如其所宣稱的那麼明顯，並且，其人物多是不知情的「小白鼠」，並無參加「實驗」的自覺性。

　　穆齊爾的小說則不同，其主人公是自覺將自己的生活看做是一次「思想實驗」。

　　這種「實驗」不似福樓拜的《布瓦爾與佩庫歇》那樣將科學實驗敘述為獵奇式的滑稽冒險，冒牌的實驗人員雖做了不少「科學實驗」，卻無科學實驗的審慎之質疑意識，實驗成了一次次無厘頭的冒險遊戲。

　　《沒有個性的人》的主人公的實驗是將自我生活、感覺、情感當做一場「真正」的實驗，這場實驗中的人物對自我的生活具有高度自

---

29 Philip Payne Robert Musil's:《'The Man without Qualities': A Critical Study》(New York: Cambirdge University, Press 1988), p79.

覺的實驗感，不斷從生活中抽離出來，尋找各種「高度」：從自然科學到人文科學的各種理論的「高度」。讓理論的闡釋不斷掃描自我的生活的意義和對生活的感覺。

　　小說中提及的一篇心理學論文，認為主人公應該具備「置身於某物之中」的「凹形感覺」和「從外面看某物」的「凸形感覺」。[30]這種從外看自我行為的敘述者不同於陀思妥耶夫斯基的「第二自我」。陀思妥耶夫斯基的「第二自我」的存在，是由於「第一自我」角色扮演根本無法滿足主人公對生活的期待，「第二」是「第一」的幻想和期待。穆齊爾的主人公顯然也有「第一自我」與「第二自我」，但這兩個自我的存在，其「第一自我」是參加實驗的自我，而「第二自我」則是觀察實驗之我的那個自我。其「第二自我」更具主導性。

　　穆齊爾的小說主人公烏爾里希對自我的無個性化的生存狀態並不過於在意，相反，他如科學家做實驗那樣看自我如何在生物、自然、情感與社會法則中活動著、感受著並衍化出各種意義。這種以「思想實驗」作為生活方式的「我是實驗品」的寫法，其敘述者與人物之間的距離感恰能標示出《沒有個性的人》這部小說的人物個性特徵：

　　　　他站在一扇窗戶的後面，透過花園空氣的嫩綠濾色鏡望著那帶褐色的街道，自十分鐘以來一直對著表在數小臥車、汽車、電車和步行人那被這距離沖洗得模糊不清的面孔，它們快速旋轉著進入他的視野；他估算著從一旁移動過去的群體的速度、角度、活力，它們像閃電一樣快地把視線吸引、抓住、鬆開，它們在一段沒有尺度可以衡量的時間裡強迫注意力抵制這段時間，扯斷，跳向下一個目標並全力以赴追蹤它；簡短說，他在

---

30 〔奧地利〕羅伯特·穆齊爾：《沒有個性的人（下）》（北京市：作家出版社，2000年，第1版），頁794。

頭腦裡盤算了一會兒之後，便笑著把表塞進口袋並斷定自己是幹了傻事了。——若是人們可以測量注意力的跳躍，可以測量眼部肌肉的功能、心靈的搖擺和一個人為了在街道的流動中直起身子來而必須付出的種種辛苦，那麼也許會出現——他曾這樣想過並像玩耍似地試圖計算出這不可能計算出來的東西——一個數值，與這個數值相比，地圖冊為托起世界所需要的力量是微不足道的，人們就可以估計出，今天一個人什麼事也不幹就可以做出多麼巨大的成績來。

因為沒有個性的人眼下便是一個這樣的人。

是一個幹事的人嗎？

「人們可以從中得出兩個結論。」他暗自思忖。

一個平平靜靜行走了一整天的人，他的肌肉功效比一個一天把一個很重的槓鈴舉起來一次的運動員的大得多；這是已經在生理學上得到了證實了的，所以日常平凡的小成績因其社會總量並因其適宜於這個總和大概也比英雄行為將多得多的能量投入這個世界；是呀，英雄的業績簡直顯得微不足道，像一粒沙子，被人懷著巨大的幻想放到一座山上。這個想法頗中他的意。[31]

這是小說開場不久「沒有個性的人」烏爾里希的一段維也納街景觀感。此時的烏爾里希百無聊賴，他與世界雖然存在著距離感，但他就是對最普通的街景，也試圖測量「速度、角度、活力」。這種測量意識不正是一位工程師、數學家的職業思維慣性使然嗎？不過，主人公馬上覺得自己正在幹「傻事」，對自己的這種「測量意識」施以批

---

31 〔奧地利〕羅伯特·穆齊爾：《沒有個性的人（上）》（北京市：作家出版社，2000年，第1版），頁8。

判。然而，緊接著他對人的本身又進行「測量」，進而從肌肉消耗的能量這一生理角度上比較凡人與英雄。

烏爾里希做這種種「測量」的行為並非全無意義，他試圖用完全理性化的現代科學知識「數學化」解讀他的周遭環境以及人的自身「看」世界的生物學和心理學機制，不過，他對種種知識性解讀似乎又都存在著憂慮和懷疑。

《沒有個性的人》的主人公對過濾現實的各種理性化的「看」的方式，一方面力圖以科學的精確性以及哲思的思辨性來洞察這個世界，讓所謂「現實」在測量的精確性面前「顯形」，在哲學的洞察中獲取更深刻的意義；另一方面，主人公又無法相信這種精確性和深刻性到底能在多大程度上指示著生活的意義。Mark M. Freed 在討論穆齊爾與現代性的關係的論著中指出：「穆齊爾被科學的精密性所吸引，並希圖通過科學新發現的引導，更新審美觀念。同時，穆齊爾又對科學的力量保持著警覺，特別是科學作為知識運用於人文領域之時。」[32]所以，主人公以度量化的科學方式打量世界的方式抱有「思想實驗」的新奇感，但這種新奇感似乎不足以讓主人公獲得對生存意義的全面探究。當然，烏爾里希身上的「科學性」，不是簡單地以科學家的目光圖解各類存在，他思想上的科學性最突出的是將自身的生活當做「實驗」來看待。

「生活實驗化」是烏爾里希這一形象最有特點的所在。不過，這種主人公烏爾里希的「思想實驗」又與科學家的實驗不同，科學家的實驗針對的是自然存在，而「思想實驗」則針對人物的生活、情感的感受方式，「思想實驗」是觀察人的情感、感受和想像方式能否發生變化。

---

32 Mark M. Freed:《Robert Musil and the NonModern p33》(New York: The Continuum International Publishing Group, 2011).

　　《沒有個性的人》這樣的小說已經取消了傳統意義上的情節架構，隨筆式的敘事風格讓事件發展不依賴於行動化的中心線索，此部長篇小說探索的是人的生存與情感狀態的改變的可能性，是以主人公的精神世界為中心，其主要內容包括主人公自我的精神旅程，以及受主人公影響的其他人物的精神世界的變化：如何明白自我的精神生活的立足點，如何影響他人的情感走向，才是主人公最關心的內容。

　　傳統小說對人物亦有細密的審視，但此篇小說的審視交予主人公本身，通過「實驗狀態」審視自我與他人改變的多種可能性：試探新生活的感受，斟酌新生活的價值，以不斷回顧、反思既有生活的意義與價值作為書寫內容。

　　主人公的「思想實驗」不是針對非凡的人物，他的觀察對象是平靜、優裕的資產者的幽暗的情感領域。《沒有個性的人》中的兩位重要的女性，一位是烏爾里希的表妹狄奧蒂瑪，另一位是烏爾里希的胞妹阿加特，她們都走到了情感生活的十字路口，烏爾里希則分別在不同情境中充當她們的情感參謀，為她們設計各種假定情境，為其分析情感取向，為其破譯感覺迷障，並籌畫精神突圍的路線。烏爾里希慫恿她們嘗試，甚至不惜讓自我充當她們情感生活的「試驗品」：

> 這當兒，在狄奧蒂瑪和烏爾里希的那一角提出了下面這樣的問題：一個處於狄奧蒂瑪這樣的艱難境地的女人該不該捨棄一時衝動和人通姦或者做第三種的、混合的事，即這女人也許身體上屬於這一個，精神上則屬於另一個男人，也許連身體也不屬於任何人；關於這第三種狀態簡直可以說沒有任何文字記載，而是只有一種音樂的鏗鏘音調。而狄奧蒂瑪則也還一直死守住這一條線：她根本不是講自己，而是講「一個女人」；每逢烏爾里希想把兩者混為一談，她便總是用怒氣衝衝的目光制止他。

所以他也講話繞彎子。「您什麼時候可曾見過一條狗？」他問。「您僅僅是這樣認為罷了！您始終只看見了某種讓您或多或少有理由覺得那是一條狗的東西。它沒有全部狗的特性，它有某種獨特性，這又是別的狗所沒有的。在生活中我們該如何去做『正確的事』呢？我們能做某種永遠也不是正確的事，某種多多少少有些不正確的事。」

「什麼時候可曾有一塊磚像定律所規定的那樣從屋頂掉落下來？從來沒有過！即使在實驗室裡各事物也不顯示出其應有的特性。它們無規則地向四面八方偏離開去，而我們把這當作設計錯誤並臆想在其中必有一種真正的價值，這卻在相當程度上是一種錯覺。」

「抑或人們找到某些石頭並因其共有的特性而稱它們為金剛石。但是一塊來自非洲，另一塊來自亞洲。一塊是一個黑人，另一塊是一個亞洲人從地下挖出來的。也許這個區別重要得可以抵消那共同的特性，在『金剛石加環境依然是金剛石』這個公式中，金剛石的使用價值是如此之大，以致環境的價值在它旁邊就不顯眼了；可是精神的環境──在這樣的環境中這種情況顛倒過來了──是很容易想像的。」

「一切都參與一般，而且它還特殊。一切都真，而且它還放蕩不羈、和任何事物都不可比較。這讓我覺得，彷彿任意一個生物的個性恰恰就是那與任何別的東西都不一致的東西。從前有一回我對您說過，我們發現的真實性越多，世界上剩下的獨特性就越少，因為早就存在著一場鬥爭，反對這越來越失去依據的個性。我不知道，如果一切都合理化了，那麼最後從我們身上還會剩餘下什麼。也許什麼也不會剩下，但是也許我們賦予個性的錯誤意義一消失我們就會像接受最美妙的冒險活動那樣接受一種新的意義。」

「那麼您想怎樣作出決斷呢？！『一個女人』應該按法則行事嗎？那她就完全可以以市民的法則為準則。道德是一種完全合理的平均值和集體值，既然人們承認它，人們就得檢點行為，嚴格遵守它。但是有些個別情況不能由道德來決定，它們擁有的道德既不多也不少，恰似它們所擁有的世界的無窮盡性一般！」

「您作了一個演說！」狄奧蒂瑪說。她對這些向她提出過分要求的高難程度感到某種滿足，但卻想這樣來顯示自己的優越性：她並不也這樣漫無邊際地瞎扯。「一個處於我們講過的那種境地的女人在現實生活中究竟應該怎麼辦？」她問。

「聽其自便！」烏爾里希回答。

「聽誰自便？」

「愛誰誰！她的丈夫，她的情夫，她的捨棄，她的混合物。」

「您確實想像得出，這意味著什麼嗎？」狄奧蒂瑪問，她痛心地感到自己回想起，也許捨棄阿恩海姆這一崇高決心因她和圖齊在一個房間裡睡覺的這一簡單事實而每夜都在受到削弱。這個想法多半已讓她的表兄揣摩出幾分，因為他直截了當地問：「您願意試試我，看我是否合適嗎？」

「試您？」狄奧蒂瑪拖長聲調回答；她試圖用不懷惡意的譏諷進行自衛：「您也許是要就您究竟如何設想這件事向我提出一份報價吧？」

「那敢情好！」烏爾里希嚴肅地自告奮勇。「您讀很多書，對不對？」

「沒錯。」

「您怎麼讀的呢？我願意立刻這樣回答：您的理解力省略一切對您不合適的東西。作者同樣也是這樣做的。在夢中或在想像中您都這樣省略。所以我斷定：就在人們省略的時候，美或激

動便來到這世上。我們在現實世界中的態度顯然是一種妥協，一種中間狀態，處於這種狀態的情感相互阻止其熱烈展開並略微混合成灰色。所以還沒有取這種態度的兒童們比成年人更幸運和更不幸。我要馬上補充一點，笨人也省略；愚笨使人幸福嘛。所以我建議的第一件事就是：讓我們試著互相愛慕，就好像您和我是一個作家筆下的人物似的，在一本書裡相會在一起。讓我們無論如何省略掉這整個粗體架子吧，它使現實變得圓滿。」

狄奧蒂瑪急忙提出異議；她想現在把談話從太濃的個人情調中引開，而且她也想顯示，她對這些提及的問題有所理解。「很好，」她回答，「可是人們聲稱，藝術是現實的一種復原，目的就是，精神振奮地返回到這個現實中去！」[33]

此段話裡，表兄半真半假地慫恿表妹情感出軌，一本正經地毛遂自薦，願意充當她的「情感陪練員」。烏爾里希的這段「演說」，「挑唆」表妹不忠倒也不奇，奇就奇在他希望表妹將出軌當作一場實驗。烏爾里希的話是為表妹打氣，鼓勵表妹拋棄「市民的法則」，突破道德的「平均值和集體值」，讓表妹將出軌當作一場情感實驗。這就不是如安娜・卡列尼娜那樣因為自我激情的點燃而義無反顧地踏上不歸之旅，而是在猶豫不決的盤桓權衡中以自我的情感出軌「測試」道德的約束力和自我情感的更新能力。

　　那麼，這所謂的「實驗」真的能強化自我內心情感的勇氣，抑或僅僅為某種道德混亂尋找藉口？將自我的情感作為「實驗品」，是一種輕浮的藉口，還是為情感的轉移找到自我安慰的修辭？「讓我們試

---

33 〔奧地利〕羅伯特・穆齊爾：《沒有個性的人（上）》（北京市：作家出版社，2000年，第1版），頁663。

著互相愛慕，就好像您和我是一個作家筆下的人物似的，在一本書裡相會在一起」，這種虛擬感表面上是模糊了現實與虛構的界線，將人當作一種實驗室裡的小白鼠，但這種企圖存在著悖論，因為愛情是最講究真摯性的投入與浪漫化的忘我，這與不斷自我暗示的愛情的虛擬性能否相容？如此，以測試為目的「愛情」還是愛情嗎？愛情中轉瞬即逝、飄忽不定的浪漫性會不會因為成為冷漠化的「實驗狀態」而失去了愛情的特質？如此，這種「實驗」能否得到有說服力的「資料」或「結論」呢？讓情感像化學品那樣觀察其變化反應，那麼，作為觀察者的「我」，是否真能「看清」另一個自我的情感面孔？

　　不過，烏爾里希對表妹的慾悤，他並不關心情感能否獲得準確的測定，也不關心情感實驗會導致浪漫性流失。烏爾里希的情感實驗，首先在意的是這種出軌情感能否掙脫道德文化機制的束縛。他試驗的是情感轉移的可能性。因為在主人公烏爾里希看來，他身邊的各種人都迷失在各種信仰、文化、道德、時尚乃至科學話語組織起來的話語系統之中，這種種話語系統組織起來的各種信念讓人成為粒子化的無個性之物。

　　道德、文化、科學在某種程度上塑造了人，也抽空了每個具體的人。現代科學知識不斷揭示的，除了人的起源，還有對人的身體與行為的生理學、醫學、心理學、金融學、經濟學、社會學的解釋。這些闡釋的權威性日漸成為主宰。各種闡釋網絡都以科學的名義為人的生存「解密」，然而，種種貌似科學的「解密」卻無法讓人的內心獲得皈依。人被科學解釋，但科學也在扭曲著人。人在種種科學闡釋中被精確化和可預測化，但同時也被概括化、類型化乃至原子化。所以穆齊爾才會在《沒有個性的人》中單獨撰寫了一個章節「科學的暗自竊喜或對惡的初次詳細描述」，其中有這樣的論述：「人們可以馬上就開始談到科學思維對機械的、統計學的、物質的解釋所抱有的特殊偏愛，這種偏愛的心似乎已經被戳壞了似的。把善意只看作一種特殊形

式的利己主義；把情緒和內部的排泄物聯繫起來；確認人體十分之八或九由水組成；把著名的合乎道德的性格自由解釋為一種自動生成的自由貿易的思想火花；把容貌美麗歸因於良好的消化和有條理的脂肪組織；用年度曲線表示出生率和自殺率，這年度曲線把這種似乎是最自由決斷的東西顯示為強制；覺得心醉神迷和精神錯亂相似；把肛門和嘴當作同一事物的直腸的和口部的一端而相互置於同等地位──：這樣的在人類幻想的魔術中揭穿竅門的觀念總是會找到一種有利的輿論支持，從而被認為特別具有學術性。人民所熱愛的，當然是真實；但圍繞著這種光潔的愛的，卻是一種對幻滅、強制、無情、冷酷恐嚇和嚴厲斥責的偏愛，一種不懷好意的偏愛或者起碼也是一種這樣性質的不自願的情感流露。」[34]

　　沒有統計，就無法得出科學的結論，但過於迷信統計、概括、抽象，科學理論就無法照顧到個體差異性與具體情境性。科學如果只是將人作為一種類型或者作為統計資料的材料來判斷，只是為了方便歸類而罔顧個體的特殊性和個體心靈的特殊需求，那麼，科學言之鑿鑿的種種理性判斷並不能給人帶來幸福和撫慰。同時，不少看似權威性和普遍性的科學論斷很可能會導致對人的生活和情感的歪曲化、狹窄化乃至誤導化。烏爾里希對表妹狄奧蒂瑪所說的「您的理解力省略一切對您不合適的東西。」其中含義便是認為讀了不少書的狄奧蒂瑪的「理解力」放逐了她對生活的新鮮感受能力，也從勇氣上阻遏了她改變自我的能力。所以，「實驗狀態」的愛情嘗試，一是嘗試改變自我，二是觀察這種自我情感的改變的可能性和變化的軌跡。

　　事實上，烏爾里希未說服狄奧蒂瑪的「情感實驗」，卻在他與胞妹阿加特的共同生活的那段時空中部分獲得了實現。因為為父親操辦喪事，兄妹久別重逢，妹妹阿加特逃離了原有的家庭，與烏爾里希居

---

34 〔奧地利〕羅伯特・穆齊爾：《沒有個性的人（上）》（北京市：作家出版社，2000年，第1版），頁351。

住在孤島狀態的居所裡。他們迴避了外界的打擾，觀察兩個人關係的變化，反思各自之前的生活，觀察自我在此種生活狀態下的各自微妙而新鮮的感覺、情感以及道德的變化反應。雖然烏爾里希並未提交一份實驗報告，但阿加特掙脫了僵死的婚姻，對新生活充滿了期待，迎接撲面而來的各種微小而奇妙的感受，這大概是「實驗」有成績的體現吧。阿加特是小說中變化最明顯的一個人物，烏爾里希不斷設置情境，向她灌輸開闢新生活的種種可能性，雖然讓阿加特感覺到壓力，但她畢竟開始「創造」她的新生活並擺脫了之前「精神渙散」的冷漠狀態，進入新的感覺區域。

　　然而，以科學類比實驗的方式對待人的精神世界，是以遊戲感來瓦解精神麻痹性，還是通過虛擬性來強化冒險的勇氣？實際上，小說中的主要人物似乎都走到了精神生活的十字路口，小說「勘察」他們逡巡狀態中的各種情感與感受的走向、拐點與出口，以及精神突圍過程中的焦慮與希望，怯懦與冒險，麻痹與勇氣。《沒有個性的人》的特色在於賦予這一切以封閉式的「實驗檢測感」，他人審視與自我質問都被塗抹上一層虛擬化的語調與「實驗狀態」的距離感。

　　主人公烏爾里希作為工程師和數學家，他的思維習慣於讓自我的生活「泛實驗化」，即不斷以分析者的目光看待自己的思維方法、生活方式和周遭的各種物件，哪怕是街景中的一部電車都會進行技術解剖：「他看著人們上車下車，他那技術上並非無經驗的目光漫不經心地琢磨著鍛造和澆鑄、滾壓和鉚緊、設計和車間製造、歷史發展和當前狀態的這些內在聯繫，人們如今使用的這些滾動的棚屋，就是依據它們發明出來的。」[35]烏爾里希敏感的技術透視能力，表明技術作為一種文化，不斷地被他感知著。常人只能感知電車的顏色，形狀以及

35　〔奧地利〕羅伯特·穆齊爾：《沒有個性的人（下）》（北京市：作家出版社，2000年，第1版），頁1006。

坐電車的感受，而電車的內部構造則在工程師主人公的一瞥中顯形，這讓街景中尋常物體都可能在主人公的透視中被「技術裸化」。

通過「技術裸化」獲得了感知的「通透性」，這「通透性」多少會帶來審美的新奇感。唐・伊德在《技術與生活世界——從伊甸園到塵世》一書梳理了從「海德格爾的錘子」「胡塞爾的伽利略」到「梅洛—龐蒂的羽飾」等技術哲學關於人與技術關係的分析，認為科學及其看的模式研究已經成為知覺世界的一種文化習得，技術工具既可能「抽身而去」，也可能在「抽身而去」之時成為我們感覺知覺的一部分。[36]烏爾里希的知覺的一部分就是屬於那種「抽身而去」的技術知覺，這並沒有理由被指責，正如《魔山》中的漢斯「轉換」技術的無面目性去獲取更細膩的審美通道，烏爾里希的技術解讀絕非純粹工具化的解讀，其中亦有與漢斯相似的將科學的無面目性轉變為審美的別致性的效果。

但是，烏爾里希的技術審美包含著更複雜的含混性和悖論性。這種技術解讀至少包含著雙重的意義，一種是延伸了知覺領域，這種延伸性知覺領域同樣具備審美品質，烏爾里希的內行目光透視，讓電車設計的工業美學要素轉化為街道風景。二是憂慮，這種憂愁就潛在於這種技術審美解讀之中：對電車的技術化剖解不也表明了無所不在的科學技術控制日常生活的每一個方面嗎？烏爾里希頗有技術含量的透視既有「技術裸化」所賦予的「看」的通透性愉悅，但對各種存在的技術解剖，在多大程度上能給人的生存意義標明出路？對物的審美在巴爾扎克的小說中已不鮮見，巴爾扎克甚至常常通過環境描述提供一座建築物的構造和傳承的詳細清單，而穆齊爾這種對物的審美與巴爾扎克不同，穆齊爾對物的審美更具有工業文明時代專業人員的細膩化的科技審美感知。

---

36 〔美〕唐・伊德：《技術與生活世界——從伊甸園到塵世》（北京市：北京大學出版社，2012年，第1版），頁41。

　　這種「技術裸化」透視，與小說的故事情節不構成密切的聯繫，僅僅展現主人公看待事物的獨特性——職業化、解剖化、冷漠化的「慣性透視」雖然產生了讓技術顯形的快意，但也突顯了真正的浪漫激情體驗無法到場的憂思。

　　依據 Patrizia C. McBride 的觀點，烏爾里希的科學化之「看」是一種「抹去日常經驗」的「美學烏托邦」：「烏爾里希樂於擁有的科學的視野從一開始就挫敗了任何有目的的追求，因為科學依據無法為生活提供一個目標。更糟糕的是，科學化的精神狀態讓任何帶有明確目的性的目光失效，也阻止了體驗的連貫敞開。」「基於同樣的原因，拒絕傳統觀念的科學分析更贊同個體不過是某種客觀力量的交集，因此人的作用也隨之削弱，從而無法成為尼采式的精神征服者。」「這使得烏爾里希不能通過他的體驗建立意義，進而導致冷漠與疏遠。」[37]

　　穆齊爾的技術透視也許包含著審美成分，不過這是一種對電車進行技術顯形的淡漠化審美：既不聯繫著個體的浪漫體驗，亦無對技術烏托邦式讚美詩式的謳歌，而是以一種有距離的冷漠化審美的方式呈現出來。而這冷漠化審美正是一種「無個性」情感。正如烏爾里希在小說中提及的一句話「人一學會完全從生物學和心理學角度去理解和對待靈魂，他還會有一個靈魂嗎？」[38]那麼人對一部電車進行「技術裸化」透視，是否真正識得電車有可能潛在的審美靈魂？不是說工業化的物都不值得審美，相反，工業化的物完全可能帶來靈魂的躁動或震動，但在此處僅僅是對一部電車進行骨架暴露式的剖解，這很難說是將這部電車浪漫化。

　　米蘭‧昆德拉《被背叛的遺囑》有段論述，對托馬斯‧曼與穆齊

---

37 Patrizia C. McBride:《The Void of Ethics: Robert Musil and the Experience of Modernity》(Illinois USA: Northwestern University Press, 2006), p135.

38 〔奧地利〕羅伯特‧穆齊爾:《沒有個性的人（上）》（北京市：作家出版社，2000年，第1版），頁249。

爾的不同之處做了極有見解力的比較：「曼筆下的主題有一種強烈的
多元歷史學性質，這就是說：曼使用了一切手段，借助於這些手段，
科學——社會學、政治學、醫學、植物學、物理學、化學——能夠弄
清這種或那種主題；好像通過知識的推廣，他想為主題的分析創造出
一個堅實的教學基座；這一切在我看來過於頻繁地把他的小說扯離基
本的東西，因為對小說來說，基本的東西就是只有一本小說才能說的
東西。」[39]「在《魔山》中，曼將一九一四年戰爭前的好幾年歲月變
成對一去不復返的十九世紀的輝煌的告別慶典。作於相同年代的《沒
有個性的人》所發掘的卻是即將來臨時代的人類生存環境：即始於一
九一四年，今天正在我們的眼皮底下走向結束的現時代的這一結束階
段。確實，一切都在那裡，都在穆齊爾的這一個卡卡尼國裡了：技術
的萬能統治，沒有人能控制技術，人反被技術變成了統計數字；速度
被當作技術統治下的瘋狂社會的最高價值尺度；黑暗昏庸的官僚主義
無所不在（穆齊爾的辦公機關堪與卡夫卡的辦公機關相媲美）；意識
形態的喜劇性的貧乏到了既不能理解任何東西又無法指導任何東西的
地步；新聞界是昔日所謂文化的繼承者；與現代性的通敵合作者大有
人在；與罪犯的團結一致成為了作為人權宗教的神秘表達；還有兒童
崇尚情節與兒童化傾向。」[40]米蘭·昆德拉對《沒有個性的人》所展
現的科學危機的評述是中肯的。的確，對技術、速度、官僚體系、意
識形態和新聞界的諷刺和揶揄成就了穆齊爾小說的批判性主題。不
過，穆齊爾的批判不是自上而下的政論性批判，而是展示人的感知系
統被技術、文化規則潛移默化之後產生的種種病態症候。穆齊爾是通
過技術的日常滲透性和技術的感知的成規化來批判技術萬能，而不是

---

39 〔捷克〕米蘭·昆德拉《被背叛的遺囑》（上海市：上海譯文出版社，2003年，第1
版），頁171。

40 〔捷克〕米蘭·昆德拉《被背叛的遺囑》（上海市：上海譯文出版社，2003年，第1
版），頁173。

用戲劇性的技術災難來警戒世人。再有，穆齊爾對技術萬能的批判不等於完全排斥技術，從他的「技術裸化」敘述片段中，我們就可以發現穆齊爾對技術還是帶有欣賞的成分，只是理性文明如果使人失去了對自我生存狀態的批判力和獲取新鮮感受力的能力，那麼，技術萬能的理性文明就要成為警惕的對象，並與之保持批判性的距離。

　　《沒有個性的人》中的科學，作為主人公的知覺，是建構美學烏托邦的一種嘗試性的維度，以科學剖解的新穎性顛覆了日常經驗的庸常性，其所獲得的精神優越感亦可讓主人公俯視世界。然而，這種科學知覺並不能給主人公的精神世界獲得充盈的超越性，因為科學知覺的新穎性，在《沒有個性的人》中，不是作為一種與主人公的精神思索和對世界的追問息息相關的一種情感、思想資源，而是失意的工程師一種慵懶的、散漫的、冷漠化的「技術透視」。這就使得這種科學知覺有了限度性。這種限度性無法讓知覺獲得更強大的擴張力和滲透力。所以，《沒有個性的人》中的科學之「看」僅僅啟動一種看的方式，對麻痺的生活狀態施以「另類解讀」，表明世界存在並非只有一種固定化的觀察方式。將自我和他人的生存狀態以「實驗狀態」加以審視，這種審視不是靜觀其變的「實驗」，相反，是一種不斷地通過感受、情感的轉換，探索精神感受的轉換能力的「探索型實驗」。有了這種「探索型實驗」的思維方式，才可能出現主人公建議生活如「一個作家筆下的人物似」的假想。這種假想，消弭了現實與審美的邊界，讓人從僵硬的現實生活中逃逸開去。

　　穆齊爾運用科學，並非死板地套用科學原理或方法。相反，他的「實驗生活」是一種針對人的感性世界的「實驗」。人的情感不斷被取樣、分類、檢測，所有的猶疑與試探都變得可探討，人的所有行為都可進行反思和探討，包括隱秘的情感。如此，《沒有個性的人》的科學性最顯著的特徵並非「科學之看」，而是以「實驗狀態」召喚出的人對自我的內在的、隱秘的、甚至是「不健康的」情感狀態的討

論。就這一角度而言，所謂的科學精神，在《沒有個性的人》中，不是電車的「技術裸露」，而是人的「情感裸露」。情感被鼓勵作為一種「實驗品」，大膽地暴露出來，冷靜地加以分析，勾勒其迴旋性和層次感，探索其反叛的可能、顛覆的難度和逃逸的路徑。如此，人的情感世界中的種種忌諱，以「實驗」的名義被打破了，並以虛擬化的態度去拓展其介面和深度。

Genese Grill 在討論穆齊爾小說之隱喻性一書中指出，穆齊爾這樣的現代小說家已經全然放棄了那種線性的小說敘事模式，而是通過種種隱喻創造「膨脹開來的思想瞬間」，形成「無限交織著的敘事介面」。[41]事實上，生活在穆齊爾筆下就是一個隱藏著諸多秘密和隱喻的巨大寶庫。破譯生活與情感的多重密碼，並且將這種破譯過程討論化、審視化和測度化，形成了《沒有個性的人》感性生活不斷接受理性的自覺檢視的敘事特色。這種回返式檢視在傳統的小說通常是由敘述者來承擔，而在這部小說中，則讓主人公以高度冷峻的語調完成其敘事。

莫里斯·梅洛—龐蒂在《知覺現象學》中有這樣一段論述：「我不是決定我的身體或決定我的『心理』的多種因果關係的結果或交織，我不能把自己設想為世界的一部分，設想為生物學、心理學和社會學的單純對象，也不能不面對科學世界。我所知道的，也是通過科學所知道的關於世界的一切，是根據我對世界的看法或體驗才被我了解的，如果沒有體驗，科學符號就無任何意義。」「我不是帶著動物學、社會解剖學和歸納心理學從這些自然和歷史產物中辨認出的所有特徵的一個『生物』，乃至一個『人』或『一個意識』，——我是絕對的起源，我的存在不是來自我的既往史、我的物理和社會的周圍事物

---

41 Genese Grill:《The World as Metaphor in Robert Musil's The Man without Qualities》(New York: Camden House, 2012), p61。

和人物，我的存在走向它們和支撐它們。」[42]穆齊爾筆下的主人公，與此段論述唱反調，烏爾里希不是不斷地探究自身的存在是如何為各種科學所影響嗎？《沒有個性的人》最引人入勝之處，不就在於狄奧蒂瑪這樣的人物將自我設想為生物學或心理學的產物？這種「原理引導生活」的幻想，讓人物尋求自我的生活的「科學屬性」。這種「科學幻想」不是與《布瓦爾與佩庫歇》的主人公有幾分類似嗎？自覺地尋求各種「科學原理」對自我生活的作用方式，解釋生活中的自我行為所聯繫著的各種「原理」，這種人物對環繞著其四周的自然科學和人文科學的種種符號的超敏感的分析、習慣性的解讀、大膽的假設、反覆的質疑，不是成為《沒有個性的人》中主人公最具個性化的生存方式嗎？以各種人文科學與自然科學標示自我生活與情感的位置，指引生活的方向，讓生活的日常流程背後種種原理化的編碼方式跳躍到小說文本的前臺，讓理論與人的關係成為人與人關係的一種重要推力，這是《沒有個性的人》最突出的小說主題。

　　書寫人的日常生活的理論化，這種理論化不但沒有阻礙隨筆化小說的敘事進程，反而因為日常化種種情節和細節不斷接受了各種理論的詮釋和剖解，導致了理論的宏大性、概括性、普遍性與生活的瑣細性、隨意性、自發性之間在錯位狀態下的彼此摸索和相互質疑。生活的庸與俗，由於透過人文科學與自然科學的反覆探討，實現了理論與生活的雙重去魅。

　　烏爾里希，一個沒有個性的人，對各種科學如何編織人的特性不斷反思，使得這位沒有個性的人擁有最突出的特性：他懂得科學，但他不見得完全服從科學的安排；他喜歡科學，但他不願意他的生活完全像「科學」那樣有條理；他欣賞科學，但他更尊重自我內心對世界的神秘性和未知性的好奇和熱愛。

---

42 〔法〕莫里斯・梅洛——龐蒂：《知覺現象學》（北京市：商務印書館，2001年，第1版），頁3。

　　科學為自我的生活帶來了多種多樣解碼的快感，但這種快感不能窮盡生活的奧秘。

　　因此，啟動「精神實驗」，開拓自我的感受介面，追求對生活未顯現出來的各種可能性，這便構成了主人公最具有審美意味的「科學特性」。

　　烏爾里希不是左拉筆下那位對科學嚴謹性和權威性充滿信心、以獻身的方式對待科學的巴斯卡醫生，也不是布瓦爾與佩庫歇那樣忙於驗證「科學原理」的「科學癡漢」，而是在求索中質疑、在理解規則之後逃逸規則的一位「精神人」：他知道科學對現代社會的重要意義，他能「技術裸視」地創造出冷漠化的工業美感，同時，科學又是他遁世的一種的手段，科學還是他探究人心的一種方法，科學更是他建構「美學烏托邦」一種資源，科學又是他深沉反思之時所面對著的「大他者」。

　　《沒有個性的人》通過文學文本提供了日常生活科學闡釋化的審美圖景，同時，還勾畫出現代人在科學誘惑面前的種種疑問和尋求突圍的種種設想。

　　《沒有個性的人》這部長篇小說中，人物的具體活動，通過各種理論之網得以標示，但這部小說的可貴之處就在於──這種標示和解讀，恰恰表明了如此「明瞭」的「科學解讀」並沒有使人獲得快樂和自在。

　　這就不禁使人發問，科學到底能在多大程度上對人的精神活動起到撫慰和提升作用？也許其副作用和反作用絲毫不亞於正面、積極的作用。如此，小說中的科學解讀得越仔細越「透澈」，對科學本身的質疑也越大。事實上，這是一部對各種科學的合理性不斷提出問題的小說，是一部警示科學依賴症之嚴重性的小說。人的思想、情感的貧困化和冷漠化，正是在科學逐步變得「強大」之時的重大問題。

　　《沒有個性的人》將小說吸收人文科學與自然科學的消化力提高到空前的地步，而現代人的靈魂無所皈依的狀態也在種種科學的包圍之中更顯窘迫。人對科學與技術越來越依賴，但科學難以解決的問題也更多地暴露出來。所以，這又是一部叩問人應該追求什麼樣的生活方式的小說，一部揭示現代人的生存兩難性的預言小說：在現代科學包圍之中，人的靈魂的闊大與逼仄，人的自我欺騙性、冷漠性與人對心靈豐饒的渴望之間的矛盾，導致種種複雜多變的心靈現象。而這，正成為穆齊爾這樣的現代作家最重視的審美資源。

　　早在西方的啟蒙運動時期，盧梭對科學與藝術的反智主義式的抨擊，與當時的社會思想主流對科學技術的肯定態度唱起了反調。《論科學與藝術的復興是否有助於使風俗日趨純樸》一書，盧梭的勸誡話語，似乎啟示性遠比論證性更引人注目：「人們啊，你們要知道，大自然之所以不讓我們去碰科學，其道理，同母親之所以不讓孩子去玩危險的玩具是一樣的。它不讓你們知道的那些秘密，都是它小心翼翼不讓我們遭受禍害。你們在尋求知識方面所遇到的那些困難，無一樣不是它為了提醒你們而設置的。人是喜歡做惡事的；如果人不幸生來就有許多知識的話，他們還會做更多的惡事。」[43]盧梭對科學的憂思，在現代西方文學作品中似乎總能找到回應。然而，穆齊爾所生活的時代以及穆齊爾本人的科學修養，不可能讓他對科學採取完全否定的態度，哪怕其小說不乏對科學之負面性的嘲諷，如「當初烏爾里希成為數學家時就已經有一些人曾預言過歐洲文化的崩潰，因為人的心裡已不再有信仰、愛情、質樸、善意，而頗能說明問題的則是，這些人在青少年時代和在校學習的時代都曾是蹩腳的數學家。所以後來就為他們而證明了數學，精確的自然科學之母，技術的祖母，也是最終

43　〔法〕盧梭：《論科學與藝術的復興是否有助於使風俗日趨純樸》（北京市：商務印書館，2011年，第1版），頁22。

排出毒氣和戰鬥機來的那種精神的始作俑者。」[44]在主人公烏爾里希看來，某些科學家已經近似「迫害狂檢察官和邏輯的安全主管」[45]。但科學的這種境遇，更多還在於人們對各種科學觀念不加思考的照單全收。這種立場頗類似福樓拜對科學的態度，只不過福樓拜通過兩位科學門外漢對科學的癡迷與誤用創造喜劇性場景，敘事普通人在科學面前的驚奇與沮喪、好高騖遠與不求甚解、冥思苦想與急功近利，而穆齊爾則將主人公確立為一位工程師／數學家／懷疑者／哲思者／審美享樂者，他對科學不再如福樓拜筆下的那兩位「科學癡漢」那般茫然，穆齊爾是從一位內行人的角度寫出主人公對科學的憂慮。穆齊爾的發現「科學至上主義」無法解決人的精神生活的種種問題，即科學思維無法緩解現代人的精神危機。

主人公烏爾里希認識到「科學已經闡明了一種嚴酷、冷靜的精神力量概念，這概念使人類的舊的形而上學的和道德的觀念乾脆變得不可忍受，雖然它只能用這樣的希望來取代它們：希望將來有朝一日，一個精神佔領者人種將會下到心靈的豐饒山谷裡來。」[46]這樣的觀念是對「科學至上主義」的批判。這種批判告別了科學的絕對權威性，進而認識到科學對人的全景控制同樣是現代人應該高度警惕的一種存在。

穆齊爾通過一位技術專家對世界的思考，讓《沒有個性的人》這部現代人的精神生活探險之旅顯示出科學與人的關係的多面性，特別是科學對於人的約束性與侷限性，讓這部既充斥著現代性印記又不斷反思現代性的長篇小說閃爍出奇異的反思性審美的光芒。

---

44 〔奧地利〕羅伯特・穆齊爾：《沒有個性的人（上）》（北京市：作家出版社，2000年，第1版），頁41。

45 〔奧地利〕羅伯特・穆齊爾：《沒有個性的人（上）》（北京市：作家出版社，2000年，第1版），頁49。

46 〔奧地利〕羅伯特・穆齊爾：《沒有個性的人（上）》（北京市：作家出版社，2000年，第1版），頁48。

　　當然，這並不是說文學只能以反思的方式寫科學才能帶來深刻。文學對科學的書寫包含著比批判和反思更多樣的可能性。對科學的樂觀主義的小說敘事同樣源源不斷地進入現代文學行列之中，譬如卡爾維諾的《宇宙奇趣》以及《看不見的城市》等等，此類「擬科幻小說」借助科學理論展開才華橫溢的奇思妙想，小說既可以讓主人公漂浮在太空中，也可以敘述末代恐龍的不為人理解的傷感。類似「有一次，我在太空經過時做了標誌，為的是在兩億年後再次經過那裡時能看見它。」[47]這樣的句子在卡爾維諾小說往往理直氣壯。宇宙科學、地質考古學、古生物學、生命科學與地球科學成為卡爾維諾構思他的奇思妙想的科學背景，這裡的科學沒有遭到歪解，也不是作為嚴肅的反思對象，而是成為激發想像的「資源井」。

　　在卡爾維諾的小說中，科學的嚴謹深邃與文學的天馬行空並行不悖。文學通過科學獲得想像戲耍的開闊空間，這種文學與科學相攜起舞的科幻狂歡化似乎讓科學與文學相安無事、相得益彰。文學在「科幻」這個框架內「衝破」科學原理種種戒律，讓「科幻」既依賴科學又解放了科學。卡爾維諾所寫的題材，以嚴謹的科學眼光看，多是不可能發生的，在文學作品中卻成為一次又一次極富智力和想像力挑戰性的故事。正如卡爾維諾所承認的：「我創作的第一篇宇宙奇趣《月亮的距離》是最『超現實主義』的一篇，因為在這篇故事裡，萬有引力這一物理學法則讓位於夢囈般的幻想。支配其他各篇故事情節的，則是這樣一種前後比較一致的思想，它的出發點是科學的，但表面上卻籠罩著一層幻想與感覺，即人物的獨白或對話。」[48]從科學出發，在幻想中演進，卡爾維諾「把幻想看成各種可能性的集合，它匯集了過去沒有、現在不存在、將來也不存在，然而卻有可能存在的種種假

47　〔義大利〕卡爾維諾：〈太空中的一個標誌〉，《宇宙奇趣全集》（南京市：譯林出版社，2011年，第1版），頁26。

48　〔義大利〕卡爾維諾：《美國講稿》（南京市：譯林出版社，2012年，第1版），頁88。

想。」[49]的確，這種「可能存在」事實上僅僅在文學的「科幻」框架才得到敘事上的實現。這種寫作本身難道不是對科學的一種極有趣的依附／超越的過程嗎？幻想的起點來自科學，幻想的過程消化了科學又突破了科學。所以，卡爾維諾的「擬科幻小說」儘管在文體上與穆齊爾的寫實化的文體差別明顯，但在對待科學的態度上，卡爾維諾是以寫作本身實現了對科學的率性超越。與卡爾維諾對科學的樂天派想像不同，《美麗新世界》、《一九八四》、《我們》、《羚羊與秧雞》這類反烏托邦小說則假定科學被專制力量利用導致種種扭曲人性的蠻荒景象，這類小說對科學的反面作用的批評令人震驚。

　　科學，激發著現代小說的想像，也引發了激烈的批判、反思和嘲諷。但無論如何，這些現代作家都以越來越專業化的深情而憂鬱的目光將科學攬入小說的懷抱，去經歷一次次愛恨交織的思想／情感旅行。

　　從另一個角度看，小說與科學的關係，科學是中介，也是思考對象，或兩者兼而有之。但無論是作為中介還是作為對象，無論是人文科學還是自然科學，都大大豐富了現代小說家看世界的方式以及思考問題的方式。百科辭典式的現代小說家並非炫耀各類科學知識，而是透過多種多樣的專業知識編織密集交叉的符號網絡，提供複雜多變的感受內容，更細密地描繪人的行為和情感。

　　具有科學意識的現代小說家，無論是刻繪孤獨的思考者還是頻繁參與到各類活動的活躍分子，都有意識地利用學科知識延展現代人的感覺知覺，豐富其層次，強化現代人思考的密度與複雜度。現代小說創作所提供的大量文本也已經表明了科學思維已經有機地融入小說的觀念、情節、情感和感受層面，改變並豐富著小說作品的思考、感受方式，以此為人的精神書寫活動提供更別致也更複雜的觀念與方法。

---

49 〔義大利〕卡爾維諾：《美國講稿》（南京市：譯林出版社，2012年，第1版），頁89。

第六章
審美辯護、多因修辭與想像鏈條

一

　　法律界一位研究者認為，莎士比亞的《哈姆雷特》中，哈姆雷特的叔叔，其實是一位證據不足的疑似殺人犯。那麼，大部分讀者為何會確信他是殺害老國王的兇手呢？分析認為，那是由於「莎士比亞的敘事方式和視角使受眾在一定程度上分享了哈姆雷特的位置，由於不了解哈父的死亡真相，受眾（包括讀者）都必須且只能根據在某些人看來充分而在另一些人看來並不充分的證據做出判斷，受眾分享了哈姆雷特的那種有侷限的人的焦慮和懷疑，從而突顯了人類在裁判上面臨的註定是永恆的難題。」[1]除了純粹的偵探小說或犯罪小說，在審美敘事中，讀者不見得會仔細推敲殺人者犯罪的證據鏈，而更可能被當事人在事件發生過程中的情感變化以及思想波動所吸引。換句話說，如果當事人的內心足以形成一定的美學震驚感，讀者對犯罪認定的興趣將悄然轉移為對當事人的內心情感過程的深度關注。觀眾或讀者被哈姆雷特對父之死的懷疑和焦慮深深吸引，所以，哈姆雷特對叔叔所有的懷疑和仇視都不知不覺轉化為讀者的懷疑和仇視。可見，調整文學敘事的切入角度，修辭手段將可能控制讀者的情感向度和深度。

　　大量的文學作品表明：小說可以將殺人犯犯罪導致的精神折磨敘述到令人驚駭的地步，並深度展示導致犯罪的社會原因，從而讓讀者

---

[1] 蘇力：《法律與文學》（北京市：生活‧讀書‧新知三聯書店，2006年，第1版），頁296。

對殺人者的命運充滿同情，對其救贖充滿期待（陀思妥耶夫斯基《罪與罰》）；小說敘事修辭會讓一個毒殺情人的恐怖案件退隱幕後，誘導讀者關注作為謀殺犯的貴族女子奇特的個性和不幸的一生（福克納《紀念艾美麗小姐的一朵玫瑰》）；小說還能將一位男性白領糊里糊塗的殺人故事當作「荒謬」哲學命題的生動注腳（加繆《局外人》）；小說敘事，還具備足夠的修辭變化能力，讓一個不準備殺人的人不得不迫於習俗文化的壓力去殺人，讓血腥的謀殺案顯得滑稽可笑（加西亞·瑪爾克斯《一樁事先張揚的謀殺案》）。

的確，在諸多文學作品中，涉及到對犯罪描寫或道德「罪感」問題，常常不拘泥於以法律裁定來敘述事件，而是更可能挖掘罪者內心壓力與痛苦，或是展現導致罪者的道德迷失複雜原因。比如，《罪與罰》這部小說想說的，已經不是「罪犯犯了什麼罪，應該受到什麼樣的懲罰？」，而是「這個罪犯為什麼會犯罪？罪犯如此痛苦的精神掙扎要靠什麼方式獲得解決？」小說花費了大量的篇幅描寫罪者如何接觸到種種的奇異人事，從而在內心中為自己犯罪找到理由，在犯罪後罪人又如何始料不及地發現犯罪招致其靈魂的可怕災難。這已經不是為罪犯做法律意義上的無罪辯護，而是一種美學意義上「辯護」：將當事人災難化的內心剖開來給你看，你會發現當事人已陷入自我摧毀狀態。審判之火不斷地烤炙他——當事人承受著遠比法律審判更可怕的內心浩劫。罪犯內心災難化的審判之圖已升格為最突出的美學圖景時，煎熬中的罪犯能否找到出路被設置為最突出的敘事懸念。如此，「審美辯護」不是為減輕罪責而處心積慮開脫當事人，而是讓犯罪嚴重性升格到一種足以摧毀當事人靈魂的地步。這樣的敘事修辭告訴讀者，罪人最重要的問題已經不是接受什麼樣的刑事審判，而是他的靈魂能否獲得重生。罪人的難題，不是靠法律辯護能完成的，而是備受煎熬的靈魂能否獲得新生。

法律文書不會記錄一個人犯罪後的「靈魂災情」，只有依靠文

學，才可能一步步地敘述一位大學生犯罪後驚心動魄的靈魂煉獄的痛苦。

　　所謂「審美辯護」，便是深入到另一個領域中，去為罪人尋找更積極的靈魂解決方案，去為其新生尋得理由和可能。因而，「審美辯護」事實上就是建立另一種「靈魂之法」。在這「靈魂之法」疆域內，罪人要接受另一種律法的審判，接受另一種方式的辯護。小說的女主人公，不幸的索菲婭，知道大學生殺人真相後，對罪者拉斯柯爾尼科夫說：「現在全世界沒有，沒有一個人比你更不幸了！」只有索菲婭才最深刻地體會到靈魂煉獄的「不幸」，也只有她明白惟依靠「靈魂之法」才能真正解決罪人的問題。所以，「審美辯護」就是揭示另一種「不幸」，這「不幸」超越了法律。這種「不幸」，是「靈魂之法」認定的「不幸」。如此，《罪與罰》表明：殺人的大學生，其實還是一個值得為其痛惜並應該給予拯救的罪人。這種「值得」就是一種「審美辯護」，只有在審美的疆域內才讓這種「值得」獲得最大程度的展開，只有在審美作品中，才有可能最大限度地展現一個殺人犯的精神煉獄的每一個層次的痛苦。

二

　　當然，像《罪與罰》直接寫罪人，寫刑事之「罪」，並為其找到辯護理由的作品，比較直接地體現了「審美辯護」之功能。然而，主人公的所謂「罪」，有些是習俗道德之「罪」，有些是「偏見」之罪。針對此類的「罪」的辯護，文學文本通常動用多因修辭的辯護方式。

　　導致一個事件的發生，往往有多種原因共同推動。但法律多依據最直接的原因和最明顯的後果，道德話語系統，也常常遵從主流的習見，不見得會不斷地探求一個人或一件事的背後的種種「歷史原因」和「當下原因」。

　　文學作品則提供了一種更具「延展性」的原因探索，文學甚至會更強調偶然性原因的重要性。文學的審美敘事往往更有能力關心某種「果」的歷史淵源性，文學會敘述一個道德上的「問題女人」她在上學的時候學了什麼，喜歡什麼樣的文學作品，她的父親的脾氣如何，等等。而在法律文本中此類內容可能一筆帶過甚至不可能提及。同時，文學還會「貼近」事件發生時間的種種「細節」，文學甚至會敘述一個有「罪」的女人服用砒霜後身體感受和心靈的最後顫動（《包法利夫人》）。

　　敘事文學的審美手段，有條件將讀者帶到主人公成長歷史中的一個遙遠的「過去」，又可能逼近主人公死亡前的最後一秒。如此，敘事文學的空間，事實上蘊藏著遠比多數文字記載更全面也更感性地反映促使某事發生的多種多樣的原因。所以，文學敘述的所謂「多因」修辭，不是機械地擺出幾個原因來。而是在時間性和空間性的兩個維度上讓原因推動原因，讓甲原因演幻出乙原因，又讓乙原因生發出丙原因。同時，文學敘述原因，還更重視小原因和間接原因對人事的影響。甚至，偶然性的原因會在文學敘述中起到極具戲劇化的效果。

　　法律文書大書特書之「因」，在文學敘事中可能一筆帶過。反之，法律文書隻字不提的，文學敘事卻可能將之放大，大加渲染，死死追究，反覆琢磨。比如，一個情感片斷，一位女人與子爵跳過一次舞後的夢幻般的情感體驗，就只有在文學作品中才可能「保留」並被「放大」。此次跳舞，似乎與包法利夫人後來的悲劇結尾無關，因為她再也沒有見到過子爵。但那如夢如幻的城堡之夜，包括服裝、燈光、氣味，卻在包法利夫人心中發酵，為她後來的種種活劇提供最華麗的「情欲之鏡」。包法利夫人與子爵一舞，看似無足輕重，卻被作家重視，因為作家覺得這樣華麗而感性的場景，才足以「孕育」出女主人公的虛榮心，才足以為她今後的人生表演提供最初的情感動力。

然而，這種美妙感覺，女主人公從來不向小說中的其他人物言說過，甚至她自己都不會意識到與子爵的華麗一舞對於她的意義。但對於作家福樓拜而言，卻判定此舞意義非同尋常，因為他將這當作女主人公「夢幻慾望」的源頭。如此看來，作家更重視心靈之因，更會探求主人公的靈魂邏輯。如此寫來，無形中就形成了一種「審美辯護」。因為在敘述中，女主人公的虛榮，在開始的時候是何等無辜，是何等美好。只不過沒有適合她「表演」的環境，命運只能讓她選擇一個不適合她的浪漫幻想的小市民環境繼續她的浪漫之舞。可見，「審美辯護」的重要手段之一，就是提供不同於報紙新聞、法律文書、市井傳聞的種種遙遠而隱蔽的「心靈秘密」。

揭示某種旁人無法接近無法打聽到的心靈之因，通過「講故事」方式讓某「因」獲得「特別重視」，並給予「積極放大」和「不斷強調」，讓讀者在閱讀過程中「不知不覺」認可某個並不起眼的原因，從而認定看似無關的因素，遠比直觀的因素來得更有作用力，這就是小說審美辯護的重要敘事策略。

所謂「多因修辭」、「遠因修辭」便是從共知、單一的原因中擺脫出來，去尋找潛伏在主人公內心中更久遠更不可告人甚至還可能被主人公本身忽略掉的原因，從心靈的原因到環境的原因。小說會告訴你，這種種原因，原因的原因，是如何最終形成「合力」，撞擊主人公的心靈深處，使主人公「不得不」做某事。一旦有了「不得不」的原因，就具備了足夠的可理解性，辯護的距離就縮短了。

「多因修辭」提供了複雜的可理解性。由可理解性出發，去爭取可同情性和可開脫性，就能間接達到辯護的目的。成就「多因修辭」，首先一步，就是確定主人公的情感世界為文本的「中心」。讓所有的因都指向主人公，無論主人公是什麼樣的身分。因此，我們會看到，小說中大量的「零餘人」、「邊緣人」、「地下人」，反而成為文本

中最中心的人物，並獲得讀者的共鳴。小說中的其他人物，他們對所謂「邊緣人」、「地下人」的內心狀態則可能一無所知。通過敘事修辭的「中心化」處理，「邊緣人」已不「邊緣」了。「邊緣人」走向文本最顯眼處，成為話語聚光燈下的焦點人物。「邊緣人」一旦獲得話語權，「邊緣人」就有可能獲得論證自我價值觀發表自我看法的機會：「邊緣人」會告訴你這個故事之所以發生的另一種理由，並表達屬於他的感受。事實上，只有文學審美，才可能為所謂的「零餘人」、「邊緣人」之類的失意者形象提供可觀的話語空間。

當然，單單獲得審美「中心人」的位置，還只是為其「審美辯護」提供初步的條件。更重要的，是讓主人公「可同情性」的敘事修辭達到一定的飽和度。如此，才可能為其行為進行有效的「審美辯護」。

如安娜‧卡列尼娜的故事。托翁寫安娜‧卡列尼娜，如果僅僅從上流社會的「緋聞」角度來觀察，不過是一個出軌事件，是上流社會茶餘飯後閒談中可以用嘲弄口吻轉述的「故事」。然而，托翁完全將安娜「中心化」，深入到女主人公最微妙、最直接、最細微的感受世界中去，去寫她努力地否定自己情感卻又不得不為強大的生命力所驅使的美，去寫她情欲被喚醒之刻的豔麗。當然，單寫這些，還不能為她做更深刻的辯護。托翁將女主人公放在絕對中心的敘事地位，讓她的歡樂的淚水和痛苦的呻吟都在讀者面前「赤裸裸」地呈現出來，讓讀者直接去「窺見」所謂「蕩婦」的一切思想和一切感受。那麼，讀者就會發現，原來那位拋棄了自己丈夫和孩子的「出軌女人」的「放蕩生活」，事實上是多麼痛苦多麼不堪，遠不是去國外旅遊或騎馬打獵那麼「風光」。因為這個女人事實上在「出軌」之後，就陷入了重重的苦境和困境之中。將最不負責任的「蕩婦」寫成思慮兒子，擔心情人忽視她拋棄她的「苦婦」，進而成為「怨婦」，將激情戲「轉換」為悲劇戲，這是一種極具藝術性的「審美辯護」。

　　通過托翁的敘事修辭，安娜成為一位世界級追求愛情自由和生命尊嚴的經典女性形象呢？其敘事修辭策略有四：

　　第一，小說對安娜進行了「受難化」的敘事修辭處理。有關安娜情欲的「快樂敘事」在小說中逐漸被安娜情感的「受難敘事」所代替。一個女人情欲的覺醒故事只是在小說的開始部分濃墨重彩，在小說的後半部分則不斷地進行「去情欲化」處理，情欲之花怒放之後接踵而來的精神困境對安娜造成巨大的傷害，並迫使她結束生命。這種「受難」修辭，對安娜巨大痛苦的審美展示，是對安娜出軌故事最隱蔽也是最有力的辯護，這表明她並不是沉溺於肉欲的蕩婦，而是一位非常看重自我尊嚴的女性。

　　第二、小說突出安娜的「無辜性」與「原則性」。雷蒙・威廉斯說：「導致安娜悲劇的直接原因是，她離開一個有缺陷的男人是為了得到另一個有缺陷的男人。」[2]對這兩個「問題男人」書寫，就是在為安娜開脫。安娜的丈夫卡列寧被敘述成一個情感與表情皆呆板的機械人。卡列寧靈魂的蒼白，為安娜離開他提供了理由。而伏倫斯基後來對安娜的情感降溫，除了表明安娜無辜外，還從另一面強調了安娜對於愛情生活的專注性和苛刻性。她以自殺報復伏倫斯基，這種瘋狂舉動本身不正表明這個女人絕不瓦全的「原則性」嗎？

　　第三、小說中，托爾斯泰時時提醒讀者注意安娜強健而活潑的生命力所流溢出的美，甚至列文這樣的人物，婚後遇見安娜，也被她的美征服了。這種「美」在更宏觀的層面上為安娜辯護。因為作品中幾乎所有的人都不是在成全這種美的活力，而是在迫使這種美的火焰熄滅。「美」的毀滅足以引起人們的震驚。

　　第四、篇幅可觀的列文故事與安娜故事並駕齊驅。托爾斯泰將列文當成一個具有自我更新能力的新貴族來塑造。不斷尋求新出路的列

2　〔英〕雷蒙・威廉斯：《現代悲劇》（南京市：譯林出版社，2007年，第1版），頁126。

文，質疑貴族階層的生存方式的合理性，他甚至會將貴族隨意用掉的一百盧布迅速折算成農民在田地裡的勞動量。通過列文的目光，讀者會發現貴族社會的墮落、虛偽與衰弱。這也是在為安娜提供間接的辯護：安娜不願意按照所謂貴族社會的虛偽原則苟活，而是選擇為自己的情感尊嚴而死，她的選擇本身就是一種反抗。

「審美辯護」還是一種建立在情感關係之變化上的辯護。安娜與卡列寧、伏倫斯基的情感關係是故事的樞紐。僵硬無趣的卡列寧使安娜的情感轉移獲得合理性；伏倫斯基與安娜結合成「情欲神話」的同盟者，後又成為「情欲神話」的破壞者和背叛者。安娜的故事之所以具有「悲劇性」和「可同情性」，就在於她與這兩位「重要男性」的情感博弈情感較量關係中，安娜最終處於被損害被侮辱被拋棄的地步。文學的審美，就是寫出安娜與她的「重要男性」關係中的感受與情感變化。在這種情感博弈中，寫出她的焦慮、屈辱、孤獨與瘋狂。所以，「審美辯護」，不是追究法律和道德的對錯，更關注誰是情感的可同情者。

一個「不道德的女人」在與她生命中兩個「重要男人」的關係中，被損害、被侮辱，這樣的敘事修辭，事實上已經讓「情欲敘事」蛻變成一個女性屈辱史之敘事修辭。更重要還在於，女主人公的屈辱與無助，小說中的「重要男性」都負有直接責任。

安娜用自殺宣告了她是情感博弈中的失敗者，同時，她的死又讓她成為「情愛神話」的捍衛者與勝利者。「失敗者」可獲得「同情性」，「勝利者」則為她贏得「尊嚴性」。這種「尊嚴性」滌蕩了所謂「蕩婦者」身分，構成一種逆向的敘事修辭之力，為之前安娜種種「可譴責性」去辯解，去更正，去進行「去汙化」的敘事清洗。

小說的「審美辯護」，就是通過講述情的可理解性、可同情性來獲得。安娜對兒子無奈而痛苦的母愛，安娜面臨愛的崩潰之刻以死相爭的尊嚴性，都是小說的重點。這些重點讓安娜情感波動的每一個

情感環節的變化都是可理解的，而且是可同情的。

「審美辯護」是一種感性學辯護，是從公式化、既定的、顯在化的主流話語系統中的「逃逸」出來的感性敘事，是挖掘被遮掩起來的人物內心的隱秘角落並加以聲張的敘事。

所以，「審美辯護」是以情感的邏輯性而不是以政治法律邏輯性或道德習俗的倫理性來論證判斷的敘事，是利用情感敘事分配和深化來獲得情感的「偏袒性」的敘事。也許，有的人讀了《安娜・卡列尼娜》之後對卡列寧充滿了同情，那是因為托翁並沒有將卡列寧寫成一個「大惡人」，甚至行文中你的確還會讀出卡列寧還是很有點值得同情的，因為作家也寫了卡列寧的孤獨相和可憐相。

但是，與安娜那種充沛的情感力以及她的毀滅性的悲劇美相比較，安娜捍衛自我生命之尊嚴的高貴的美感，無疑是大大高於卡列寧，也高於伏倫斯基。

因此，所謂「審美辯護」，還是生命與生命的比較，情感與情感的比較，是在情感關係演變中突出某種情感的價值，揭示這種情感的可理解性或可同情性。「審美辯護」的核心是情感辯護。「審美辯護」是利用各種敘事手段創造、維護某種情感價值的修辭系統。托翁寫《哈吉・穆拉特》，男主人公在政治上是一個搖擺不定的反抗俄軍的少數民族軍事首領，但托翁極寫他對家人的掛念和擔憂，極寫他不屈的生命力，事實上就是將一位叛徒寫成了有情義的漢子。托翁「撫哭叛徒」的敘事修辭所引發出的審美震撼力，可見「審美辯護」之巨大力量。

三

如果說安娜以其情感的可同情性和高貴的尊嚴性而獲得「審美辯護」，那麼，《包法利夫人》這樣的作品，是否被「審美辯護」拋棄了

呢？福樓拜是否只是對包法利夫人的情欲生活感興趣呢？這篇小說幾乎通篇敘述包法利夫人與男人們通姦的故事，那麼，這是否是一篇誨淫之作呢？安娜所拋棄的上流社會的榮華富貴，正是包法利夫人夢寐以求的。愛瑪（即包法利夫人）與子爵一舞，成為她浪漫幻想的一個「了不起」的起點。愛瑪沉醉在幻想中，她按照書本上讀來的戀愛藍圖去實踐她的情感夢幻。幾乎可以認為，愛瑪是在非常自覺地走向墮落。這樣的形象與情感，是否亦存在所謂「審美辯護」呢？

　　有論者指出：「福樓拜筆下的小資，如郝麥、查理、勒樂、羅道夫、立昂，等等，或以庸俗當光榮，或拿無能作專業，市儈嘴臉卻招搖過市，話語無知仍雄辯滔滔，天性浪漫的愛瑪・包法利，不甘於此，一心要超越庸俗，卻將高尚與庸俗混淆，一次又一次被布爾喬亞誘騙，在布爾喬亞的世界裡墮落。愛瑪一心想超越布爾喬亞卻陷於布爾喬亞，是《包法利夫人》最大的反諷。」[3]

　　從某種意義上說，正是反諷修辭挽救了《包法利夫人》。是「反諷修辭」成全了對愛瑪的「審美辯護」。《安娜・卡列尼娜》是帶悲劇意味的正劇，《包法利夫人》則是帶喜劇色彩的悲劇。安娜有高尚性「墊底」，愛瑪則以庸俗性為基礎。愛瑪糊里糊塗從浪漫小說上學來的情節做戀愛作業指導圖，開始她的浪漫之旅，卻最終走向末路。

　　敘述安娜的故事，是讓「受難修辭」駕淩於「情欲修辭」之上，而愛瑪的故事，則是讓「反諷修辭」滲透於「情欲修辭」之中。

　　安娜的情愛是真誠的，愛瑪的則是虛幻的。李健吾先生說：「愛瑪正是這樣子。在她的想像裡面，她把自己當做一位貴族夫人。她不曉得這和她的身分不宜，和她的環境衝突；她逃出她真實的人格，走入傳奇的世界，哪怕繞小路，走歪路，她也要維繫著她虛偽的生存——因為這裡虛偽就是真實，想像就是生存。高爾地耶給這種情形

3　童明：《現代性賦格》（桂林市：廣西師範大學出版社，2008年，第1版），頁70。

定了一個名詞，叫做包法利主義。這就是說，自己明明不是這樣子，卻以為自己就是。」[4]

所謂的「反諷修辭」，修辭的就是愛瑪情欲的「虛幻性」。愛瑪按圖索驥，尋找她「傳奇世界」中白馬王子。可惜，她的情欲對手不是騙子，就是懦夫。更可笑的是，這位女「唐吉訶德」執迷不悟，她根本沒有想到她所創造的「傳奇的世界」是虛偽的。請注意，就連愛瑪的自殺，也不是為了殉情，她是被人逼債逼死的。

《包法利夫人》中的反諷修辭之所以能發揮「審美辯護」的作用，那是因為反諷修辭不但讓愛瑪可笑，更讓她周圍的庸人可笑。「反諷修辭」在暗中對愛瑪的不幸遭遇進行了「外部歸因」。

愛瑪的可笑，是她的幼稚、虛榮與自我中心，而她的周圍「庸人」的可笑且可惡處則為寡情、欺騙、虛榮與愚蠢。福樓拜針對「庸人時代」的反諷，反諷的不僅僅是愛瑪愛幻想的可笑，更反諷對騙子與俗人一片癡心的愛瑪。

愛瑪每次越軌，對情人都熱烈而真誠。但她的熾熱濃情卻遭遇虛情假意。愛瑪為獲得戀愛「超凡性」準備拋棄一切，她的情人們卻患得患失。這種滑稽感正是福樓拜追求的諷刺效果。福樓拜是有意識讓謊言侵蝕浪漫情愛，從而讓浪漫幻想陷入欺騙的泥沼之中。這當然有利於愛瑪贏得同情——蕩婦放蕩，卻比騙子天真且真誠。

福樓拜這部小說其實是部「反浪漫」的小說，一寫到所謂的「浪漫」，福樓拜就極盡挪揄之能事。福樓拜在一封信中透露他創作《包法利夫人》之時的心態：「我正在寫一對青年男女談論文學，海、山、音樂和其他所謂富有詩意的題目。在一般讀者看來，這像是一段嚴肅的描寫，但我的真實意圖是要畫一幅漫畫。我認為小說家拿女主角和她的情郎開玩笑，這是第一次。但諷刺並不妨礙同情——正相

4　李健吾：《福樓拜傳》(桂林市：廣西師範大學出版社，2007年，第1版)，頁78。

反，諷刺加強了故事哀戚的一面。」[5]所謂「畫一幅漫畫」指的就是作者是居高臨下以反諷態度敘述一個浪漫女子的婚外生活。所謂「諷刺加強了故事哀戚的一面」，這「哀戚的一面」指的是愛瑪的虛幻性將在「庸人時代」遭遇無可避免的毀滅。

安娜·卡列尼娜非常清楚毀掉她的力量是什麼，她也知道她要報復的對象是誰，「受難修辭」給予安娜以崇高感。包法利夫人之死是沒有崇高感可言的。天真而善良的愛瑪，至死都不知道是什麼力量逼死她。愛瑪的可同情性，就在於她根本沒有意識到她死於何因卻又不得不死。這種荒謬感強化了反諷性，同時也包含著可同情性：愛瑪不想害任何人，她卻受到這樣的懲罰，這更多是時代環境的撥弄——時代之錯誤與荒謬最終要以一個小女子的殉命來得到清算。

環境造就愛瑪的輕浮，卻讓愛瑪以命來抵她的輕浮。所以，愛瑪的命運的可辯護性另一個重要因素在於她行為的輕浮性被過度懲罰導致的不公平。

愛瑪故事有兩重蒙蔽性，第一重，她被虛幻的浪漫幻想所左右，「虛假意識」騙了她：第二重，她的「虛假意識」被獵豔男子「榨取」，本人卻惘然無知，還真以為她遇上了浪漫故事中「男主人公」。這兩重蒙蔽性，是自欺而後被人欺。可笑而可悲的愛瑪，最後死了，而她周圍的庸人繼續活得有滋有味。安娜之死對伏倫斯基產生了極大的震動，愛瑪之死如死水微瀾，她犧牲得毫無價值。自欺，他欺，死亡的無價值，命運懲罰的過度性，都在為愛瑪提供審美方面的辯護：她畢竟不想活得跟身邊人一樣平庸，她的幻想雖然幼稚，卻非常真誠，她至少不該受到如此的重罰。

可見，高貴的反叛者值得辯護的，不高貴的幻想家同樣值得辯護。

5　〔美〕納博科夫：《文學講稿》（上海市：上海三聯書店，2005年，第1版），頁131。

四

安娜的故事，愛瑪的故事，寫的是情欲故事卻又不是情欲故事。這是因為這兩部小說的主導修辭都不是情欲修辭，而分別是受難修辭和反諷修辭。

這就是通常所說的「寫什麼」不是重要的，要緊的是「怎麼寫」。

受難修辭讓情欲修辭「崇高化」，居高臨下的反諷修辭讓情欲修辭「滑稽化」。而正是在這「崇高化」和「滑稽化」過程中，「審美辯護」的敘事修辭發揮了作用了。

這不奇怪，托爾斯泰和福樓拜都不打算將他們的小說寫成慾望教科書。他們更感興趣的，是慾望背後的習俗、政治、文化與經濟關係等等內容。這兩個故事都讓讀者認識到，所謂的「慾望」，遠不是人的自然本能噴發那麼簡單，而是文化、習俗、經濟、政治等因素的共同作用的結果。

作者越是深入地揭示這些因素作用力，便越有可能細緻地展現各種文化、經濟、政治因素是如何參與女主人公的慾望的「編碼」過程。當這種「編碼」的複雜性呈現在讀者面前的時候，其中的可同情性因素就有可能逐步呈現出來。

小說敘事修辭，就是引導著讀者用一種別樣文化眼光來看待某人某事。受難的眼光和反諷的眼光讓讀者對兩個女性的命運有了更深刻的認識和體會，同時對她們的命運有了可資同情的文化依據。

那麼，如果以「仇色」的文化眼光來看待「蕩婦」的故事，結果又是怎麼樣呢？

在中國古典文學作品《水滸傳》中，潘金蓮的情欲故事之所以缺乏可同情性，主要原因是《水滸傳》全書對於女性的態度以「仇色修辭」為主導，《水滸傳》好漢英雄嫉「色」如仇，小說的整體修辭處處強化這樣的價值觀。《水滸傳》好漢屢屢虐殺「問題女人」，「仇

色」修辭一目了然。可以認為,《水滸傳》「仇色」的修辭,特別是對
「色欲」的危害性的高度強化,讓潘金蓮死於武松刀下之敘事獲得足
夠的理由。夏志清認為:「《水滸》中的婦女並不僅僅是因為心毒和不
貞而遭嚴懲,歸根到底,她們受難受罰就因為她們是女人,是供人泄
欲怨屈無告的生靈。心理上的隔閡使嚴於律己的好漢們與她們格格不
入。正是由於他們的禁欲主義,這些英雄下意識地仇視女性,視女性
為大敵,是對他們那違反自然的英雄式自我滿足的嘲笑。」[6]《水
滸》中,潘金蓮這一類型的故事,其慾望修辭,只是為「仇色修辭」
做準備。關於潘金蓮的慾望修辭只是為了描述慾望帶來的高度危險性
(如潘的毒殺親夫的勾當)做鋪墊。這種危險性修辭則為仇色修辭鋪
平了道路。至於潘金蓮生活的外部環境、成長經歷和內心活動,小說
沒有交代這方面內容的興趣。潘金蓮的淫蕩和殺夫似乎是她的天性造
成的。或者說,在《水滸傳》中,潘金蓮只是被盡情地修辭成一個色
膽包天的妖精,她的所有念頭都是圍繞著如何實現她的情欲,成為一
個不折不扣的「淫婦」符號。這個「淫婦」符號沒有任何其他修辭系
統為其辯解。更致命的是潘的情感過程也被簡單化,她沒有猶疑,沒
有足夠的想像,沒有過多的擔心,更沒有起碼的痛苦,有的只是欲念
驅使下的生物性本能。也就是,由於缺乏其他情感系統的介入,潘的
「通姦與殺夫」得不到任何其他修辭系統為其辯護的機會,只能接受
主導的仇色修辭對其施加的結果:接受英雄的懲罰並成為祭品。

　　《安娜·卡列尼娜》前半部分是寫安娜為情愛而抗爭,而後半部
分,則以「受難修辭」為主,突出的是安娜為人格的尊嚴而鬥爭。將
安娜之死「歸因」於尊嚴而非情欲,這就為安娜做了最有力的辯
護——這表明,安娜情感和尊嚴的要求,遠勝過肉欲渴望。安娜並非

6　〔美〕夏志清:《中國古典小說史論》(南昌市:江西人民出版社,2001年,第1版),
　　頁103。

蕩婦，而是追求高品質情感生活的高貴女性。至於愛瑪的故事，「反諷修辭」不但對愛瑪的情愛幻想施以反諷，更將反諷之刃指向愛瑪周圍種種人的虛偽、淺薄、懦弱和狠毒。因此，愛瑪遭遇的歸因，就不是由愛瑪一個人來承擔。布爾喬亞環境如此可笑可恨，對愛瑪悲劇性結局負有不可推卸的責任。《包法利夫人》整部小說的反諷基調暗示了愛瑪生存環境的荒謬性：愛瑪周圍的人並不比愛瑪更高尚更高明，對愛瑪的過度懲罰，她所處的環境要被追究更多。

　　潘金蓮則不同，「仇色修辭」已經為潘金蓮故事之歸因下了結論。《水滸傳》對潘金蓮的行為的歸因，只能以其天性淫蕩為結論，沒有其他歸因可為其辯護。《水滸傳》「仇色修辭」極力強化是一種女性淫蕩必然給男性帶來災難性後果的想像鏈條。接受男性威權的最嚴厲懲罰成為潘的唯一出路。近代以來，不斷出現為潘金蓮翻案的小說與戲劇，也多是從她的身世、情感需求為其開脫為其翻案，但都缺乏白先勇寫《玉卿嫂》那樣的才氣：白先勇寫《玉卿嫂》，將一個殺情人的婦女的多情和殘忍結合到異常完美的地步。白先勇的敘事修辭，是以極細膩的筆調敘述一位美麗女性因愛而絕望，因絕望而殺情人的心理過程，他的審美辯護是落實在「深情導致的絕望」上。

　　對於一個人的「罪」或「過」，法律要求提供直接明瞭的證據，媒體新聞喜歡炮製聳人聽聞的故事環節，而文學對「事件」原因的原因，甚至是影響原因的不太相干的小問題、小人物、小細節都帶進文本中仔細打量、研究。這是因為，站在審美的立場，一個人犯罪或犯錯，法律可以制裁，社會可以議論，而文學，則要提供一種更能深入當事人心靈、身世、周邊關係的審美視野。而正是由於這種「深入」，提供了對一個「果」多種「因」的敘述。很多間接原因在法律上是不做依據的，而在文學審美文本中卻成為反覆斟酌的對象，因為文學創作者會認為這一「小原因」或「間接原因」影響了主人公的生活態度，導致了某種事件動機。這意味著，文學審美中的多因架構有

可能為主人公找到「可開脫性」敘事要素。另外，在文學的審美天地裡，能夠容納大量人物的情緒化的感受。敘事的某個「點」上情感的「深度展示」，有可能讓讀者更深入地體會到主人公所受到的精神折磨之痛苦，因而能以諒解和同情的角度來看待整個「事件」。這就形成了情感上的「可同情性」的敘事修辭效果。

「審美辯護」的敘事修辭策略，總是為其主人公「提取」、「放大」可開脫性和可同情性的敘事要素。雖然，在文學中，也出現了《復活》那樣懺悔的貴族為妓女所作的法律意義上的無罪辯護。但在諸多文學作品中，關於「審美辯護」，並不都是法律意義上的無罪辯護、免責辯護或減責辯護，更多是一種感受與情感上的辯護，是一種讓讀者對主人公內心和遭遇更全面的了解之後的一種「同情性」辯護。

「審美辯護」不僅關心一個人犯了什麼罪，或有了什麼過錯，也不僅關注他如何犯罪，他犯罪的後果是什麼，審美的文學，還願意詳細地描寫罪人乖戾的脾氣和犯罪後發病的體溫；審美的文學，還會詳細交代「出軌女人」的丈夫喜歡將指關節弄得啪啪做響的細節和這個女人在「犯罪」後見到兒子時的恍惚狀態。當然，審美的文學還會模仿醫生的目光觀看一個「有罪女人」服用砒霜的整個過程。所有的這些，非審美的文本，是無法提供如此龐大的篇幅和如此精細的筆觸，無法架構如何錯綜複雜的人物關係，也不太可能將主人公的身世的來龍去脈做如此縝密的演繹。這，只有文學的審美能夠做到。也正因此，文學為「審美辯護」的敘事修辭提供了更開闊的敘事空間。

第七章
自我審視、角色實驗與角色意識

一

　　十九世紀俄羅斯偉大作家陀思妥耶夫斯基創造的複調小說，其中，無論是「反英雄」，還是惡棍；不論是妓女，還是殺人犯；不論是「白癡」，還是虛無者，都非常在意自我是何種「角色」，即對「我是誰？」的問題高度敏感。

　　巴赫金在論及陀思妥耶夫斯基小說的「思想的潛力」時，是這樣評價的：「他把現實中完全分割開來的互不相通的那些思想和世界觀，聚攏到一起並讓它們互相爭論。他好像用虛線把這些思想延長，直到它們達到對話的交鋒點上。他用這種辦法揣測出現在各自分離的思想，將來會怎樣進入對話交鋒。他預見到了不同思想的新的組合，預見到了新的聲音和思想的誕生，預見到了所有聲音和思想在世界對話中的位置的變化。」[1]環環相扣的言語爭論與思想交鋒，正是陀思妥耶夫斯基的小說複調性的重要特徵。旗鼓相當的爭論才可能創造出一種複調式的對話，這種對話逼使說話者不斷地揣測對方的立場、原則和依據，這就使得陀氏文本中的對話處於緊張的甚至是神經質的論辯過程。

　　這一論辯性，也深刻地貫徹在陀氏小說人物對自我角色判定的過程中。陀氏小說中的主人公非常在意自我角色的合理性。因此，圍繞

1　〔俄〕巴赫金撰，白春仁、顧亞鈴譯：《陀思妥耶夫斯基詩學問題》（北京市：生活・讀書・新知三聯書店，1988年，第1版），頁137。

著自我角色問題，總有可能出現陀氏式的辯論情境，兩種不同的聲音對峙著，糾纏著，一方的聲音試圖壓倒另一方的時候，另一方的聲音卻能突然獲得更有力的論據，從而獲得優勢。在這複調式的對話過程中，關於自我角色的定位問題，關於自我能否塑造或擺脫某種角色的問題，成為陀氏小說人物最感興趣的話題之一。

陀氏小說人物總是千方百計地不斷反思自我的目前角色是否處於恰當的位置，是否體面，是否獲得了尊嚴。評論陀氏小說，多有人指出陀氏小說人物具有「雙重人格」。但要注意的是，所謂的「雙重人格」，在陀氏文本中，是分裂而不是分離。

「雙重人格」中的兩個自我處於對話狀態，兩者並不疏遠，而是緊張地揣摩對方的意思，在話語的論爭中處處都設想對方可能提出的異議，在意對方的每一個反應。也就是說，這兩個「自我」總是處於非常在意對方的話語卻又彼此不讓步的膠著狀態。陀氏小說人物通常都對當下的自我角色表達了異議而希圖重新建構一個「理想之我」。而「現實之我」與「理想之我」之間的對話，同樣是在反覆糾纏的過程中讓「現實之我」和「理想之我」的各自特性都得以高清晰度的放大。即便對「現實之我」的角色表示表面上的滿意，陀氏筆下的小人物也總是擔心他人會對他的社會角色投以輕蔑的目光。比如，陀氏的成名作《窮人》中主人公，總是小心翼翼地為自我的低微角色辯護：

> 前兩天葉夫斯塔菲・伊凡諾維奇在私人談話中議論到，最重要的公民美德就是會賺錢。他說這話是開玩笑（我知道這是開玩笑），真正的意思是不要依賴別人，我就是不依賴別人！我的麵包是我用勞動掙來的，我完全有權利合法享用。我花些什麼勞動！我自己也知道，我只是做些抄寫工作，但是我還是覺得自傲，因為我在工作，我在流汗。我做抄寫工作，這有什麼關係呀！難道抄寫工作有罪不成？他們說：「他是做抄寫的！」

> 他們說：「這是個抄抄寫寫的小官吏！」可是抄寫有什麼可
> 恥？我寫字寫得很工整，很出色，看起來很舒服，大人也很滿
> 意。我替他們抄寫最重要的公文，當然，我寫文章沒有文采，
> 我自己也知道這一點，就是沒有這種該死的本領。[2]

這位窮官吏的言語間，處處在意自我，極快地預設他人對他的角色評
價，不斷地為自我角色辯白。這反映了這個人物總是為自我角色而焦
慮，他為自我角色辯白實際上是維護自我的尊嚴。

陀思妥耶夫斯基《窮人》的主人公傑武什金與果戈理的《外套》
亞卡基‧亞卡基耶維奇身分相似。但是，兩者對自我角色的清醒程度
和反思能力大不一樣。亞卡基‧亞卡基耶維奇也會說出令人痛徹心脾
的話：「讓我安靜一下吧，你們幹麼欺負我？」但他對自我角色，沒有
反思性。亞卡基‧亞卡基耶維奇喜歡抄寫，「抄夠了，就躺下睡覺，
想著明天的日子，先就打心眼兒裡樂開了：不知道老天爺明天又要賜
給他什麼東西抄。」[3]亞卡基顯然沉溺於當前的角色之中，並沒有感
覺到為自我角色辯護的必要。《窮人》的傑武什金不同，他為自己的
抄抄寫寫辯護，主要原因是他無法容忍他人對他的社會角色的輕蔑。

這種自我角色審視性的書寫，使得人物的自我角色成為一個被觀
賞被玩味的對象，人物從自己的精神世界裡衍生出第二自我。第一自
我觀看、議論、策動、審視著第二自我。或者說，自我審視能力的獲
得，才使得陀氏小說的主人公有了判斷自我當前社會、經濟和精神位
置的初步能力。有了自我審視這樣的初步能力，主人公才能知道當下
的自我角色引起他不滿的原因在哪裡，而他要追求和創造的「理想之

2　〔俄〕陀思妥耶夫斯基撰，周樸之譯：《陀思妥耶夫斯基文集——白夜》（上海市：
　　上海譯文出版社，2004年，第1版），頁43。

3　〔俄〕果戈理撰，滿濤譯：《果戈理小說選》（北京市：人民文學出版社，1979年，
　　第1版），頁79。

我」的起點又在何處？

　　巴赫金認為陀思妥耶夫斯基寫出了「人身上的人」。[4]這「人身上的人」，第一個「人」指通常意義上的人物，是「第一自我」，這一人物可以被環境迅速地命名為小官吏、大學生、殺人犯、惡棍、自由主義者、地主、妓女。「人身上的人」，即「第二自我」，就不是一個簡單的命名就能完成的。相反，陀氏的人物，無論是妓女、殺人犯、小官吏還是白癡，總是生長出一種新的思想，新的自我評價，絕對不是一個簡單的規範化的角色命名所能了事。

　　巴赫金認為在陀思妥耶夫斯基的小說中，作者與主人公之間是複調式的關係，是認真實現了的和徹底貫徹了的一種對話立場，這一立場確認主人公的「獨立性、內在的自由性、未完成性和未論定性。」[5]這所謂的「獨立性」、「自由性」、「未完成性」、「未論定性」，就陀氏的主人公對自我角色的態度而言，就是拒絕社會和他人對他的角色的「蓋棺定論」。

　　同時，在陀思妥耶夫斯基的複調小說中，所謂的「對話立場」，其中一個非常重要的特徵，就是自我與自我，自我與他人，反覆深入地辯論自我角色的可能性和合理性。主人公的「未完成性」、「未論定性」，還意味著對自我角色的論爭或者說「論證」是一個無法停滯下來，無法一下給出答案的「可持續」探討的重要命題。

　　巴赫金不願意將陀思妥耶夫斯基的小說簡單地定義為「思想小說」，其原因，就在於陀思妥耶夫斯基的小說不是簡單地發佈某種思想，而是通過各種人對某個人物的「人身上的人」的激烈論辯，通過人物對自我角色的發難，通過人物與他人圍繞某個角色緊張而熱烈的

4　〔俄〕巴赫金撰，白春仁、顧亞鈴譯：《陀思妥耶夫斯基詩學問題》（北京市：生活‧讀書‧新知三聯書店，1988年，第1版），頁64。

5　〔俄〕巴赫金撰，白春仁、顧亞鈴譯：《陀思妥耶夫斯基詩學問題》（北京市：生活‧讀書‧新知三聯書店，1988年，第1版），頁103。

對話，空前地創造出了一種圍繞著人物角色進行討論的對話體小說。

　　這樣，將人物的「自我」，特別是「自我角色」推到小說敘事的最前端最醒目的位置上。讓「自我角色」作為被關注、被探討、被爭論的對象，不斷成為敘事焦點。

二

　　所謂「自我意識」，是人對自我存在的認識以及對自我的高度覺察，是人對自我的身體、心理和社會特徵的認識和評價。「自我意識」的重要內容之一，是對我是誰，在哪裡，做什麼，我之所以為我的一種反思能力。其中，自我認識自己為何種角色，自我對擔當這個角色是否適應，自我追求什麼樣的角色，是「自我意識」的主要內容。

　　瑪爾科姆‧瓊斯以為：「所有的陀思妥耶夫斯基的主要人物都為自己構想出了一個自我形象（有時不止一個），但同時他們（和讀者）又都能意識到這些形象從某些意義上來講是虛假的、非真實的和不完整的，有時，逢場作戲幾乎成為了他們的第二天性，而使他們蒙受羞辱的正是這種虛假性。」[6]

　　陀思妥耶夫斯基筆下的主人公並不都認為自我角色是虛假的，《白癡》的主人公梅什金公爵和《卡拉馬佐夫兄弟》主人公的阿遼沙就不會認為自己在扮演一個虛假的角色，更不會認為自己是在逢場作戲。

　　但是，不可否認，陀思妥耶夫斯基的確又是最善於刻畫那種為虛幻的角色所吸引所誘惑的人物。這種人物不滿意或無法用固有的角色

6　〔英〕瑪爾科姆‧瓊斯：《巴赫金之後的陀思妥耶夫斯基──陀思妥耶夫斯基幻想現實主義解讀》（長春市：吉林人民出版社，2004年，第1版），頁123。

對付生活，他們的思想的虛幻性導致了他們要去召喚一個可以支撐他們生活下去的角色符號，而這一角色符號，即所謂的「第二天性」，又導致了他們陷入惡性循環的虛偽的生活之中。比如，《群魔》中西化了的自由主義知識分子斯捷潘・特羅菲莫維奇。這位老知識分子喜歡以受到政府政治迫害的幻覺為滿足，以此來證明自我的重要性，而他的實際境遇不過是一位女地主家的寄食者。他有時候也意識到自己寄人籬下的地位，但更多的時候陶醉在某種自欺欺人的知識分子角色的優越感中。德國學者賴因哈德・勞特非常注意陀思妥耶夫斯基小說中人物的自我欺騙問題，他認為：「陀思妥耶夫斯基一生都特別關注謊言問題的研究。是他揭示了一種特別的謊言——『田園式的』謊言，這種謊言發端於因虛構的美感到的滿足。」[7]這位斯捷潘・特羅菲莫維奇，無論是政治理想還是個人婚姻，一生都在「虛構的美」中享受著傷感。最後，有人當眾揭發他曾因為輸牌賣掉了一位農奴並導致這個農奴成為罪犯時，他的精神逐漸走向崩潰。陀思妥耶夫斯基以揶揄的筆調書寫了十九世紀一位充滿幻想的俄羅斯知識分子，他靠虛假的角色生活著，但他與唐吉訶德不同，唐吉訶德要與風車戰鬥，這位沉溺於虛假角色的俄羅斯知識分子卻沒有勇氣改變自我的生活境遇，更談不上為理想衝鋒陷陣。

　　在陀思妥耶夫斯基的小說中，還常常出現人物對自我角色驚世駭俗的剖析：

> 我感到羞愧（也許，甚至現在也感到羞愧）；以致發展到這樣
> 一種狀態：常常，在某個極其惡劣的彼得堡之夜，我回到自己
> 的棲身之地，強烈地意識到，瞧，我今天又幹了一件卑劣的

7　〔德〕賴因哈德・勞特撰，沈真譯：《陀思妥耶夫斯基哲學——系統論述》（桂林市：廣西師範大學出版社，2005年，第1版），頁117。

事，而且既然做了，也就無法挽回了——這時候我竟會感到一種隱蔽的、不正常的、卑鄙的、莫大的樂趣，然而內心裡，秘密地，又會用牙齒為此而咬自己，拼命地咬，用鋸鋸，慢慢地折磨自己，以致這痛苦終於變成一種可恥而又可詛咒的甜蜜，最後又變成一種顯而易見的極大樂趣！是的，變成樂趣，變成樂趣！我堅持這一看法。我所以要說這事，是因為我想弄清楚：別人是否也常有這樣的樂趣？我要向你們說明的是：這樂趣正是出於對自己墮落的十分明確的意識：是由於你自己也感到你走到了最後一堵牆；這很惡劣，但是舍此又別無他途；你已經沒有了出路，你也永遠成不了另一種人；即使還剩下點時間和剩下點信心可以改造成另一種人，大概你自己也不願意去改造：即使願意，大概也一事無成，因為實際上，說不定也改造不了任何東西。而主要和歸根結底的一點是，這一切是按照強烈的意識的正常而又基本的規律，以及由這些規律直接產生的慣性發生的，因此在這裡你不僅不會改弦易轍，而且簡直一籌莫展。結果是，比如說，由於強烈的意識：不錯，我是個卑鄙小人，既然他自己也感到他當真是個卑鄙小人，好像對這個卑鄙小人倒成了一種慰藉似的。但是夠了……唉，廢話說了一大堆，可是我又說明了什麼呢……能用什麼來說明這種強烈的快感呢？但是我偏要說明！一不做二不休，乾脆把話說到底！因此我才拿起了筆……[8]

《地下室手記》主人公的角色意識極其強烈，人物認識到這個角色是由社會強大的慣性力量支配著的，他掙扎，但一無所獲。這個「地下室人」的自我傾訴，是病態的自我分析。他受著惡的誘惑，承認自己

8　〔俄〕陀思妥耶夫斯基，臧仲倫譯：《雙重人格　地下室手記》（南京市：譯林出版社，2004年，第1版），頁181。

是「卑鄙小人」，他試圖變成「另一種人」，又發覺自我無法「改造」。他處處都受到屈辱之痛充滿復仇的渴望，卻又無能為力。

這個「地下室人」並非心智迷亂，而是在朝著讀者不斷扮鬼臉，以一個受害者的面目闡釋「墮落是一種快樂」的哲學。「地下室人」這一類型人物在陀氏後來創作的《罪與罰》、《白癡》、《群魔》、《少年》、《卡拉馬佐夫兄弟》中都可以找到，只不過在《地下室手記》這部小說中，主人公的自我剖析最直接最明瞭，形成獨立的章節。

該篇小說的第一部分是純粹的自我剖析。這個「地下室人」，「他給自己（內心狀態）作出心理甚或精神病理的冷靜判斷，他了解自己意識的性格特徵、他的滑稽可笑和他的悲劇性，他知道對他個人可能作出的種種道德品格上的評語，如此等等。」此君「想的最多的是，別人怎麼看他，他們可能怎麼看他；他竭力想趕在每一他人意識之前，趕在別人對他的每一個想法和觀點之前。每當他自白時講到重要的地方，他無一例外都要竭力去揣度別人會怎樣說他、評價他，猜測別人評語的意思和口氣，極其細心地估計他人這話會怎樣說出來，於是他的話裡就不斷插進一些想像中的他人話語。」[9] 應該強調的是，這個「地下室人」在自白中不斷閃現出想像的他人與他對話，其核心問題就是對於他的評價，對他的當前角色的評價。「地下室人」為能夠剖析自我而獲得一種優越感。他討論自己，其實就是通過另一個自我觀察、思考在生活中的「我」。不厭其煩地討論自我角色，意味著「我」完全成為被議論、被爭辯的對象。這個被評判的對象，不僅被評價，更被想像、填充、構造。

英國學者瑪爾科姆・瓊斯認為：「愚蠢之人總是很明白自己的社會身分，知道他們是誰、他們在哪兒，遇到事情也很容易得出自己的結論。但聰明之人卻對這些茫然不解，因為他們迷失在了自己的分析

9　〔俄〕巴赫金撰，白春仁、顧亞鈴譯：《陀思妥耶夫斯基詩學問題》（北京市：生活・讀書・新知三聯書店，1988年，第1版），頁189。

之中，無法為任何一個獨立的行為找到充實的理由」[10]就是說，常人對自我角色通常能下一個明確的結論，懂得生活的方向，這是因為常人總是拿現成的答案和觀點來裁定自我，而時刻進行痛苦思考的「地下室人」拒絕任何他人對他的直接的、最終的裁定，他與想像的他人爭辯，目的就是駁斥他人的觀點，想方設法地為自我的「獨立性」辯護。「地下室人」是一個拒絕將自我角色的解釋權交給他人的社會邊緣人。

　　陀思妥耶夫斯基的小說，讓主人公討論自我，為自我扮演什麼樣角色與他人爭辯，事實上就是將裁定人物之角色意義的話語權爭奪過來。巴赫金一直強調陀思妥耶夫斯基小說人物具有「獨立性」和「自由性」，指的就是人物可以自己討論、琢磨自己，自己討論自己，而不由全知全能的敘述者向讀者發佈對人物的「權威」的論定。

　　人物的「獨立性」、「自由性」和自我的「對話性」，並不一定都如《地下室手記》那樣，由主人公直接向讀者陳述他對自我角色的見解。在陀思妥耶夫斯基的許多長篇小說中，人物的角色變幻，人物對自我角色的認識，人物對他人角色的認識，通常都與故事情節的發展形成一種水乳交融的關係，而不是像《地下室手記》那樣進行自說自話的「自白」。或者說，利用情節將自我角色的塑造和掙脫逼入一個不得不對話、不得不選擇的地步，同樣是陀思妥耶夫斯基小說敘事的重要戲碼。

三

　　陀思妥耶夫斯基影響最廣泛的代表作《罪與罰》中的主人公拉斯科爾尼科夫像「地下室人」一樣沉迷於對自我的剖析，並對社會充滿

10　〔英〕瑪爾科姆·瓊斯：《巴赫金之後的陀思妥耶夫斯基——陀思妥耶夫斯基幻想現實主義解讀》（長春市：吉林人民出版社，2004年，第1版），頁87。

敵意，但他不像「地下室人」那樣只有抱怨，而是採取了行動，並且
是驚心動魄的行動。簡單地說，拉斯科爾尼科夫是借殺一個無辜者的
行動，考驗自我能否成為拿破崙那樣的「非凡」角色。

　　拉斯科爾尼科夫殺人行動是有理論綱領的，可以說他是按照非常
明確的理論實施他的犯罪。早在殺人行動之前，拉斯科爾尼科夫在一
篇論文中，就把人類分為「普通」人和「非凡」人。「非凡」人是可
以不受良心譴責踏著他人的血跡去實現功利主義目的。在該部小說
中，主人公亦不斷地自我證明他不是由於貧困而殺人，而是為了成為
「非凡」之人而拿自我做角色實驗。

　　可以認為，促使拉斯科爾尼科夫殺人的核心動力，來自於他對目
前的自我角色的嚴重質疑。拉斯科爾尼科夫具有賭徒的個性，他並無
把握自己殺人之後會不受精神折磨，但他還是決定一搏，打破常人都
要遵守的法則，放縱自己殺人，以此試驗自我能否勝任「非凡」之人
這一角色。陀思妥耶夫斯基創造了這樣一個人物，他決心將自我建構
為一個十分強大的「非凡」角色，這意味虛擬的「理想之我」對「現
實之我」施加了扭曲的卻是強大的操控力。事實上，就是在拉斯科爾
尼科夫懺悔前一刻，他還在掙扎著尋找他成為「非凡」之人的可能。

　　這個虛擬的「理想之我」的角色建構以崩潰告終。拉斯科爾尼科
夫最終無法完全勝任拿破崙那樣的「非凡」角色。蘇珊・李・安德森
認為：「拉斯科爾尼科夫尚未真正發現這樣一個他相信足以為他所做
的任何事情（更不要說謀殺了）辯護的『上帝或信仰』。與其他那些
在按他們所珍視的信仰而行動時已經打破了社會法則的人們相比，拉
斯科爾尼科夫缺乏他們所具有的信念力量。」[11]這個看法表面上看是
很有見地的。但我們必須看到，在小說中，拉斯科爾尼科夫就是犯罪

---

11 〔美〕蘇珊・李・安德森撰，馬寅卯譯：《陀思妥耶夫斯基》（北京市：中華書局，
　　2004年，第1版），頁64。

之後，亦是極力說服自己去勝任超人角色的。那麼，是先驗的超人角色的虛假性導致了人物的自我實驗的失敗，還是人物的「懦弱」導致了虛擬的超人角色無法被貫徹始終呢？換句話說，拉斯科爾尼科夫熬不過良心折磨，是理論出錯，還是他本人其實未具備實現他的理論的條件？從《罪與罰》中可以得知，拉斯科爾尼科夫是有可能躲避過法律之罰，但他無法躲避的是自我良心之罰。所以，可以認為是人的條件決定了這位大學生最終無法完成「理想之我」即虛擬的「非凡」角色的構造的。拉斯科爾尼科夫沒有能力貫徹自己構想出的理論，無法將自我創造為另一個非凡之角色。拉斯科爾尼科夫極力地去組織信念，但信念與實際的距離過於遙遠，拿破崙與一個窮困大學生的距離無法讓他跨越。所以，陀思妥耶夫斯基在《罪與罰》中其實是講了人無法達到一個虛擬的角色的要求，最終導致角色實驗失敗的故事。好在拉斯科爾尼科夫精神沒有徹底崩潰，索尼婭引他上了救贖之路，而這，對於殺人犯拉斯科爾尼科夫而言，是不是又是一趟轉變自我角色之旅呢？

當然，陀思妥耶夫斯基筆下的拉斯科爾尼科夫的角色實驗是以角色瓦解劃上句號。但並不是陀思妥耶夫斯基所有的角色實驗都失敗了。《群魔》中的基里洛夫計畫自殺以表明他可以征服痛苦和恐懼。基裡洛夫兌現了他的思想，成功地將自我塑造為不畏懼死亡的「自由之人」這個角色。

拉斯科爾尼科夫的角色實驗是有意識的，是以自我能量獲得最大釋放為目標的，他甚至公開和預審官討論這個角色實驗的話題。而在《卡拉馬佐夫兄弟》中，卡捷琳娜的角色塑造則是自欺欺人的，是以自我壓抑為前提的。卡捷琳娜同樣也是在進行角色實驗，她的角色實驗是以自我屈從於男權社會的文化成規為代價的，而且，她的角色實驗並不是她一開始就具有理論綱領的。她幾乎是無意識地創造一種高貴女人的角色，以撫平內心的創痛。

卡捷琳娜為了父親不受恥辱，試圖以性作為交換條件向粗魯的軍官德米特里借錢。出乎意料，德米特里不求任何回報就將錢給了卡捷琳娜。在經濟狀況完全改善之後，卡捷琳娜要求做德米特里的未婚妻。德米特里一眼看穿了卡捷琳娜的動機：「她愛的是自己的貞潔，而不是我。」[12]這裡的「貞潔」可能包括對德米特里的感恩，但更多的是想重新改寫當時企圖以性交換金錢的事實。

卡捷琳娜決心以一個知恩圖報的「高尚者」的角色成為德米特里的未婚妻。她說服了自我，也欺騙了自我，只是到了最後關頭，為不讓她真正愛的人（德米特里的哥哥伊凡）被懷疑為弒父犯，在法庭上她拋出了最不利於德米特里的證詞。尼娜·珀利堪·斯特勞斯從女性主義批評的角度指出卡捷琳娜在法庭上「對德米特里的抗議是一種性壓抑和社會壓抑的徹底解脫，是對男性沙文主義的暴動。」[13]的確，如果從女性主義批評的角度看，卡捷琳娜所有的行為都可以視為男性至上觀念的受害者，但卡捷琳娜對男權的反抗同樣是自我扭曲的。她試圖以高貴者的角色將德米特里這個男性曾經對她的騷擾、欺騙甚至與她進行性交易的可能性抹殺，她似乎更願意將德米特里送錢救父詮釋成為英雄救美的傳奇故事，所以，她一定要把自己打扮成賞識救美英雄的高貴角色，通過主動成為德米特里的未婚妻這一「事實」來改寫她感到屈辱的經歷。然而，她最後無法掩蓋，將真相和盤端出，這也同時葬送了她高貴女子的角色形象。

無論是拉斯科爾尼科夫，還是卡捷琳娜，他們的角色塑造或者說角色實驗都失敗了。但失敗的意義很不一樣。拉斯科爾尼科夫是想突破普遍的社會法則，建構屬於少數人的超人法則以使自我能夠成為強

---

12 〔俄〕陀思妥耶夫斯基撰，耿濟之譯：《卡拉馬佐夫兄弟》（北京市：人民文學出版社，1981年，第1版），頁167。

13 〔美〕尼娜·珀利堪·斯特勞斯撰，宋慶文、溫哲仙譯：《陀思妥耶夫斯基與女性問題》（長春市：吉林人民出版社，2003年，第1版），頁195。

有力的角色，而卡捷琳娜是以俄羅斯高貴女子的身分去設法改寫原先讓她不堪故事。一個主動，一個被動；一個是自覺的角色實驗，另一個是沉默的角色「置換」。但無論如何，都表明在陀思妥耶夫斯基的小說世界裡，人物不管是公開的，還是處於無意識狀態，他們都在意自我的角色，並試圖通過角色轉變去推動事件的發展，去改變現狀。

自我角色，在陀思妥耶夫斯基小說中，再也不是僵硬的、固定的面具，而是時時都有可能裂變。「現實之我」與「理想之我」或者是「權宜之我」不斷發生衝突，或在短暫的媾和之後，最終以某種角色占了上峰，而另一種角色不得不崩潰瓦解而告終。

四

陀思妥耶夫斯基筆下的人物，既有為自我設置超人角色，試圖成為世界主宰的窮困大學生，亦有陶醉於某種自視甚高的優越角色以維護自尊的老知識分子，但最讓人感到某種屈辱角色對人物的窒息般壓迫的，當屬於《白癡》中的納斯塔霞・菲利波夫娜。

陀思妥耶夫斯基在他的作品中創造了一系列如雅克・拉康所言的「父權制中心象徵秩序」陰影下生活著的女性。我們不難發現，從《窮人》到《卡拉馬佐夫兄弟》，眾多的女性是男性可以以金錢購買的商品。《罪與罰》中，杜尼婭在小說開始的部分，並沒有認識到她與盧仁的婚約是變相交易，她不承認是窮困誘使她通過婚姻將自己出賣給有錢人。哥哥拉斯科爾尼科夫對這一婚約的嚴厲譴責，才喚醒了杜妮婭，她終於認清了自身的屈辱角色。後來，杜尼婭槍擊斯維里加洛夫，可視為她對侵犯她的男性一次有力的報復。而《白癡》中的納斯塔霞・菲利波夫娜則從一開始就認識她在男權社會中被當做可買賣物。掙脫被奴役角色的鬥爭，是她非常明確的目標。但是，納斯塔霞對屈辱角色的掙脫，其內心是非常矛盾的。巴赫金對此有深刻的分

析：「她一方面認為自己有罪過，是墮落女人；同時，她又認為作為
別人應該為她辯護，不能認為她是有罪過的女人。她真誠地與處處為
他開脫的梅思金爭論，卻又同樣真誠地憎恨、否定那些同意她的自我
譴責並認為她是墮落女性的人們。最後，納斯塔霞・菲利波夫娜連自
己對自己是什麼看法都不清楚了：她是真認為自己是墮落的女人呢？
還是相反認為自己沒有罪過？自我譴責和自我開脫本是兩個聲音（我
譴責自己，別人為我開脫），但兩者為一個聲音預感到了，便在這個
聲音中形成交鋒，形成內在的兩重性。預感到的也是期望中的別人為
她的開脫，與她的自我譴責融合在一起，於是聲音裡同時聽到兩種語
調，相互激烈地交鋒，突然地轉換。」[14]

　　為什麼納斯塔霞・菲利波夫娜會認為別人應該替她辯護呢？首先
我們要看到，除了梅什金，並沒有什麼人替她辯護，所有的人，包括
她的朋友都認為她是「墮落女人」。「墮落女人」這個角色是納斯塔
霞・菲利波夫娜的「紅字」。唯一一位能告訴納斯塔霞她是無罪的女
人的人是梅什金。有論者認為梅什金是「緩解女性心理上自我墮落的
一帖良藥。」[15]這表明，梅什金的觀點對納斯塔霞的自我認識是起到
重要作用。唯有梅什金的話語的存在，才使女主人公對自我的認識第
一次有了外界的有力支持。下面一段話可以說明納斯塔霞・菲利波夫
娜曾經多少次渴望她的「墮落女人」角色能夠獲得有力的辯護：

　　　因為我自己也是個幻想家！難道我不曾幻想嫁給你這樣的人？
　　你說得對，我早就幻想著能這樣。我曾孤孤單單地住在鄉下，
　　在托茨基家住了五年，那時我就一直想啊想啊，老是夢想會有

14　〔俄〕巴赫金撰，白春仁、顧亞鈴譯：《陀思妥耶夫斯基詩學問題》（北京市：生
　　活・讀書・新知三聯書店，1988年，第1版），頁321。
15　〔美〕尼娜・珀利堪・斯特勞斯撰，宋慶文、溫哲仙譯：《陀思妥耶夫斯基與女性
　　問題》（長春市：吉林人民出版社，2003年，第1版），頁80。

　　一個像你這樣善良、誠實、美好、還帶點傻氣的人，突然跑來
對我說：「您沒有錯，納斯塔霞・菲利波夫娜，我崇拜您！」
我有時想得出神，簡直都發瘋了……不料卻來了這麼一個人：
他每年來住兩個月，侮辱我，勾引我，讓我墮落，然後又走
了。我簡直有一千次想往池塘裡跳，可是我沒有出息，缺乏勇
氣；而現在呢……[16]

　　納斯塔霞・菲利波夫娜把自己稱為「幻想家」。一是因為她的確希望
自我角色能獲得更新，成為一位活出尊嚴來的女子。梅什金認為她是
「清白」女子的話，讓她的幻想在現實中獲得了回應。證明她「幻
想」走出屈辱角色並獲得復活的願望是正當、合理的。也只有在理
解、同情她的人的面前，這位被壓迫的「幻想家」的幻想才可能以言
語表達出來。梅什金出現之前，她只願意以「墮落女子」角色去羞辱
她的敵手，根本未能從她的言語間發現她更新自我角色的願望——這
表明是梅什金的言行召喚著納斯塔霞的「幻想」。所以，納斯塔霞把
梅什金稱為她第一次看到的「真正的人」；二是她又根本不相信她能
獲得復活，她依然以為她的復活只能侷限在「幻想」的界限內。在納
斯塔霞自我描述的話語中，時常出現的，是這樣一些句子：「我雖然
是個死不要臉的女人，但是我也許很高傲。」「現在我要尋歡作樂，
我是個妓女嘛！」「這是我的錢！是我從羅戈任那裡掙來的過夜錢」、
「我要街頭去賣笑，卡佳，你聽見了吧，那才是應去的地方，要不我
就去當洗衣婦！」所有的這些自我評價，無疑都是以自我抹黑、自我
醜化的方式來控訴男權社會對她的羞辱。這樣的自我評價，不斷地從
納斯塔霞的心裡噴發出來，不也提示了她的心靈被戕害扭曲到何等瘋

16　〔俄〕陀思妥耶夫斯基撰，南江譯：《白癡》（北京市：人民文學出版社，1989年，
　　第1版），頁210。

狂的程度？就在那決定性的聚會上，那些拿她作買賣的男人不都說她「發瘋了」嗎？葉潘欽將軍甚至建議把她「捆起來」。當一個受戕害的女人不按照男性主宰的秩序出牌的時候，這個女人就有可能被宣佈為「瘋子」。

事實上，在納斯塔霞身體「拍賣」聚會之後，納斯塔霞所有的行為都帶著「瘋狂性」。而這種「瘋狂性」，正是她對自身成為「好女人」的極度絕望。

納斯塔霞並未天真到以為梅什金公爵能夠成為她的救星。正如女性主義批評家指出的，納斯塔霞「提醒梅什金公爵，他無法從一個『墮落』的世界中逃脫出來，而他開始拯救的那位婦女的遭受性掠奪並墮落的歷史正象徵著那個世界。對於一位連為什麼婦女常處於屈從和墮落地位都弄不懂的癲癇症患者來說，這個期望未免太高了。」[17]的確，帶著瘋狂性的納斯塔霞清醒地認識到單靠梅什金的同情是無法治癒她的「瘋狂性」，也無法消解她的受迫害的角色意識。堅固的、「理性化」的「父權制中心象徵秩序」，是靠羅戈任、加尼亞、將軍、托茨基，甚至是丑角列別傑夫、費爾得先科這樣一些男性人物共同構築的。而納斯塔霞的「精神失常」舉止，不正是她始終難以擺脫受侮辱受損害的角色意識的戲劇性寫照嗎？

拉斯科爾尼科夫的故事表明，虛幻的超人角色擁有足夠強大的吸引力，可以控制人的行為，讓貧困的大學生走向犯罪的道路。而《白癡》中的納斯塔霞‧菲利波夫娜則相反，她只不過要擺脫被人當成交易品的屈辱角色。拉斯科爾尼科夫是想成為主人，納斯塔霞只是不想再當奴隸。拉斯科爾尼科夫虛擬的超人角色最後走向崩潰，而納斯塔霞的屈辱角色卻牢牢地控制住她，讓她無法擺脫。拉斯科爾尼科夫實

---

17 〔美〕尼娜‧珀利堪‧斯特勞斯撰，宋慶文、溫哲仙譯：《陀思妥耶夫斯基與女性問題》（長春市：吉林人民出版社，2003年，第1版），頁91。

現了角色更新，他走出了舊我，準備迎來新我，而納斯塔霞卻受困於舊我，無法實現角色更新。納斯塔霞沒有復活。在《白癡》中出現了一個對世界充滿幻想並敢於行動的新女子，這個叫阿格拉婭的女子可以認做是納斯塔霞獲得新生的隱喻性符號。

　　無論是建構虛幻的角色，還是擺脫屈辱的角色，陀思妥耶夫斯基作為文學大師，都能極富層次感地展示某種角色意識對人的控制、毒害或愚弄，同時，陀思妥耶夫斯基不是完全依靠直接的人物「自白」來展示人的角色意識，而是通過人物關係劇烈變化和大幅度的情節震盪來表現人的自我意識的矛盾性和生成性。或者說，陀思妥耶夫斯基是非常善於通過故事本身來書寫人物如何為某種角色意識所支配，或是如何在掙脫某種屈辱性角色過程中走向悲劇性的終結。

　　陀思妥耶夫斯基小說藝術的突出成就之一，是寫出了「人身上的人」，即人的「第二天性」，人的角色意識，是如何控制人本身。同時，陀思妥耶夫斯基的深刻的洞察力還表現在：具有高度角色意識的人物，雖然都具有敏感的自審能力，但即便如此，他們依然不得不受困於某種角色意識，不得不為某種角色意識所麻痺。只有故事推進到了某種非此即彼的兩難情形中，某種角色面具才可能剝落，人性中最隱蔽的動機才會顯露出來。陀思妥耶夫斯基儘管否認他是個心理學家，但他的作品，特別是針對具體的藝術形象的創造而言，顯然他擁有極富縱深感的心理分析穿透力和最巧妙的敘事藝術的佈局。

第八章
結構形式、解構分析與審美特異性

一

　　對敘事作品的分析，經常會被問及這樣的問題：探討結構、聚焦、語義方陣或行動元這些經典敘事學術語，對具體作品的特殊性的解讀會提供怎樣的幫助？當聚焦方式分析了，語義方陣擺好了，行動元甄別了，那麼，下一步該做什麼呢？更次一級的分析對象是什麼呢？此類問題經典的結構主義敘事學並未提供現成的答案。

　　結構主義敘事學喜愛設想出種種「元敘事模式」。「元敘事模式」的「普適性」和「通約性」，難免「刻舟求劍」之嫌。

　　經典結構主義敘事學認為，是作品內部諸要素成就了閱讀的意義，所謂人物的個性特性不過是種種敘事關係造就的幻覺。

　　在結構主義的觀念裡，「主體僅僅被視為語言、文化或無意識的產物並被摒棄後徹底非中心化，具能動的或創造性的功能也遭到了否棄。結構主義強調符號系統、無意識、社會關係的首要性，強調主體性與意義的派生性。按照這種模式，意義不再是自主主體的清晰意向的產物：主體本身也是由它在語言系統中的關係所構成的。主體性因而被視為只是社會和語言的建構物。」[1]

　　問題在於，哪怕承認一部敘事作品是「社會和語言的建構物」，不同「建構物」的差異還是存在的。

1　〔美〕道格拉斯・黑爾納、斯蒂文・貝斯特：《後現代理論》（北京市：中央編譯出版社，2004年，第1版），頁24。

　　結構主義敘事學分析方法的困境在於，作為「社會和語言的建構物」之「模組化」的敘事分析模式，既能適應於甲作品，又能通用於乙丙丁作品。如此，「模組化」敘事分析的微觀辨析能力就受到了質疑。結構主義式的「模組化」分析，非常適用於類型化的敘事作品，用於分析具有「離經叛道」意味的敘事作品，就顯得笨拙了。當我們知道海明威的《殺人者》使用了「外聚焦」，格里耶的《嫉妒》使用了「內聚焦」之後，此類小說「其他」特異性又該如何呈現呢？或者說，我們還可能產生這樣的疑問：不錯，《嫉妒》使用「內聚焦」的確很特別，但是，並非只依靠「內聚焦」《嫉妒》才能傳達那位沉默丈夫的無聲蝕骨的嫉妒。況且，適用「內聚焦」的作品遠不止一部《嫉妒》。當「內聚焦」在一系列的聚焦作品中成為「通用手段」時，以「內聚焦」為分析角度來闡釋敘事作品，其分析深度不免受到質疑。同樣，研究敘事程式的故事形態模型，比如灰姑娘故事形態模式，無論灰姑娘的職業、性格、興趣、國籍甚至性別有什麼樣的變化，灰姑娘敘事模組都會傳達同樣的意義。這無非在表明這樣一種邏輯：敘事程式模組決定一切，人物的任何主體性的表現，無論如何「鮮明」、「獨特」，都是一種敘事模組類型成功造就的「幻相」。「敘事模組」成為一種具有神話色彩的意義之源，接受者為此形態的故事而感歎噓唏，不過是一次次重複他們願意「被感動」的意義流程。

　　對此，我們還是有必要再問：某種「敘事零件」的更換是不是「真的」對敘事模組的整體「功能性意義」無影響？故事形態學中的一種類型故事模式的意義傳達當真那麼「超穩定」？形式主義的重要論者什克洛夫斯基並沒有忽略故事形態內部的「局部配置」的變化對文本整體意識形態的影響。有論者發現：「什克洛夫斯基舉過一個比較簡單的例子，說如果福爾摩斯需要一個打下手的，而且這個人總是容易上當受騙，弱智無能，以襯托福爾摩斯的一貫正確，那麼單從形式的角度而言，這白癡是個私家偵探還是公務員，無關宏旨。就柯

南・道爾所處的歷史關頭而言，最符合手法動機的選擇顯然是一位公務員——非巡視員萊斯特拉德莫屬，如此才能讓作者在笨拙無能的國家機構背景裡突出資產階級個體的優越性。什克洛夫斯基認為，在一個無產階級的政權裡，角色任務可能是倒過來的，成功的偵探可能是公務員，而那位笨伯則可能是一個私家偵探：手法及其某種動機的不可或缺是一樣的。於是，『動機』概念將歷史拉入形式結構之中，讓歷史為手法服務。通過『動機』概念，結構向歷史開放。」[2]

　　認為故事形態決定整體意義，還是認為局部形態的變化有可能動搖整體的意義。這是兩種截然不同的看法。如果強調故事形態模型的「通用性」，那麼，任何「主人公」都需要「助手」和「敵手」來形成故事的推力。因此，配置一個「助手」，讓「助手」在故事形態中起到釋放「主人公」種種意圖的功能，至於「助手」是何種人無關緊要。

　　而另一種觀點認為，恰恰是「助手」這一功能性角色的「調整」，將改變敘事模型的整體面貌，使審美趣味發生顯著變化：有點愚蠢的「助手」由誰來擔任，意味著嘲諷目標的變化。你可以忽視這種變化，聲稱任何人擔任「助手」，只要具備了既幫助了「主人公」又受到「主人公」的輕視這個「功能」就行了，然而，當分析者特別重視這一「助手」所包含著的不同意味的喜劇色彩時，那麼，由什麼人來擔任這一「助手」角色，其意義甚至大於整體故事形態的意義：「誰被嘲笑」的意義大大上升，文本的整體意義，可能僅僅因為某個角色之身分的改變，就讓人窺見其中意識形態立場的微妙變化。

　　這種分析方式，已埋伏下解構式敘事批評的伏筆。

2　〔美〕布賴恩・麥克黑爾：《鬼魂和妖怪：論講述敘事理論史的可能性與不可能性》，見 James Phelan Peter J. Rabinowitz 主編：《當代敘事理論》（北京市：北京大學出版社，2007年，第1版），頁54。

在經典結構主義敘事學的觀念中，一定範圍的敘事作品中抽象出一種「敘事模型」，進一步假定這種敘事模型所對應的意義具有一定的普適性，再以試錯的方式逐步拓展模型的應用範圍。在這種思維方式的引領下，模型的「意義疆界」在理論上是可以無限拓展的。任何內部微觀的改變，都可能被整體意義模型所吸收，只要通過些許的改動和修正，就能不斷地去「吞噬」任何「離經叛道」的敘事作品。

換句話說，經典結構主義敘事學的雄心，在於通過發佈一系列敘事代碼、敘事形態的模式，最大限度地整合敘事的意義。

「模式意義最大化」是結構主義敘事學最內在的一種理論取向。

格雷馬斯曾說：「倘若我們不能指出童話敘事中的模型在其他價值哲學領域裡的效用，倘若我們不能將它應用到不同的敘事形式上，這個模型的意義就一定十分有限。」[3]

換句話說，結構主義敘事學的理論路徑，在於從最單純最「原始」的敘事「細胞」（比如一系列童話故事）中抽取敘事的 DNA，盡可能將貌似複雜多變的敘事作品在一個模式框架裡「邏輯化」，並將經過「邏輯化」的敘事模型盡可能推廣到不同的敘事領域中。

「模式意義最大化」意味著結構主義敘事學對於模型內部的微觀變異雖也予以重視，但這種重視的前提，是「整體模式整合局部」或「整體意義總是大於局部」。

與結構主義敘事觀不同，所謂解構式的敘事觀，直接質疑敘事模式理論的穩固性、封閉性和統一性。解構式的敘事觀念是反規則的，反規則的本身即是其「規則」。

3　〔法〕A・J・格雷馬斯：《結構語義學》（北京市：生活・讀書・新知三聯書店，1999年，第1版），頁307。

二

　　結構主義模式化、規則化研究方式的難局在於，規則化模式化敘事研究方式有的「大而無當」，十分僵硬，缺乏闡釋的靈活性，「正確」但不「精確」，甚至在「正確」的外表下掩蓋了模式分析與生俱來的敷衍或將就，如普洛普的故事形態學；有的模式雖然很有「包容性」，可謂「變化多端」，但由於整個模式架構所依恃的觀念依然是追求「模式意義最大化」的「大觀念」，所以即使表現出相當機智的靈活性，但還是有可能流失掉重要的分析內容。有的模式，比如熱奈特對《追憶似水年華》的研究，雖然是針對個別作品的特殊模式的精緻剖析並表現出過人的洞察力，但過於強調敘事技術的剖解使諸多微觀敘事模型過於「冷漠」，與普魯斯特那樣天才作家完全不可同日而語的「普通作家」似乎亦能完成熱奈特所創造的各種敘事指標。這就使得這樣的研究雖然能夠讓人窺見天才作家部分特異性，但這種「特異性」還是被一種「過度適用」的概念所抑制，無法幫助讀者比較全面地品味具有極度活躍創造力的作家獨有的敘述魅力。

　　故事形態學可以詮釋意義相對單一的敘事作品，但對故事意義複雜特別是對那種對重大價值觀念進行反思的敘事作品，故事形態學的所謂敘事功能代碼不但失去了駕馭敘事內容的能力，甚至某些過於「功能化」的詮釋會成為一種反諷。

　　比如結構主義經典概念「考驗」，幾乎所有的敘事作品都存有這一項「功能」。格雷馬斯在普洛普研究的基礎上，更進一步地發現「考驗」這一功能佔據文本的中心位置。根據格雷馬斯對童話的深入研究，敘事一共含有三個考驗：「資格考驗」、「主考驗」、「頌揚考驗」。[4]顯然，在童話故事研究中，如此概括「考驗」，是恰當的。在

4　〔法〕A・J・格雷馬斯：《結構語義學》（北京市：生活・讀書・新知三聯書店，1999年，第1版），頁276。

有些敘事作品中，比如中國的《西遊記》，「考驗」三部曲也是可以「對號入座」。然而，對思想情感具有「反思」或「叛逆」色彩的作品來說，故事形態學中的「考驗」就缺乏解釋力了。比如，托爾斯泰的《伊凡・伊里奇的死》敘述的是一位官員從生病到死亡的過程。主人公內心開始覺醒，重新審視先前官場上的「成功人生」的價值。儘管伊凡・伊里奇這期間經歷了種種「精神考驗」，但這些「精神考驗」恰恰具有「反考驗」的內涵：所謂的「精神考驗」，是立場和價值觀的完全轉變，是從先前的「成功人士」的迷夢中恍然醒悟後對之前人生的否定性批判。這種「精神考驗」其實是一種退卻，是以對自我靈魂的「拷問」來代替現實功利的「考驗」。這種「自我拷問式考驗」是一種「去資格」、「去頌揚」的考驗，此種「考驗」內在含義已經不是字面上的「考驗」所能承載的了。故事形態的外部雖然還以「人生考驗」的面目出現，但其內在含義卻是對名利場上的「人生考驗」的否定，是對他人為其設定的「人生考驗」的困惑與質疑。所以，在諸多帶有強烈的反思甚至是叛逆色彩的敘事作品中，「考驗」這一敘事功能根本無法反映出作品內在的種種價值觀念的錯位性和無可化解性。或者說，當「考驗」這一敘事功能之概念根本無法「約束」在「考驗」的名義下所發生的價值觀念的劇烈「震盪性」和「搖擺性」，「考驗」已經無法經受考驗。黑塞的《玻璃球遊戲》、毛姆的《刀鋒》等作品中的主人公都以激烈的反主流行為使得「考驗」這一功能性符號發生複雜的扭曲：這些作品宣揚的是以爭取「不成功」的「考驗」來顛覆「成功」的「考驗」。「考驗」的雙重甚至是多重意義已經徹底顛覆了、「壓垮」了故事形態學中的「考驗」之功能性內涵。或者說，注重情節佈局的故事形態學不具備有效地詮釋具有深刻反思意義的複雜故事中的「辨證功能」。故事形態學過於注重模式化的意義統一性，而忽視了思想複雜化的敘事文學的「言外之言」「意外之意」之表達方式往往大大超越了情節面的單純「進度」。在以層

層推進的反思為內容的敘事作品中，故事情節發展與意義發展的不相稱，意義的多重性、歧義性、兩難性和模糊性，往往不與情節表面的發展構成同步關係。常常是情節發展了，但意義的探索還處於猶豫不決的徘徊狀態。這些敘事問題，是單純重視情節佈局的故事形態學所無法解決的。

當然，模式化敘事分析方法並非都如故事形態學那樣缺乏應對變化的適應力。

當敘事分析從注重情節線性變化到重視情節內部的衝突之意義的時候，敘事分析方法的確獲得更廣闊的空間。格雷馬斯的結構語義學，在吸收了普洛普研究成果後，將敘事內容高度邏輯化，確立了以二元對立為基本架構的敘事分析方法。

二元對立為基礎的語義方陣，對於文本中各種能量的交匯、碰撞、置換確實能給予相當靈活的闡釋。

語義方陣本身甚至作為一種可資研究的對象，成為重要論者的「研究工具」。詹姆遜就說：「就格雷馬斯的情況看，我們將表明這種明顯為靜態的、依據二元對立而非辨證對立建構的，並將繼續依據同源性設定層面之間的關係的分析圖式，通過把它指定為意識形態封閉的場所和模式而重新用於有一種歷史化的辨證批評，由此看來，這個符號矩形就成了探討文本錯綜複雜的語義和意識形態的重要工具——在格雷馬斯本人的著作中，與其說由於這個矩形產生出借以觀照景象和自然因素的客觀可能性，毋寧說由於它勾勒出一種特殊的觀念意識的侷限性，並標識出意識不可超越的、它又註定於其中搖擺的那些概念觀點。」[5]「這個『符號矩形』的封閉性現在提供一條進入文本的路徑，不是通過假定純粹的邏輯可能性和置換，而是通過對蘊涵於意

5　〔美〕詹姆遜：《詹姆遜文集：批評理論和敘事闡釋》（北京市：中國人民大學出版社，2004年，第1版），第2卷，頁171。

識形態系統中的術語或結點進行診斷式揭示。」[6]所謂「診斷式揭示」就是揭示二元對立之意識形態的侷限性。或者說，格雷馬斯以為二元對立憑藉其封閉的、穩定的架構闡釋了敘事文本，而在詹姆遜看來，為什麼以如此一組二元對立來闡釋文本，這本身就是值得推敲的問題——使得二元對立成立的理由，其本身也是一個需要進一步「診斷」的問題。當一組二元對立甚至會衍生出另一組二元對立並對其進行進一步做「診斷式」闡釋的時候，二元對立的封閉性就被打破了，其穩定的意義系統也就岌岌可危。

　　二元對立的衍生性，是從其內部開始的，是來自內部的力量迫使二元對立的封閉模式不得不面臨著被突破的「危險」。

　　試以《罪與罰》論：如果以「犯罪／救贖」作為建構其主題的二元對立，「犯罪」「救贖」成為兩個「極化點」，好像主人公是在做一次從犯罪到尋求救贖的旅行。如此理解，無「錯」，卻根本無法挖掘小說中最深刻最複雜的內容。《罪與罰》的文本內部的諸種意識形態要素也無法獲得安置。單就「犯罪」這個極化點來說，「貧窮有罪／殺人無罪」「小人物犯罪才是罪／『超人』犯罪不是罪」這些次級二元對立是小說中相當重要的內容，而這些次級的二元對立，其實是在瓦解所謂「犯罪」的內涵。也就是說，極化點的「犯罪」雖然是文本中的「事實」，卻是被「懸置」起來的「事實」，因為主人公就是要以犯罪手段來試驗犯罪會不會使他良心不安，甚至他在理論上想說服自己如此犯罪是很有道理的：主人公想當一個超人，他要學拿破崙。再如「救贖」這一極化點，其實在小說中男主人公拉斯柯爾尼克夫並沒有完全獲得內心的安寧，哪怕是在流放中，「良心之罰／理論之敗」的衝突依然在主人公內心中發生著劇烈的鬥爭。

6　〔美〕詹姆遜：《詹姆遜文集：批評理論和敘事闡釋》（北京市：中國人民大學出版社，2004年，第1版），第2卷，頁172。

　　結構主義的二元對立是靠兩個「極化點」維持意義的穩定，可是，像陀思妥耶夫斯基的許多作品，其最具審美意義的內容是在「極化點」間搖擺起伏之時，甚至是對「極化點」的意義頻頻質疑的過程中讓作品的思想與審美內容呈現巴赫金所言的「未完成」的狀態。這意味著，二元對立的模式化的敘事分析方式根本無法傳達二元間情感力量和觀念力量的交錯性衝突的過程性以及過程性所包含著的形式審美感——而這恰恰是陀思妥耶夫斯基小說最精彩的所在。

　　當然，更關鍵的還在於，二元對立以「極化點」維持文本意義系統的穩定，而陀思妥耶夫斯基這樣小說，在架構意義「極化點」的同時就在質疑「極化點」——《白癡》、《卡拉馬佐兄弟》這些小說比《罪與罰》更明顯地體現了這些特點。模式化的結構主義敘事分析方式因其封閉式穩固式的分析方式無法應對那種尋求思想和情感不斷回溯、敘事內部不斷產生迴旋出自我懷疑力量的開放文本。當文本中幾乎所有的事件、情緒、思想、個性都在被肯定的時候又被投以否定的目光，幾乎前一刻被肯定的內容在下一個環節到來之時就被推翻，這樣的敘事文本，是不會支持「整體的」、「穩固的」、「模式化」的敘事分析系統的，而是會尋求那種「反模式化」、「開放的」、「具有自我反省能力」敘事分析機制。當然，所謂「反模式機制」，在解構批評中，又被強調到另一個極端。

三

　　J・希利斯・米勒強調：「小說是在瓦解的深淵之上岌岌可危地維持著對主體、對角色的信任。在否定和肯定的不斷搖擺中，在若不肯定其說之說便不能說否定的不斷搖擺中。」[7]的確，在解構主義者看

7　〔美〕J・希利斯・米勒：《重申解構主義》（北京市：中國社會科學出版社，1998年，第1版），頁91。

來，諸多敘事主題的概括都很值得懷疑的，或者說，作者本人或權威評論者對文本的解讀處處充滿了誤讀，敘事分析的主要任務就是動搖或徹底瓦解任何看似一目了然的主題、論斷和結構。

　　從 J・希利斯・米勒那篇〈亞里斯多德的俄狄浦斯情結〉就可以看出解構思維多麼善於調動文本中種種敘事要素（情節、隱喻、反諷修辭等）逐步顛覆權威論斷。俄狄浦斯「他的言辭不受他的主觀意願的控制，其『心靈』層面的邏各斯無法控制其『詞語』或者『意思』層的邏各斯，邏各斯的兩種意義——作為心靈的邏各斯和作為詞語的邏各斯——註定各是互不相關的。俄狄浦斯說的話被飄送至超凡的多重邏各斯的控制之中，從而表達出他自己尚未覺察的真理。這對於像俄狄浦斯（或亞里斯多德）這麼理性，以自己的清晰推理和表達能力為榮的人來說，是極為殘酷的，其殘酷程度不亞於天神強迫俄狄浦斯干他竭盡全力想擺脫的事情——殺害父親並與母親同床共寢。」[8]這裡的「俄狄浦斯」與其說是一個人物，不如說是一部敘事文本。解構思維認為，敘事文本中所隱含的意義遠比敘事文本字面上的意義豐富，敘述者以及人物所說的遠比其自身意識到的要多。

　　敘事文本的「意願」即字面上所表達的立場、主張、判斷，就好像是俄狄浦斯的「意願」，往往包含著自相矛盾的意義，甚至經常走向反面：相信在革命的正義之上是人道主義的正義的雨果卻無法解決一個難題，那就是以人道主義名義釋放的惡魔很可能捲土重來並再次帶來人道危機（《九三年》）；言明崇尚獨立的女性在文本中可能所有的重要事務都需要借男性之勢力（《一個女士的畫像》）；字面上處處訴病同性戀的小說卻讓人驚訝地發現所有的重要人物都是同性戀以至於不能不讓人懷疑作者對同性戀世界有著超敏感的了解，否則為什麼他滿眼都是同性戀在活動（《追憶似水年華》）；以為底層者申冤為主

8　〔美〕J・希利斯・米勒：《解讀敘事》（北京市：北京大學出版社，2002年，第1版），頁19。

線的文本其實最關心的是貴族靈魂的得救（《復活》）；貌似玩世不恭
而無意殺人的「局外人」其實他的生活態度處處潛藏著玩火自焚的傾
向（《局外人》）；等等等等，此類案例不說俯拾即是，至少不鮮見。

可見，敘事作品在敘事過程中便潛藏下自行消解的敘事要素，這
是常態，而非例外。正如喬納森・卡勒所言：「解構源起於結構主義
的覺醒，意識到它的系統工程無以為繼。結構主義者的科學雄心，由
於解構分析對它賴以描述和把握文化生產的二元對立的詰難，被證明
是一場白日夢。解構摧毀了結構主義的『理性信仰』，揭示了文本盲
亂的非理性本質，說明文本是在攪亂或顛覆據認為它們在顯現的任何
一種體系或立場。藉此，解構展現了一切文學科學或話語科學的不可
能性，使批評活動重新成為闡釋的使命。譬如，批評家與其借用文學
作品來發展某種敘事詩學，莫如研究個別小說，看一看它們怎樣抑制
或顛覆了敘事邏輯。」[9]「解構批評還頗注意那些抵禦文本之統一性
敘述程式的結構，這正是希利斯・米勒許多論文所致力的格局：先是
通過追溯出某個統一序列中的凝聚法則，進而描述小說中之有賴於連
接起點和終點的敘述『線』，繼之又進一步開掘各種不同的模式，其
間小說或暗示了互為抵觸的敘述邏輯，或表明它們的構架辭格只是些
沒有根據的人為設置。」[10]

關鍵在於，這種揭示小說從何種角度可以「抑制或顛覆敘事邏
輯」的批評方法，對理解文本、評價文本能有多大作用？其價值到底
體現在哪裡？

尋求「抵禦文本統一性」的可能，其最大的作用不是為顛覆而顛
覆，而是最大限度地洞悉敘事規則的「漏洞」所在。

9　〔美〕喬納森・卡勒：《論解構》（北京市：中國社會科學出版社，1998年，第1
　　版），頁198。

10　〔美〕喬納森・卡勒：《論解構》（北京市：中國社會科學出版社，1998年，第1
　　版），頁228。

「解構」告訴你貌似邏輯「完美」的敘事系統其實不過是一種修辭的結果，再「完美」的修辭也都可能暗伏著某種不易察覺的誤區和漏洞。如此，「解構」是以發現漏洞的方式揭示敘事邏輯的存在。「解構」的敘事分析從不「正面」發佈敘事詩學的種種系統，而是通過否定的方式迫使敘事詩學暴露其規則性。在解構者看來，所有的敘事詩學都患上了「邏各斯中心主義」不可救藥的毛病。然而，「解構」並非不顧「邏各斯」，只不過是強調敘事內容不受單一的邏各斯的轄制而是在多重邏各斯交錯中行進。

如此看來，敘事邏輯本身是存在的，敘事並非一團混亂的文字組織，「解構」只不過更強調單一敘事邏輯的不可靠性。

然而，無論敘事邏輯如何不可靠，一部《紅樓夢》畢竟是《紅樓夢》，而不可能是《三國演義》或《水滸傳》，一部敘事作品無論如何多元解讀，也都是圍繞著此部作品而非彼部作品展開。

敘事邏輯不太可能在毫無限制的前提下讓意義瘋狂舞蹈。事實上，諸多「解構」式的敘事分析也並沒有讓讀者見到任何一望無際的意義原野。「解構」既然揭示了「誤讀」了什麼，必然伴隨著會告訴你「正讀」了什麼。

或者說，能夠說明什麼是「誤讀」，不是在表明你有了你所認可的「正讀」？

伊格爾頓對於種種「規範」都可能被拆解表示出擔憂甚至憤怒，他在《理論之後》一書中對此現象進行了頗有趣味的探討：

> 維特根斯坦提醒我們，網球沒有規定球要拋多高，擊球要多狠，但網球還是有規則制約的。至於法律，我們已經看過《威尼斯商人》中鮑西婭法律至上的詭辯，沒有什麼比它更清楚地表明法律的含糊其辭了。鮑西婭向法庭指出，夏洛克要取得一磅肉的契約沒有提及割肉時連帶著血，從而使得在劫難逃的安

　　　　東尼奧成功逃脫。然而，沒有一個現實的法庭會認可這樣一個
　　　　愚昧的理由。沒有任何的文書能解釋明白其所有可能的含義。
　　　　你還不如聲稱，夏洛克的契約沒提到使用刀，也沒有提到割肉
　　　　時，夏洛克的頭髮是否應該梳成迷人的馬尾辮掛在腦後，鮑西
　　　　婭對契約的研讀，過於拘泥於字面含義，因此是錯誤的：這是
　　　　基要主義者的讀法，拘泥於文本的字面意義，因而明目張膽地
　　　　歪曲其意義。要想釋義精確，解釋必然要有創見。它必須利用
　　　　對生活和語言運作的默示了解，以及理解永遠不能準確表述的
　　　　實際經驗，而這正是鮑西婭所拒絕的。如果我們要想盡可能地
　　　　明晰，某種程度的粗糙就是不可避免的了。[11]

顯然，指責鮑西婭對契約的研讀過於拘泥字面含義不見得很恰當的，
因為鮑西婭恰恰是利用了字義的外延進行她的詭辯式的合理解讀，這
是高明的律師慣用手法。

　　從某種意義上說，鮑西婭是相當稱職的「解構」專家。鮑西婭的
行為，表明即使是法律文本，也是有不同的邏輯貫穿其中的，「一磅
肉」成為不同邏輯的交匯點。正是巧妙地利用了「一磅肉」的不同含
義，鮑西婭在法律允許的範圍內玩弄文字遊戲，並擊退對手。這一
切，據分析者分析，是奠基在夏洛克對法律的篤信。沒有夏洛克對
「結構」的無條件的遵從，鮑西婭的「解構」這個戲是很難演下去：

　　「法律是夏洛克的心與魂，亦是導致他毀滅的原因，他因此而獲
得悲劇的尊嚴。夏洛克是被法律欺騙的人，他從未考慮過法律可能只
是實現目的的手段，因此是一種會根據目標而改變的工具；或者，至
少在某種程度上來說，法律取決於人性的弱點。」[12]

11　〔英〕特里・伊格爾頓：《理論之後》（北京市：商務印書館，2009年，第1版），頁
　　198。
12　〔美〕阿蘭・布魯姆・哈瑞・雅法：《莎士比亞的政治》（南京市：江蘇人民出版社，
　　2009年，第1版），頁26。

　　這是一個隱喻，「結構」篤信者夏洛克，被「解構」遊戲者鮑西婭「欺騙」了。迷信規範的人被不服從規範並利用規範的人打敗了。要注意的是，如果沒有夏洛克對「規範」的信任，就不可能成就鮑西婭殺傷力巨大的「解構」式欺騙。規範的存在，是「解構」的前提。「結構」是「解構」的「沙盤」。不過這個「沙盤」不是原來的「結構」所規定好了的，而是要有所突破才能成就鮑西婭的天才的「解構」。

　　不過，不管鮑西婭的「解構」如何成功，關於《威尼斯商人》，不會被「過度詮釋」為一個防欺詐的法律普及讀本，而是會被認為這是一出關於愛情、友誼、信仰等內容的一齣戲劇。

　　從研究敘事作品角度而言，「解構」一部敘事作品的眼光無論如何獨到，最終也是要迂迴地落實到一部敘事作品的獨特性上。談論鮑西婭的「解構」的精彩，是聯繫著女主人公如何用聰慧的方法贏得愛情，用成全男性友誼的方式提高她在愛情方面的影響力並同時成就自己的愛情。從戲劇形式來說，這樣的「巧計」與女主人公徵婚的狡黠相呼應，都在顯示著女主人公在整個事件中帶有詼諧色彩的舉重若輕的喜劇力量。如果拋棄這些故事中相關聯的因素，孤立地解讀女主人公在法律應用上的「詭計」，是無法解讀出這齣戲的最有趣的看點。

　　再拿一部較經典的文學作品來說明這個道理吧，如《呼嘯山莊》。如何探討這部小說中的「仇恨」呢？從階級角度來說，這部小說暗含著富裕階層對底層人士闖入他們的生活圈並奪取財產的恐懼；從性別鬥爭角度看，這部小說是男性父權中心病態發作的一種典範書寫，揭示了父權統治的威權性和脆弱性；從虐戀角度看，小說中的所有的戀情都以情感和肉體的「虐己」與「虐他」來完成，所有的戀情都帶著赤裸裸的身體暴力或言語暴力；從家族歷史的角度看，這部小說勾勒出一個家族戀情奇異的關係編排，是對家族倫理觸目驚心的一次拷問；從人與環境的角度看，這是一個人心比環境更狂暴更變幻莫

測的一次生動寫照。總之，這部表面上看似乎很「簡單」的一部小說，其可分析的角度原比我們想像的要多。可是，無論如何，我們無法否認這是一部以狂暴的仇恨方式來表達至純愛情的小說。你可以質疑其「狂暴」「仇恨」「至純愛情」的內涵，但是，只要你涉及《呼嘯山莊》的「愛情」，就無法迴避這部小說中「愛情」與「仇恨」緊緊糾纏在一起的特徵，就無法迴避「仇恨」、「愛情」、「家族復仇」這些要素在小說中共同作用的特異性。將「恨」與「愛」令人難以置信地結合在一起，是這部小說令人嘆服的敘事藝術。我的意思是，進入闡釋的角度可以千差萬別，但《呼嘯山莊》之所以能被認定是《呼嘯山莊》而不是《簡愛》或《荒涼山莊》，其差異性是建立在仇恨與愛的奇異結合上。你可以質疑，是「至純之愛」為仇恨施放煙幕彈，或是以仇恨修辭書寫至純之愛才可能寫出愛的難度和高度等等，這些解構式的質疑很值得重視，但無可迴避的是，你在闡釋這些內容的時候，不能不圍繞著這篇小說幾位人物的特殊關係，不能不從此部小說中奇異的人物關係中獲得你意義闡釋的爆發力。這似乎又回到了結構主義的老套，但又不全是，因為你可以懷疑男主人公口口聲聲的堅稱的愛是不是一種「愛」，這種歇斯底里帶有戀屍癖的愛情很可能是男主人公希克利自己所不了解的一種變態心理，你可以「拆穿」這種愛背後的重重修辭話語，也可以點破這種修辭背後不過是一種資產階級的焦慮：狂暴而突兀的愛情背後可能隱蔽著資產階級對底層人對其財產和婚姻的覬覦的極度恐懼，所以將來自底層的希克利塑造成一個冷酷無情的財產「掠奪者」和為愛情而瘋狂的「狂暴人」。對這些想像修辭的剖析當然可能來自意想不到的角度，但很難拋開這篇小說的中關於仇恨／愛情的敘述，因為這小說的最奇妙的所在是那種無望的愛情狂熱和充滿暴力成分的復仇情節，哪怕你質疑我對此愛情／仇恨關係的修辭，也同樣無法繞過對這種修辭的質疑式解讀。再進一步，哪怕你覺得我對這篇小說的如此「定位」也是一種不可救藥的偏見或「前

理解」使然，但對這部小說的特殊性的「定位」總不見得也是一種可笑的工作吧。

四

　　喬納森・卡勒以為：「德里達與他的追隨者作為闡釋家時，似乎沒有標出每一部作品的獨創性，或者甚至是它獨特的盲亂性也好。他們滿心想的似乎倒是簽名、比喻、框架、閱讀或誤讀，或逃避某種假設系統的困難一類的問題。不僅如此，解構閱讀難得尊重作品的整體性和完整性，它們眼光盯住部分，把它們與各式各樣的東西比附，甚至都不想一想隨便哪一部分與整體的關係。闡釋家可以論辯哪一部作品缺乏整一性，但忽略整一性的問題，卻是蔑視他們的職責。」[13]如此評價「解構」，可能也是一種「誤讀」，但求解作品「獨創性」的要求，似乎不是一個過分的要求。就是「解構體操」表演最動人最漂亮的羅蘭・巴爾特，他在《符號帝國》中不是通過西方符號與日本符號的各類比較去詮釋東方符號的奇特性嗎？筷子、相撲、門牌等等符號如果不是通過與西式符號的比較，以一種符號的錯位方式呈現，在一個中國人看來很普通的東方符號能獲得如此魔力嗎？在《戀人絮語》中，羅蘭・巴爾特不也是在為少年維特愛情的特殊性「定位」嗎？至於他的《S／Z》，如果不是在揭示巴爾扎克《薩拉辛》的特殊編碼，他又在忙些什麼？

　　為文學作品的特異性「定位」不應該成為一種罪過。相反，尋求一類或一部文學作品的特異性當是文學敘事研究應有的職責。

　　當然，這裡所言的特異性不是一種簡單的題材或主題類比，也不是大而無當的美學風格的宏觀比較。敘事分析，在走過了「結構」與

13　〔美〕喬納森・卡勒：《論解構》（北京市：中國社會科學出版社，1998年，第1
　　版），頁199。

「解構」之後，大概可以明確兩點，一是敘事分析不能侷限於規則本身談規則，而是要探討迫使規則形成如此「形式」的歷史力量和美學力量。同時，細部特徵的辨析在許多時候比概括宏大敘事模式更逼近敘事的獨異性；二是「解構」的敘事分析時常提醒我們，某種敘事模式之「規則」根本就是一種「臆造」，「解構」闡釋敘事就是讓你明白「臆造的威力」是如何修辭出敘事文本的「真實」。然而，正如卡勒所說的，我們恰恰要深究的就是 A 作品的「臆造」與 B 作品「臆造」之間的區別，要探討的恰是「臆造的力量」如何以某種獨特性去獲取「臆造」的獨特魅力。所以，不能因為敘事都是虛構的結構就放棄對虛構的獨異性的研究。

那麼，尋求作品的獨異性的批評方法是否存在呢？應該承認，這方面的探索存在著極大的難度，其難度就在於某種「文學性」一經抽象，很可能馬上陷入無法「證偽」的窘迫境地，大量的例外將迅速對任何宏大的「文學性」包括敘事形式提出疑問。

所以，文學作品差異研究只能在動態的、有限的、充滿「立體感」的微觀化的比較過程中才可能勾勒彼此的差異性。任何一種文學作品的「特異性」都是動態的、暫時的、在某種系列的作品群落中獲得「安置」的特殊性。換句話說，「特異性」是在比較出與其他作品的「差異性」中才可能顯現。在一系列作品的對照中，在對各自特點的彼此打量過程中，某一作品由於與其他相似作品比較而獲得相互擠壓的「褶皺」（借用了德勒茲的術語）是研究的目標。

僵死的差異性比較，是刻板的一個角色功能對另一個角色功能的比較，能動的差異性比較，是此種角色功能為什麼在此作品呈現如此形態，而在彼作品中這一角色為什麼被改造得如此別樣；機械的差異性比較，是主題的面上特徵比較，而充滿「立體感」的差異比較則是要顯示此種主題「藝術性」是在哪一方面被另一部作品「主題」所吸收，又在哪一方面被拋棄。被吸收的成分如何被改造，改造後的效果

又呈現出怎樣獨特的面貌；粗糙馬虎的比較只見到形態上的差異性和相似性，而精緻化微觀化的比較能在指出相似性的同時，還能洞察細微的差異是如何傳達作者的無意或有意的用心，從而在風格上發生具有相當大差異的創造性變化；靜態的差異比較是僅僅關注單一作品內部的差異，而動態差異比較則將觸角延伸到一個更開闊的作品群落中，將視野拓展到一個更複雜的背景中去尋求差異的原因，以及原因的原因。

動態差異比較，是一種著力於「點」上比較。但是，即便是兩個相似「點」的比較，也是為了說明不同的力量軌跡如何造就此「點」與彼「點」的相似性與差異性，是什麼原因導致此「點」與彼「點」呈現美的方式上不陷入相互拷貝的境地。

系列化的差異性比較，目的就是讓敘事作品在盡可能多的角度的對照中顯現其獨有的品質。

關於「特異性」，無法窮盡，但可以逼近。

不過，哪怕是「逼近」，「逼」的角度，「近」的距離，也需要推敲。

強調在一系列相似性中去探索差異性，其實就是為了能夠將作品的「關係網絡」盡可能開放化，盡可能避免視野的狹窄化，以多種維度的碰撞讓作品的風格獲得更具動態感的「定位」，使得作品風格特徵的論述具有開放性的「觀照」。

比如對「極簡」風格的敘事作品的論述，就可以抽取巴別爾、海明威、卡佛的系列作品進行比較。尋找這些小說作品的共同點，雖然有一定價值，但還只是進行一種「類」的歸納。如果能深入一些，論述海明威的「珍貴的沉默」與巴別爾的差異性，進一步，如果能討論海明威的帶點乾澀意味的電報體與巴別爾將暴力和血腥轉化為簡潔詩意之間的差異，分析其更深層原因何在，這樣的分析無疑更有價值。如果能將三位作家的敘事中的「空白」進行比較，那麼，卡佛的那種

帶著惶恐情緒充滿挫敗感的「空白」，與巴別爾那種將目光不斷投向星空和大地英雄主義的「空白」，以及海明威式身體強壯／靈魂脆弱錯位式的「空白」有何不同，這些「空白」的審美特徵都聯繫著什麼樣的價值與道德取向？同樣是沉默，他們各自都動用「簡化」手段來迴避什麼、強調什麼、直面什麼、轉化什麼？等等。

　　作品的特異性研究，不是以某種先在的結構「神學」讓作品去驗證之，也不是告訴你某種解讀不可信服就逃避概括，而是試圖在浩瀚的作品群落中去尋求作品的「近緣性」，在「近緣性」中去尋求「差異性」，在「差異性」中去定位各自的「特異性」，在對「特異性」的反覆斟酌中去勾勒作品與作家的風格。

　　再如，對陀思妥耶夫斯基作品的「特異性」的定位，是梅列日科夫斯基的《托爾斯泰與陀思妥耶夫斯基》（二卷本）對兩位大師在創作藝術、宗教思想的恢弘而細膩的比較，是巴赫金在《陀思妥耶夫斯基詩學問題》中吸收了包括梅列日科夫斯基的觀點，上溯拉伯雷的文本，就近與果戈理以及托翁等大作家比較，才可能從中得出陀思妥耶夫斯基作品最深邃最具創造性的風格：處於未完成狀態的辯論體、對話體、狂歡體，敘述者與人物關係的根本性改變，旋風般的場面轉換，等等等等。那個時代相同量級的俄羅斯偉大作家紛紛被吸附到陀思妥耶夫斯基的「身邊」，反覆打量，多面探討，層層深入地比較，毫不含糊地得出論者對作家的「特異性」的結論。你可以不同意「抑托揚陀」的傾向性結論，但至少會讚賞這一種做法，那就是在比較論證中，讓陀思妥耶夫斯基的「特異性」在眾多星星一般偉大作家的映射中，在星星與星星的相互致意中，在星座認定中，找到陀思妥耶夫斯基小說的藝術光芒的獨異性。

　　如此借來「星座」的說法，也許未完全符合本雅明的原意，但我想本雅明創造的「星座」之概念，表明偉大作家之間的關係，不是只有「影響的焦慮」一種，而是還存有本雅明「星座化」這一概念。

「星座化」突破「總體性」的種種妄想，維護特殊性的存在。星座既不是星星的概念，也不是星星的規則，但是，星座是可以讓我們發現星星之間的某種審美化的關係的一種思維方式。天上眾多恆星如何被人們「組合」成為「星座」，這本身也需要一種審美穿透力，因為同一個星座內的恆星不見得相互間存在實際關係，不過是在天球上投影的位置相近而已。也就是，換一個角度，不同的作家就有可能組織成另一個星座群落。當本來無法顯現的「星座關係」被人們發現，被人們勾勒出他們之間的關係的時候，就意味著作家和作品「特異性」的闡釋本身也帶著詩意的審美化，而不是以純粹「科學」的目光來看待他們之間的關係以及他們彼此的特殊性。

敘事作品任何特殊性的闡釋，最終是在闡釋者描繪出的星星的譜系中獲得其敘事上的座標特徵，敘事作品的特異性也完全有可能在多重交織的不同關係網絡中，在歷史與美學的多重之軸中不斷「浮現」他們各個角度的特異性。

最後，我想引用德勒茲對普魯斯特之《追憶逝水年華》的評價，因為這個評價告訴你，有時所謂研究方式是來自於一種很樸素的道理，那就是敘事藝術存在的意義就在於不同作家不同的眼光不同的藝術表達造就了精彩紛呈的敘事藝術世界。敘事藝術的世界的多樣性，才是藝術存在並發展的最有力的動力：「一種絕對的、終極的差異是什麼呢？它不是一種在兩個事物或對象之間的經驗性的差異，此種差異始終是外在的。普魯斯特給出了對於本質的一個概括，他指出本質是存在於主體之中的事物，作為某種存在於主體的核心的最根本性質：內在的差異，『性質的差異存在於世界向我們進行呈現的方式之中，如果不曾有藝術，那麼此種差異就將始終作為每個人的永恆的秘密。』從這個方面來說，普魯斯特是萊布尼茲主義者：本質是真正的單子，每個單子都根據它們表現世界的視點而被界定，而每個視點自身都歸結於某種居於單子的基礎的終極性質。正如萊布尼茲所說，單

子既沒有門也沒有窗子：視點就是差異自身，對於同一個世界的種種視點與那些彼此間最為遠離的世界一樣，是相互差異的，這就是為什麼友情永遠是錯誤的溝通，奠基在誤解之上，並只能打開錯誤的瓶子，這就是為什麼要為清醒的愛情從原則上否棄了所有的溝通。我們唯一的門窗都是精神性的，只存在著藝術性的主體間溝通，只有藝術才能夠給予我們那種我們曾在一個朋友那裡徒勞尋覓的東西，那種我們將在一個愛人身上徒勞尋覓的東西。『只有借助藝術，我們才能走出自我，了解別人在這個世界，與我們不同的世界裡看到些什麼，否則，那個世界上的景象會像月亮上有些什麼一樣為我們所無法認識。幸虧有了藝術，才使我們不只看到一個世界，我們的世界，才使我們看到世界的增殖，而且，有多少個敢於標新立異的藝術家，我們就能擁有多少個世界，它們之間的差異比那些進入無限的世界之間的差異更大……』」[14]

---

14 〔法〕吉爾·德勒茲：《普魯斯特與符號》（上海市：上海譯文出版社，2008年，第1版），頁43。

第九章
媒介差異、「腳本化」與「少數文學」

一

　　文學的邊緣化似乎已經註定成為文學的宿命，然而，受眾對各種各樣故事依然興趣盎然，只不過以前由文學來講的諸多故事已經移交給大眾媒介來承擔敘述者。當今的各種媒介成為不折不扣的「故事大王」，從來沒有一個時代像今天這樣渴求故事並以如此大的規模生產故事。種種媒介每天，甚至每時，都在喋喋不休傾訴著各種「故事」。

　　無論何種媒介，絕無放棄修辭的理由。或者說，只要在講故事，在演繹情節，那麼，經過千百年累積起來的，已經「疊層化」了的文學敘事的技巧將不可避免地為各種媒介利用。

　　為此，我們需要進一步深究的問題，一是各類媒介都從文學中借用、套用了哪些表意方式和修辭手段；二是大大小小媒介利用文學的表意方式和故事母題是有所過濾和改造。大眾媒介的「再修辭」，並不是對文學表意方式全盤徵用，而是有所放棄，其依據的標準是什麼？第三，文學在紛繁多樣的媒介面前不可能無動於衷。面對網路媒體、電影、電視、廣播、廣告、報紙的衝擊，文學應該保持什麼樣的立場。

　　第一個問題，即大眾媒介向文學徵用資源，吸收文學的營養，調動文學的庫存，這是顯而易見的現象。電影或電視劇以文學作品為藍本，已是常識。大眾媒介動用文學資源，對文學而言，不見得只發生

負面影響。事實上，大眾媒介對文學作品的改造，視為提醒文學經典存在並進一步誘導閱讀文學作品，並非毫無可能。新媒介的出現，對保存並傳播已有的文化資源具有有益的一面。麥克盧漢發現，「正是印刷機通過大規模生產古典文獻和經文，才使得重構過去的古典時代成為可能。」[1]今天，互聯網路這一新媒介的繁榮，無疑給經典文學作品的閱讀帶來極大的方便。如果不搞版本學研究，那麼，網路這一新媒介對於文學經典作品廣泛的傳播功不可沒。當然，大眾媒介借用、調動文學資源，不僅是吸收文學作品的內容以新媒介的方式亮相，其主要的「吸血」方式，是對文學的詩意表達、事件處理、人物塑造、抒情方式加以移花接木、偷樑換柱或借屍還魂：廣告媒介尋找具有驚奇感的「細節」與廣告詞，這一過程，對應於文學抒情或敘事中對詞語和細節的千錘百煉以及對「陌生化」效果的追求，而電視紀實類節目的情節演進或是肥皂劇中的男女主人公的一波三折，無不遵從著結構主義敘事學所勾勒出的敘事模式與編碼流程。

　　然而，大眾媒介成為強勢，大眾媒介徵用文學，並不只是以文學的軀幹裹以新媒介的新衣這麼簡單。麥克盧漢一再強調「媒介即是訊息」，波德利亞將後工業時代的「仿真」與工業時代的「仿像」對立，就是強調作為中介的新媒介本身而非「信息內容」成為一種壓倒性的力量。波德利亞聲稱：「本雅明和麥克盧漢看得比馬克思更清楚：他們認為，真正的信息，真正的最後通牒就是再生產本身，生產則沒有意義：生產的社會目的性喪失在系列性中。仿像壓倒了歷史。」「我們進入了第三級仿像。不再有第一級中那種對原型的仿造，也不再有第二級中那種純粹的系列：這裡只有一些模式，所有形式都通過差異調製而出自這些模式。只有納入模式才有意義，任何東

1　〔加〕馬歇爾·麥克盧漢：《理解媒介——論人的延伸》（北京市：商務印書館，2000年，第1版），頁198。

西都不再按照自己的目的發展，而是出自模式，即出自『參照的能指』，它彷彿是一種前目的性，惟一的似真性。我們處在現代意義上的仿真中，工業化只是這種仿真的初級形式。歸根結底，重要的不是系列複製性，而是調製，不是數量等價關係，而是區分性對立，不再是等價法則，而是各項的替換——不再是價值的商品規律，而是價值的結構規律。」[2]的確，在消費時代，符號的交換無所不在，符號的戲仿亦四處起舞。波德利亞強調的「區分性對立」「價值的結構規律」就是為「各項的替換」鋪平道路。這意味著，在「仿真」年代裡，並不是媒介要去反映什麼，而是媒介生產什麼。各種媒介的彼此「戲仿」，就是「象徵交換」的一個突出表徵。現代媒介的超負荷運轉，其動力，不是來自於對現實的亦步亦趨的仿造，而是「出自模式，即出自『參照的能指』」，為一種「前目的性」所驅使。

齊澤克對於現代電腦技術對於日常生活的控制有著精闢的見解：「今天，我們目睹了從現代主義的計算文化向後現代主義的仿真文化的變遷。這個變遷最明晰的指示，是對『透明』一詞的運用的轉變：在維持關於『機器如何運做』的洞見的幻象中，現代技術是『透明的』；也就是說，界面的屏幕被認為允許用戶直接洞悉屏幕後面的機器；用戶被認為『掌握』了它的運做——在理想條件下，甚至能夠在思維中重構出它。後現代的『透明』則幾乎恰好指向這種分析性全球計畫態度的反面：界面的屏幕被認為掩蓋了機器的運做，並且盡可能忠誠地模擬著我們的日常經驗；然而，這種延續我們的日常環境的幻象的代價，是擁護變得『習慣於不透明的技術』——『屏幕後面』的數碼機械蛻變為徹底難以穿透，甚至無法看見之物。」因而，「後現代的宇宙則是對屏幕的幼稚信任的宇宙，這個屏幕使對『它後面的』

2　〔法〕讓‧波德利亞：《象徵交換與死亡》（南京市：譯林出版社，2006年，第1版），頁78。

探求顯得無甚意義。」[3]這導致了電腦所創造出的形象實際上是一種「浮現」，電腦的技術對於絕大多數人來說是「不透明」，這種「不透明」的焦慮在《駭客任務》這樣的影片中產生了一個幻象：世界完全由0與1控制之後人類將如何擺脫被技術奴役的命運？這種焦慮同樣適用於文學與電子媒介的關係，或者說，文學與電子媒介的關係似乎成為一種先兆，提示著「仿真」年代到來，以語言為媒介的文學將被蠶食。電腦軟體生產的詩歌至少已經達到了「仿真」的及格線，那麼，接下來的問題是，詩歌是否還有可能作為文學的精神棲息地而存在呢？我們是應該信任電腦提供的審美趣味，還是執著於人的原創性呢？如果所謂原創性詩歌甚至不如電腦創造出來的詩歌，甚至不少原創性詩歌的作者開始模擬電腦軟體編寫的詩歌，那麼，有什麼理由認為只有人類的大腦才是唯一可值得信任的審美策源地呢？至於波德里亞，他更是走向極端，海灣戰爭期間，他在報紙上發表評論〈海灣戰爭沒有發生〉，認為電視上對海灣戰爭的報導就像一部戰爭電影，是擬像、是超真實，那只不過是一部電視劇，是被電視媒體敘事構建出來。同樣，我們也面臨著這樣的「危險」，是否可能到了某一天讀者再也不會在意「人工文學」與「電腦文學」的分野呢？既然「仿真」年代一切是因為有了差異而存在著，那麼，「人工文學」與「電腦文學」之間的差異不是恰恰說明了「電腦文學」存在的合理性嗎？既然電腦遊戲能讓人沉溺其中，那麼，與遊戲距離不是相差太遠的「電腦文學」接管模擬的「藝術領域」，難道不能給大眾閱讀帶來娛樂的快感？

　　當然，目前「電腦文學」尚只是構想，預測終歸需要實踐的檢驗，但可以肯定的一點是大眾電子媒介的「強模式」對文學的「弱模

3　〔斯洛文尼亞〕斯拉沃熱・齊澤克：《幻想的瘟疫》（南京市：江蘇人民出版社，2006年，第1版），頁161。

式」的壓迫和征服幾乎讓文學的影響只能在「強模式」的架構範圍內才可能獲得。

但緊接的問題是，電子媒介的「強模式」與文學的「弱模式」，其不平衡性將導致什麼樣的格局？是不是文學跌價到只有為「強模式」提供「腳本」的份兒？文學可資交換的「符碼」是不是註定成為低端產品，文學是不是要充當「腦力勞動密集型」產品，只能作為根部的存在才獲得意義？

二

文學成為大眾媒介的「血庫」和可移植的「器官倉庫」，意味著文學的「腳本化」的過程從未像今天這樣迅速，文學也從未像今天這樣被扭曲。所謂文學「腳本化」，主要指大眾媒介對文學的題材、內容、思想觀點、表現技巧具有隨意剪裁和改裝的能力，不一定實指文學作品被改編，或作家為大眾媒介提供腳本。「腳本化」主要特徵是文學對大眾媒介「輸血」過程中，文學的位置被弱化了。「腳本化」意味著大眾媒介對於文學擁有居高臨下的選擇權和改造權。

文學的「腳本化」，表面上看，是大眾媒介的攻城掠地，但從根本上說，文學的「腳本化」，應分從兩個方面看，一是前衛的、實驗性文學文本並沒有被「腳本化」，鋪天蓋地的大眾媒介，幾乎迴避了對某些「精英文學」的「符號索取」。然而，文學的另一面，即文學的非精英特徵，比如文學作品中情節性較強的婚戀家庭倫理的小說，比如以小市民為題材並具有一定喜劇效應的文學文本，則因其比較易於納入大眾媒介的製作和傳播的流程，被「腳本化」的幾率比較高。

從媒介的屬性角度看，電視作為大眾媒介，其基調終究是娛樂性。電影還具備了潛在的先鋒性和批判性，而電視傳媒，其根本屬性則是抵制嚴肅的、沉重的終極追問。媒體文化研究者尼爾‧波茲曼的

《娛樂至死》揭示了電視傳媒的娛樂真相：「娛樂是電視上所有話語的超意識形態。不管是什麼內容，也不管採取什麼視角，電視上的一切都是為了給我們提供娛樂。正因為這樣，所以即使是報導悲劇和殘暴行徑的新聞節目，在節目結束之前，播音員也會對觀眾說『明天同一時間再見』。為什麼要再見？照理說，幾分鐘的屠殺和災難應該會讓我們整整一個月難以入眠，但現在我們卻接受了播音員的邀請，因為我們知道『新聞』是不必當真的，是說著玩的。新聞節目的所有一切都在向我們證明這一點——播音員的姣好容貌和親切態度，他們令人愉快的玩笑，節目開始和結束時播放的美妙音樂，生動活潑的鏡頭和絢麗奪目的各類廣告——這一切都告訴我們，沒有理由為電視上的不幸哭泣。簡單地說，新聞節目是一種娛樂形式，而不是為了教育、反思或淨化靈魂，而且我們還不能過於指責那些把新聞節目作此定位的人。」[4]這意味著，電視媒介的娛樂屬性，哪怕是針對文學文本中小市民苦難的嚴酷敘事，也要將苦難故事重新敘述為帶有詼諧風格的皆大歡喜的虛幻敘事。能夠引起廣大受眾的普遍興趣的電視劇，不太可能針對一個嚴肅的終極價值問題展開過於深入迂迴的辨析與追究。過於複雜的判斷，過於曲折深入的人性探究，為電視劇敘事所排斥。電視作為麥克盧漢所說的「冷媒介」（發展到今天，電視應該算是半冷半熱的媒介），要保證觀眾的介入，電視劇對於跌宕的情節性需要，遠勝過對複雜細緻的人性表述之興趣，更無意於對某種晦澀、思辯的重大生存主題進行窮根究底的糾纏。絕大多數的電視劇敘事，是以作為「平均數」的觀眾能夠理解而且有興趣關注的故事為核心點展開的。同樣，電視劇故事的結束還應該讓「平均數」觀眾能夠獲得某種不假思索的快慰和「合乎情理」的「震動」——這種「震動」是以

4　〔美〕尼爾・波茲曼：《娛樂至死》（桂林市：廣西師範大學出版社，2004年，第1版），頁115。

符合絕大多數人的倫理道德認知為前提的。這就註定了電視劇敘事對文學敘事的依賴既是廣泛的，又是相當有限的。

　　其廣泛性表現在電視劇的敘事修辭如文學創作那樣剪裁故事、佈置情節、定奪主次、設置因果、規定角度、理順繁簡、拿捏人物。至於有限性，則集中在電視劇的敘事不可能像具有探索性的文學敘事那樣將複雜、晦澀、幽暗主題推到螢幕前端，對人的生存境遇高度懷疑或困惑的矛盾與對矛盾的探究是為電視媒介所排斥的。

　　通常，電視劇敘事帶有媚俗的傾向，在馬泰・卡林內斯庫看來，「媚俗藝術總是隱含著美學不充分的概念。」[5]就電視劇的媚俗性而言，所謂的「美學不充分」，就是意味著所有的敘事藝術在應用於電視連續劇這樣的媒介形式之時，都可能被降低理解難度，強化某一向度的美學要素同時遮蔽甚至根本迴避更廣泛的美學表現。電視劇敘事，吸收了文學敘事所有能夠吸收的元素，但因其媒介屬性的先天媚俗性，電視劇的敘事只能選擇放棄文學中還存在著的複雜的、微妙的、精緻的或怪誕的、極度奇異的美學資源。這種放棄，不存在過錯問題，而是「媒介基因」使然，是作為文化工業的大眾媒介其內在的生存邏輯使然。

　　如果說電視劇有時還願意接納改造某些嚴肅前衛的文學主題，那麼，電視廣告的敘事則完全排斥悲情、陰鬱或沉重。作為最日常化的大眾媒介，廣告敘事中幾乎見不到對潦倒窮困的「悲慘世界」以及對低層人的悲憫敘事。廣告同樣不會出現頹廢或過於荒誕的敘事主題。

　　資深廣告媒介研究人員告訴我們：「廣告總是假設社會在不斷進步。廣告是極其樂觀主義的。」[6]廣告的樂天派性質註定了其敘事的

5　〔美〕馬泰・卡林內斯庫：《現代性的五副面孔》（北京市：商務印書館，2002年，第1版），頁254。

6　〔美〕邁克爾・舒德森：《廣告：艱難的說服》（北京市：華夏出版社，2003年，第1版），頁129。

誇張與矯揉造作的佈道口吻，其敘事總是捕捉夢幻時刻的瞬間——電視廣告最鍾情的是對人生罕見的的幸福時刻的高度敘事提煉。正如尼爾‧波茲曼指出的：「電視廣告的神學中不含有任何複雜的、需要花費很多精力的東西，它也不會使人產生對人類生存本質這樣深奧的思考。接受這樣神學的成年人跟兒童別無二致。」[7]廣告敘事永遠都是單因單果的。廣告敘事，其結構極緊湊、語言非常情緒化、主題高度明朗。敘事開門見山的電視廣告，無疑是對廣告創意者極大的挑戰，但高難度不等於高境界，更不等於深刻性與啟示性。所有的電視廣告的敘事都有一個美妙的、可以解決問題的答案，而這正是與嚴肅文學經常存在的複雜化與多義性背道而馳。

文學作為向電子媒介提供敘事支援的最大也是背景最深遠的話語系統，文學作為電子媒介的「腳本」提供者，實際上受到了電子媒介屬性的極大約束。

「電視不可能有多大改進，至少在它的符號形式方面、觀眾收看電視的環境或者快速的資訊流動方式等方面都是不會變的。尤其因為電視不是一本書，它既不能表達排版所能表達的概念性內容，也不能做到排版所能做到的深入闡釋態度和社會組織的問題。」[8]這表明，電視媒介是從技術層面上決定了其浮光掠影的享樂主義者的風格，現代文學敘事逐步培育起來的複雜性和多義性，決定了引導思考追求深刻的精英文學與電子媒介並非結盟者，更可能是反抗者——當然，所謂的反抗，只是精英文學在電子媒介這個巨人面前的一種抗議，而非實力相當的對抗。從這個意義上說，面對電子媒介，文學的「腳本化」，對於文學來說，是符號交換中的「順差」現象。這種「順差」，

7　〔美〕尼爾‧波茲曼：《童年的消逝》（桂林市：廣西師範大學出版社，2004年，第1版），頁159。

8　〔美〕尼爾‧波茲曼：《童年的消逝》（桂林市：廣西師範大學出版社，2004年，第1版），頁162。

表現為文學對電子媒介的「傾銷」。但這種「傾銷」過程被電子媒介吸收得了無蹤影。五光十色濃妝豔抹的電子媒介，遮掩了文學作為諸多電子媒介產品的支撐作用。文學為電子媒介「腳本化」的過程是被動性大於主動性，被挑選被改造被利用的事實完全挫敗了被表現的體面。

在大眾媒介運作的過程中，「大眾」過濾改造「精英」，精英的聲音淹沒於庶民的狂歡之中，這是一個世界性的普遍現象，也是一個無須大驚小怪的事實。印刷媒介培育起來的精英文學，讓位於電子媒介爆發之後的「大眾文藝」，不過是一種新媒介衝擊舊媒介的又一個例證而已。精英文學無須憤憤不平，更不必顧影自憐。況且，如果從電子媒介吸收、改造、利用甚至多少保留了文學中的某些可「轉譯」的部分來看。電子媒介亦是「沒有功勞，也有苦勞」。再進一步說，電子媒介的興起，是不是精英文學或者所謂「純文學」大面積萎縮的罪魁禍首，兩者之間是不是存在著直接的因果關係，還是僅僅只是相關聯繫，而非因果聯繫，都需要做進一步的考證。

那麼，精英文學在電子媒介的壓力之下，該如何生存，該如何表達自我。更直接一點，精英文學是否還具備生存的「合法性」和生存發展的能力呢？也許，這是一個更具有實際意義的問題。

三

麥克盧漢斷言：「各種門類的藝術家總是首先發現，如何使一種媒介去利用或釋放出另一種媒介的威力。」[9]「一種新的媒介決不附著於一種舊媒介，它也決不會讓舊媒介安安穩穩。它決不會停止壓迫

9　〔加〕馬歇爾‧麥克盧漢：《理解媒介——論人的延伸》（北京市：商務印書館，2000年，第1版），頁89。

陳舊的媒介，直到它為這些陳舊的媒介找到新的形式和新的位置。」[10]

　　小說的興起，本身就是媒介的產物。瓦特認為「直到新聞業興起後，完全依賴於文字表現的新的寫作樣式才產生，而小說或許是本質上與印刷的媒介聯繫在一起的唯一的文學體裁。」[11]可以認為，隨著谷登堡技術全面展開，原本聲名不佳的小說才逐漸發展為可納入「純文學」系統中的敘事作品。所以，從媒介發展的角度看，「純文學」「精英文學」的概念不是孤立的，而是一個印刷媒介催生出來的產物。那麼，在電子媒介的「壓迫」之下，所謂的文學的「精英性」將在什麼樣的合適位置得以更新和發展呢？

　　儘管我們看到了電子媒介以「負債」的方式借用了文學的手段。但我們也不能不看到，報紙、電影、電視乃至今天的網路，又都迫使文學的敘事手法發生改變。

　　麥克盧漢看到了電影媒介對文學的影響：詹姆斯·喬伊斯的小說《尤利西斯》借用了卓別林的主題。小說的主人公布魯姆是有意識地從卓別林借用來的。[12]再有，意識流這個手法儘管是從普魯斯特、喬伊斯那裡得以成熟的運用，但在電影呈現出意識流的畫面之後，電影又以「反哺」的方式讓文學對於意識流有了更鮮明的理解。另外，報紙的新聞報導方式對海明威的影響，報紙與電視的馬賽克形態對於某些先鋒作品敘事方式的更新，都使得小說這種藝術天生的「雜交性」得到進一步的豐富。

　　我們可能不能輕易斷言電子媒介的表現方式被文學模仿著，但同

10　〔加〕馬歇爾·麥克盧漢：《理解媒介——論人的延伸》（北京市：商務印書館，2000年，第1版），頁222。

11　〔美〕伊恩·P·瓦特：《小說的興起》（北京市：生活·讀書·新知三聯書店，1992年，第1版），頁220。

12　〔加〕馬歇爾·麥克盧漢：《理解媒介——論人的延伸》（北京市：商務印書館，2000年，第1版），頁88。

樣不能無視新興的電子媒介某些表意機制已經植入所謂「純文學」的內部。

可以認為，電子媒介對於文學最大影響，還在於電子媒介創造了一個「奇觀社會」。這種「奇觀社會」，將改變著作家對這個世界的感受。「MTV 千變萬化的形象所組成的連續之流，使得人們難以將不同形象連綴為一條有意義的信息；高強度、高飽和的能指符號，公認對抗著系統化及其敘事性。」[13] 如果說 MTV 這種以支離破碎的形象的和不連貫敘事搗毀著文學敘事的明晰的邏輯性，那麼，電子傳媒的奇觀社會的感受方式將更徹底地改變作家對於世界的想像規則。

讓·波德利亞分析美國狄斯奈樂園，得出如下結論：「狄斯奈樂園之所以存在，就是為了掩蓋它就是一個『真實』的國家、『真實的』美國本身就是狄斯奈樂園的事實（這有點兒像是說，監獄之所以存在，就是為了在它的整體上、在它的全能中，掩蓋它便是這個社會的化身這一事實）。為了讓我們相信剩餘的都是真實的，狄斯奈樂園的存在被呈現為想像性的，所以，圍繞著它的洛杉磯和美國都不再是真實，而是屬於超現實主義和擬仿的秩序。」[14] 這實際上表明，擬象社會是個徹頭徹尾的「符號拜物教」主導下的社會。如果說本雅明在他的《發達資本主義的抒情詩人》、《單向街》就以一個波西米亞式知識分子的敏感發現了在街道景觀和商品櫥窗所隱藏的資本主義文化奇觀的攝人魅力，那麼，讓·波德利亞則更徹底地斷言這樣的文化奇觀其實就是資本主義社會的「現實」。

對文學符號的存在意義的認識，並不是以與奇觀性的視覺符號相互類比和交換就能了事的。文學雖然大面積地淪陷為「腳本」，但不

13　〔英〕邁克·費瑟斯通：《消費社會與後現代主義》（南京市：譯林出版社，2000年，第1版）。

14　〔法〕讓·波德利亞：〈擬象的進程〉，《視覺文化的奇觀》（北京市：中國人民大學出版社，2005年，第1版），頁92。

等於所有的文學都心甘情願地臣服為「腳本」。或者說，文學中還存在著難以「腳本化」的部分。普魯斯特、喬伊斯、卡夫卡的作品幾乎難以「腳本化」，他們的作品永遠都是屬於「少數文學」。如果說《追憶逝水年華》中的那塊小糕點尚有可能注入商業因素被蛋糕商家當做廣告的賣點，那麼馬塞爾與阿爾貝蒂娜之間那種迴旋婉轉到自我纏繞地步的愛情故事則只能靠閱讀才能獲得的細緻入微的感受。喬伊斯《都柏林人》中麻痹狀態下的小市民輕微的內心響動恰恰是奇觀社會忽略掉也必須忽略掉的人性的「神經末梢」的呻吟。至於卡夫卡，更無法想像他「大甲蟲」如蜘蛛俠那樣受到呼嘯般的歡迎，「大甲蟲」註定只能躲在一個小市民小臥室內的某個角落。緩慢而艱難爬行在天花板上的「大甲蟲」正可視為「少數文學」的一個隱喻，他能思考能感受（還非常敏感），但不受歡迎（甚至他的家人都討厭這個怪物。）大甲蟲死亡的意義大概比其活著的價值更大。我們可以想像，死後的「大甲蟲」被女僕當成垃圾拋棄之後，只有像本雅明筆下那樣的遊蕩者或拾荒者獨具慧眼，將「大甲蟲」製作成標本，不定會成為一隻這個世界上最有名的藝術「大甲蟲」。但這只獨一無二的「大甲蟲」標本絕對不可能如倫勃郎的油畫複製品那樣可以掛在電梯間內，更不可能作為景觀進入美國狄斯奈樂園或巴黎的香榭麗榭，而只能存於文學博物館或私人收藏室內。

　　對於以奇觀性為主導的消費社會的符號系統而言，不討人喜歡的「大甲蟲」是一個「剩餘符號」。「大甲蟲」整個身體就是一個創傷性的「剩餘符號」，這個創傷性符號不性感不活潑，醜陋，乖戾，無法與他人交流。這個創傷性的「剩餘符號」只能存活於紙張媒介之中，根本無法擺上商業櫥窗，更不能走上霓虹燈照耀下的看板。大甲蟲同樣無法在電子媒介中成為角色——爬行慢且身上又有明顯的腐爛傷口的「大甲蟲」遠不如《動物世界》中大甲蟲那樣具備昆蟲學意義上的可解讀性和審美性。「大甲蟲」們是一種被消費社會的主流符號系統

驅逐的符號，是無法交換、無法通兌的符號。簡單地說，這是奇觀性
為主導的消費社會的無法收編為「腳本」的符號，因而也是某種「異
質性」的符號。

　　文學以紙質媒介的形式保存此類「剩餘符號」。這種「剩餘符
號」通常由多餘人、狂人、隱遁者、異端者、幻視者、懷疑家或反抗
者等等形象構成。此種「剩餘符號」缺乏商業的煽動性，根本無法融
入奇觀社會中的大眾傳播媒介的符號系統。「剩餘符號」被消費社會
主流話語放逐的同時亦只能自我放逐，是無法發出尖叫無法自我炫耀
「失敗了的」的符號。在大眾媒介主導的社會裡，「剩餘符號」是反
譜系學的。因為在消費社會主流的審美話語系統中，「剩餘符號」是
無法納入大眾審美的等級系統中而獲得其座標，是一種「域外」的符
號。因此，可以認為，存在著一群「剩餘符號」，也就是存在著一種
「少數文學」。「少數文學」與「剩餘符號」是以被拋棄的方式存在
著的。

　　然而，被拋棄不等於不存活。被拋棄更不能成為自戕的理由。

　　被拋棄恰恰可能贏得不被約束不被異化為系統的某個「組織部
分」的自由。這還意味著作為「剩餘符號」的「少數文學」不是成為
消費社會的主流審美系統的一個枝桿或一片葉子那樣依靠大樹獲得存
活的可能性，而是作為德勒茲所言的「塊莖」那樣生長著。「少數」
與「剩餘」不等於喪失了活力，更不意味著喪失了存在的價值。

　　「塊莖」結構既是地下的，同時又是一個完全顯露於地表的多元
網絡，由根莖和枝條所構成；它沒有中軸，沒有統一的源點，沒有固
定的生長取向，而只有一個無序的、多樣化的生長系統。正如德勒茲
所言：「塊莖只由線構成：作為其維度的分隔和層次的線，作為最大
維度的逃亡或解域的線。」[15]這裡，「逃亡」與「解域」不僅是一種避

15　陳永國編譯：《遊牧思想——吉爾‧德勒茲、菲力克斯‧瓜塔里讀本》（長春市：吉
　　林人民出版社，2003年，第1版），頁155。

免被捕捉被整合的策略，更是面對大眾媒介構造起來的喧囂的「模擬」世界的一種冷靜審視和應對。

　　作為「少數文學」，其創作的審美使命，不一定都是針對「仿真」的幻象發動直接的攻擊。直接批判「仿真」幻象或對「仿真」幻象滑稽模仿的文學作品，當然不排斥，但更具批判策略的「塊莖」狀的「少數文學」常常是向各個方向生長，而且常常是朝著意想不到的方向生長：「進化圖式將不再遵循樹的遺傳模式，即從最小差異到最大差異的發展，相反，一個塊莖直接在異質因素中運作，從一條已經區別開來的路線向另一條跳躍。」[16]在「在異質因素中運作」「向另一條跳躍」意味著針對「少數文學」有必要重提「陌生化」這個術語。不過，此處的「陌生化」，已經不是修辭學意義上的「陌生化」了，而是指文學作為文學，需要一種有別於大眾媒介通用的語言樣式、通用的思維模式以及通用的審美趣味的創作。「陌生化」對於文學，在當下的最重要的意義，就是「非腳本化」寫作，就是創造一種無法輕易地為大眾媒介所拷貝所擄掠的文學。大眾媒介可以將《罪與罰》改編成一部驚險懸疑片，但無法將《卡拉瑪佐夫兄弟》中大段大段的關於人的生存困境與出路的敘述轉譯為大眾媒介語言。因為除了離奇的情節，生動的故事，詭異的環境，陀思妥耶夫斯基的諸多思想觀念和審美趣味恰恰是與當下的大眾媒介表意方式格格不入的，他對上帝與人的關係的層層進逼的拷問更是大眾媒介無力「還原」的。陀思妥耶夫斯基的作品應是「少數文學」，因為「減去」了曲折情節和生動的個性化形象之後，陀思妥耶夫斯基的作品還蘊涵著文學才能承擔著的巨大的思想與藝術的力量。

　　「減法」不是意味著退卻，恰恰是檢驗一部分文學作品是否還具有一種相對於大眾媒介的「異質因素」。這種的「異質因素」，哪怕是

---

16 陳永國編譯：《遊牧思想——吉爾‧德勒茲、菲力克斯‧瓜塔里讀本》（長春市：吉林人民出版社，2003年，第1版），頁39。

沉默著的，卻昭示著「少數文學」所潛藏著的巨大的思想與審美的能量。「塊莖」般的「少數文學」，獨立於大眾媒介的參天大樹，無論其是否已經具備往四面八方生長並影響周圍環境的能力，存在著，就是一種希望。

　　「少數文學」存活在同樣是少數的讀者和批評者或研究者之中。正如楊凱麟對卡夫卡作品的存在意義的評論：「相對於歌德的美文，卡夫卡的書寫以一種語言及政治意圖上的雙重變異流變為少數文學。卡夫卡的小說並不是為了以歌德為首的德國文學界而書寫的，因為在他的小說中，或者在所有的少數文學中，都召喚著一群未來的子民，他們尚未降生，但文學卻不斷地朝向他們。」[17]「少數文學」倒不是命定只有在未來才能尋找到「子民」。「少數文學」在這個時代裡承擔起撫慰靈魂和對抗庸俗的責任的同時，作為一種紙質媒介發展過程中最有藝術與思想價值的一部分，將保存著人類最富有思考力和審美創造力的一段記憶。

17　楊凱麟：〈虛擬與文學──德勒茲的文學觀〉，〔法〕吉爾‧德勒茲：《德勒茲論福柯》（南京市：江蘇教育出版社，2006年，第1版），頁168。

後記

小說理論的美學資源：經典高地與趣味辨析

一

西方敘事美學理論，於上個世紀八〇年代中期至九〇年代初期，在中國大陸學界曾引起關注和討論。作為理論舶來品，由於缺乏對應的文本經驗引發審美共鳴，對其價值的評價，多停留在對敘事角度或敘事人稱等技術性術語的膚淺認識上。

從另一角度看，對於西方的經典小說作品，由於文化和趣味隔膜，小說理論家對西方小說經典作品研讀還不夠深入。中國當代小說敘事美學資源，存在著三個方面的不足。第一，對於西方小說敘事理論哪些地方是生硬的、無助益性的，我們無法提出自己的見解。另一方面，西方敘事理論中最精彩最深刻最有趣最微妙的理論闡述或批評思路在何處，我們似乎也拿不出像樣的闡釋方案。第二，對於西方敘事經典文本，往往是作為某種理論方法之案例分析的佐證來使用，而不是作為人類共同擁有的審美經典來欣賞、品味、分析，所以，極難見到中國批評者對西方敘事經典發出有見地的批評聲音。這是文化隔閡的問題，更是文化惰性導致的。更有可能是，文化惰性與文化偏見，再加上急功近利的時代浮躁病，使得中國文藝理論界對於目前依然不斷出版的西方敘事經典，幾乎拿不出較有審美洞察力和解讀力的文字。這也間接導致國人對於西方小說經典的解讀無法從專業學者的著述中受益。第三，王國維在《國學叢刊》〈序〉言：「居今日之世，

講今日之學，未有西學不興，而中學能興者；亦未有中學不興，而西學能興者。」[1]小說敘事美學自然需要中國思維和中國式洞察。同時，西方敘事理論和西方敘事經典作品，對於當下中國敘事理論和敘事作品的創造，其意義不僅是技巧的研究與借鑑，還是敘事審美內容的充實、更新，以及敘事審美方式的主動碰撞與積極吸收。

因此，當代中國小說敘事研究，不應該侷限於中國傳統經典敘事佳作的剖解，而是應該以更大的氣象，通過對世界級敘事經典作品的研究，擴展研究的視野，將敘事美學研究定位為對人類敘事文化成果的分析與吸收這一更具積極性和主動性的學術研討之層面上。如此，才可能使得敘事美學的研究在一個「學無中西」「互相推助」的大格局內獲得「上下求索」「左顧右盼」的有益切磋。

二

當代中國的敘事文學作品濫竽充數者眾，網路文學動輒幾百萬字的所謂的長篇小說以膚淺庸俗的趣味招搖於大眾文化市場，所謂的純文學又多以「文學邊緣化」為其創作力的喪失尋找藉口。萎靡不振的疲態和了無生氣的自我醜化，倘若借此博得同情尚可，對於激發敘事審美的新發現新創造則無裨益。上個世紀八〇年代初期，批評界以為文學擺脫了政治枷鎖就能獲得活力，這種活力固然在高壓鬆動後獲得一定程度的釋放，但對於世界級敘事經典作品缺乏耐心的批判性吸收。如今的中國小說創作對世界文學的吸收不是更積極更深入，而是有退縮之嫌。讀一讀土耳其作家帕慕克的一系列小說和傳記，不難發現，今天的世界級的作家是以多大的熱情虛心地學習大師級前輩的經典敘事作品。承繼了世界敘事文學的偉大傳統之後，帕慕克才可能創

1　〔清〕王國維撰，周錫山編校：《王國維文學美學論著集》（太原市：北岳文藝出版社，1987年，第1版），頁180。

造出具有東西方文化交融之特點的震撼力作。單就帕慕克最擅長敘述的「憂傷主題」而言，帕慕克的憂傷，在絕望、疼痛感中有柔情似水，在迷失中有堅守和甜蜜，於邊緣處有驕傲與恬適。所有的這一切，都是東西方歷史與文化的碰撞中的伊斯坦布爾獨有的憂傷，是屬於帕慕克的憂傷。[2]這種憂傷既有《純真博物館》、《伊斯坦布爾》那樣無法承受歷史廢墟化的身分迷失型憂傷，又有《雪》那種在血腥的現實衝突中充滿疼痛感的身分破裂之憂傷，以及《黑書》那樣遊走在歷史和現實迷宮中的身分他者化的憂傷，還有《我的名字叫紅》因文化身分的撕裂感衍生出的帶有絕望感的憂傷。這種伊斯坦布爾式的「呼愁」之憂傷感，是帕慕克深入研讀了法國的普魯斯特、俄羅斯的托爾斯泰、陀思妥耶夫斯基等大師作品後，作為一位極具反思能力的文化對話型作家，在歷史和現實大視野中反思本國的精神文化困境，刻繪祖國文化的內在困境，並將之轉化為一種獨特的審美表達。一個有趣的細節是，帕慕克對福樓拜等西方大師對伊斯坦布爾文化的態度特別在意，他在小說中不斷與世界級前輩大師進行超越時空的對話。同時，作為一位鳥瞰型的作家，他將目光不斷投向西方的同時，又堅守著伊斯坦布爾式的謙遜、平靜和憂傷。

帕慕克小說文本的啟示還在於，作為一位十分了解西方敘事經典作品的小說家，他對伊斯坦布爾一九七〇年代那種「欠發達狀態」中人的生存狀態是以一種欣賞而非獵奇觀賞的態度展開敘事。帕慕克的神奇之處，就在於他對東西方文化符號交織作用下的土耳其文化，從伊斯坦布爾到邊陲小鎮，都顯示出足夠的審美自信，選擇了一個感傷而溫情的審美視點，刻畫著城市或小鎮中的各種生靈的歡喜、哀愁、困窘與通達，並將這一切通過「情感考古學」的細膩與謙遜，告訴你

2　〔土〕奧爾罕・帕慕克：《伊斯坦布爾——一座城市的記憶》（上海市：上海人民出版社，2007年，第1版），頁99。

他們的所思所想所感覺是美好並值得珍視。在《純真博物館》中，有一位暴發戶時不時要到希爾頓酒店喝咖啡，因為只有活動在希爾頓酒店內部，這位暴發戶才能感覺到自己是在歐洲。這是典型的歐洲化想像，如此歐化的伊斯坦布爾人是不會欣賞「欠發達狀態」的本土生活之美。而帕慕克則以「博物館化」的觀念傳達這樣的資訊：匱乏而憂傷的城市裡的生活，因為這種帶著痛苦的甜蜜情感的存在，不僅是美的，而且是值得剖解值得記錄。審美不計較現代化與否，審美在乎的是這種情感的別致性、執拗性和真誠性。這種在西方觀念影響下的東方情感，是帕慕克的小說文本中心敘述所在。帕慕克這種東方情感遠比任何高揚的文化宣言更具情感的「說服力」——伊斯坦布爾的小市民生活與情感不但是可理解的，而且是細膩、有趣、多情和真誠的。他們和世界上的許多人一樣，懂得愛情的美好和尊嚴；一樣珍視愛情每一個階段的情感記憶；一樣會因為失戀而黯然神傷；一樣會琢磨自我情感的每一種來源。這樣的人物，沒有理由不關注，沒有理由不傾聽，沒有理由不進入敘事文學作品之中。

帕慕克是面鏡子：他鳥瞰著世界，同時，他最懂得貼近本土去欣賞、解讀祖國的種種「廢墟化」之美。這不是無奈，而是自信和智慧，因為他知道在世界／歷史格局中如何定位並表達屬於祖國的敘事之美。他為祖國而憂傷，又為祖國而感歎，更懂得形塑伊斯坦布爾眾生相的種種情感狀態。

三

帕慕克的小說，還可以從另一個角度昭示我們：世界級的審美敘事資源始終作為一種沉默的寶藏存在著。「文學已死」的論調不是太悲觀，就是自欺欺人。敘事經典作品，不僅是作家的對話對象，也是理論家批評家最重要的一種資源。

　　那麼，緊接著話題是，憑什麼你會認定某種作品是世界級的經典作品？的確，經典通常是透過文化權力的複雜運作建構出來。認定某種作品是世界級的敘事作品，首先需要論者說出其可稱為經典的理由。比如劉再復先生極力推崇《紅樓夢》的經典地位，在於《紅樓夢》所呈現的智慧、心靈與想像。劉再復先生在他的《雙典批判》對於《三國演義》、《水滸傳》的批判的依據，恰是他推崇《紅樓夢》的理由。可見，即使是公認的經典，依然需要經受如牟宗三先生所說的具備「逆覺」之批判家的反思性評判。劉再復先生以為：「《三國演義》有偉大的智慧，但無偉大的心靈。諸葛亮的《隆中對》有歷史的洞見，現實的把握，還有未來的預見，其戰術智慧可為大矣。可惜三國智慧，包括諸葛亮的智慧，只切入大腦，未切入心靈。由於智慧缺乏偉大心靈的支撐，所以其智慧均是分裂的，常常發生變質，化作權術與計謀。與《三國》相比，《紅樓夢》不僅具有偉大的智慧，而且具有偉大的心靈。其主人公賈寶玉與林黛玉的心靈是完整的，他們的智慧是建構詩意生活的想像。」[3]如果以心靈的詩意性和主題的覺悟性為指標，那麼，《紅樓夢》的確大大超越了雙典。然而，雙典在創作英雄個性和江湖生活的刻畫上，亦有其敘事的審美價值。按照劉先生的看法，經典的意義，無論是精神層面還是藝術層面，都應該是具有超越性。不過，判定經典還不能單從提供了什麼樣的精神寄託和超越性作為單一的標準，因為有的敘事經典顯然只關注某一特定的社會層面，比如《水滸傳》是對流民為主體的江湖社會的關注，從民間話本世代累積而成的小說經典，是難以為現代社會的讀者提供什麼超越性的深度思想。但是，《水滸傳》對市井社會和草莽情懷的刻畫，則可能為讀者提供洞照黑暗底層的一種審美鏡像。《三國演義》不僅是對軍事鬥爭的敘事，更對超級英雄的心氣與弱點有著入木三分的

3　劉再復：《雙典批判》（北京市：生活・讀書・新知三聯書店，2010年，第1版），頁211。

敘述。這意味著經典的標準不見得是以精神的超越性為惟一的依據，而是多維的。這還意味，經典的問題，單從觀念層面上判斷會有偏頗，如果「降低要求」，從審美的趣味多樣性來分析，可能會更具有包容性。

　　至於分析審美趣味，不能不聯繫布爾迪厄所言的審美「區隔」：「布爾迪厄把資本的數量與構成方面的差異理論化為兩個基本的組織原則，這兩個組織原則則把文化消費和生活方式與社會階級狀況聯繫在一起。階級狀況方面的這些差異產生了不同的相互分化的階級習性，而這種習性又反過來生產出生活方式的差異。他們把統治階級的尋求特異性的習性與工人階級的受必然性制約的習性區分開來。資本總量的差異把那些以可觀的經濟與文化資本為前提的時間當作稀有的、更加值得追求的實踐。具有大量資本的行動者享受著極為可觀的自由，使它們免於由物質的匱乏以及謀生的需要所強加的實際的制約與臨時性的緊急需要。那些資本匱乏的人發現很難免於謀生的現實要求，這種不同的『與必需品之間的距離』生產出不同的階級習性，而後者反過來又產生不同的趣味系統。」[4]顯然，不能將階級身分與趣味性劃等號。經濟資本不會那麼順利地轉化為文化資本，但經濟資本可逐步向文化資本傾斜。從這個角度看，劉再復先生對《紅樓夢》似傻似狂的奇人寶玉的無限嚮往，是一種擁有豐厚的文化資本，以追求精神的超越性為最主要立場的審美旨趣的必然，而尚為「必需品」而奔波的底層者可能會覺得大碗喝酒大塊吃肉的《水滸傳》更具親近感。這種文化「區隔」的存在，不可避免地影響敘事文學經典的價值判定。那麼，對於此種審美「區隔」，敘事審美理論的研究者批評者應該採取什麼樣的態度呢？顯然，認識到敘事審美世界的博大性和多

4　〔美〕大衛・斯沃茨：《文化與權力──布林迪厄的社會學》（上海市：上海世紀出版集團，2012年，第1版），頁189。

元性，積極地辨析多元審美趣味的複雜性和微妙性，不以單一的敘事審美趣味為圭臬，在勾勒不同的敘事審美趣味的關係圖式時，既有鳥瞰的俯視力，亦有無限貼近審美特殊性的細察力，當是文學與文化批評者宜倡導之態度。當然，更重要的是，這種審美辨析活動，應多強調理論分析的助益性，讓理論的分析成為帶著闡述者生命感悟之溫度的分析，而不是為了炫耀無體悟性的理論教條。

四

　　拓展小說敘事審美的趣味疆界，不是為了趣味而趣味，而是因為趣味的多樣性值得我們去解析去體悟去概括各種特殊性。那麼，接下來的問題，便是如何辨析小說審美趣味之間的差異性。差異性之辨析，不是沒有審美立場的盲目辨析，而是要探討小說作品給予了人們怎樣的思想和情感的開闊度和複雜度，給予人們怎樣的想像的自由度和新鮮度，給予人們怎樣的敘事美感之精緻度和微妙度，給予人們怎樣的思想觀念之深刻度和超越性。總之，小說敘事美學，是要探究小說藝術在何種層面上改變人們理解與體察世界的方式，又如何拓展了人的精神介面。而這，正是當下小說審美理論最需要正視的藝術問題。

　　如果說巴爾扎克對於人的慾望的偏執性有了極其深入的社會性層面的洞察，左拉感興趣的是這種偏執性背後的生理性原因，那麼，福樓拜則以冷漠的反諷對此偏執性作出反浪漫的超然化敘述；如果說托爾斯泰對人的不可遏止的非理性精神面進行了「心靈辯證法」式的精細剖解，那麼，陀思妥耶夫斯基則以拷問式敘事將這種非理性精神面下人的自我分裂的乖張狀態揭示出來——這種對人的嚴重不信任的質疑式小說直接影響了加繆、紀德、薩特、黑塞的小說創作；如果說亨利・詹姆斯對於人的精神迷思依然以自我深度反思的方式進行自我情感中心化的敘事處理，那麼，在普魯斯特那兒，作者在小說文本中的

任何一個部分都去尋找極微妙極有趣極多樣的價值與審美的多重複合之情景并去關照人性的各個向度：從人的瞬間隱蔽動作背後的多重意義，到一個人的一生的戲劇性變化所包含著的審美遐思與價值辨析，普魯斯特能從極遠的距離打量又能以最貼近細節的方式細察。

　　偉大作家的最重要的貢獻，是在小說文本中提供了對人的精神存在的特殊洞察，以及屬於這位作家的特殊的感受方式、價值判斷與敘述語言。特殊的洞察力，催生出小說審美新的表達樣式和審美趣味。托翁最擅長從人物的下意識恍惚狀態中去找到人物自己都不太明瞭的隱秘動機，他的小說開闢了下意識狀態的精神疆域，心靈的瞬息萬變的感性狀態成為托翁捕捉人的生存體驗的最肥沃的書寫獵場。托翁既能駕馭歷史的巨幅畫面，又能將巨型情節轉化為人的下意識的變化萬端之內心活動的小說寫法，推崇的是感覺先於意識、變化高於靜止的小說美學。陀思妥耶夫斯基的小說美學形式無疑是巴赫金所言的「複調式」的「狂歡體」，這種「狂歡體」將有關人與上帝之關係的理念爭辯編織入旋風般的場面轉換中，從而向讀者展示人是如何在迥異的價值觀念驅動下與他人爭辯著、自我鬥爭著。陀思妥耶夫斯基將人在自我分裂狀態下的無休無止的靈魂搏鬥極生動地融入種種急遽變化的情節演進中，賦予人的情感變幻脈絡以清晰的邏輯性，同時將這種邏輯性放置在嚴酷的審視狀態下：陀思妥耶夫斯基開創了靈魂自我審視的小說美學趣味。來自法蘭西的普魯斯特的小說不是審視，而是通過「近視」與「遠視」的不斷交錯變幻，以唯美的心態看待各種人的命運和生存狀態。普魯斯特捕捉各色人等的片段場景、短時感覺、剎那間動作、瞬間表情，這些片段化場景、情境、表情、動作所形成的立體化的符號網絡，代替了情節型小說的因果性層級性組織。普魯斯特的小說，「一道耀眼的閃光」所可能包含的短暫性、永恆性、差異性、相似性、戲劇性、場景性，吸收了傳統小說人物中最具表現力的情節能量，引領我們去看那一次次短暫的人生演出，再將各次演出的

關係以「遠視」的方式加以詩意的昇華，勾勒出大跨度命運變遷所內蘊的審美意義。普魯斯特讓我們相信，短暫的相似性疊合，其中所包含的複雜微妙的意義，絕不亞於層層推進、針線細密的整體感強烈的情節主導型小說。普魯斯特以他極具幽默感的行文，將人類表情、姿態的文化解讀學、比喻學變成了嶄新的小說詩學，並革命性地取代情節化的小說詩學。

　　如此概括具有座標性意義的小說大師的審美特異性，是為了說明一個問題，即大師與大師之間的審美趣味差異性，並非為差異而差異，而是每一位大師通過他或她獨有的敘事藝術開創一個理解世界、描繪存在之新路徑。

　　大師將告訴我們如何拓展對人物的理解，將告訴我們如何才能更透澈更微妙地敘述人，如何改變對傳統故事的寫法。大師的最重要的使命就是給我們帶來全新的小說審美體驗和審美趣味。那麼，小說美學理論資源的「精密加工」，正是通過標誌性小說作家的歷時與共時的比較，讓小說審美最精妙的特殊性得到系列化的傳達。

五

　　小說美學的趣味，始終處於彼此互相打量、互相指涉的關係中。哪怕是某種非常鮮明的美學趣味，也可能在不同的理論路徑的解讀中獲得完全不同的意義向度。或者說，不同的理論路徑，將可能在逼近同一文本之時，顯露出完全不一樣的敘事美學趣味。如對《追憶似水年華》的解讀，熱奈特最突出的貢獻是他發現了《追憶似水年華》的敘事是一種完全的敘事體，所有的展示都包含在敘事中。不要小看這種發現，因為《追憶似水年華》重新確立了小說的美學原則，小說的散文化議論化的方式不見得都為人接受，熱奈特告訴我們普魯斯特有著極強的展示能力，不過這種展示場面都被「頻率化」。雖然過分科

學主義的理論做派拘束了熱奈特的理論手腳，但是，不可否認，熱奈特對《追憶》中「二度預敘」、「預敘中的倒敘」、「倒敘中的預敘」、「走向無時性」的分析，具有罕見的分析力。[5]這種分析力表現在熱奈特發現普魯斯特突破了各種時間界限，並且總結出了普魯斯特使用了什麼樣具體的敘事方法：普魯斯特的小說詩學不是像羅伯·格里耶那樣「及物」敘述的小說，而是一種靈活地使用各種心理過程的調度，實現敘事的全面解放。事實上，這種敘事現象，早在上個世紀的二十年代繆爾就有類似的觀點：「在這部書寫往昔的卷帙浩繁的巨著中，普魯斯特不落俗套，和薩克雷不同；他運用一切手法，隨心所欲地忽前忽後打亂時序，他不為故事所牽引，而是以故事背後的內心活動為主導，各種場景好似裝入一只變化萬千的精雕細鏤的魔盒一般，納入這內心活動。而且也正是這種心理活動使得《追憶似水年華》具有整體性。表面上看來，它是人物小說與戲劇性小說交織而成的集合體；但更本質上它是戲劇性小說罕見的例證，這種戲劇性小說的結尾不是我在外在情節的結尾，而是作者心目中的結尾：一種探索的結果，而不是衝突的結果。《追憶似水年華》中某幾部分如果撇開其上下文，就完全可以看作人物小說，但人物小說的寫作也可以設想為一個戲劇性情節本身，普魯斯特就正是將這種戲劇性情節搬入他想像力的另一面及他偉大作品的背景之中展現的。實際上他沒有能使他的作品同他自己分開來，使他的作品成為獨立的存在而出現；他與作品之間的紐帶從沒有割斷；只是由於那可喜的天才的成就，他能以將這種不幸轉化為有利。他不獨使我們看到他的想像的成果，同時還有那想像的過程，尤其是那些過程對於他自己的影響，以及他對那些影響的感受。因此，我們看到的不僅僅是幾本小說，而且是構思小說的意志

5　〔法〕熱拉爾·熱奈特：《敘事話語　新敘事話語》（北京市：中國社會科學出版社，1990年，第1版），頁52。

及創作小說的艱辛。」[6]繆爾的論述精闢，但是，由於繆爾所使用的「戲劇性小說」等概念限制了他自己的想法，使得繆爾對《追憶》最精妙的所在僅止於「內心」、「時間」、「探索」層面的論述，而沒有看到普魯斯特的「內心活動」是利用了某種相似性原則讓各種奇思妙想貫穿於小說中。繆爾沒有說出普魯斯特駕馭的內心活動的「藝術邏輯」是什麼。熱奈特則以「敘事」與「展示」，以及時間是在敘事中如何獲得邏輯性的奇妙分配來論述普魯斯特的敘事趣味。繆爾與熱奈特相比，缺乏理論的追問力。現代法國思想家德勒茲則從修辭性的形象「對等物」這一角度將普魯斯特的「記憶」與「時間」邏輯化：「對普魯斯特的真實來說，修辭上的對等物是一連串的隱喻形象」[7]這樣，就找到普魯斯特小說之所以產生如此奇妙的敘事奇觀的重要原因：修飾之後的修飾，想像之後的想像，遠距離取譬，相似處推動，縱聚合旋轉。德勒茲的論述，告訴我們普魯斯特所創造的敘事隱喻的清溪和洪流是成就其藝術的內在奧秘。

可見，一種敘事美學趣味，是有可能通過不同的理論路徑，逐步「顯山露水」。不同時代對同一種敘事經典的閱讀感受很可能差別不大，但是對於某種敘事美學趣味，則有可能通過理論家批評家的別致的解讀，迫使某種敘事美學特徵被「呼喚」出來。詮釋無所謂「過度」不「過度」，關鍵是，在「詩無達詁」的美學世界裡，能否通過一種小說文本的深度辨析，讓某種歷史化之趣味特徵逐步呈現。

當代敘事美學的最豐富的資源是經典文學敘事作品：不要因為「經典了」就無條件崇拜，更不要因為經典的成立是各種複雜的意識形態「經典化」機制共同作用的結果便輕視經典。再說，不正是文學

6　〔英〕盧伯克、福斯特、繆爾：《小說美學經典三種》（上海市：上海文藝出版社，1990年，第1版），頁409。

7　〔法〕吉爾·德勒茲：《普魯斯特與符號》（上海市：上海譯文出版社，2008年，第1版），頁81。

研究者，在不斷地吸納、淘汰、「更新」著敘事文學經典嗎？《悲慘世界》為什麼一定比《基督山伯爵》更「正典」？為什麼《情感教育》遠比《包法利夫人》更具審美震撼性？阿蘭・羅伯・格里耶的小說「新」在哪裡？他的明顯誤區又在哪裡？為什麼今天人們更有理由讀《追憶似水年華》？正是這種種簡單但不見得容易回答的問題在推動著我們繼續探索敘事美學的新趣味。當然，並不是說理論本身就對小說美學的發現毫無作為。舉個例子，德勒茲與加塔利的名著《資本主義與精神分裂：千高原》，其中的「根莖理論」、「逃逸線」、「解域線」、「節段化」、「層化」理論，將有可能大大推進對《追憶似水年華》審美趣味的理解。[8]從這個意義上說，新理論應是一種能夠為小說解讀帶來新鮮審美感受的理論，而不是僅僅作為某種文本的詮釋指南。

當代小說理論的美學資源遠未走向枯竭，相反，敘事審美作品的複雜、糾纏、含蓄的審美的特性，還有待於通過與當代不同媒介表達的比較分析中，獲得更深刻和多樣的闡釋。經典的替換、補充，淘汰，更新，是一種常態，而正是這種常態，需要敘事理論研究者對這種「常態」做出理論的回應和引導。

8　〔法〕德勒茲・加塔利：《資本主義與精神分裂：千高原》（上海市：上海書店出版社，2010年，第1版）。

作者簡介

余岱宗

一九六七年生，福建福清人，福建師範大學文學院教授，文學博士。主要研究方向為小說理論與小說批評。

本書簡介

在亂花迷人眼的表象之下，現代小說經歷了一次次激動人心的藝術變革，這些變革的審美烙印提示著人類敘事書寫的難度、深度和高度。本書提出了解域／生成之文本解讀觀念，通過對點狀書寫、相似性法則、斑駁化反諷、靜態角逐、無面目審美等一系列現代小說文本解讀觀念的分析，對應現代小說創作的諸種風格，力圖闡述這樣的觀點：以凝視化、靜態化、反諷化的多重想像為特徵，現代小說的書寫方式已經從對新異情節或完整佈局的依賴中掙脫出來，博物學化的哲思、微妙多變的反諷或左右逢源的話題漫遊，成為現代小說極具創造性的敘事脈絡。現代小說的創造，還提示了我們，以文字為主導的小說敘事在影像敘事包圍之中，其生存的理由除了對故事或情感描繪外，更在於創造故事的時候分析故事，在表達情感的時候剖解情感，在鋪設意義軌跡的同時讓意義的多重出口與入口得以呈現。本書探討現代小說審美風格的差異性，從微觀入手，以細讀為路徑，淘洗局部

的微妙變化，提煉動態的敘事走向，幫助讀者更容易親近現代小說諸大師的藝術創造。

福建師範大學文學院百年學術論叢·第三輯　1702C04

現代小說的文本解讀

作　　　者	余岱宗	
總 策 畫	鄭家建　李建華	
發 行 人	陳滿銘	
總 經 理	梁錦興	
總 編 輯	陳滿銘	
副總編輯	張晏瑞	
編 輯 所	萬卷樓圖書股份有限公司	
排　　　版	林曉敏	
印　　　刷	百通科技股份有限公司	

發　　　行　萬卷樓圖書股份有限公司
　　　臺北市羅斯福路二段 41 號 6 樓之 3
　　　電話 (02)23216565
　　　傳真 (02)23218698
　　　電郵 SERVICE@WANJUAN.COM.TW
香港經銷　香港聯合書刊物流有限公司
　　　電話 (852)21502100
　　　傳真 (852)23560735

ISBN 978-986-478-178-2
2018 年 9 月再版
2016 年 12 月初版
定價：新臺幣 420 元

如何購買本書：

1. 劃撥購書，請透過以下郵政劃撥帳號：
　　帳號：15624015
　　戶名：萬卷樓圖書股份有限公司

2. 轉帳購書，請透過以下帳戶
　　合作金庫銀行　古亭分行
　　戶名：萬卷樓圖書股份有限公司
　　帳號：0877717092596

3. 網路購書，請透過萬卷樓網站
　　網址 WWW.WANJUAN.COM.TW

大量購書，請直接聯繫我們，將有專人為
您服務。客服：(02)23216565 分機 10

如有缺頁、破損或裝訂錯誤，請寄回更換

國家圖書館出版品預行編目資料

現代小說的文本解讀 /余岱宗著.
-- 再版. -- 臺北市：萬卷樓, 2018.09
面；公分. --（福建師範大學文學院百年學術
論叢·第三輯·第 4 冊）

ISBN 978-986-478-178-2（平裝）

1.現代小說 2.文學評論

820.8　　　　　　　　　　　　107014174